U0102666

1970 後山風雲 —未竟的泰源革命

監察院調查報告

王美玉
陳先成
杜玉祥
共同調查

序言——
讓消失的聲音得以聽見、還原

不是因為自由而可以反抗，而是必須透過反抗，才能擺脫奴役而帶來真正的自由—法國哲學家卡繆。

深信壓迫與奴隸存在時，為自由奮鬥是應該的，迫害與恐懼跟著時，為爭取幸福是一種權利—1970 年泰源事件臺灣獨立宣言書。

如此重大叛亂案豈可以集中綠島管訓了事，應將此六犯皆判刑槍決—蔣中正總統批示。

1970 年 5 月 30 日凌晨，在渺無人煙的新店安坑刑場，槍聲劃破寧靜，生命瞬間同時殞落，隔日警總軍法處認為江炳興與陳良遺囑中含有暗示臺灣獨立的意思，應扣押以避免泰源臺灣獨立事件外洩，除讓家屬哀痛無法撫平外，當然也沒有人知道反抗者的存在與反抗的理由，只有數月前案發時在聯合報有刊登並不醒目的新聞，標題是「血濺泰源監獄六名監犯搶械逃獄擊斃追捕警衛」的逃獄事件。

「我反抗，故我們存在」，泰源事件是一個被刻意抹滅的反抗事件，究竟這群人是「革命者」、「叛亂犯」或「劫獄者」，反抗的理由為何，因為所有檔案均被有意隱藏，造成持不同政治立場的人各說各話，除影響政治受難者精神自由與保障民眾知的權利外，因無從定位反抗者，自難以悼念。

歷史真相雖然未必是正義的代名詞，但也不完全排除在正義之外，倒不如說，真相是正義的道德表現，因為真相不明，正義也無從實踐，所以沒有真相就沒有真正和解，本次泰源事件的調查，我們遵循嚴格方法論，儘可能調查所有事證，澄清疑點包括：

1. 事件的動機、成因？
2. 是逃獄事件或政治反抗事件？
3. 警衛部隊的參與及懲處情形？是否如部分口述者所稱，有眾多警衛部隊士官兵參加泰源事件，而遭遇軍法審判或槍決？
4. 比較口述歷史與偵審檔案與政戰檔案之出入？
5. 偵審程序是否符合軍事審判法，軍法機關有無依據蔣中正總統批示處理。

　　秉持著史料堆裡掘祕辛，權力面前講真話的原則，我們盡力拼湊各種碎片，讓反抗者能夠了無遺憾重新活在歷史的長流中，才能弭平白色恐怖時期歷史的傷口。

　　這次調查希望更能促進政治檔案全面公開，政府不應畏懼檔案的公開，更不應借由隱私權保障，阻擋家屬與世人瞭解真相的權利，因為在歷史的洪流中，當人埋入墳墓後，所為一切終將被檢視與評價，只有全面檢視既存檔案，讓消失的聲音得以聽見、還原，真正的歷史才能重建，自由之樹才能維持長青，臺灣人民才能走出過去，勇敢的邁向未來。

王美玉　　陳志武　　范雲祥

目 次

第七章　附圖（原始檔案文件請掃描 QR Code）

第一章
前言
傷痕真相與責任——挖掘真相還原歷史

案　　由：

　　105 年三次政黨輪替，蔡英文總統 520 就職演說稱：「為維護社會的公平與正義，預計在 3 年之內，挖掘真相、彌平傷痕、釐清責任，完成臺灣自己的轉型正義調查報告書。」惟就相關白色恐怖檔案之管理與現狀未能與時俱進，導致戒嚴時期泰源事件真相有所不明，各說各話，除影響政治受難者精神自由與知情權利之保障外，並與兩公約之基本人權要求未盡相符，依據憲法與監察法規定行使調查權，詳查全案發生始末，還原事實真相，以維政府公信力與保障人性尊嚴。

調查重點：

一、泰源事件之動機、成因、經過與發展？

二、泰源事件與威權體制下在監獄內發表臺灣獨立宣言有無特殊時代意義？泰源事件應界定為單純逃獄事件或政治反抗事件？若為政治反抗事件，在憲法或法律基礎為何？

三、警衛部隊之參與及懲處情形為何？是否如部分泰源事件歷史口述者所稱，有眾多警衛部隊士官兵參與其間，而遭遇軍法審判甚或槍決之情形？

四、泰源事件口述歷史與泰源事件偵審檔案與政戰檔案之出入為何，何者為真？

五、泰源事件偵查與審理程序是否符合當時軍事審判法之規定，軍法審判機關有無依據蔣中正總統批示處理本案，又相關偵審程序是否涉有背離正當法律程序與公平法院原則？

調查事實：

本案調查緣起為施明德先生向監察院陳情。

為詳查泰源事件發生始末，還原事實真相，以維護政府公信力與保障人性尊嚴，經調閱國家發展委員會檔案管理局、國防部、國防部軍醫局、國防部青年日報社、內政部、國家人權博物館等機關卷證資料，並於 107 年 10 月 25 日現場履勘法務部矯正署泰源技能訓練所、綠島監獄，107 年 4 月 27 日訪談施明德先生、陳嘉君女士，108 年 1 月 18 日訪談泰源事件泰源監獄駐防衛兵賴在先生，輔導長謝金聲則因故婉拒，107 年 11 月 9 日諮詢中央研究院臺史所所長許雪姬、臺灣大學歷史學系教授陳翠蓮及促進轉型正義委員會兼任委員尤伯祥，107 年 12 月 24 日諮詢中央研究院近代史研究所副研究員（現任職國史館館長）陳儀深，綜整調查事實。

第二章
風聲鶴唳中，紅帽子、白帽子政治犯
──泰源事件前後國內外情勢

一、36 年 228 事件因取締私煙引起全臺民眾大規模反抗政府事件，在 228 事件期間，雖有部分主張「高度自治」的意圖，但未成形，卻因國民政府或就該事件處理不盡周全，影響日後甚深。例如就 228 事件，陳儀於卸任前透過廣播稱事件主要因素：「是日本思想的反動，臺灣淪陷半世紀，臺胞思想深受日人奴化教育和隔離教育的遺毒，35 歲以下的青年，大都不了解中國，甚至蔑視中國和中國人，詆譭中國的一切文物制度，認為中國不如日本，而自忘其祖宗本屬中國人。」

但是，據彭明敏回憶其父親彭清靠（時任高雄市參議會議長）在事件期間赴高雄要塞司令部與彭孟緝交涉，親眼目睹交涉者涂光明被當場擊斃的慘況。彭明敏描述其父在事件後之心境：「他有兩天沒有吃東西，心情粉碎，澈底幻滅了。……他所嚐到的是一個被出賣的理想主義者的悲痛。到了這個地步，他甚至揚言為身上的華人血統感到可恥，希望子孫與外國人通婚，直到後代再也不能宣稱自己是華人。」[1]

同樣在事件發生前主張臺獨的黃紀男，認為 228 事件是加強

---

[1]　彭明敏，《自由的滋味：彭明敏回憶錄》，臺北：前衛出版社，1993，頁 80。

他臺獨理念與思想的一個重要轉捩點，他所遞交請願書給來臺視察魏德邁中將內容略為：「228 事件證明了國民黨無能統治臺灣人的事實，對於如此一個暴虐無道的政權，我們呼籲應賦予臺灣依照大西洋憲章的精神，讓臺灣人民享有自決之權。其次，臺灣人應有權利推派代表出席對日和約，並有為其日後命運，透過公民投票的方式決定之權利。」[2]

　　228 事件前，廖文毅固曾提出「聯邦自治」的構想，對國民政府抱有期待，不過，事件後廖文毅則將臺獨主張化為具體的臺獨行動，所以長期以來 228 事件始終是臺獨運動主要依據。

二、從國民政府遷臺後國際情勢變化而言，39 年與英國斷交後，40 年英美商定對日和約，中華民國皆未被列入簽字國，從而無法參與 40 年 9 月 8 日包括日本在內 49 個國家的和約簽署。

　　但就中日和約的簽署，英國希望日本自行決定與何者代表中國政府簽約，美國卻向日本施壓，故先請中華民國政府自行決定與日本的和約，將只適用於任何一方現在與將來「實際控制」下的領土，讓日本在多國和約生效前，即與中華民國談判雙邊和約。

　　因此，41 年 4 月 28 日（舊金山和約生效日）先由外交部長葉公超與日本全權代表河田烈於臺北簽訂中日和平條約[3]，已嚴重動搖中華民國國際地位，其後 53 年與法國斷交，59 年與加拿大與義大利斷交，迄至 59 年底，中華民國僅存 68 個邦交國。

---

[2]　黃紀男泣血夢迴錄 , 黃紀男口述黃玲珠執筆，臺北市獨家出版社，1991 年 12 月，頁 169。

[3]　詳見，湯晏，葉公超的兩個世界：從艾略特到杜勒斯，衛城出版，2015 年 11 月 28 日，頁 277-322。

　　再就聯合國中國代表權問題，從 39 年起中華人民共和國不斷爭取中國代表權，要求取代中華民國在聯合國席位[4]，60 年 7

---

[4] 西元 1950 年 8 月 24 日，中華人民共和國中央人民政府政務院總理兼外交部長周恩來致電聯合國安理會輪值主席馬立克及秘書長特呂格韋·賴伊，代表中華人民共和國中央人民政府就美國武裝侵略中國領土臺灣問題向聯合國提出控訴案，要求聯合國安理會立即採取措施「制裁美國武裝侵略中國領土」的罪行。周恩來表示「中華人民共和國中央人民政府是代表中國人民的唯一合法政府」，「蔣介石在聯合國的代表已經喪失了代表中國人民的任何法律與事實的基礎，應該立即從聯合國所有機構中排除出去」。此後，中華人民共和國多次致電聯合國要求「取消蔣介石在聯合國的一切權利，恢復新中國在聯合國的合法權利」（詳見解放軍出版社，新中國代表首次登上國際講壇，人民網，北京，2010-10-29）。1950 年 8 月，聯合國安理會再度否決蘇聯提出的中國代表權案。（詳見陳布雷等編著，《蔣介石先生年表》臺北：傳記文學出版社，1978-06-01，頁 135）1950 年 11 月 8 日，中華人民共和國中央人民政府代表伍修權應安理會邀請出席朝鮮問題辯論，並就第七艦隊進入臺灣海峽，指責「美國政府武裝侵略中國領土臺灣」是「非法的犯罪的行為」。並與代表「中國」的中華民國代表當面對質，譴責其「辜負違背了中國人民的意願，他沒有任何權利代表中國。我懷疑這個發言的人是不是中國人，因為偉大的四萬萬七千五百萬中國人民的語言，他都不會講」（當時中華民國代表在聯合國使用的語言是英式英語）。中華民國代表則指稱聯合國的「中國」席位只能屬於「自由獨立的中國政府」。這是中華人民共和國方面首次出席聯合國會議（伍修權之自述「四十年前的聯合國之行」，1990 年 6 月 28 日，「人民日報」。）。1955 年，中華人民共和國拒絕聯合國安理會邀請其再次出席會議的請求，表明「臺北不去，北京不來」的宗旨。由此，自 1950 年代中期起，幾乎每年聯合國大會均辯論中華民國的會籍相關問題。1956 年，聯合國否決印度提議，並通過綜合委員會建議「本屆大會不討論中國代表權問題」1970 年，時任美國總統尼克森為與蘇聯對抗，決定與當時蘇聯交惡的中華人民共和國交往。1971 年，當時中華人民共和國最高領導人毛澤東知悉美國意向後，開始與華盛頓方面進行「桌球外交」，雙方關係迅速升溫；於是美國向中華人民共和國讓步，接納中華人民共和國取得聯合國代表權，此時支持中華民國的陣線立即崩潰。又有關中華民國退出聯合國過程，詳見王正華，蔣介石與 1961 年聯合國代表權之問題，國史館館刊第 21 期（2009 年 9 月），頁 95-150

月 15 日阿爾巴尼亞、阿爾及利亞等 18 國提出「恢復中華人民共和國在聯合國之一切合法權利,並立即排除中華民國」,最終聯合國大會以 76 票贊成、35 票反對、17 票棄權通過中華人民共和國「取代」中華民國在聯合國的中國席位。

三、國民政府遷臺後,根據「臺灣省保安司令部保安計劃之實施要領」第 7 點:「利用諜報組織,潛入省內各機關學校工礦及社會團體暨地方各階層機構,偵查監視加緊整肅」;處置要領有:「一、匪諜(含甲諜)份子─逮捕。二:反動份子(所謂民主人士等)─逮捕。三、動搖游離份子─監視或逮捕。四、從事臺灣託管或獨立份子─監視或逮捕。」該實施要領雖包括臺獨份子,但當時主要是防範中共赤化臺灣,以捉捕島內本省及外省籍左翼份子為主要目標,並監禁於綠島[5]。

直至 40 年(1950 年)中期,反抗運動才逐漸轉向由臺灣本土仕紳階級[6]所影響,在政治取向為親美親日、反共反中反社會主義之右翼臺獨路線。所以從 50 年起偵防重點是以匪諜為主,臺獨份子為輔。

49 年因籌組「中國民主黨」運動的雷震案,被關心政治的臺灣人認為和平改革無望,開始構思「武力打倒」國民黨政府的可能,造成國民黨轉向關心臺獨份子的政治活動,例如 51 年特別就蘇東啟案與廖文毅案提報國民黨中常會討論,由國民黨副總裁

---

[5]　當時監禁綠島的人,大多信仰社會主義或受社會主義思潮的影響,在監獄中被稱為「紅帽子」;其因反對美、日帝國主義,主張與社會主義的中國統一,亦稱為「統派」

[6]　例如當時廖文毅、辜寬敏、高玉樹以及當時省議會五虎將吳三連、郭雨新、李萬居、郭國基、李源棧等均為日治時期之仕紳階級。

陳誠指示：「臺灣獨立黨與共匪勾結及由匪支持情形，已獲有實際證據，應即擴大宣傳，以揭露其狼狽為奸之真相，並研究公布該偽黨為通匪叛國組織之法定程序後，由外交部對有關國家做適當運用等，經 391 次常會決定，交專案小組研商實施辦法。」

51 年 7 月 4 日國民黨常委談話會對廖文毅活動案要點，專案小組提出研議意見略以：1. 蘇東啟叛亂案，涉及軍事機密，現仍在軍法機關依法定程序審理中，將來結案，當依法公布。2. 廖文毅案，固有依司法程序宣布為叛亂罪之必要，但利弊得失，似應縝密權衡茲分述之：甲、應即依法公布之理由：廖逆既公然在國外為叛亂組織，顯係違法亂紀之罪行自應循司法途徑宣示於內外，我政府有法律依據，對於鄰邦進行交涉，在國內方面人民咸知其為犯罪行為，不願亦不敢附和盲從。乙、不必公布理由：廖逆於 36 年 5 月 228 事變通緝有案，勢必說明其組織與偽政府經過與活動過程，此無異為廖案再作擴大宣傳，引起國內外對廖逆之注意與重視，而效果適得其反。

而根據 52 年 3 月 25 日國民黨海外對匪鬥爭指導委員會以海指 52 年 1653 號（代號唐海澄[7]）致外交部部長沈昌煥指示（如下圖）略以：

---

[7] 唐海澄為唐縱（1905 年－ 1981 年）之代號，52 年國民黨海外對匪鬥爭指導委員會負責人，字乃健，湖南省鄜縣人，黃埔軍校第 6 期，陸軍中將，曾任軍統局代局長、內政部政務次長、內政部警察總署署長、中國國民黨秘書長、駐大韓民國大使，私立臺南家政專科學校首任董事長，民國 20 年蔣中正於南京成立復興社，下設特務處，由戴笠任處長、唐縱任書記，為軍統制度與架構規劃貢獻心力，與戴笠、鄭介民合稱「軍統三巨頭」。

1. 蘇東啟原與廖文毅案分開處理，因其本質上為法律問題，即構成叛亂罪行，亟應依法處理迅速結案，雖有部分涉及軍事機密，但仍應摘要公布，以保法律尊嚴。

2. 廖逆文毅已於 36 年因 228 事件通緝有案，目前搞臺灣獨立活動者，其新起之領導人物已非廖逆一人若突然公布其罪行，反更引起國內外對廖逆的注意與重視，無異為其非法組織與活動助長聲勢，殊屬不宜，但下列兩點應由主管機關負責同志即予研辦：(1) 以各種方式隨時宣布廖逆與共匪勾結之資料揭穿其為共匪統戰工具之一環，使國內外人士，有深切之瞭解，避免附和或盲從。(2) 應依據法定程序今後於處理個別案件時迅速做成法例公布判詞，使國民知附廖即為叛國，應受法律制裁。

3. 以上意見經中常會決議，本報告所提兩項建議，原則同意，仍洽主管機關負責同志斟酌辦理，經 52 年 3 月 15 日應正本專案第 39 次會議邀主管行政機關，研商意見如下：(1) 關於第 1 項仍由國安局斟酌實際情況適時辦理。(2) 關於第 2 項第 1 款本會協同各有關單位辦理。(3) 關於第 2 項第 2 款由國安局洽同有關機關於適當時機酌情辦理等語。

　　縱然最後處理方式與國民黨副總裁陳誠指示似未盡相符，但 54 年廖文毅從日本被策反回臺，對臺獨運動而言無疑是重大打擊。

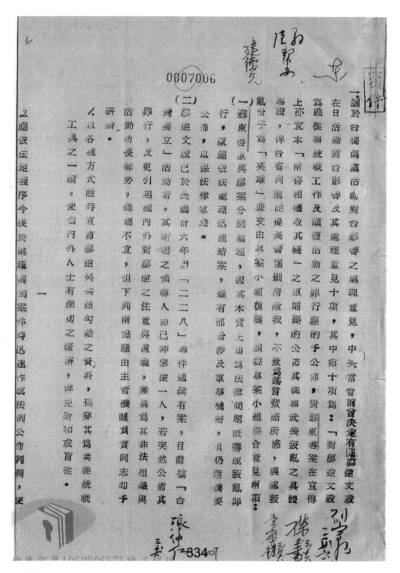

0007006

一、關於台獨偽黨活動對台影響之處理意見，中央常會前實決定有關廖逆文毅在日活動對台影響及其處理意見十項，其中第十項為：「對廖逆文毅為鼓從事統戰工作及顛覆活動之罪行應予公布，對顏東亞案在宣傳上亦宜本「兩害相權取其輕」之原則辦的公布其從事武裝叛亂之具體事證，評台省問胞能是高普愓清敵我，不致為謠言蜚語所惑，誤認叛亂分子為「英雄」並交由專案小組復議，調查專案小組綜合意見兩項：

(一)顏東亞案與廖案分開處理，因其本質上知為法律問題既構成叛亂罪行，逐應依法辦理迅速結案，雖有部分涉及軍事機密，且仍應摘要公佈，以保法律尊嚴。

(二)廖逆文毅已於民國卅六年「二二八」事件通緝有案，目前搞「台灣獨立」活動者，其所起之倡導人物已非廖逆一人，若突然公佈其罪行，反更引起國內外對廖逆之注意與直視，無異為其非法組織與活動助長聲勢，殊屬不宜，但下列兩點應由主管機關負責同志即予研辦。

1.以各種方式隨時宣布廖逆與共匪勾結之資料，揭穿其為共匪統戰工具之一環，使國內外人士有澈別之聯繫，評範附知或盲從。

2.應依法定程序令後於處理個別案件時迅速作成法例公佈判詞，便

圖1　【52年3月25日國民黨海外對匪鬥爭指導委員會海指52年1653號致外交部部長沈昌煥】-1

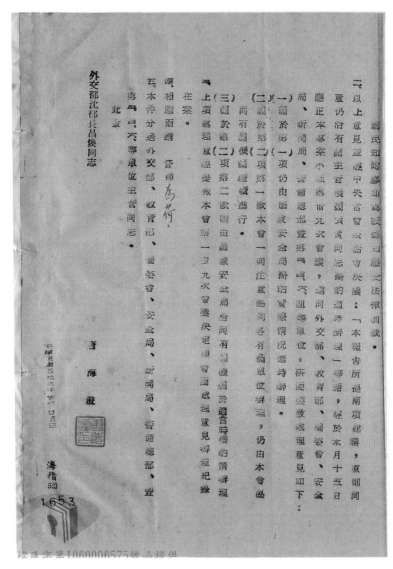

圖2　【52 年 3 月 25 日國民黨海外對匪鬥爭指導委員會海指 52 年
　　　1653 號致外交部部長沈昌煥】-2

四、因上述背景，國民政府逐漸重視臺獨案件。50 年以雲林縣議員蘇東啟為案首的「臺獨陰謀武裝叛亂案」，即在此一背景下發生。「蘇東啟案件」，51 人被捕入獄。51 年施明德的「臺灣獨立聯盟案」，24 人被捕入獄。56 年林水泉、顏尹謨的「全國青年團結促進會案」，15 人被捕入獄等。[8]

這批年輕本省政治犯皆送往泰源監獄服刑，並在監獄內形成一股勢力，主張臺灣獨立親美親日，被稱為「白帽子」或「獨派」。從此監獄內分成所謂「紅、白」、「統、獨」兩派，彼此在政治意識壁壘分明，互不相容，但在生活上，朝夕相處，同居一室，就共同面而言，均被當局認為是「反政府份子」。

五、根據中央研究院泰源事件研究計畫案結案報告書「1960 年代，即雷震案以後，政治案件的確開始以『白帽子』即臺獨案件居多，不同於 1950 年代以『紅帽子』為主。例如（除了蘇東啟案）1962 年興臺會與臺灣獨立聯盟案、1963 年廖文毅案、1964 年彭明敏案、1967 年靖臺案等。因蘇東啟案而入獄服刑的張茂鐘說，剛到泰源監獄，由於人數懸殊，備受『紅帽子』方面的壓力，『後來同案人也被送來（泰源）一起服監，我們臺獨政治犯的勢力才漸漸大起來，與紅帽子雙方壁壘分明。』張茂鐘的描述，或可佐證上述 1960 年代臺獨案件比例增加的趨勢。」[9]

---

[8] 上開案件是否因保防工作轉向臺獨份子，僅因言論逾越當局界限，而羅織捏造者，並非全無疑問。

[9] 中央研究院泰源事件研究計畫案結案報告書有關泰源事件之背景、經過。

表 1　【臺灣政治犯之案件類型】

年代	臺獨案	匪組織案	匪案	政治案	年代	臺獨案	匪組織案	匪案	政治案
1945					1969	1		14	5
1946					1970	4		10	7
1947				26	1971	1		23	9
1948				4	1972	1		16	4
1949					1973			23	3
1950	1	24	7	1	1974	1		11	7
1951		14	9		1975	3		20	6
1952		11	17		1976	2		31	2
1953	2	19	18	2	1977	3		19	7
1954		10	12	2	1978			10	4
1955		2	9		1979	2		7	4
1956		3	10	1	1980	3		5	6
1957			4		1981	2		7	11
1958	1	1	4	1	1982				1
1959	1		4		1983	1		3	2
1960	1		1		1984	1			3
1961				1	1985	1		3	4
1962	2	1	1	1	1986			2	2
1963	5		1	1	1987	1			
1964	1		2	1	1988	1		3	
1965	3		7	1	1989	2		1	5
1966	1		5	5	1990				1
1967			2	2	1991	4			
1968			2	3	總計	52	85	323	145

資料來源：【裴佩恩，戰後臺灣政治犯的法律處置，臺北：臺灣大學法律研究所，1997年，頁13。】

第三章
高壓統治下，萌發的臺獨思想與革命
——泰源事件同案被告所涉原案件概況

一、鄭金河、鄭正成、陳良、詹天增等 4 人因蘇東啓案判刑在監。
臺灣警備總司令部判決書 (51) 警審更字第 15 號、(51) 警審
特字第 67 號判決（附錄 I）摘要如下：

1、主文：蘇東啓、張茂鐘、詹益仁、陳庚辛、林東鏗、黃
樹琳、鄭金河、李慶斌、陳金全、沈坤、張世欽、鄭正成、
鄭清田、洪才榮、詹天增、陳良意圖以非法之方法顛覆
政府而著手實行。蘇東啓、張茂鐘、詹益仁、陳庚辛各
處無期徒刑，各褫奪公權終身；

(1) 林東鏗、黃樹琳、鄭金河各處有期徒刑 15 年，各褫
奪公權 10 年；

(2) 李慶斌、陳金全、張世欽、沈坤、鄭正成、鄭清田、
洪才榮、詹天增、陳良各處有期徒刑 12 年，各褫奪
公權 10 年。

(3) 蘇東啓、張茂鐘、詹益仁、陳庚辛、林東鏗、黃樹琳、
鄭金河、李慶斌、陳金全、沈坤、張世欽、鄭正成、
鄭清田、詹天增、洪才榮、陳良全部財產除各酌留其
家屬必需生活費外沒收。

2、事實：

(1) 「頓萌」叛亂意念：張茂鐘思想偏激，不滿政府，49
年底與詹益仁頓萌叛亂意念，圖以武力推翻政府，邀
林東鏗參與共謀，即以詹益仁經營的雲林縣虎尾鎮國
際照相館為從事叛亂活動的中心，進行爭取黨羽。分
別以政治腐敗，官吏貪污，人民生活困難，非推翻政
府，無法改善等謬論，向黃樹琳、李慶斌、陳金全、
張世欽、陳火城、沈坤、王戊己等遊說，並邀約參加。

(2) 一○七四部隊：同月間，張茂鐘與林東鏗乘機車前往
虎尾，途遇一○七四部隊第二營第六連上等兵陳庚
辛、林江波，張茂鐘企圖爭取臺籍戰士參加其叛亂活
動，乃以機車載送陳庚辛、林江波至虎尾，並招待晚
餐，席間張茂鐘詢問軍中情形及要求同結金蘭之好，
陳庚辛將其臺籍戰士受班長嚴格管理情形相告，張茂
鐘乃以政治腐敗，官吏貪污，只有臺灣人團結起來，
推翻政府，人民生活方能改善等語，誘惑陳庚辛、林
江波參加，並囑向軍中發展，作為叛亂資本，陳庚辛
當表同意接受，林江波則予拒絕，並在歸途中對陳庚
辛予以婉勸，陳未予理會，林江波亦未告密檢舉。

(3) 陳庚辛與張茂鐘積極串連：陳庚辛自接受張茂鐘之指
使後，於 50 年 2 月間，先後在營房向該營營部連上
等兵鄭金河、鄭正成及同連上等兵洪才榮、陳良等灌
輸叛亂思想，誘惑參加，鄭金河亦於同月先後誘惑同
連上等兵鄭清田、詹天增、吳進來等參加，並由陳

庚辛分別偕同前往虎尾會晤張茂鐘、詹益仁、林東鏗等，由張茂鐘講述推翻政府謬論，以堅定該批臺籍戰士之叛亂意志。

(4) **人單力薄臨時撤退**：當晚到達陳金全家集合者，計有張茂鐘、詹益仁、林東鏗、黃樹琳、李慶斌、陳金全、沈坤、張世欽、陳庚辛及陳良所通知之鄭金河、鄭正成、鄭清田、詹天增、洪才榮等，當由張茂鐘等提議先劫取虎尾糖廠駐廠保警槍械，因鄭正成、詹天增等反對，乃決定前往樹仔腳劫營，並由陳庚辛等為內應，各發臂章一枚，以作標誌。午夜出發時除李慶斌、陳金全未往外，其餘由林東鏗僱計程車三輛，陳庚辛等六人乘一輛先行進入營房，俾便內應，許金傳、陳春成、許信等隨行到達樹仔腳營房附近時，許金傳、陳春成、許信等因張茂鐘知與軍人鬥毆，膽怯藉故潛離，張茂鐘等因感人力單薄，且營房警衛森嚴，不易下手，遂作鳥獸散。

二、江炳興涉及施明德「臺灣獨立聯盟案」等相牽連案件

1、52 年 10 月 16 日陳三興 [10] 等案件：

(1) 52 年 10 月 16 日總統（52）臺統＜ 2 ＞達字第 621 號代電核定（覆判確定 52 年 8 月 30 日國防部 52 年度覆高洛字第 42 號、警備總部 52 年 4 月 3 日 51 年警

---

[10] 陳三興，年 22 歲，鑲牙工，無期徒刑。宋景松，33 歲，皮革工，死刑。高尾雄，22 歲，廣告商，12 年徒刑。陳三旺，22 歲，牙醫助手，12 年徒刑。蘇鎮和，22 歲，東吳大學學生，12 年徒刑。

審特字第 69 號）。

(2) 判決事實略以：陳三興前在臺灣省立高雄中學求學，
46 年 5 月因對政府不滿歧視外省同胞乃發起組織改進
會、學進會，47 年改名青年會，旋又命名興臺會、復
興臺灣會、臺灣民主同盟等，陰謀推翻政府建立所謂
臺灣民主共和國，先後誘惑同學陳三旺、董自得、王
清山、邱朝輝、蘇鎮和、郭哲雄、高尾雄、林振飛等
參加，經常在學校教室、陳三興家或野外開會討論吸
收會員，擴大組職及爭取社會人士支援等事宜。

48 年初，另案被告施明德、蔡財源組有亞細亞同
盟叛亂組織，經郭哲雄介紹由陳三興、董自得、郭哲
雄、蘇鎮和等與之商談合併，更名為臺灣聯合戰線，
又稱臺灣獨立聯盟歸施明德、蔡財源繼續領導，49 年
7 月林振飛應召為海軍服役，陳三興遂交付竊取海軍
機密公文，蒐集軍事情報等任務，林振飛於休假返籍
時先後將所悉關於海軍士官學校編制受訓人數，軍艦
武器裝備及裝甲兵駐防區等軍事情報做口頭報告。

宋景松曾於 39 年在臺南縣參加共匪組織，同年 9
月自首領有統字第 0724 自首證，不知悔改，又於 49
年 9 月加入臺灣獨立聯盟充當該組織臺北縣三重市負
責人，於 50 年又吸收林輝強、劉金獅參加，陳三旺
則擔任陳三興與宋景松間之聯絡人，於 50 年農曆 7
月間陳三興命陳三旺帶一字條交宋景松內容為：1. 要
用臺灣獨立聯盟旗幟 2. 辦事處最好設在戲院、學校或

區公所 3. 要調查食糧交通 4. 武器到時再發並帶口信，靜候總部消息，要瞭解目前總部經費困難，不能供給你們等語。

50 年 9 月間陳三興由高雄赴臺北會董自得、蘇鎮和、宋景松、林輝強、劉金獅於臺北縣三重市正義國校討論趁政府在聯合國地位發生變化時，臺灣獨立聯盟即開始強奪政府物資等暴動問題；又高尾雄於 50 年欲組織天馬隊，亦以顛覆政府為目的，惟尚無任何具體活動；51 年 5 月林振飛另案自首後，陳三興等 11 名經臺北、高雄兩市警局同時破獲，分送警備總部由軍事檢察官起訴。

(3) 依據 52 年 9 月 18 日參謀總長彭孟緝檢呈陳三興等叛亂一案，簽請總統核示，52 年 9 月 26 日總統府秘書長張群、參軍長周志柔轉呈，蔣中正總統於同年 10 月 15 日批示「如擬」。

2、53 年 1 月 28 日施明德等人 [11] 案：

(1) 53 年 1 月 28 日警備總部 53 警審特字第 1519 號判決、53 年 5 月 22 日國防部 53 年度重覆高況字第 17 號判決施明德無期徒刑確定。

(2) 判決事實略以：施明德係陸軍 19 師砲兵 74 營 2 連少尉觀測官，蔡財源係陸軍軍官學校第 33 期學生，47 年均就讀高雄中正中學思想偏激，組織有所謂亞細亞同盟又名臺灣自治會，圖推翻政府進而以臺灣為根據

---

[11] 施明德判處無期徒刑、蔡財源有期徒刑 12 年、張茂雄、黃憶源有期徒刑 5 年。

地，征服大陸聯合亞洲國家成立亞洲聯盟。

　　48 年初因另案被告郭哲雄（警備總部 51 警審特字第 69 號判決確定）介紹另案被告陳三興（國防部 52 年度重覆高洛字第 42 號判決確定）相識時陳三興領導有叛亂組織興臺會意氣相投，旋在高雄市明春旅社，與施明德、蔡財源、陳三興及另案被告董自得、蘇鎮和（與郭哲雄同判決確定）等商談合併問題，合併後以臺灣聯合戰線或臺灣獨立聯盟為名稱，由施明德、蔡財源領導。

　　施明德於 48 年初及 49 年 5 月 8 日先後吸收施明正、黃憶源在臺灣中部發展組織，強調尤應以裝甲兵充員戰士為吸收對象，黃未予照辦。49 年 9 月施明德又在金門吸收 19 師 55 團勤務連少尉排長張茂雄加入其組織，10 月張茂雄調步兵學校受訓，受施明德之命向蔡財源查詢組織發展情形，並於 50 年 1 月與陳三興、蔡財源在高雄市體育場討論發動政變時機。

　　蔡財源主張如政府在聯合國之代表權喪失，國內必哄亂不安，應利用此一時機發起暴動，占領電臺，喚起民眾支持，推翻政府奪取政權，是大好時機等語，張茂雄返金門曾將前項情形向施明德報告，陳春榮係陸軍軍官學校 31 期學生於 49 年 8 月參加以叛亂為目的之自治互助會組織，經陸軍總司令部發交警備總部偵辦，提起公訴。

3、52 年 11 月 22 日施明正等 2 人 [12] 案：

(1) 52 年 11 月 22 日警備總部 51 警審特字第 79 號初判，53 年 1 月 21 日國防部 53 年度覆普准字第 4 號覆判施明正兄弟有期徒刑確定。

(2) 判決事實略以：施明正、施明雄為另案被告施明德胞兄，緣施明德不滿政府於 47 年與另案被告蔡財源組織亞細亞同盟，企圖推翻政府進而以臺灣為根據地征服大陸，聯合亞洲國家成立亞洲聯盟，施明正於 48 年初，施明雄於 49 年 8 月先後經施明德吸收參加並於 49 年 8 月在其住宅即高雄市明春旅社與施明德、蔡財源及另案被告黃憶源等 10 餘人開會 1 次，廖南雄於 46 年因參加波浪文藝社與另案叛亂犯陳三興結識，48 年冬陳三興將其陰謀臺灣獨立之事相告並謂，必要時需從陸軍軍官學校劫取武器，占領高雄壽山後，在攻取高雄市區及搶奪各學校軍訓武器。廖南雄在被緝獲到案前，均未告密檢舉，而由高雄市警察局查獲，扣送警備總部，由軍事檢察官起訴偵辦。

4、54 年 4 月 22 日吳俊輝 [13] 等 4 人案：

(1) 54 年 4 月 22 日警備總部警審特字第 1521 號初判吳俊輝、江炳興有期徒刑 10 年，54 年 8 月 5 日國防部覆

---

[12] 施明正，29 歲，業商。施明雄，24 歲，業商。

[13] 吳俊輝，26 歲，東海大學學生。江炳興，25 歲，陸軍官校 33 期學生。黃重光，25 歲，陸軍 81 師 242 團 42 砲連一等砲手。陳新吉，25 歲，陸軍 721 通材基地下士修護士。

　　　　普接字第 54 號確定。

　　(2) 判決事實略以：吳俊輝、江炳興因不滿現狀，企圖推
　　　　翻政府，建立臺灣獨立政體分別邀集黃重光、陳新吉
　　　　等於 51 年春節在黃重光家討論組織型態、組織名稱
　　　　及拉攏不滿現實具有地域觀念之青年，從事叛亂活動
　　　　因故未獲結果，經司法行政部調查局查獲並涉嫌參加
　　　　叛亂組織之吳呈輝，分別扣解到部（警備總部），又
　　　　有關軍人江炳興、黃重光、陳新吉等三名奉國防部 53
　　　　年 6 月 1 日誠謁字第 1428 號令發交警備總部併案辦
　　　　理，由軍事檢察官偵查起訴。

5、謝東榮（西元 1943-1970），臺灣嘉義市人。陸軍士官學
　　校學生。於湖口當裝甲兵時，在廁所寫「軍隊是人民公
　　社，大家要忍耐」，因而涉及「書寫反動文字」，而單
　　獨成案。初審被判 7 年，執行 4 年。

第四章
信仰與理念，殺人越獄背後的抉擇
——泰源事件發生始末

　　泰源事件江炳興等 6 人年年籍、原犯案情、服刑情形、緝獲日期等基本資料（詳如下表）：

表 2　【江炳興等 6 人入監情形相關資料】

泰源感訓監獄										
姓名	年齡	籍貫	學歷	原犯案情	刑期	入監與刑滿日期	入泰監日期	監別	外役時間與地點	緝獲日期
江炳興	31	臺中	陸軍官校 33 期肄業	企圖推翻政府建立「臺灣獨立政權」臺獨聯盟案	10 年	入監日期 54 年 刑滿日期 620615	581030	義監	581211 日 洗衣部	590213
鄭金河	32	雲林	國校	前雲林縣議員蘇東啟企圖以武力推翻政府同案	15 年	入監日期 52 年 7 月 刑滿日期 650923	530417	仁監	531120 日 養豬場	590218
陳良	30 、	雲林	國校	同上	12 年	入監日期 52 年 7 月 刑滿日期 620915	530417	仁監	540313 保養廠居住士官寢室	590213

（續表）

泰源感訓監獄										
姓名	年齡	籍貫	學歷	原犯案情	刑期	入監與刑滿日期	入泰監日期	監別	外役時間與地點	緝獲日期
鄭正成	32	臺北	中學	同上	12年	入監日期52年7月刑滿日期620926	530417	仁監	540313農場服役	590216
詹天增	32	臺北	國校	同上	12年	入監日期52年7月刑滿日期620925	530417	仁監	540313日農場服役	590213
謝東榮	27	嘉義	中學	書寫「軍隊是人民公社大家要忍耐」反動文字	7年	入監日期56年刑滿日期620403	560915	義監	570313日農場服役	590218

資料來源：【監察院經調閱相關卷證整理所得】

圖 3 【泰源事件發生當時聯合報 59 年 2 月 10 日獨家報導】

一、泰源監獄位置與案發時狀況

1、泰源感訓監獄地處泰源盆地北端，該盆地位於臺灣東部海岸山脈的南段—海岸山脈面積最大盆地，為高原盆地。全長約 25 公里，中央最寬為 8 公里。總面積達 130 平方公里，介於花蓮縣富里鄉與臺東縣東河鄉東河村間。

　　盆地的東北側是麻荖漏山、德高老山、都歷山所構成之麻荖漏山列，東南側是大馬武窟山、八里芒山、都蘭山所構成之都蘭山列，西側則是堵開埔山、富興山、嘎嘮吧灣山所構成之富興山列等，海拔高度在 1000 公尺左右。

　　馬武窟溪為泰源盆地內主要的河川，分有南北二源，匯至泰源盆地，對外交通不便僅有省道臺 23 線 - 東富公路可達臺東與花蓮富里，位置偏遠，易於封鎖管制，加以監獄位於高原盆地北端的低地位置，不利防禦，是典型的「易攻難守」地形，僅需控制泰源盆地之任一制高點，即可弭平泰源監獄所生任何事變[14]。

2、國防部於 50 年設立「泰源感訓監獄」[15]，負責監押已決叛亂犯施行感化教育，迄至泰源事件發生前，總計收容已決叛亂犯 771 名，除陸續刑滿出獄及死亡共 436 外，泰源事件發生時人犯有 335 名，其中判無期徒刑者 99 名，10

---

[14] 例如法越戰爭（1946 年～ 1954 年）之奠邊府戰役，奠邊府位於四面環山的盆地平原，越軍武元甲占領盆地四周制高點，縱面對法方優勢火力與空優仍可取得勝利。

[15] 臺東縣東河鄉北源村。

年以上有期徒刑者 168 名，其餘均判 10 年以下有期徒刑。

在監人犯中，有 104 名調服外役，泰源監獄依據 52 年 2 月 1 日國防部泰源感訓監獄編組裝備表，滿編總員額為 84 人，案發當時由 58 年 12 月 10 日所進駐之陸軍 19 師 55 旅第 1 營第 1 連（欠一排）約百人擔任警衛部隊[16]。

二、泰源事件所涉關係人之角色

1、對於泰源事件各關係人角色判定之方法論，基於本報告屬官方報告，不宜涉入個人價值觀與感情判斷，唯有從客觀角度，基於嚴格證明法則，方能儘量還原歷史真相[17]。就事件關係人之區別所扮演角色係借用刑法正犯理論，因此本報告所指正犯是指「實行」犯罪構成要件行為之人[18]，依其犯罪支配情形則可區分為直接正犯為犯行行為支配，間接正犯為意思支配，共同正犯為功能支配。

至於非藉由構成要件該當行為而共同對結果具有因果作用者，則不能構成正犯而為共犯。例如教唆與幫助犯並非親自實施構成要件行為，僅是促使他人實施犯罪，

---

[16] 通常 33 制步兵連滿編總員額為 136 員，因欠一排故警衛部隊當僅在百人上下。

[17] 司法院釋字第 582 號所稱：「刑事審判基於憲法正當法律程序原則，對於犯罪事實之認定，採證據裁判及自白任意性等原則。刑事訴訟法據以規定嚴格證明法則，必須具證據能力之證據，經合法調查，使法院形成該等證據已足證明被告犯罪之確信心證，始能判決被告有罪。」

[18] 刑法第 28 條規定：「2 人以上共同實行犯罪之行為者，皆為正犯。」故刑法所謂正犯是實行構成要件該當行為之人（例如親自實施殺人、強盜之人）

或在他人實施犯罪時給予幫助[19]。而對於構成要件實現無產生任何因果關係者，則不能列入正犯，僅是知情關係人而已。

2、江炳興、鄭金河、詹天增、謝東榮、陳良、鄭正成等 6 受刑人具有犯意聯絡與行為分擔，並就泰源事件共同謀議與實行：

據前臺灣警備總司令部（以下簡稱警備總部）59 年 3 月 30 日 59 年度初特字第 31 號、59 年勁需字第 1896 號初審判決及 59 年 4 月 13 日時任參謀總長高魁元上將上呈之「泰源監獄叛亂犯劫械逃獄處理經過報告」載示：「此次劫械逃獄目的在陰謀擴大叛亂，由江炳興負責策劃，鄭金河負責吸收同犯、擔任行動指揮，先後爭取與前雲林縣議員蘇東啟臺獨叛亂同案人犯陳良、詹天增、鄭正成，及反動文字人犯謝東榮等參與同謀。」[20] 於「泰源事件」案發前，均係因叛亂案經警備總部及陸軍總司令部分別判決確定，均於臺東國防部泰源感訓監獄執行之受刑人（如前表 2 所述）。

---

[19] 刑法第 29 條規定：「教唆他人使之實行犯罪行為者，為教唆犯。教唆犯之處罰，依其所教唆之罪處罰之。」同法第 30 條規定：「幫助他人實行犯罪行為者，為幫助犯。雖他人不知幫助之情者，亦同。幫助犯之處罰，得按正犯之刑減輕之。」同法第 31 條規定：「因身分或其他特定關係成立之罪，其共同實行、教唆或幫助者，雖無特定關係，仍以正犯或共犯論。但得減輕其刑。因身分或其他特定關係致刑有重輕或免除者，其無特定關係之人，科以通常之刑。」

[20] 檔案管理局二二八事件檔案，系統流水號 500673，〈泰源監獄叛亂犯劫械逃獄案處理經過報告〉。

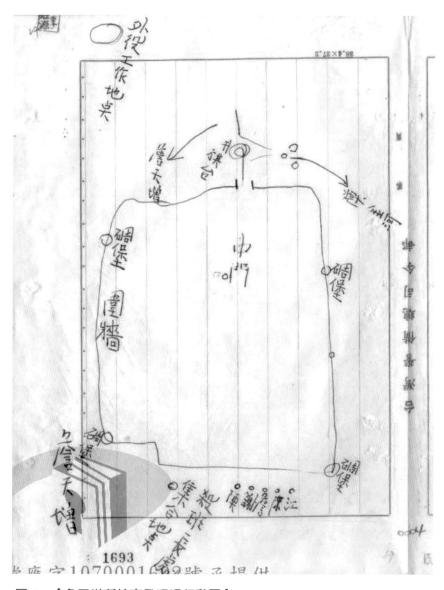

圖 4 【詹天增所繪案發現場行動圖】

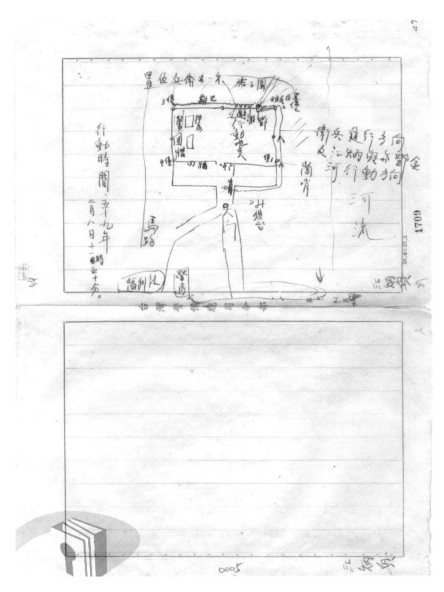

圖 5　【江炳興所繪案發現場行動圖】

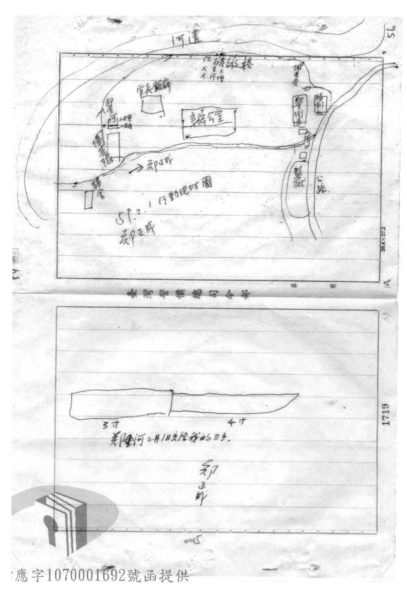

圖6　【鄭正成所繪59年2月1日現場行動圖與鄭金河所交刀子】

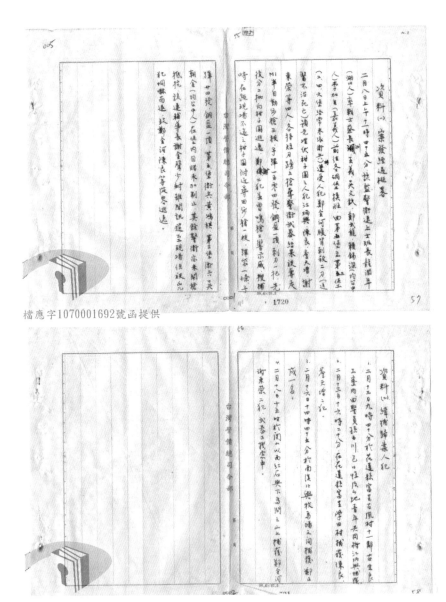

圖 7　【警備總部初步偵查資料】

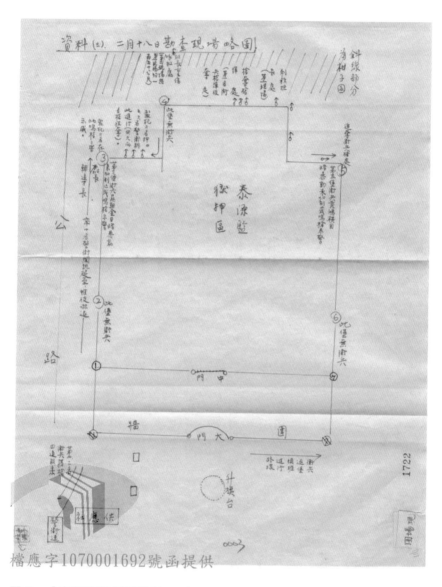

圖 8　【泰源監獄所繪警總 59 年 2 月 18 日勘查泰源事件現場圖】

3、非外役之在監關係人部分（知情可以確定，但是否具有
　　共同謀議‑犯意聯絡之行為？）：

　　　泰源事件涉及非外役犯人部分，因為鄭金河於 59 年
2 月 23 日供述[21]：曾於放風時間與陳三興、施明德接觸，
告以決議暴動之犯意聯絡，但陳三興認為過於冒險，並
未表示贊成，施明德則表示要慎重考量，鄭金河筆錄僅
指認施明德與陳三興參與本案，並未陳述他人參與本案。
鄭正成案發偵訊時曾稱，約 2 月 7 日 8 日間，曾見林振賢，
送卡其褲一條給鄭金河，鄭林平日交往密切等語。鄭金
河固承認送褲一事，但否認林振賢參與本案[22]；再根據，

---

[21] 問：監獄裡囚犯你拉攏過那些人？
　　答：在今年農曆未過年前同監監犯陳三興調監外臨時公差時在放風場（仁監）碰
　　　　到他，我對他說準備搶槍後衝出去，當時他說絕對不能幹，不要胡思亂想，
　　　　說完就被班長叫進去了。另在年初一（農曆）那天上午義監監犯施明德在放
　　　　風時，我也偷偷地與他談過，他說沒有把握不能幹，當時，就有看守人員來
　　　　干涉，我們就分開了，此外，我沒有對其他監犯談過。
　　問：你與囚犯陳三興、施明德說要搶槍衝出去的目的是為什麼？
　　答：因他們都是臺獨案判刑的，所以我想爭取他們作內應，但當時時間不許可說
　　　　明很清楚，要他們心裡有數。
[22] 鄭金河偵訊筆錄〔1970-2-26〕
　　問：陳三興、施明德、林振賢等人何時認識的，平時交情如何？
　　答：陳三興和施明德是早在警總軍法看守所就認識了，林振賢是在泰源去年他
　　　　調外役才認識，我與陳三興、施明德認識較早，但很少有機會接近，談不上
　　　　有什麼交情，但陳三興我知道他也是為臺灣獨立的案件被判無期徒刑，故而
　　　　內心起了一種尊敬而已，至於林振賢是因他調外役（醫務所）較有機會散步
　　　　在一起談談，但沒有特殊的交情。
　　問：陳三興、施明德、林振賢等 3 人的思想言論及現實的反應情形如何？
　　答：陳三興、施明德 2 人以我的想法，他們的思想是和我一樣的，所以我才敢將

國防部總政治作戰部 3 月 3 日泰源專案綜合檢討報告書
亦稱：「鄭金河亦相繼連絡同監人犯陳良、謝東榮、陳
三興、施明德，陳三興當即告誡不可妄為，施明德猶豫
不決」等語，故案發時非外役之在監偵訊對象為施明德、
陳三興與林振賢，至於實際上非外役監參與或知情之人
為何，仍有詳實探求之餘地。

(1) 施明德部分

〈1〉案發當時 59 年 3 月 4 日 [23] 與 3 月 6 日 [24] 查證筆錄

我們想做的事告訴他們，至於他們的言論及對現實反應我不得而知，林振賢
思想狀況我不清楚，至於對現實方面，我未曾聽他有何表示不滿。

問：林振賢為何送褲子給你？

答：正月初一晚，林振賢在說他現在醫務所服役，草綠色褲子不適合穿，我即告
訴他送給我做工作褲，所以他送給我。

問：何時送去給你？江炳興知道嗎？

答：是正月初二早上送來的，江炳興不知道。

問：褲子現放何處？

答：現存放豬寮我放衣服的地方。

[23] 59 年 3 月 4 日施明德查證筆錄

問：在農曆年前後有無與鄭晤面？

答：在農曆年前後無見面，亦未曾說過話，也無來往。

問：你與哪些人在一起？

答：因為上級特別注意我，不允許我與任何人在一起，我內心也很生氣，我的一
舉一動都受到注意。

問：鄭金河是否在逃獄前說過？

答：沒有對我說過，不信可以問別人。

[24] 59 年 3 月 6 日施明德查證筆錄

問：農曆正月初一日是否見過面？

答：遠遠的看到他了，但無法招呼的，監房不同，我們散步場所不同，相距有
五十公尺以上。

施明德均未承認有參與泰源事件。

〈2〉關於施明德於泰源事件參與程度，從口述歷史上各種說法互異。依據國家人權博物館籌備處「一九七〇年泰源事件研究－事件經過、文獻史料調查與口述補訪」計畫案（編號：10630）結案報告書（計畫主持人：陳儀深）所綜合泰源監獄當時受刑人之說法（欠缺施明德本人說法）。

　　高金郎說：「施明德一開始雖然不知情，但到後期，他認為整個計畫是由他主導，我表面上雖然沒有管事，但實際上我們是以『集體領導』的方式秘密運作。這期間鄭金河、江炳興、陳三興、吳俊輝與我共 5 個人，每個禮拜至少都有兩、三次的討論。」、「施明德認為一有機會就要推動，……他覺得革命的勝算無法計算，要做到百分之一百的安全是不可能的，所以一有機會就要推動，用行動來檢驗一切。由於我的拒絕，施明德就透過謝東榮去運作……，過程中，施明德恐嚇我多次，說要讓他當指揮官，因為其他人的軍階只夠做中校，只有他一人能當將軍，一切都要聽他的命令，不然他威脅要去告密。」[25]

　　鄭正成則說：「關於泰源事件，施明德應該

---

[25] 陳儀深訪問，潘彥蓉紀錄，〈高金郎先生訪問紀錄〉，中央研究院近代史研究所《口述歷史》編輯委員會編輯，《口述歷史第 11 期：泰源監獄事件專輯》，頁 131、133。

是後來才知道的⋯⋯，當我們在聯絡、籌劃事情時，施明德應該還是局外人，後來他知道了，馬上爭著要當領導者。⋯⋯那時他恐嚇大家，如果不讓他領導，在 2 月 8 日的行動之前，他就要公開我們的計畫。」[26]

但蔡寬裕[27]並不認為施明德「後來才知道」，他說施是整個事件的要角之一，涉入很深，只是事情後來演變成施和押房內的人在爭取領導權，「說起來很可笑」；蔡覺得施很急，所以一度逼問蔡：「要做還是不做？有沒有這個勇氣？」蔡回答說：「勇氣有兩種，一種是智勇，一種是愚勇。」[28]

至於施明德自己的說法，一方面是鄭金河等人曾與他商量，要內定他事成後作總指揮，但他評估邊陲地帶成功的機會不大，因而「並不熱中」；[29]另一方面是他到泰源沒多久，鄭金河即利用看電影時，與他討論要發動武裝暴動的計

---

[26] 陳儀深訪問，潘彥蓉紀錄，〈鄭正成先生訪問紀錄〉，中央研究院近代史研究所《口述歷史》編輯委員會編輯，《口述歷史第 11 期：泰源監獄事件專輯》，頁 33。

[27] 蔡寬裕，1933 年生於臺北，在臺中市成長，因繼父姓莊，曾改姓莊，出獄後又改回生父的姓。

[28] 陳儀深訪問，潘彥蓉紀錄，〈蔡寬裕先生訪問紀錄〉，中央研究院近代史研究所《口述歷史》編輯委員會編輯，《口述歷史第 11 期：泰源監獄事件專輯》，頁 85-86。

[29] 李昂，《施明德前傳》，臺北：新臺灣重建委員會，1993，頁 111。

畫，直到 59 年元旦，江炳興告知施明德，將由外役發動，進而開門釋放押房內的人；施明德對此持反對意見，他認為應採取「裡應外合」的方式進行。可能由於意見產生分歧，施明德因此對於事情後續的進展比較不清楚，以致（陳三興說）施明德只能算是個「被告知者」，並不是主謀者等語[30]。

〈3〉監察院 107 年 4 月 27 日訪談施明德時就是否參與泰源事件，他表示：1. 江炳興是他說服領導泰源事件，獨立宣言是他所草擬；2. 統派沒有介入，他主張要裡應外合，江炳興主張由外面發動，沒有密告情事；3. 當時有設計綠底中央白星之軍旗；4. 監獄外領導是江炳興與鄭金河，他就事件發生具相當影響力。訪談內容摘要如下：

「沒有錯，那份獨立宣言是我寫的。時間長遠加上恐怖統治下的存活術，很多事情必須刻意忘掉。幾年前辦公室的人拿宣言給我看，一開始我不確定是否是我寫的，但是文風是我一貫的筆風，當中有一段『臺灣已經是個獨立的國家……臺灣已是獨立 20 年的國家……』，這是我一貫

---

[30] 李昂，《施明德前傳》，頁 112。另，施明德也曾說：「以後的事情我就比較不清楚了，但是我知道準備在何時進行。」詳見新臺灣研究基金會美麗島事件口述歷史編輯小組總策劃，「珍藏美麗島—臺灣民主歷程真紀錄」第一冊，《走向美麗島—戰後反對意識的萌芽》，頁 55-56。

的主張。從 1949 年國民黨來臺灣開始計算。⋯⋯
江炳興拿走我的原稿後，我叫他抄寫一遍，然後
把我的原稿燒掉，否則，今天我早已不在人間了。

　　至於其他的廣播稿不見得全是我寫的，但是
宣言是我寫的。在監獄中，我們都會用報紙黏起
來變成厚紙板，當作我們寫字的桌面，那時沒有
桌子、床。我把厚紙板中間挖洞，把宣言藏在裡
面。

　　此事規劃 1 年多以上，開始是鄭金河最積
極，但我覺得他軍事知識不夠，一直等到江炳興
來了，他是官校 33 期的，他懂軍事，我說服江
炳興領導此事。⋯⋯統派沒有介入。

　　從開始江炳興他們就覺得裡外一起行動代價
太大，但我是覺得裡應外合成功機會比較大，後
來江炳興還是決定外面成功的話，才進來開門，
失敗的話，他們會逃走，這樣比較不會牽扯太多
人，犧牲太多人，我只能尊重他們。

　　但我心中一直耿耿於懷，不能同生共死。但
也因為江炳興的決定，我們裡面的人才能活下
來。但是，也許裡外一起行動，他們就不會逃，
反而第一階段就能成功占領泰源監獄揮軍臺東
了，但世事誰敢保證？革命本來就充滿不確定
性，誰敢說一定成功或失敗？

　　我已看幾個軍人革命，像韓若春、鍾盈春等

等的革命都是希望『更有把握』，最後都被抓了，槍斃了。泰源事件殉道者令人動容的是，他們被捕後沒有供出我們裡面的人，才讓我們變成倖存者。

李萬章被我安排出去殺雞，是我自己擅自安排的，由於是單線的，李萬章事後也沒有被偵訊，像沒有他的事一般。那些汙衊我去密告的人，根本不知道此事。若我密告李萬章怎會沒事！這些人真可惡！把忠官醜化成奸細！

後來事件失敗後，我開始把文件、宣言丟到馬桶沖掉。事發後一周，他們把化糞池挖出來，要找紙條。紙張都已爛掉，沒有找到證據。……當時我們設計了一個軍旗，撞球檯的綠顏色，綠底中央白色五角星星。綠色代表臺灣，白色星星代表人權。表示革命軍要替臺灣人民追求人權。

美麗島政團時代，我曾經想把泰源軍旗夾帶出來當作黨外人權旗子，也跟黃信介先生報告過，後來考量危險性 (泰源事件追訴期內) 才沒有拿出來用，才用後來被稱為『黑拳幫』的人權標誌。……監獄外面的領導是他們 2 個，最後應該是江炳興的決定權較大。鄭金河構想已 2 年以上，江炳興才來不到幾個月，是後半段參加者。整個來說，也許我的影響力最大。」

(2) 陳三興部分

　　據 59 年 3 月 4 日 [31] 與 3 月 6 日 [32] 陳三興談話筆錄指出：1. 53 年至泰源監獄。2. 知道鄭金河名字但無交往。3. 鄭金河沒有告知要搶衛兵的槍衝出去臺東，如果有我會反對。

　　其後接受陳儀深教授訪談略以：1. 我沒有真正參加泰源事件。2. 鄭金河在事發 1、2 個月前有告知計

---

[31] 問：與鄭金河有無來往？
　　答：無來往，亦無認識，交情沒有。
　　問：鄭金河與你很熟悉，此事與你多少有點牽連。
　　答：我與他沒有交情，怎麼會有什麼牽連。
　　問：你們彼此案情明白嗎？
　　答：彼此都不明白，我沒有調服外役。
　　問：春節前鄭與你見面過。
　　答：沒有接觸。
　　問：你在過年前，調服臨時外役有無看到鄭金河？
　　答：是 (修築那條路) 調服臨時役，但沒看到鄭金河，也沒講過話。
[32] 問：鄭金河你何時在何處認識的？
　　答：鄭金河的名字，我早在警總軍法處看守所就聽到了，但沒有見面，53 年 4 月調泰源獄，54 年 1 月我當選伙食委員，可以在外散步，在散步場有人指給我看才認識的。
　　問：平時交情如何？
　　答：見面時只點頭打招呼而已，沒有詳談過。
　　問：九月間你調臨時公差時曾見過鄭金河嗎？
　　答：曾有 1 日我看見他走經過中門。
　　問：鄭金河曾告訴你他將要搶衛兵的槍衝出去臺東是嗎？
　　答：他沒有告訴我這些話。
　　問：但他說他告訴你而你反對這樣做。
　　答：他如果真對我說我是會反對，但他沒有告訴我。

畫，我覺得沒有成功機會。3. 我有準備英文、日文、臺語及北京語版的獨立宣言。4. 警衛連有參與。5. 施明德和我等人是幕後的參與者。真正發動計畫應該是鄭金河。參與泰源事件的成員包括有：鄭金河、詹天增、陳良、鄭正成（4人蘇東啟案）、江炳興（軍校案）以及謝東榮（充員兵）。

　　這次事件真正主導者應該是鄭金河，而不是與我們同案的軍校學生，也不是我們有計畫地去策動他們，應該是他們主動地希望得到我們的支持。因為舉事的這些人都是外役，他們才有機會計畫這些事情，而我們在監獄裡面，對外面的情形都不知道，不可能會去計畫一個連自己都不知道的行動等語。

(3) **蔡寬裕[33] 部分**

〈1〉據 59 年 3 月 3 日總政治作戰部泰源專案綜合檢討報告書記載：春節期間，外役人犯莊寬裕向外買酒，在監內仁愛堂與陳良、鄭金河等 8 犯共飲，無人過問，監舍政戰官楊天玉事後獲悉，轉報政戰主任劉漢溙上校，交所屬考管了事，未做適當處置，更不以此作為突發事件之徵候，而採取防範措施等語，從而依據當時報告蔡寬裕確有可能知悉相關計畫。

〈2〉蔡寬裕在陳儀深訪談時則稱：

---

[33] 蔡寬裕（1933 年生於臺北，在臺中市成長，因繼父姓莊，曾改姓莊，出獄後又改回生父的姓）係東吳大學經濟系畢業。

1. 1964 年 3 月從臺北的「警備總部看守所安坑
   分所」被送到泰源。1970 年事件發生前後他
   有 3 個月的時間在醫務所的藥局擔任外役，做
   配藥兼注射的工作，所以有機會「自由進出」
   牢房。[34] 高金郎在《泰源風雲》書中說蔡寬裕
   到了最後時刻才知道起義計畫，蔡寬裕則特別
   澄清他「參與的時間極早」。[35]

2. 蔡寬裕認為避免無謂犧牲多次採取阻止的態
   度，可是最後「計畫變成我們只要到得了電
   臺，能控制電臺多久算多久，能夠把臺獨的聲
   音發出去就好了」，所以當時大家可說是抱
   著「就地成仁」的心理準備，何況：「最後的
   10 天江炳興告訴我事情曝光了，已經沒有第 2
   條路可走。」[36]

3. 關於泰源事件有無曝光，蔡寬裕認為高金郎所
   指是施明德把計畫告訴（紅帽子）高鈺鐺和林
   華洲，施明德之所以向大家施加壓力，據他瞭

---

[34] 陳儀深訪問，林東璟紀錄，〈莊寬裕先生訪問紀錄〉，中央研究院近代史研究所
《口述歷史》編輯委員會編輯，《口述歷史第 10 期：蘇東啟政治案件專輯》，
頁 249、264。

[35] 陳儀深訪問，潘彥蓉紀錄，〈蔡寬裕先生訪問紀錄〉，中央研究院近代史研究所
《口述歷史》編輯委員會編輯，《口述歷史第 11 期：泰源監獄事件專輯》，頁
112、113。

[36] 陳儀深訪問，潘彥蓉紀錄，〈蔡寬裕先生訪問紀錄〉，中央研究院近代史研究所
《口述歷史》編輯委員會編輯，《口述歷史第 11 期：泰源監獄事件專輯》，頁
95。

解，是「如果外面的人不採取行動，就將事情曝光逼大家做。」事實上當時的確產生了這種情況，[37] 意指獄方可能已經知情，如果不主動發動，事情爆發了大家也是會被判死刑，所以沒有第 2 條路可走。

4. **警衛連的成員大部分是臺籍充員戰士，鄭金河（及其他幾位涉及先前蘇東啟案的受刑人）出身於海軍陸戰隊，在當兵時就有反抗心態，他（們）認為警衛連的這些臺籍兵應該也和他們當年一樣才是，所以嘗試與警衛連接觸，每來新的一連，就與他們建立關係等語。**[38]

(4) 吳俊輝、高金郎與柯旗化等人

依據中央研究院「一九七〇年泰源事件研究－事件經過、文獻史料調查與口述補訪」計畫案結案報告書認為，雖然外役扮演比較積極的角色，押房內亦可能有相當受刑人涉入。[39]

例如江炳興在臺中一中（偵訊筆錄記載為台中二中）同學吳俊輝，是 1964 年仍在東海大學就學時被

---

[37] 陳儀深訪問，潘彥蓉紀錄，〈蔡寬裕先生訪問紀錄〉，中央研究院近代史研究所《口述歷史》編輯委員會編輯，《口述歷史第 11 期：泰源監獄事件專輯》，頁 101

[38] 陳儀深訪問，潘彥蓉紀錄，〈蔡寬裕先生訪問紀錄〉，中央研究院近代史研究所《口述歷史》編輯委員會編輯，《口述歷史第 11 期：泰源監獄事件專輯》，頁 89。

[39] 中央研究院「一九七〇年泰源事件研究－事件經過、文獻史料調查與口述補訪」計畫案結案報告書，計畫主持人陳儀深，頁 11-12。

捕，翌年與江炳興列為同案被判刑 10 年入獄，[40] 吳俊
輝在臺北被偵訊階段曾與彭明敏同房；但有關泰源事
件並非同案人江炳興聯絡他的，吳俊輝說：「**最初向
我提出這事及以後繼續聯絡及策劃的人是高金郎。後
來施明德也幾次拿他起義的宣言稿本給我看，並希望
我也提供點意見。**」[41]

　　高金郎是在 52 年於海軍服兵役時，涉嫌企圖「劫
艦投靠廖文毅」被捕，53 年判刑確定以後解送泰源監
獄，59 年事件發生時與施明德同一牢房 [42]，寫作泰源
風雲乙書，然而上開受刑人於當時官方資料並未記載
有涉入該案，亦無偵訊筆錄可稽。但於陳儀深訪問泰
源事件發生時之泰源監獄之受刑人，除黃金島外，其
他被訪談人均稱有參與泰源事件。

4、警衛連官士兵部分，僅賴在知情，但並未參與或幫助不
　能認定為共犯
　(1) 警衛連士兵賴在、張金隆、李加生部分，經蔣中正總
　　　統批示：「賴在、張金隆、李加生等 3 犯以警衛部隊
　　　士兵而竟預聞逆謀不報，其罪難宥，應照法重處勿
　　　誤。」該 3 士兵是否為共犯成為疑義；又口述歷史有

---

[40] 陳儀深，中央研究院泰源事件研究計畫案結案報告書，頁 165。

[41] 陳儀深訪問，簡佳慧紀錄，〈吳俊輝先生訪問紀錄〉，中央研究院近代史研究所《口
述歷史》編輯委員會編輯，《口述歷史第 11 期：泰源監獄事件專輯》，頁 175。

[42] 陳儀深訪問，潘彥蓉紀錄，〈高金郎先生訪問紀錄〉，中央研究院近代史研究所
《口述歷史》編輯委員會編輯，《口述歷史第 11 期：泰源監獄事件專輯》，頁
121、122、124、136。

關泰源監獄受刑人訪談記錄，均指稱警衛連官士兵，
參與人數甚多，實情如何？自有研究必要：

〈1〉根據 59 年 3 月警備總部所做〈泰源監獄監犯江
　　炳興等 6 名結夥暴動越獄乙案偵訊報告表〉中，
　　列有 6 個監犯以及 3 個警衛連士兵（賴在、張金
　　隆、李加生）共 9 人照片，其中就暴動越獄計畫
　　為：「以『臺灣獨立』為號召，聯合在監臺籍人
　　犯及勾結臺籍戰士，伺機刺殺警衛連連長、班
　　長，奪取槍械開釋監犯，並裹脅警衛部隊，以占
　　領臺東擴大叛亂。」[43]

　　　　至於爭取有關部隊方面為：「江炳興、鄭金
　　河計畫積極商議爭取警衛連臺籍士兵，於起事前
　　出面支援或呼應，鄭金河於元月間利用福利社彈
　　子房（撞球）聯絡衛兵（士兵及外役均可使用）
　　認識衛兵張金隆、李加生等告以計畫，後又結識
　　賴在爭取加入，再由賴在遊說林清銓參加，另
　　外，賴在並告以尚有彭文燦、吳朝全、黃鴻祺、
　　卓大麗亦可遊說參加（實際並未進行遊說）。

　　　　但 2 月 8 日起事時，賴在並未抵達現場，警
　　衛連無人響應，賴在供述：農曆年前，鄭金河
　　向他遊說臺灣獨立，經考量答應。第 2 次鄭金河
　　說『非洲有許多小國都獨立，我們臺灣也可以獨
　　立』，隨即要求他多拉攏警衛連士兵加入，農曆

---

[43] 臺灣警備總司令部檔案，〈江炳興等叛亂調查〉，檔號：0059/1571/142。

年前他曾向林清銓說『犯人造反，你要不要參加』，林答不要，他再說『那個犯人（指鄭金河）要你去談談，林清銓回答我不去』」，他遊說不成並未拉攏其他警衛連士官兵故他所稱吸收好友數人等，恐係應付鄭金河而已，並無其他證據證明，警衛連其他士兵參與其事」等語。

〈2〉其後國防部於 59 年 4 月 13 日呈報總統府，蔣中正總統則於 4 月 27 日批示：「如此重大叛亂案，豈可以集中綠島管訓了事，應將此 6 名皆判刑槍決，**而賴在、張金隆、李加生等 3 犯以警衛部隊士兵而竟預聞逆謀不報，其罪難宥，應照法重處勿誤。**」惟是否如蔣中正總統所批賴在、張金隆、李加生等警衛部隊士兵而竟預聞逆謀不報，其罪難宥，應照法重處勿誤。

另外，警衛部隊士官兵有無參與、何人參與及受到何種處分，依據目前相關歷史學者調查文獻均無提出適當論點[44] 可資說明，惟若依據陳儀深於「一九七○年泰源事件研究－事件經過、文獻史料調查與口述補訪」計畫案之泰源監獄受刑人訪談記錄，如鄭正成[45] 回憶稱，判決書說，碉

---

[44] 陳儀深於「一九七○年泰源事件研究－事件經過、文獻史料調查與口述補訪」計畫案，頁 16(編號：10630) 結案報告書稱：而三名「預聞逆謀」的士兵遭到怎樣的重處，目前還看不到檔案資料、也訪不到當事人。

[45] 鄭正成回憶泰源事件訪問（陳儀深訪談，2017 年 11 月 1 日地點：桃園榮總陪同受訪：蔡寬裕）略以：「11 點半是為了配合衛兵換崗哨。因為換衛兵不是換槍，

堡上面有子彈掉下來，除賴在、李加生等人外，

碉堡絕對有我們的人；高金郎 [46] 則堅決表示，警

而是換子彈，也就是子彈要交接，所以碉堡上面都有實彈，衛兵平常槍裡沒有子彈。現在看起來只有賴在、李加生等人，但實際上碉堡上面絕對有我們的人。因為判決書說，碉堡上面有子彈掉下來，你如果去現場看，碉堡一進去，裡面有一個崗哨，上面站了一個衛兵，等於是有人丟子彈下來，那一定就是配合的人，才會丟子彈給他們，不然衛兵交接完，拿的槍是沒有子彈的空槍。」等語。見中央研究院「一九七〇年泰源事件研究－事件經過、文獻史料調查與口述補訪」計畫案結案報告書，計畫主持人陳儀深，頁44。

[46] 高金郎先生訪問紀錄訪問（陳儀深訪談，時間：2018年1月23日地點：臺北市忠孝西路「臺灣民族同盟」辦公室）稱：「警衛連到底有沒有人配合？在檔案上雖然看到的幾乎沒有，只有賴在等人，但實際上確實有。包括我也跟賴在詳細談過。而且在事情發生之前，有一些資訊傳來我這裡。其中一個是，林二的弟弟是當時警衛連的連長，和黃聰明是同學。黃聰明是因為廖文毅案進來的，被抓的時候在政戰學校唸四年級。黃聰明當外役時，就跟林二的弟弟接觸，這就證明了我們在警衛連有做很多工作，而且也得到他們的承諾。此外，在出事前一個禮拜，鄭金河特別叫我出去跟他討論，他說他要跟警衛連連長談判，也就是如果連長同意加入，就讓他當總司令，如果不贊成，就殺他滅口。照鄭金河的意思，他認為這一步關係著成功失敗極大，所以他要冒這個險。但我其實很反對。我說：『你這樣做當然可以參考，但我很怕他表面上答應你，實際上去出賣，這樣我們一切都完了。』但他跟我說：『要是他真的跑去出賣，抓也是抓我一個人而已。』我說：『哪有這麼簡單，當時已經牽連很多人了，不可能只抓你一個人，這樣做太危險了，事情就要發生了，有需要這樣做嗎？時間到了再攤牌就好了。』因為我跟他這樣講，後來他才打消。也因為鄭金河跟他有長期的接觸，所以有相當可靠的想法，這也證明了我們和警衛連是絕對有聯繫的。只不過，發生事情時，警衛連連長放假回去了，不在現場。偵訊筆錄寫說，鄭金河說警衛連有很多人配合，都是吹牛的，實際上只有賴在等人而已。賴在的判決書我有看過，他也有跟我講過，他的案子也好，張加生等人的也好，都一個人一個案，彼此都沒有關連，也就是賴在的案子看不到這些人的，這些人的也看不到賴在的，而且賴在也跟我說，他被抓去的時候，在林園臨時拘留所，看到這三個當時站衛兵的都銬腳鐐，他自己則沒有銬，而且他出來以後去找他們，不但沒有找到半個，那裡的人也都不敢提起他們的事。**賴在本身沒銬腳鐐，後來被判無期徒刑，那些人則銬腳鐐，我相信**

衛連一定有人配合，並表示當時警衛連連長係林
二[47] 的弟弟為臺籍軍官，鄭金河當時與高金郎討
論，要與警衛連連長談判，連長同意加入就讓他
當總司令，否則就要殺連長滅口，警衛連涉案人
員應該都被槍決，惟有關警衛連參與之相關內容
與詳情自應與相關證據配合始能明瞭。

(2) 賴在並未著手參與，亦非共同謀議，亦未為幫助行
為，並非正犯或共犯，僅為知情者

〈1〉依據國防部 59 年 5 月 5 日覆普亞字第 055 號判
決稱：「原判決[48] 諭知賴在參加叛亂組織，處無
期徒刑，褫奪公權終身，係以被告隨連擔任本部
泰源監獄警衛於 59 年 2 月初，經外役叛亂執行
犯鄭金河 3 次說服，參與該監犯人江炳興為首以
臺灣獨立為號召之叛亂組織並相與約定同月 8 日
被告以衛兵之身分為內應，實施暴動進而釋放監
犯、攻占臺東等地為據點，殆監犯鄭金河等實施

應該都被槍決了。賴在說，事情發生的第二天，警衛連就解散了，然後他們那一
連的人，全都遷到高雄林園。他自己是放假時在家中被捕的。在看守所時，也一
直受到審問，但他從頭到尾都沒有銬腳鐐，不算是嚴重犯。之後再去軍法處和監
獄。」見中央研究院「一九七〇年泰源事件研究－事件經過、文獻史料調查與口
述補訪」計畫案結案報告書，計畫主持人陳儀深，頁 85-86。

[47] 林二（英語：Erh Lin，1934 年 7 月 1 日－ 2011 年 12 月 31 日），是一位生於臺
灣苗栗的音樂家，致力於發揚臺灣鄉土音樂及音樂教育，於 1965 年在美國舉辦
第一次世界電腦音樂發表會，被美國新聞界譽為「電腦蕭邦」。以創作臺語流行
歌《相思海》聞名。

[48] 陸軍總司令部 59 年 4 月 1 日悝字第 047 號判決。

暴動時，被告因膽怯避未參與行動，除監犯鄭金
河等暴動叛亂部分，由警備總部偵辦外，被告部
分經偵查起訴等情，業據被告供認參加右揭叛亂
組織，陰謀叛亂犯行不諱，核予警備總部 59 年
3 月泰源監獄監犯江炳興、鄭金河等結夥暴動一
案偵訊報告表暨筆錄等所載各節，亦屬相符。因
認被告雖未參與 2 月 8 日暴動惟事先已同意參加
該叛亂組織，並允為內應，是其所為，應負懲治
叛亂條例第 5 條參加叛亂組織及第 2 條第 3 項陰
謀叛亂罪責，二罪有方法結果關係，從一重以參
加叛亂組織罪論處罪刑，並諭知褫奪公權，以昭
炯戒。」

〈2〉有關賴在犯案之證據係基於鄭金河與江炳興之自
　　白筆錄，鄭金河於 59 年 2 月 22 日初供指稱：元
　　月中旬某日（約農曆年前 20 日左右）搭訕認識
　　賴在，第 2 次見面時（約第 1 次見面之後 1 週，
　　時間仍在農曆年前），他告訴賴在：「非洲許多
　　小國家都能獨立，臺灣也可以獨立的。」要求賴
　　在協助參與臺灣獨立之計畫，2 月 1 日左右，要
　　配合打開軍械庫，但賴在未到，於農曆初一賴在
　　告知已聯繫「東川」、「加生」，2 月 8 日鄭金
　　河與江炳興去見賴在要求換哨等語。同日就江炳
　　興之供詞（59 年 2 月 22 日）就賴在部分指稱，
　　鄭金河於元月底某日告知江炳興「賴在」願意參

與行動，其於 2 月 3、4 日左右確認，並請他參加 2 月 8 日行動，2 月 8 日上午，江炳興與鄭金河到賴在站衛兵（8-10 點）之處談，要求當日中午一定要參加行動說服 6 名警衛響應「臺灣獨立」，但賴在並沒有來參加等語。

〈3〉鄭金河偵訊筆錄（59 年 2 月 22 日，論及賴在部分）：

> 問：你這一次暴動的事，都跟誰談過，如何計劃？
>
> 答：去（58）年 12 月間，有一天心情很亂與江炳興閒聊，江主張拼一次，我很贊同，於是兩人就計劃搶奪衛兵槍枝，然後以「臺灣獨立」來號召臺籍充員響應，先控制警衛連，打開牢房一起帶到臺東，再號召老百姓起來響應，甚至北上花蓮。不過當時江炳興說警衛連沒有內應，要想辦法聯絡，我說警衛連我來拉人參加。
>
> 問：你有什麼辦法向警衛連拉人，拉到人又如何去做？
>
> 答：因為我服外役很久，常有機會上福利社打彈子，我以為可以找機會向警衛連臺籍戰士聯絡，江炳興來泰源服刑不久，所以我決定自己來拉，但後來發覺警衛連好像有規定，戰士不可以與囚犯談話，所以很少有機會接近他們，直到今（59）年元月間，才在往工地的路上碰到警衛連戰士賴在閒聊而認識。
>
> 問：你認識賴在如何對他談起你計劃暴動的事？

答：記得元月中旬某日（約農曆年前20日左右）我
　　從福利社往斜坡蕃薯園下去時，賴在由斜坡上
　　來，因他常在福利社打彈子，有些面熟，乃藉
　　機搭訕，我問他做兵有多久，他說還有9個多
　　月，接著他反問我判幾年刑，我說：15年，賴
　　又接著說他有個哥哥也在綠島坐牢，我又問賴
　　那裡人，他說嘉義梅山人，我故意說我也是嘉
　　義人（實為雲林人），當時我發現他上衣口袋
　　邊有塊名牌，才知道他叫賴在，後來又見面談
　　了幾次，並請他設法向警衛連拉幾個同伴參加
　　我們的「行動」。

問：賴在是衛兵，你是囚犯，怎麼敢跟他談起你們
　　的陰謀，甚至還要求他幫你拉人參加，你不怕
　　他檢舉嗎？

答：第1次認識賴在時，並沒向他談起我們的行動
　　計劃，後來我想賴的哥哥也是政治犯，跟他談
　　談大概沒有關係，所以在第2次見面時（約第
　　1次見面之後一週，時間仍在農曆年前），我開
　　始先試探說：「非洲許多小國家都能獨立，臺
　　灣也可以獨立的。」發現他沒有不好的反應，
　　我接著就說：「目前外面（指監獄外）有許多
　　人都在搞『臺灣獨立』你知道嗎，我也是搞『臺
　　灣獨立』的，你可以幫忙嗎？」賴起初沒有表
　　示什麼，我說：「你是不是害怕？」賴答：「我
　　不是害怕。」我說：「如果能衝出臺東，一定

有很多老百姓起來響應的，你不必害怕。」賴說：
「我絕不怕死。」我聽了賴這句話，我就說：「那
麼你來參加我們的行動，同時希望你向警衛連
拉幾人來幫忙，好不好？」賴說：「可以的。」

問：你們這一次暴動的計劃是否都對賴在說過？

答：開始時沒有詳細的說，一直到決定行動時，才
告訴他。

問：你當時要賴在如何響應？

答：我對賴在說，我們到連部時，要他打開槍架上
的鎖鍊，他答應說：「可以的。」（記得是 2
月 1 日上午在典獄長辦公室後面談的）但是後
來他黃牛了。

問：你後來對賴在有沒有提過這件事？

答：記得到農曆年初一，我在斜坡下溪邊見到賴在，
我說那天（2 月 1 日）怎麼搞的，賴說他在連裡
等我們沒有來，才去午睡，接著我問賴，向連
裡聯絡情形，賴說他已向連部好友「東川」、
「加生」兩人說過（姓什麼沒有說）但他們都
不同意，我說：「沒關係，我們大概這個禮拜
內要動，請你盡量幫忙。」賴說：「好的。」

問：你跟賴在談過這些事，都有誰在場，或告訴那
些人？

答：沒別人在場，但我事後曾告訴過江炳興。

問：2 月 8 日，你第 2 次行動是否也找過賴在？

答：2 月 8 日，賴在是 8 至 10 點的衛兵，站在典獄

> 長辦公室後面的哨位。將近 9 點時，與江炳興
> 一起去看他，我對賴說：「我們決定今午行動，
> 希望你想辦法跟別人調換上第二堡的衛兵（即
> 靠河溪邊有衛兵值崗之第二堡）。」賴說：「這
> 不可能。」我說：「那麼你到時候從馬路那邊
> 向第三堡方向過來，萬一我們控制不了衛兵時，
> 請你出來講話，爭取他們。」賴說：「可以。」
> 於是我與江炳興即離開，到工具寮喝酒去了。
>
> 問：你們這次暴動計劃，到底有沒有向賴在談過，
> 　　如何談的？
> 答：2 月 1 日，當我告訴賴在，要他在連裡響應時，
> 　　我將我們的計劃約略告訴了賴在，我說：「我
> 　　們如能以『臺灣獨立』來號召充員響應，控制
> 　　警衛連衝出臺東，老百姓一定會起來響應。」
> 　　賴在也表示很贊同。
>
> 問：你們暴動，目的是搞「臺灣獨立」的，賴在知
> 　　道嗎？
> 答：我告訴過賴在，我們是要搞「臺灣獨立」的。

(3) 張金隆、李加生部分

〈1〉根據 59 年 3 月警備總部所做〈泰源監獄監犯江
　　炳興等 6 名結夥暴動越獄乙案偵訊報告表〉列入
　　張金隆、李加生部分，蔣中正總統於 59 年 4 月
　　27 日批示：「如此重大叛亂案，豈可以集中綠
　　島管訓了事，應將此 6 名皆判刑槍決，而賴在、

張金隆、李加生等 3 犯以警衛部隊士兵而竟預聞
逆謀不報，其罪難宥，應照法重處勿誤。」

　　但實際偵查情形，張金隆、李加生 2 人涉嫌
叛亂嫌案件，於 59 年 4 月 3 日經陸軍總司令部
軍事檢察官偵查終結後，以 59 松處字第 5 號不
起訴處分書認定「江、鄭實施暴動時均能崗位，
並無證據認定有參加叛亂組織或陰謀叛亂之行
為」而確定在案。足見他們 2 人並未被以參與或
預聞不報而論罪[49]。

〈2〉張金隆、李加生涉案係基於鄭金河與江炳興之自
　　白筆錄。鄭金河於 59 年 2 月 22 日初供指稱，
　　係農曆初一，賴在告知鄭金河已向連部好友「東
　　川」、「加生」遊說，鄭金河並未將任何計畫告
　　訴其他人；鄭金河 59 年 2 月 23 日偵訊筆錄亦
　　稱僅爭取賴在 1 人。但至 2 月 27 日鄭金河則推
　　翻前供，稱直接接觸有張金隆、李加生、林清銓
　　及賴在等人；江炳興 2 月 22 日筆錄供稱，除賴
　　在外並無吸收別人。於 2 月 26 日筆錄則稱，鄭
　　金河有接觸警衛連中臺籍充員戰士黃鴻祺、彭文
　　燦、卓大麗、張金隆等人，但這些臺籍充員戰士
　　對這次行動是否知情，江炳興表示不知道。[50]

---

[49] 監察院本次調查調閱戶籍資料，李加生已於 101 年 12 月 4 日除籍、張金隆則於
　　102 年 8 月 20 日除籍，故無法分別約詢李加生、張金隆等人。
[50] 問：鄭金河跟你談起的 4 個人是誰？
　　答：是警衛連中的臺籍充員戰士黃鴻祺、彭文燦、卓大麗、張金隆。

　　賴在則於 59 年 2 月 24 日偵訊筆錄稱他協助拉張金隆、李加生、林清銓、彭文燦、吳朝全參加，他們承諾參加[51]。迄至 3 月 3 日後賴

問：鄭金河與你如何談起這 4 個人？
答：春節前幾天，鄭金河對我說：「我在豬舍那邊碰到黃鴻祺等數名充員兵，黃向我說：『你們是怎麼來坐牢的？』我說是為臺灣獨立來坐牢的，這些充員兵才知道這回事，我當時對他們宣說為什麼要臺灣獨立，臺灣獨立後有什麼好處。」關於彭文燦我不記得是賴在還是鄭金河曾向我說：「彭文燦已經贊成臺灣獨立這件事情，等我們行動發起後他一定會響應的。」但他是否知道我們 2 月 8 日行動的事我不知道。卓大麗是 2 月 1 日我們準備第一次行動時，看到卓大麗要去河邊崗哨站衛兵，鄭金河說：「卓大麗去站這班衛兵就好辦了。」照這個意思好像鄭金河已經跟他談過行動的事了。關於張金隆他是站中門的衛兵，大概在 1 月 20 日左右，鄭金河對我說，他曾經跟張金隆談過臺灣獨立的問題，張很表示贊同，又說張是個膽小鬼，又快退役了，不保險，不過假如我們行動的時候，他一定會起來響應的，至於鄭金河有沒有跟他談起這次行動的事我不知道。
問：以上這 4 個人你曾跟他們直接談過臺獨的問題及要他們參加行動沒有？
答：沒有談過。
問：後來他（指鄭）又如何對你說？
答：第 2 次也是在農曆年前有 1 天上午，我在交衛兵後上山坡回連部去，又在路上碰到他，他先對我說非洲有許多小國家都獨立了，我們臺灣也可以獨立，接著就問我連上有何要好朋友，我說要好朋友有張金龍（筆錄記載錯誤應為張金隆）、李加生、林清鑫（筆錄記載錯誤應為林清銓）、彭文昌（筆錄記載錯誤應為彭文燦）、吳朝全，他託我去拉他們參加，我說好的。
問：你不是還拉張東川參加嗎？
答：我沒有與他談過。
問：以上張金隆等五個人你如何拉他們參加的？
答：當日我在寢室見到林清鑫（筆錄記載錯誤應為林清銓）是單獨同他談的，後來吳朝全與彭文昌（筆錄記載錯誤應為彭文燦）也在寢室我同他們一起談話，其他李加生張金龍等兩人，我是以後在找他們的，當時找到問他們（指李加生、張金龍）時都說犯人（指鄭）已去找過他們了，不要我再講了。

在則翻異前供 52，改稱是他亂說；再依據張金隆
供述，鄭金河向他遊說，臺灣獨立後，我們就不

問：你怎樣拉攏林清鑫（筆錄記載錯誤應為林清銓）彭文昌（筆錄記載錯誤應為
　　彭文燦）吳朝全的呢？

答：我開始對他們說班長常在背後說我們，我最近又被班長冤枉挨打，現在犯人
　　要造反，你們參不參加，他們問造什麼反，我說臺灣獨立，他們先還猶豫後
　　來終於答應了。

問：當時你看到李加生張金隆等有否問過他們已否答應犯人（指鄭）參加造反？

答：我曾問過他們都說已參加了。

問：2 月 1 日那天鄭金河曾對你談些什麼？

答：那天我在站上午 8 至 10 點衛兵，他（指鄭）來找我，對我說中午要開始行動，
　　叫我通知林清鑫（筆錄記載錯誤應為林清銓）彭文昌（筆錄記載錯誤應為彭
　　文燦）吳朝全等 3 人屆時都帶武器到監獄後面集合，我也曾經通知林清鑫（筆
　　錄記載錯誤應為林清銓）等他們都說好，結果那天中午值星班長謝火財帶我
　　們去做花圃，所以沒有時間去了。

問：你當時何未通知李加生張金龍兩人？

答：比較接近同時他（指鄭）也沒有叫我通知。

52 問：你前供林清銓、彭文燦、吳朝全、李加生、林金隆等答應參加鄭金河臺獨組
　　織，經查並不實在，究竟怎麼回事？

答：（考慮有頃）這是我亂說的。

問：我以前問你並無威脅利誘，你何以要亂說呢？

答：當時我感到如只說我 1 個人參加有點怕，所以多說了幾個人。

問：那你以前所供是否全是假的？

答：只是對林清銓他們部份是假的，其餘都是真的。

　　第 2 次也是在農曆年前有 1 天上午，我在交衛兵後上山坡回連部去，又在路
　　上碰到他，他先對我說非洲有許多小國家都獨立，我們臺灣也可以獨立，接
　　著就問我連上有何要好朋友，我說好朋友有張金隆、李加生、林清銓、彭文
　　燦、吳朝全，他託我去拉他們參加，我說好的，但我回到連部以後，在午
　　睡時間曾問林清銓說：「殺豬的（指鄭金河）要我告訴你，叫你下去與你講
　　話，問你造反參不參加？」他說不要，我們就午睡了，其餘的人我都沒有對
　　他們談過。」

要大陸人管，並告以計畫要求參加，他曾點頭答
應參加，鄭金河再要求拉人參加，被他拒絕。李
加生供述 59 年初，在監獄外溪邊站衛兵時，鄭
金河前來搭訕詢及籍貫、住址及何時退伍外，
並未告訴我臺獨問題及行動情事，並未再接觸。

可見從供述歷程而言，鄭金河於 59 年 2 月
22 日初供，警衛連僅賴在與「東川」、「加生」
可能知情，但賴在 59 年 2 月 24 日供述有張金隆
等 5 人，從而，2 月 26 日後，鄭金河與江炳興
再將警衛連參與人數增加，其後偵訊張金隆與李
加生時與賴在供述出入過大，賴在再行翻供，有
被誘導的可能性。

108 年 1 月 18 日監察院就此訪談賴在時，
他表示被刑求，並就泰源事件計畫起事時間（2
月 1 日、2 月 8 日）表示知情，但僅認識李加生，
其他人不認識，並未拉警衛連其他人。

〈3〉鄭金河偵訊筆錄（59 年 2 月 22 日，論及李加生
部分）：

> 問：你後來對賴在有沒有提過這件事？
> 答：記得到農曆年初一，我在斜坡下溪邊見到賴在，
> 　　我說那天（2 月 1 日）怎麼搞的，賴說他在連裡
> 　　等我們沒有來，才去午睡，接著我問賴，向連
> 　　裡聯絡情形，賴說他已向連部好友「東川」、「加
> 　　生」兩人說過（姓什麼沒有說）但他們都不同

> 意，我說：「沒關係，我們大概這個禮拜內要動，請你盡量幫忙。」賴說：「好的。」
>
> 問：警衛連與監獄其他官兵，還有誰知道你們要暴動的事？

〈4〉鄭金河偵訊筆錄（59 年 2 月 23 日，供稱僅爭取賴在 1 人）：

> 問：你以後在警衛連拉攏60幾個衛士兵是些什麼人？
> 答：我只拉了賴在 1 個。
> 問：那你怎麼對詹天增說過拉了 60 餘人？
> 答：因詹天增不信任我，所以我故意說已拉了警衛連很多人，但沒有說 60 多個。
> 問：2 月 1 日那次你是否邀賴在做內應？
> 答：那天賴站 10 至 12 時的衛兵（他都在河邊站衛兵），我就去對他說，準備在中午動手，希望他回連去把槍櫃的鎖打開，他答應去辦。
> 問：事後賴在有無問起這天你們並未行動的原因？
> 答：他沒問我也沒有告訴他。
> 問：你要賴在爭取警衛連士兵，他共爭取多少人？
> 答：在 2 月 1 日以後 8 日以前，不知道那一天的早上，我曾問過賴在爭取了多少人，他說曾和叫東川的和叫加生的談過，他們都不答應參加，此外再無與別人談過。
> 問：東川、加生姓什麼？
> 答：他沒告訴我。

〈5〉鄭金河 59 年 2 月 27 日供稱，他直接接觸者有張
　　金隆、李加生、林清銓及賴在等人：

> 問：你這一次與江炳興等計劃談起暴動在警衛連方
> 　　面共連絡那些人做內應？
> 答：由我直接接頭的有張金隆、李加生、林清銓及
> 　　賴在等人，其中賴在是主要的一個。
> 問：你與張金隆、李加生、林清銓是何時在何地與
> 　　他們談臺獨運動的事？他們的反應如何？
> 答：（一）張金隆－我和張金隆談臺獨是在賴在之
> 　　前，張金隆站衛兵時我去訪他，告訴他我是搞
> 　　臺灣獨立的，我準備爭取他，他雖然沒有反對，
> 　　但談話中知道他再兩個月就要退役了，而且發
> 　　現他的膽子很小，本來我與他早在撞球間因撞
> 　　球就認識，自我向他說臺灣獨立事之後，他就
> 　　不敢再和我撞球，因此我沒有再進一步爭取他。
> 　　（二）李加生－我和李加生亦是早在撞球間認
> 　　識，過年前李加生站衛兵時我去找他，告訴他
> 　　我是臺灣獨立的，問他如果有一天我們發起暴
> 　　動你的槍向誰，李加生說：「手臂彎入不彎出，
> 　　自然槍口向他們（指政府）。」表示站在我們（指
> 　　鄭）這邊。
> 　　（三）林清銓－農曆年前林清銓在豬寮附近站
> 　　衛兵，我找他說我是臺灣獨立的，希望他參加，

> 但他沒有表示，所以我將他交給賴在去爭取，
> 2 月 1 日以後賴在曾告訴林清銓不同意，因為 2
> 月 1 日前我曾叫賴在連絡林清銓。

〈6〉賴在於 108 年 1 月 18 日監察院訪談時表示，就
　　泰源事件計畫起事時間（2 月 1 日、2 月 8 日）
　　表示知情，他僅認識李加生，不認識林清銓、張
　　金隆，訪談內容摘要如下：

> 問：可是你的筆錄寫到你有遇到鄭金河。
> 答：在青島東路，我被電刑、手綁起來、被踢，現
> 　　在無法生小孩，1 天睡不到 1 小時，沒辦法。
> 問：江炳興、鄭金河如何跟你說？
> 答：江說 2 月 8 日中午要開始，江沒說要帶槍，鄭
> 　　也有說相同的時間。打球時，有說可以的話就 2
> 　　月 1 日開始，他說蘇東啟案他很不服氣。希望
> 　　我參加，希望我找其他人，但是我沒找。
> 問：他怎麼跟你說參加 2 月 1 日的事情？
> 答：他說參加臺灣獨立，外省人對臺灣人不好。那
> 　　時候傻傻的跟他說好。我跟他說我去午睡，事
> 　　實上那天中午我跑到別處，跑到山上去玩。我
> 　　沒有找人參加。筆錄都是假的，我說的他們都
> 　　不相信，當時被刑求只好簽名。當時 20 歲，只
> 　　好認命，鄭金河說我參加，我根本沒參加，警
> 　　衛連的人都沒有參加。

> ……
>
> 問：（提示筆錄）（筆錄內容：「……當時我感到
> 　　如只說我一個人參加有點怕，所以多說了幾個
> 　　人。……只是對林清銓他們部份是假的，其餘
> 　　都是真的……」）
>
> 答：林清銓我不認識，我認識的東勢那個人不是姓
> 　　林。我認識李加生，他是東石人，林清銓、張
> 　　金隆等其他人不認識。
>
> 問：有拉警衛連的人進來嗎？
>
> 答：沒有拉任何人參加事件，我不可能這樣做。

(4) 彭文燦、林清銓、卓大麗等人 [53]

〈1〉彭文燦嚴詞否認知情並參與，他是據江炳興供述：
「關於彭文燦我不記得是賴在還是鄭金河曾同我
說，彭文燦已經贊成臺灣獨立這件事情，等我們
行動發起後他一定會響應的。但他是否知道我們
2 月 8 日行動的事，我不知道。」

〈2〉林清銓供述，元月間鄭金河向他遊說臺獨之事，
因副連長路過，警告不得與犯人談話，此後即無
接觸，賴在曾向他遊說，但被他拒絕。

〈3〉卓大麗供述，與鄭金河並無任何交往，他是據江
炳興供述：「卓大麗是 2 月 1 日我們準備第一次
行動時，看到卓大麗要去河邊崗哨站衛兵，鄭金

---

[53] 國防部於 59 年 4 月 13 日呈報警衛連士兵賴在、張金隆、李加生等 3 犯以外士兵。

河說：『卓大麗去站這班衛兵就好辦了。』照這
個意思好像鄭金河已經跟他談過行動的事了。」

(5) 輔導長是否有參與或縱放人犯部分

〈1〉據鄭正成片段回憶泰源事件訪問（陳儀深訪談，
106 年 11 月 1 日，地點：桃園榮總，陪同受訪：
蔡寬裕）紀錄，蔡寬裕稱：鄭金河有遊說，輔導
長說：「哪有臺灣人殺臺灣人的道理？胳臂向內
不向外彎，即使這樣下令，我也不會服從。」訪
問內容摘要：

> 蔡寬裕稱：……為什麼會選初一和初三行動？因為
> 過年時都休息，不用工作，而且押房都放出來，
> 等於大家一整天都在外面，行動時比較好配合。
> 此外，過年時官兵也要放假，但部隊的主管不
> 能離開，初三時換連長休假回去，所以那天連
> 長不在，是由輔導長代理。那時候的目標是要
> 輔導長配合。因為在此之前，鄭金河就有先去
> 試探輔導長，他問輔導長：「如果有一天發生
> 緊急狀況，國民黨下令屠殺政治犯，你們要怎
> 麼辦？」輔導長說：「怎麼可能？」他就舉例
> 說，中國大陸就是這樣，過去要撤退時，有一
> 些政治犯就被屠殺。輔導長說：「哪有臺灣人
> 殺臺灣人的道理？胳臂向內不向外彎，即使這
> 樣下令，我也不會服從。」金河聽完，覺得這
> 個人可以吸收，就來跟我講，我說不可以，因

> 為對方是政工人員出身，說不定會跑去告發，
> 這樣一來豈不成了「雞籠裡抓雞」？於是就決
> 定到時再跟他攤牌。所以那天他們也有去找輔
> 導長，他們 10 點就去了，只是沒有找到人，因
> 為 11 點一定要開飯，所以他們就提早去廚房拿
> 米粉吃，吃完了 11 點集合，11 點半動手等語。

〈2〉根據 59 年 2 月 25 日江炳興偵訊筆錄供述：「⋯⋯
　　問：誰向警衛連輔導長遊說，煽惑支持此次行動，
　　經過如何？答：**鄭金河並未向我說曾向警衛連輔
　　導長遊說，我也沒有向輔導長說過**。到底有沒有
　　人向輔導長遊說，我不太清楚。⋯⋯」

〈3〉根據鄭金河案發後 59 年 2 月 23 日補充筆錄稱
　　供述：「當日（2 月 8 日）11 時半我和江炳興去
　　牆角上時陳良、詹天增、謝東榮已在那裡，只有
　　鄭正成沒有來，當時我們約等 10 幾分鐘衛兵過
　　來了，我從班長背後用左手勒住他的頸子右手將
　　刀刺進他的右腹，這時背面兩個衛兵轉身就跑，
　　我就來不及拔刀子就去追衛兵，同時聽到班長喊
　　了三聲救命。當時我已把衛兵的槍繳下，謝東榮
　　也繳了另一個衛兵的槍，我們押著衛兵向連部走
　　去，首先碰到一個徒手的班長，我就叫他退後，
　　**這時輔導長帶了二、三十衛兵走來，其中看到有
　　3 個士兵手中拿著槍，我叫他們不要過來，輔導
　　長就說有話好好講，我說再過來就開槍**，當時後

面陳少校就叫他們包圍我們，我一聽就向天放了
2 槍，謝東榮放了 1 槍示威後轉身就向山上跑了」
等語。

〈4〉根據謝東榮偵訊筆錄 [54] 供述：「輔導長已從馬路
這邊過來，輔導長說：『有話好好說。』當時已
被包圍，鄭金河與他開槍，從柑子園逃走。」

三、泰源事件發生實際過程

1、依據原判決與官方記錄記載：59 年 1 月初，江炳興、鄭
金河倡議從事「臺灣獨立」，邀約詹天增、謝東榮、陳良、
鄭正成參加，共謀以暴力奪取武器，意圖以暴動方法顛
覆政府。59 年 1 月中旬，江炳興起草完成「臺灣獨立宣
言書」交鄭金河繕存。鄭金河又邀約詹天增、謝東榮、
陳良、鄭正成參加，計議暴動步驟，相機奪取泰源監獄
警衛連械彈，刺殺警衛連幹部，煽惑警衛連臺籍戰士參
加，釋放監犯，進占臺東，印發「臺灣獨立宣言書」，
爭取各界響應，並暗中磨製短刀 4 把，備為舉事時作武
器使用。59 年 1 月底，江炳興、鄭金河決定於 59 年 2 月

---

[54] 謝東榮偵訊筆錄稱：「當衛兵來換班時，金河首先上前突襲班長，我們跟著也上
去搶槍，當時在班長後面有兩衛兵，一見班長被殺拔腿就向後跑，我與詹同時上
前，詹先接近班長，我隨著越過，在拐角處，第五兵跌倒，我將槍奪過來，跳進
柑子園，這時我聽到班長喊救命，不久我從柑子園出來，看見金河在前面押了 3
個衛兵，金河叫我將子彈上膛，一起押到第三堡，這時有一班長及輔導長已從馬
路這邊過來，輔導長說：「有話好好說。」這時陳少校跟許多戰士也抵達三堡，
有人喊包圍，金河即開 1 槍，叫我也開槍，我打 1 槍，金河又開 1 槍，我們兩人
即從柑子園逃走。」

1 日中午午睡時空隙暴動。

2、59 年 2 月 1 日（農曆 12 月 25 日，星期日）上午，鄭金河將短刀 4 把分交詹天增、謝東榮、鄭正成及 1 把自用，約定 12 時 30 分，由鄭正成刺殺警衛連長，詹天增及謝東榮破壞通訊設施，陳良備車接應，江炳興與鄭金河劫取監外河邊衛兵槍彈，後來因未遇衛兵，且發覺警衛連門前官兵眾多，不易下手，遂宣布解散。

3、59 年 2 月 8 日（農曆正月初三，星期日），江炳興與鄭金河認為監獄戒護鬆弛，於上午 9 時至 10 時糾合詹天增、謝東榮、鄭正成行動，鄭金河並宣布上午 11 時 50 分前，全體人員埋伏監獄西側圍牆外桔子園內，襲擊衛兵換班帶班班長，搶奪衛兵槍彈，並按預定計畫暴動，惟鄭正成聞言心生退意，即表明拒絕參加，並先自泰源監獄脫逃，潛往山區。

4、59 年 2 月 8 日，監獄官兵部分休假，部分乘交通車往臺東看電影，警衛連長前往旅部開會，副連長休假，兵力薄弱，餐後 11 時 40 分，5 人依照預定計劃到達監獄後牆邊路旁，由江炳興在右，依次為陳良、詹天增、謝東榮、鄭金河，排好陣形，鄭金河將尖刀 4 把取出，除自留 1 把外，餘分交被告江炳興、詹天增、謝東榮持用，等候換班衛兵經過，到達定位，一起動手搶槍，並由鄭金河負責刺殺班長。

　　上午 11 時 50 分，警衛連班長龍潤年率衛兵蔡長洲、王義、吳文欽、鄭武龍、賴錫深、李加生等前往監獄周

圍各碉堡換班，從第五崗哨向第三崗哨方向而來，途經第五堡與第四堡間，鄭金河即告知各犯注意，「衛兵來了」，待警衛連班長龍潤年與鄭金河擦身而過時，鄭金河笑問「班長好」，龍潤年答「好」時，刀已刺入腹部，鄭金河即棄刀於龍之腹中，迅即搶奪衛兵吳文欽械彈，謝東榮同時搶奪衛兵賴錫深械彈，均順利得手，鄭、謝兩犯以搶奪到手之步槍，將衛兵吳文欽、賴錫深、鄭武龍 3 人押往第三崗哨，準備向警衛連進發。

同時，江炳興亦擋住前 3 名衛兵前進，稱：「臺灣獨立了，趕快繳槍。」並說：「我們都是臺灣人，不會傷害你們的」，隨即奪取衛兵蔡長洲步槍 1 支，第 2 名衛兵王義跑往連部報告，**第 3 名衛兵李加生體型高大，極力掙扎結果，槍仍保存手中。**

當人犯搶劫衛兵械彈過程中，第三、五崗哨衛兵吳朝全、黃鴻祺兩人，站於碉堡內，驚慌失措，不知用槍，黃鴻祺更將槍拋出碉堡，再跳下拾槍逃回連部。

警衛連班長龍潤年被刺後負傷追捕各犯，高聲喝止各犯不要走，江炳興、陳良、詹天增聞聲而逃。鄭金河、謝東榮則行進到第三崗哨下面，見警衛連官兵發現，**該連輔導長謝金聲已到達前面，後有 20 餘名徒手士兵，謝金聲輔導長問有何事，可以慢慢談，並勸他們還槍，少尉排長陳光村手持步槍，在第二崗哨處準備射擊，鄭、謝兩犯行動被阻，自知陰謀失敗，乃鳴槍三發，攜械潛入果園逃逸。**

5、案發時鄭金河自後扼住龍班長頸項，猛刺他腹部 1 刀，
　龍班長負傷追呼至桔子園，其後詹天增又上前加刺龍班
　長 1 刀。**江炳興奪得步槍 1 支、刺刀 1 把、子彈 24 發；
　鄭金河奪得 M1 半自動步槍 1 支、子彈 53 發；謝東榮奪
　得 M1 半自動步槍 1 支、子彈 32 發。**龍潤年經送醫急救
　不治。

表 3　【案發時值勤士官兵概況表】

姓名	職級	年齡	籍貫	上下衛兵	備考
龍潤年	上士組長（班長）	41	湖北	領隊	右胸及左後背各被刺 1 刀
蔡長洲	一兵	22	臺中縣	上衛兵	額部及腿部受擦傷
王義	一兵	22	臺中縣	上衛兵	手指被凶犯受刀戳傷
李加生	一兵	22	嘉義	上衛兵	
吳文欽	一兵	22	臺中縣	下衛兵	
鄭武龍	一兵	22	臺中縣	下衛兵	
賴錫深	一兵	22	臺中縣	下衛兵	
黃鴻祺	一兵	22	臺中市		第五崗哨衛兵
吳朝全	一兵	22	臺中縣		第三崗哨衛兵

四、案發時各部隊狀態與處置詳細情形

　1、**警衛部隊**：陸軍 19 師 55 旅第 1 營 1 連輔導長謝金聲於
　　一兵王義報告後，電話報告監獄管理官陳明闓少校，並

命陳光村排長武裝，但究竟如何武裝，如何行動，則無明確指示，**謝金聲本身即徒手前往現場，俟與人犯脫離接觸返連後，準備追捕行動時，發現因該連除衛哨攜有械彈外，全連武器裝備均鎖在槍庫內，槍庫內鎖匙由被殺之龍潤年保管，軍械庫門無法打開，待毀壞門鎖後，子彈又在鐵皮箱內，開啟困難，致久無行動，其後雖取出槍彈武裝分四組追捕，但為時已晚，人犯已逃逸不知去向。**搜索結果，僅在暴動現場附近，撿回步槍 1 枝、鋼盔 1 只、兇刀 3 把、染有血跡普通夾克 3 件，次日再搜查後撿回兇刀 1 把、彈帶 1 條、彈夾 1 個、子彈 25 發。

2、**泰源監獄**：監獄少校監獄官陳明闢接獲報告後，即趕到現場觀看，返回後電話向副監獄長報告（當時監獄長馬幼良上校在語文中心受訓，副監獄長董從傑在寢室睡覺，電話由政戰主任劉漢溁上校接聽）。除採取收監（在外工作人犯回監）措施外，另無其他處置，平時亦無此類應變計畫。

3、**陸軍 19 師**：19 師 55 旅 1 營於 2 月 8 日下午約 14 時左右，即派兩批部隊約 50 餘人，先後到達監獄支援，因人犯去向不明，無法積極行動，旅部、師部亦均在當晚成立緝捕指揮部，但晚間僅能警戒交通要道，而使用兵力太少，致徒勞無功，9、10 日逐次增加兵力，執行搜捕任務。

4、**警備總部臺東守備區司令部**：臺東守備司令部接獲報告後，一面電告警備總部，一面通報東部各治安單位注意戒備，代理司令姜泰禧少將（司令陳守山少將受訓）於 2

月 8 日前往泰源監獄現場指揮就近警備單位，協助搜捕。

5、陸軍總部：總部接獲報告後，亦派陸軍參謀長鄒凱中將及政三處處長胡志直上校乘陸軍航空隊專機前往調查，並與所屬搜捕部隊保持連繫，督導搜捕工作。

五、參謀總長高魁元督責警備總部成立聯合指揮部，並授與方面指揮全權，案發後追捕情形：

1、2 月 8 日至 10 日先由陸軍 19 師在泰源關山設立指揮所，但搜捕不力，2 月 9 日參謀總長高魁元以總長 59 欣正字第 1489 號令督責警備總部成立聯合指揮部，並授與指揮全權，實施泰源演習，由警備總部副總司令戴樸中將兼指揮官、陸軍第二軍團司令候成達中將兼任副指揮官於 2 月 10 日成立聯合指揮部統一東部地區軍憲警實施全面搜索。

　　第 1 階段（2 月 10 日 -13 日）以封鎖泰源地區各要道與海岸山脈為重點防止逃出東部地區，並決定緝捕獎金，第 1 次決定因通風報信因而緝獲逃犯 1 名，獎金 5 千元，緝獲或擊斃逃犯 1 名，獎金 2 萬元；其後提高至通風報信者每名 2 萬元，緝獲者每名 4 萬元，先後印發通告 5 萬份，分至每一村里及路卡。

　　第 2 階段（2 月 14 日 -16 日）以海岸山脈為主擴大搜索圈至花蓮谷地，編成 21 搜索站，實施反覆區域搜索協助警民發口糧支援。

　　第 3 階段（2 月 17 日 -19 日）擴大搜索圈，北至花蓮之鳳林、豐濱，向南推展至臺東大武，並動員屏東軍

警一部，實施山隘封鎖清查，當時演習動員軍憲警單位
包括陸軍第 19 師、第 10 師、預 5 師及憲兵兵力共 2 萬
7 千 9 百 34 人日 (註：引用當時文件用語，下同。)，動
用警察、山地青年與後備軍人共 3 萬 4 千 2 百 33 人日 (註：
人日是指演習期間兵力人數總和)。

2、江炳興於 2 月 13 日 9 時 40 分由居民張金海與原住民古
定良報案在花蓮縣富里古風村緝獲；詹天增與陳良於 2
月 13 日 16 時 20 分由居民李清淮報案在花蓮縣富里學田
村緝獲；鄭正成於 2 月 16 日 14 時 50 分由居民林三鳳與
許硯報案在花蓮縣泰源南溪緝獲；鄭金河與謝東榮於 2
月 18 日 15 時由原住民於山中與張清春逮捕在臺東關山
火燒山緝獲。

六、偵查與審理過程

1、59 年 2 月 13 日至 18 日，先後將江炳興、詹天增、陳良、
鄭正成、鄭金河、謝東榮在山區逮獲，並在鄭金河身上
搜出「臺灣獨立宣言書」稿 2 冊，及在臺東縣東河鄉山
區石洞起獲鄭金河、謝東榮所藏之 M1 半自動步槍 2 支、
子彈 82 發。

2、起訴：全案經警備總部保安處於 59 年 2 月 20 日移解軍
事檢察官（59 年偵特字第 47 號），3 月 18 日偵查終結，
3 月 20 日提起公訴。

3、判決：警備總部軍法處 59 年 3 月 20 日收案、59 年 3 月
28 日辯論終結、59 年 3 月 30 日 59 年度初特字第 31 號、
59 年勁需字第 1896 號判決「江炳興、鄭金河、詹天增、

謝東榮、陳良各處死刑，各褫奪公權終身，各全部財產除酌留其家屬必需之生活費外沒收之。」、「鄭正成應執行有期徒刑 15 年 6 月，褫奪公權 10 年。」59 年 4 月 4 日下午 2 時 30 分宣判，被告口頭聲請覆判、59 年 4 月 5 日將判決書分別送達被告，後經由警備總部依職權將江炳興等 5 名初審判決死刑被告送請覆判，國防部 59 年 4 月 10 日 59 年覆高亞字第 21 號判決「原判決關於江炳興、鄭金河、詹天增、謝東榮、陳良部份核准」。59 年 4 月 14 日被告等補充覆判聲請書。

4、槍決：警備總部 (59) 勁審字第 3294 號呈復國防部，訂於 59 年 5 月 30 日上午 4 時 40 分發交臺北憲兵隊執行槍決，國防部軍法覆判局於 59 年 6 月 23 日 (59) 平亞局字第 683 號函總統府第二局轉陳備查。

七、蔣中正總統批示全員槍決——與蘇東啟案辦不辦高玉樹的政治考量

1、59 年 4 月 13 日參謀總長高魁元（59 欣正字第 2023 號，總政戰局承辦）簽呈「**泰源監獄叛亂劫械逃獄案處理經過報告**」由總統府第二局 4 月 14 日 10 時收文，4 月 16 日秘書長張群、參軍長黎玉璽轉呈總統，蔣中正總統 59 年 4 月 27 日批示：「**如此重大叛亂案，豈可以集中綠島管訓了事，應將此 6 名皆判刑槍決，而賴在、張金隆、李加生等 3 犯以警衛部隊士兵而竟預聞逆謀不報，其罪難宥，應照法重處勿誤。**」

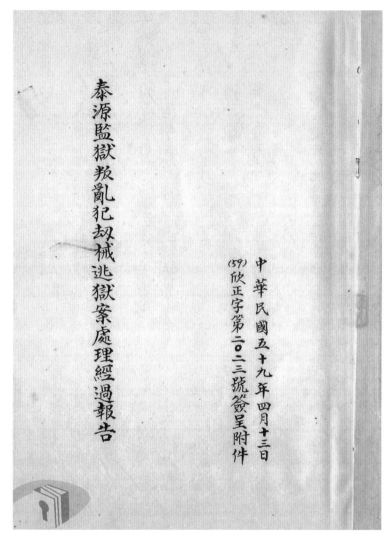

圖 9　【59 年 4 月 13 日參謀總長高魁元呈總統府公文。】-1

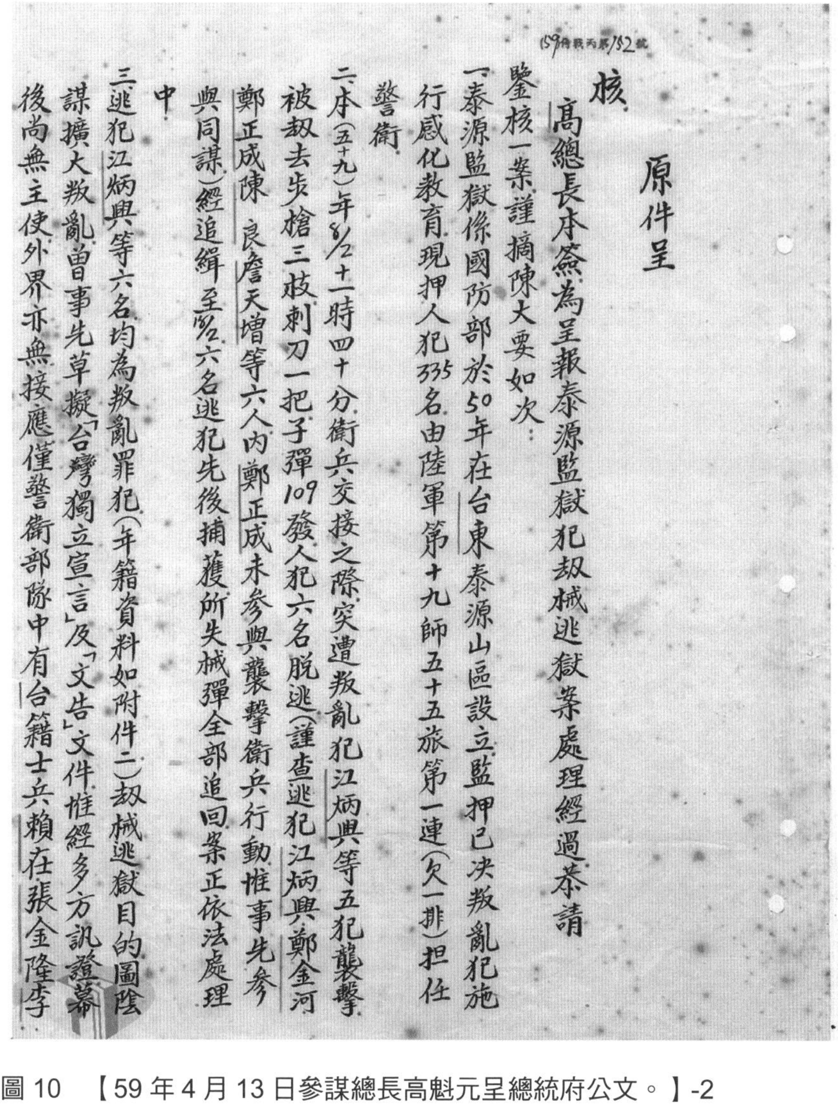

159府軍戌字第182號

核

原件呈

高總長本簽為呈報泰源監獄犯叛械逃獄案處理經過茲請

鑒核一案謹摘陳大要如次

「泰源監獄係國防部於50年在台東泰源山區設立監押已決叛亂犯施

行感化教育現押人犯335名由陸軍第十九師五十五旅第一連(欠一排)擔任

警衛。

二本(五十九)年2/8十一時四十分衛兵交接之際突遭叛亂犯江炳興等五犯襲擊

被劫去失槍三枝刺刀一把子彈109發人犯六名脫逃(謹查逃犯江炳興與鄭金河

鄭正成陳良詹天增等六人内鄭正成未參與襲擊衛兵行動惟事先參

與同謀)經追緝至2/8六名逃犯先後捕獲所失械彈全部追回案正依法處理

中。

三逃犯江炳興等六名均為叛亂罪犯(年籍資料如附件二)叛械逃獄目的圖陰

謀擴大叛亂曾事先草擬「台灣獨立宣言」及「文告」文件惟經多方訊證幕

後尚無主使外界亦無接應僅警衛部隊中有台籍士兵賴在張金隆李

圖 10　【59 年 4 月 13 日參謀總長高魁元呈總統府公文。】-2

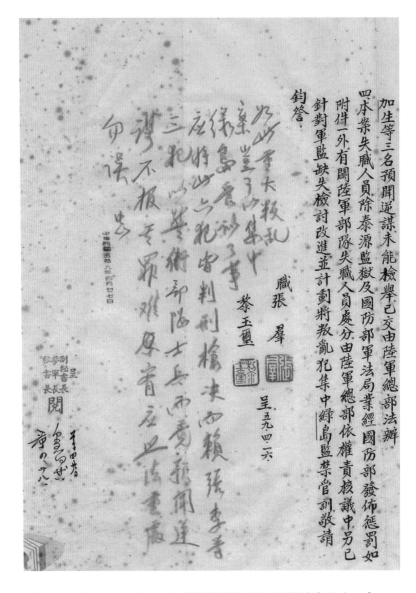

加生等三名預聞逆謀未能檢舉已交由陸軍總部法辦

四本案失職人員除泰源監獄及國防部軍法局業經國防部發佈懲罰如

附件一外有關陸軍部隊失職人員處分由陸軍總部依權責核議中另已

針對軍監缺失檢討改進並計劃將叛亂犯集中綠島監禁管訓敬請

鈞詧

職張　羣

蔡玉蟾

呈五九四二六

中華民國五十九年四月廿七日

圖 11　【59 年 4 月 13 日參謀總長高魁元呈總統府公文。】-3

2、59 年 4 月 25 日參謀總長高魁元簽呈（59 平亞字第 423 號，軍法覆判局承辦）總統說明江炳興叛亂一案覆判情形，5 月 11 日秘書長張群、參軍長黎玉璽轉呈總統，並同時就 59 年 4 月 13 日呈報批示說明略以：**鄭正成雖有預謀叛亂之事實，但能臨事拒絕，以中止行動，就其他 5 名為輕，僅能判處 10 年以上有期徒刑，至於就政治觀點而言，若判處死刑難免不被陰謀臺獨份子藉詞宣傳，影響臺胞心理**等語。蔣中正總統 59 年 5 月 15 日批示「照准」，5 月 16 日以總統 59 年臺統二達字第 119 號代電下達。

3、高玉樹在蘇東啟案的政治考量：此一情形與蘇東啟案中高玉樹涉嫌部分處理方式也有類似之處，蘇東啟案中高玉樹涉嫌部分，國防部呈報覆判情形，蔣中正總統批示「照所擬核准」，惟涉及高玉樹部分，因未經起訴不在審判範圍，另移軍事檢察官偵查等情，蔣中正總統批示「對高玉樹是否即交軍事檢察官偵查，應即從速處理為要」在案（總統 53 年 3 月 27 日臺統二達字第 161 號代電），警備總部就該批示處理情形，於 53 年 4 月 4 日由參謀總長彭孟緝呈報稱，「軍事檢察官於 53 年 3 月 29 日與唐縱、谷鳳翔、倪文亞與張寶樹就此事商議，認為目前偵辦此案，並非適當時機，如此由警備總部傳訊而不羈押，不但貽人口實，且轉助長聲勢，倘扣押訊辦，誠恐刺激人心，引致國際上不良影響，有使本屬純法律問題，轉變為政治問題之顧慮。」等語，經總統府秘書長張群、參軍長周志柔 53 年 4 月 4 日上呈，總統 4 月 10 日批示「如擬」[55]。

---

[55] 國防部軍法局，檔號 0051/278.11/420，蘇東啟等案。

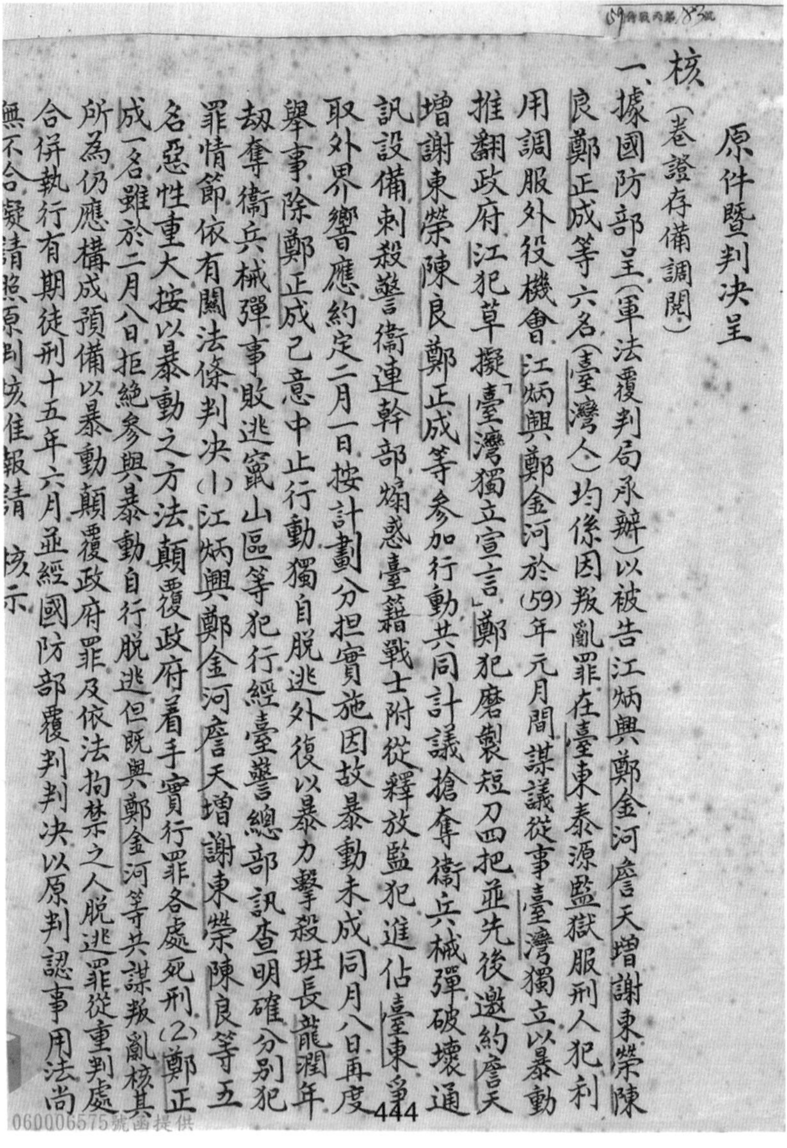

59偵保內第83號

原件暨判決呈

核（卷證存備調閱）

一、據國防部呈（軍法覆判局承辦）以被告江炳興與鄭金河詹天增謝東榮陳良鄭正成等六名（臺灣人）均係因叛亂罪在臺東泰源監獄服刑人犯利用調服外役機會江炳興與鄭金河於(59)年元月間謀議從事臺灣獨立以暴動推翻政府江犯草擬「臺灣獨立宣言」鄭犯磨製短刀四把並先後邀約詹天增謝東榮陳良鄭正成等參加行動共同計議搶奪衛兵械彈破壞通訊設備刺殺警衛連幹部煽惑臺籍戰士附從釋放監犯進佔臺東各取外界響應約定二月一日按計劃分擔實施因故同月八日再度舉事除鄭正成已意中止行動獨自脫逃外復以暴動擊殺班長龍潤年劫奪衛兵械彈事敗逃竄山區等犯行經臺灣警總部訊查明確分別犯罪情節依有關法條判決小江炳興鄭金河詹天增謝東榮陳良等五名惡性重大按以暴動之方法顛覆政府著手實行罪各處死刑(2)鄭正成一名雖於二月八日拒絕參與暴動但既與鄭金河等共謀叛亂核其所為仍應構成預備以暴動顛覆政府罪及依法拘禁之人脫逃罪從重判處合併執行有期徒刑十五年六月並經國防部覆判判決以原判認事用法尚無不合疑請照原則夜佳報清　核示

444

圖12　【向蔣中正總統解釋鄭正成不判死刑的法律理由與政治考量。】-1

懲治叛亂條例第二條第一項「以非法之方法顛覆政府而著手實行
罪」處死刑同條第二項「預備或陰謀犯第一項之罪者」處十年以上有
期徒刑

3. 刑法第5條有期徒刑加重期限可至二十年

2. 刑法第161條依法拘禁之人犯脫逃罪處一年以下有期徒刑

二、卷查被告江炳興於去(58)年11/12由於調服外役關係與監犯鄭金河相識乘機
煽惑叛亂復由鄭金河先後邀約監犯詹天增陳良謝東榮鄭正成等共謀
密議江犯遂積極籌劃計劃暴動擬「臺灣獨立宣言」鄭金河婿中以工
場之鋼鋸磨製尖刀四把以備分作行動武器本(59)年11/2即擾起事由鄭金
河指派鄭正成持刀刺殺正在午睡之警衛連上尉連長金汝楫臨事未敢
執行而鄭金河等又見連部門前官兵眾多因而中止暴動8/2適逢農
曆正月初三又係星期日江犯等以監方戒備較鬆再度結合密議其間鄭正
成一人拒絕參加暴動獨自脫逃(訊據該犯供稱脫逃原因為恐鄭金河
對其報復)但江犯等五人犯意已決仍照預定計劃進行即於當(八日上
潤年(後傷重斃命)隨即劫奪衛兵械彈劫去步槍三支子彈104發刺刀
午十一時50分埋伏於菓園路邊待衛兵換班經過特一擁而上刺傷班長龍
一把當時另臺籍衛兵王義奔往連部報告又臺籍衛兵李加生與江犯

6575號函提供

445

圖13　【向蔣中正總統解釋鄭正成不判死刑的法律理由與政治考量。】-2

頭棒非情治通報或其他人員所得處分案，戰士等應且見後有適兵和事失敗心懷而逃（或入山區）國防部慧報令飭臺灣警境部成立聯合指揮所派革警憲及民防部隊與山地青年等，包圍山區要道並懸賞限期趨護終於（五一二）先後將江犯等六人暨捕解臺警總部依法審訊明罪情發判決如上

又查臺省警士柯在眾金隆李加生等三名涉嫌附和叛亂但臨事均未參與臺東泰源感訓監獄革命現移將陸軍總部另行研處

再查臺東泰源感訓監獄押犯計335名且江犯等六名發動叛亂後該監獄之管理與警衛工作將由憲兵司令部另遴派官兵接管整頓監獄地區山道環境復舊準備嚴密準備警衛所有在押之叛亂犯一律押解該監嚴加管教

三、國防部於本（四）年呈報《總政戰部承辦》臺東泰源感訓監獄叛亂犯江炳興等六名發動叛亂案核批「以此重大叛亂案自可以集中辦為管訓了事應將此六名皆判刑槍決而關在張金隆案加生等三犯以警衛部隊士兵而竟預謀叛亂殊屬不載其罪難有應得法重處為要當即知會國防部遵辦茲據業已由該部真接主復

四、審核意見：本案被告六名除江炳興、鄭金河、詹天增、謝東榮、陳良等五名已依法判處死刑外鄭正成一名雖有預謀叛亂之意但就其犯行目較江犯等五名為輕就法律觀點言所謂叛亂之意須其犯行顯有預備行階段始符判處鄭正成既已中止行動自脫逃其犯行顯屬預備階段依法僅能處死刑至就政觀點言如將該叛亂犯鄭正成一併處死刑難免不被陰謀份子藉詞宣傳影響心理顯增領處基上原因原擬分別犯情論處臺獨似屬妥適令後為防與有類似情事發生應着重

圖14　【向蔣中正總統解釋鄭正成不判死刑的法律理由與政治考量。】-3

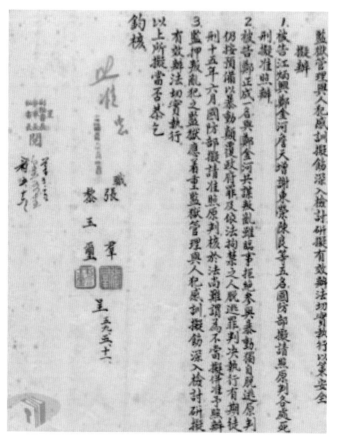

圖 15 【向蔣中正總統解釋鄭正成不判死刑的法律理由與政治考量。】-4

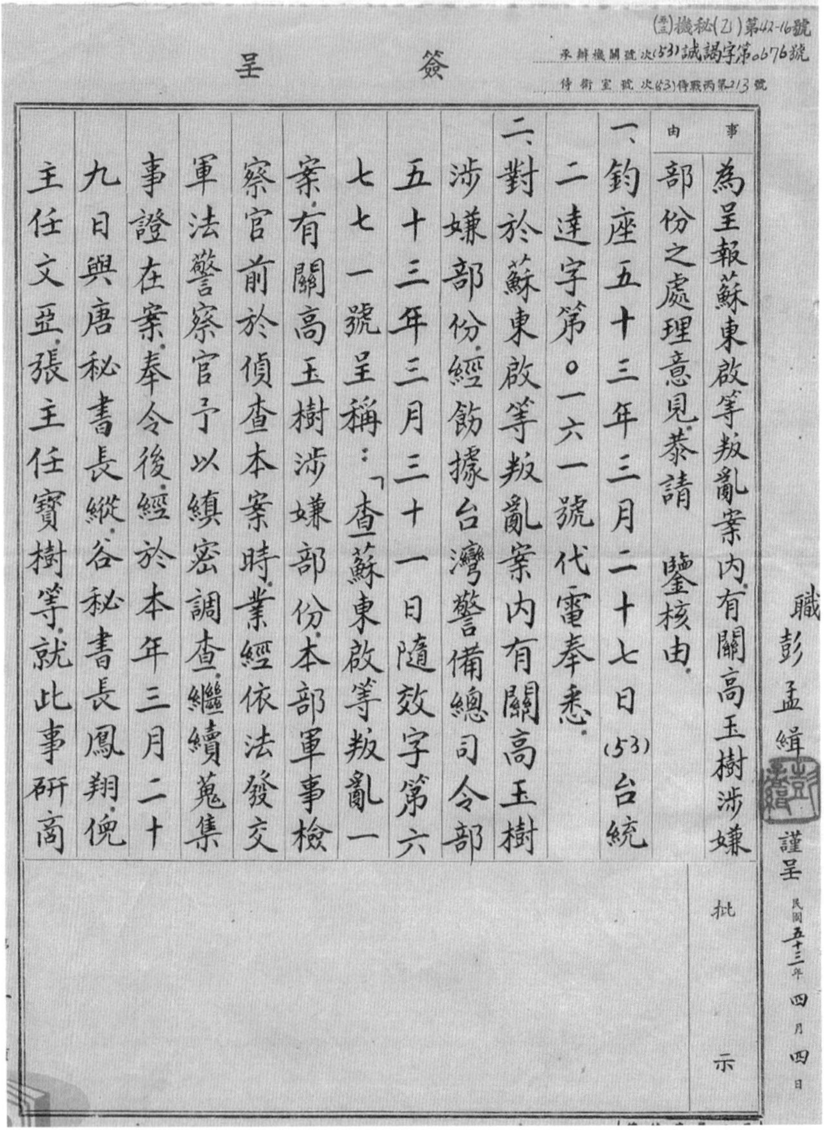

（圖）機秘(乙)第42-16號
承辦機關號次(53)誠謁字第0676號
侍衛室　號次(53)侍戰兩第213號

呈　簽

事由
為呈報蘇東啟等叛亂案內有關高玉樹涉嫌部份之處理意見恭請　鑒核由

一、鈞座五十三年三月二十七日(53)台統二達字第○一六一號代電奉悉。

二、對於蘇東啟等叛亂案內有關高玉樹涉嫌部份經飭據台灣警備總司令部五十三年三月三十一日隨效字第六七一號呈稱：「查蘇東啟等叛亂一案有關高玉樹涉嫌部份本部軍事檢察官前於偵查本案時業經依法發交軍法警察官予以縝密調查繼續蒐集事證在案奉令後經於本年三月二十九日與唐秘書長縱谷秘書長鳳翔暨主任文亞張主任寶樹等就此事研商

批

示

職　彭孟緝　謹呈

民國五十三年　四月　四日

圖16　【蘇東啟案辦不辦高玉樹—考量臺獨事件與臺胞心理】-1

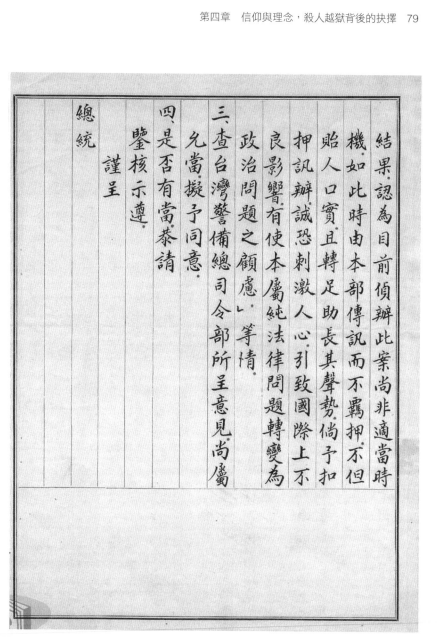

結果。認為目前偵辦此案尚非適當時

機。如此時由本部傳訊而不羈押不但

貽人口實。且轉足助長其聲勢。倘予扣

押訊辦。誠恐刺激人心。引致國際上不

良影響。有使本屬純法律問題轉變為

政治問題之顧慮」等情。

三查台灣警備總司令部所呈意見尚屬

允當。擬予同意。

四是否有當恭請

鑒核示遵。

　謹呈

總統

圖 17　【蘇東啟案辦不辦高玉樹─考量臺獨事件與臺胞心理】-2

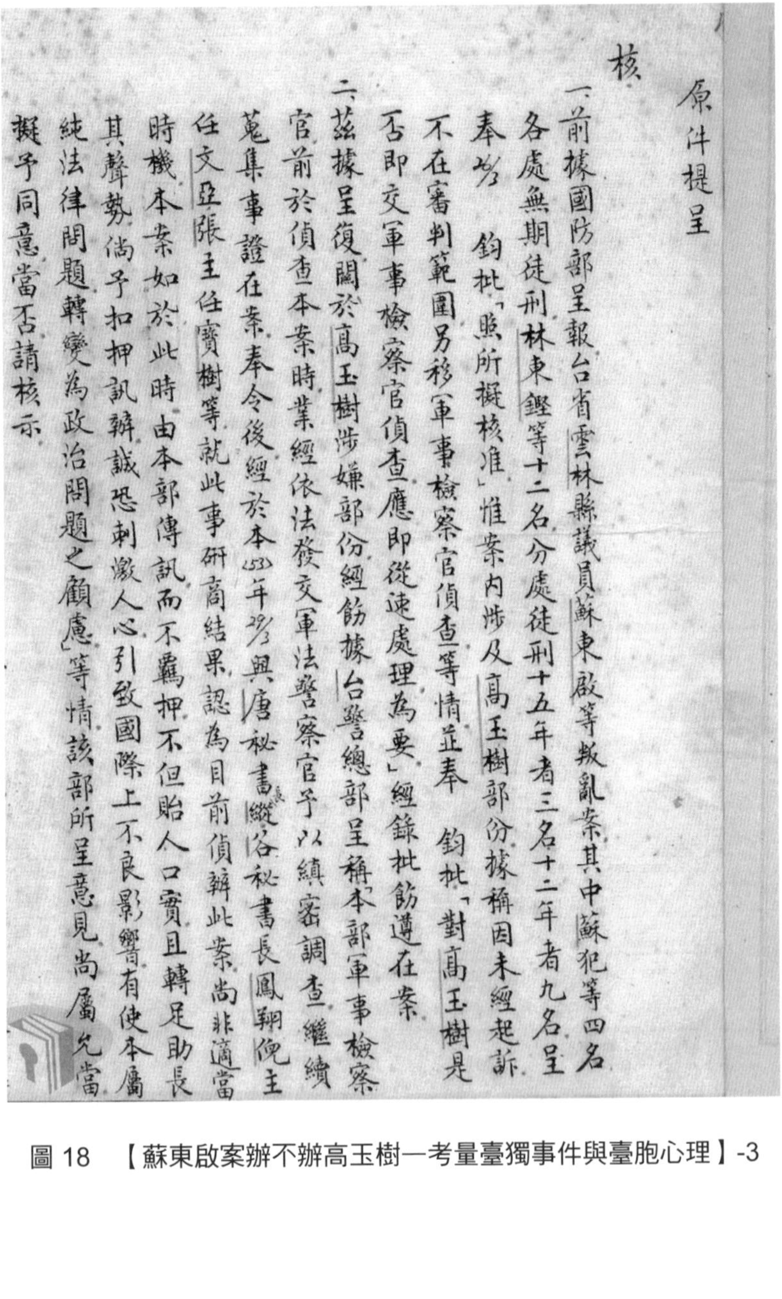

核

原件提呈

一、前據國防部呈報台省雲林縣議員蘇東啟等叛亂案其中蘇犯等四名

各處無期徒刑林東鯉等十二名分處徒刑十五年者三名十二年者九名呈

奉 鈞批「照所擬核准」惟案內涉及高玉樹部份據稱因未經起訴

不在審判範圍另移〈軍事檢察官偵查〉等情並奉 鈞批「對高玉樹是

否即交軍事檢察官偵查應即從速處理為要」經錄批飭遵在案

二、茲據呈復關於高玉樹涉嫌部份經飭據台警總部呈稱本部軍事檢察

官前於偵查本案時業經依法發交軍法警察官予以續密調查繼續

蒐集事證在案奉令後經於本(五三)年十月與唐秘書長鳳翔偵主

任文亞張主任寶樹等就此事研商結果認為目前偵辦此案尚非適當

時機本案如於此時由本部傳訊而不羈押不但貽人口實且轉足助長

其聲勢倘予扣押訊辦誠恐刺激人心引致國際上不良影響有使本屬

純法律問題轉變為政治問題之顧慮等情該部所呈意見尚屬允當

擬予同意當否請核示

圖 18　【蘇東啟案辦不辦高玉樹—考量臺獨事件與臺胞心理】-3

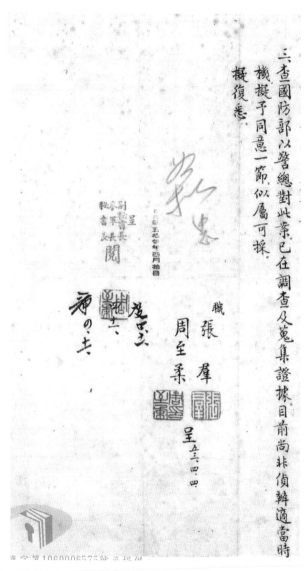

三、查國防部以警總對此案已在調查及蒐集證據目前尚非偵辦適當時機擬予同意一節似屬可採。

擬復悉。

圖 19　【蘇東啟案辦不辦高玉樹—考量臺獨事件與臺胞心理】-4

八、江炳興、陳良遺書暗示臺獨是壯烈之舉，遺書不發回—泰源 事件人犯執行過程

1、執行槍決：59 年 5 月 28 日國防部軍法處簽陳略以：

(1) 國防部 59 年 5 月 27 日平亞字第 527 號令報奉總統核 定被告等 5 名准予照辦。

(2) 死刑訂於 5 月 30 日（星期六）。

(3) 受刑人屍體依據軍人監獄規則第 81 條規定，應通知 其最近親屬具領埋葬，由本處執行當日通知受刑人家 屬，本案裁判書雖奉諭不准外洩，但已執行死刑，其 屍體若不通知家屬恐遭指摘 將引起無謂之困擾。

(4) 發交臺北憲兵隊押付安坑刑場執行槍決。

2、警備總部 59 年 5 月 29 日發函臺北憲兵隊執行，該部於 59 年 5 月 30 日經軍事檢察官藍啟然臨庭執行職務。

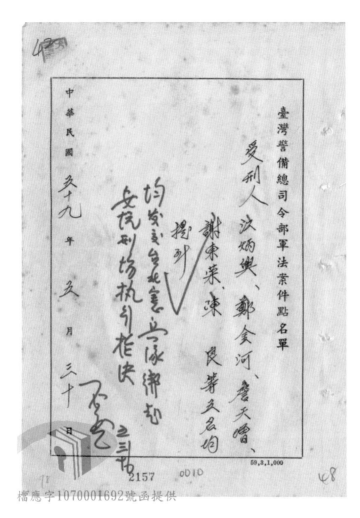

圖20　【執行槍決公文。】

3、被執行槍決前交代留有遺囑：江炳興 5 人執行筆錄均陳
　　述其有遺囑請交給家屬，鄭金河則另陳述請監獄人員不
　　要打人以免引起反感（附件執行卷）。

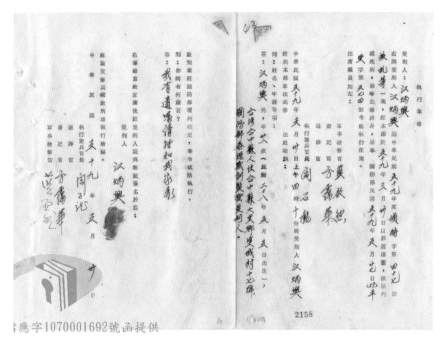

圖 21　【執行筆錄與遺言。】-1

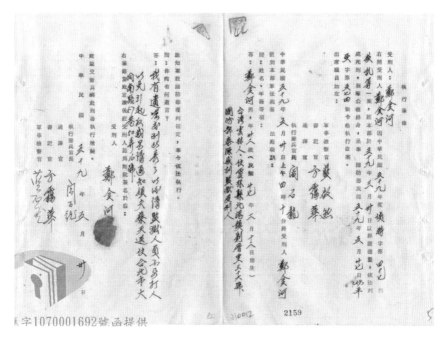

圖 22　【執行筆錄與遺言。】-2

4、59 年 6 月 1 日軍法處檢察組簽陳略以：2 人遺書不送達
　　家屬：就已執行死刑人犯江炳興 5 名遺囑案認為江炳興
　　與陳良遺囑中有暗示臺灣獨立與壯烈之意，應扣發不宜
　　送達等語。

九、輔導長重懲改輕罰──泰源事件士官兵懲處情形

1、軍法局與泰源感訓監獄懲處名單：

單位	職級	姓名	懲罰種類	備考
國防部軍法局	陸軍少將局長	周正	記過一次	
國防部軍法局	陸軍軍法上校組長	章墨卿	記過二次	
國防部軍法局	陸軍軍法上校副組長	向興殷	記過二次	
國防部泰源感訓監獄	海軍陸戰隊上校前監獄長	馬幼良	記大過二次	調部屬軍官
國防部泰源感訓監獄	陸軍軍法上校前副監獄長	董從傑	記大過二次	調部屬軍官
泰監政戰室	陸軍通信兵上校前主任	劉漢溙	記大過一次 記過二次	調部屬軍官
泰監政戰室	少校保防官	黃在郁	大過一次	
	中校監察	簡明揚	大過一次	
	少校政戰官	丁道三	記過二次	
	上尉政戰官	張卓	記過一次	
	上尉政戰官	楊天玉	記過二次	
泰監第1科	海軍陸戰隊中校科長	趙明啟	記大過一次	
	上尉補給官	范春如	記過一次	
	二等士官長	張克恭	記過一次	
	中士傳達士	徐文從	記過二次	
泰監第2科	陸軍步兵中校科長	丁泉	記大過一次 記過一次	
	少校監獄官	陳明闓	記過二次	

（續表）

單位	職級	姓名	懲罰種類	備考
	上尉監獄官	邱承初	記過二次	
	中尉監獄官	聶聯明	記過二次	
	中尉監獄官	寇金池	記過二次	
	上士監獄士	田子驥	記過二次	
	上士監獄士	岑子英	記過一次	
	中士監獄士	李玉麟	記過一次	
	少校保防官	吳舉成	記過一次	

2、陸軍第 19 師懲處名單：

單位	職級	姓名	懲罰種類	備考
陸軍第 19 師 55 旅	上校旅長	白忠	記過一次	
	中校副旅長	賀貴平	申誡	
	中校處長	朱汝琨	申誡	
55 旅 1 營	少校營長	朱正輝	記過二次	
	少校副營長	李貫曾	記過一次	
	少校副營長	牛元凱	記過一次	
	少校輔導長	曾紀生	記過一次	
一營一連	上尉連長	金汝樵	大過二次	原建議記大過一次、後改為記大過二次（事發在旅部開會）
	中尉副連長	陳耀西	記過二次	事發休假
	少尉輔導長	謝金聲	記大過一次	原建議依法偵辦，再改為記大過二次，再改為記大過一次

資料來源：【監察院綜整泰源事件卷證所得】

3、少尉輔導長謝金聲懲罰之轉折─送軍法偵辦，改為記大
　　過二次，最後為記大過一次。

　　(1) 國防部總政治作戰部於 59 年 3 月 5 日（59）欣正部
　　　　1390 號函：檢送泰源專案有關失職人員懲處建議表，
　　　　所列懲處建議為軍法局及泰源監獄部分人員之檢討建
　　　　議，陸軍失職人員請人事次長室洽陸軍總部研議賜會
　　　　等語。3 月 17 日參謀總長高魁元批示：「如擬」。

　　(2) 59 年 3 月 11 日國防部人事參謀次長室第四處簽呈：
　　　　說明五，擔任警衛陸軍 19 師 55 旅第 1 連有關失職人
　　　　員與陸軍總司令部聯繫，分別議處中，已飭即速報國
　　　　防部。

　　(3) 陸 軍 總 司 令 部 59 年 3 月 11 日（59） 建 功 字 第
　　　　735610276 號呈：參謀總長泰源案陸軍失職幹部第 19
　　　　師第 55 旅白忠上校等 10 員懲罰建議，其中第一連
　　　　上尉連長金汝樵記大過一次（事發時在旅部開會）、
　　　　中尉副連長陳耀西記過二次、少尉輔導長謝金聲，以
　　　　「對泰源事件防範不周發生時處置失當」依法偵辦。

　　　　　　呈人事次長室會總政治作戰部，會辦意見略以：
　　　　綜觀泰源案之發生，屬平時管教防範不當因素較多，
　　　　屬於臨機處置不當者較少，該連輔導長謝金聲少尉獲
　　　　悉狀況發生後，反應敏捷、行動積極，無縱放逃犯之
　　　　事實。唯因到職未及 2 月，對狀況未盡深入，處事經
　　　　驗不足，致處事欠適切，衡諸情理，如移交法辦似嫌
　　　　過重。謝員係臺籍軍官如處分較該管連長為重不僅對

個人心理產生不良反應，且有影響其他臺籍軍官之
慮，請一併考量等語。

(4) 59 年 4 月 20 日人事參謀次長室第 4 處簽呈：主旨：
泰源感訓監獄人犯劫械逃亡案，陸軍擔任警衛部隊各
級失職人員，業據陸總建議懲處到部案，高魁元 4 月
24 日就上開公文批示：「照陸軍總司令部意見」。公
文說明摘要如下：

〈1〉查陸軍擔任泰源感訓監獄之警衛部隊，係陸軍第
19 師 55 旅第 1 營第 1 連，各級失職人員計有白
忠上校等 10 員。

〈2〉經會總政治作戰部，對陸總懲罰意見為泰源案之
發生，屬平時管教防範不當因素較多，屬於臨機
處置不當者較少，該連輔導長謝金聲少尉，獲悉
狀況發生後反應敏捷行動積極無縱放逃犯之事
實，唯因到職未及 2 月，對狀況未盡深入，處事
經驗不足，致處事欠適切，衡諸情理，如移交法
辦似嫌過重。

〈3〉謝員係臺籍軍官如處分較該管連長為重，不僅對
個人心理產生不良反應，且有影響其他臺籍軍官
之慮，請一併考量等情。

〈4〉經與陸總聯繫，據告本案懲罰人員，均「候令辦
理，尚未執行」參據總政治作戰部意見，案發當
時，連長在旅部開會，副連長休假，僅輔導長謝
金聲在連，雖為當然代理人，其情形與泰源監獄

當時監獄長馬幼良受訓，副監獄長董從傑代理職務之情形略同。國防部前對馬董兩員各核定記大過二次調為部屬軍官，該連長與輔導長之處分，參證前情，均不高馬、董兩員處分為宜。擬辦：泰源案陸軍警衛部隊各級失職人員，除連長金汝樵、輔導長謝金聲，改為各記大過二次，並調離現職，其餘人員按建議辦理。

(5) 59 年 4 月 29 日 8 時 40 分總政治作戰部三處上校監察官丁華山電話（受話人聯一第四處上尉人事官魏元宣）詢問陸軍懲罰部分是否發出，如未發出，可否緩發，總政治作戰部就本案尚須向上級請示，奉示後再通知貴室。人事參謀次長陳桂華於 4 月 29 日 16 時 30 分就該電話記錄批示略以，協調總政治作戰部，仍以儘速發布為宜，不可耽誤公文時效，應主動協調。

(6) 陸軍總司令部 59 年 5 月 5 日河家字第 11918 號呈略以：主旨：就少尉輔導長謝金聲 1 員，請准予記大過一次處分。說明二稱該案少尉輔導長謝金聲 1 員，為本省籍軍官，現年 24 歲，幹校專修班 28 期，由幹事調升，案發時任現職僅 2 個月，年輕識淺，毫無帶兵經驗，缺乏應變能力，當事件突發，驚慌失措，以致疏於有效之武裝鎮壓措施，雖應負失職之責。惟查其過失乃緣於本身經驗欠缺，不足以應突發事件所致，並非其能為而故違之犯行，其情可宥，懇請准予從輕處分，改記大過一次。

(7) 59 年 5 月 6 日人事次長室第四處簽呈就輔導長謝金聲
陸軍總司令部報請准予改記大過一次處分，經參謀總
長高魁元 5 月 10 日批示：「如擬」。

4、士兵賴在判處無期徒刑，張金隆、李加生不起訴處分：

　　依據國防部 59 年 5 月 5 日覆普亞字第 055 號判決稱
原判決諭知賴在參加叛亂組織，處無期徒刑，褫奪公權
終身；張金隆、李加生等 2 員涉嫌叛亂嫌案件，於 59 年
4 月 3 日經陸軍總司令部軍事檢察官偵查終結後，以 59
松處字第 5 號不起訴處分書認定「江、鄭實施暴動時均
能崗位，並無證據認定有參加叛亂組織或陰謀叛亂之行
為」而確定在案。

十、泰源事件爭點與各觀點之比較，如下表：

各方說法 / 爭點	鄭正成	陳三興	蔡寬裕	吳俊輝	高金郎	黃金島	鄭清田	林明永 陳明發	施明德	賴在	官方記錄
泰源事件起因	彭明敏（註1）		彭明敏（註2）	彭明敏（註3）	醞釀3年（註4）		彭明敏（註5）	彭明敏（註6）	與彭明敏無關，想要引起國際關心臺灣獨立運動（註7）		叛亂者可能知悉彭明敏出境，但非因起因
決定點	江炳興調來（註8）		江炳興調來（註9）	12月8日陳光雲死亡與江炳興同意參加（註10）	施明德告訴紅帽子（註11）		紅帽子知道，施明德思想要曝光（註12）		江炳興調來（註13）		
行動時間	2月6日（註14）		2月6日（註15）	2月8日、2月6日（初一）氣氛融洽（註16）			2月6日（註17）			2月1日（註18）	2月1日

（續表）

各方說法＼事件點	鄭正成	陳三興	蔡寬裕	吳俊輝	高金郎	黃金島	鄭清田	林明永 陳明發	施明德	賴在	官方記錄
獨立宣言草擬		有草擬各種語言版本、施明德可能也有草擬（註19）	有多種版本、沒有英日文，有錄音帶及油印文告（註20）		四種版本的獨立宣言，其中一份偷偷帶出監獄請人翻譯成英、日文等版本（註21）				施明德擬交給江炳興（註22）		江炳興所擬
警衛連與輔導長有參與無參與配合	有，人數眾多、輔導長有參與但中止（註23）	有，警衛連連長支持他（註24），並沒阻止逃跑只有對空鳴槍（註25）	有，警衛連輔導長支持（註26）		警衛連長有參與，至少25人（註27）；警衛連25-30人；山地青年30人（註28）	警衛連參與人數眾多（註29）		警衛連有參與（註30）	警衛連可能有參與（註31）	警衛連無人參加，僅賴在知情（註32）	警衛連僅士兵李加生，賴任知情
波及人數	事後被抓的至少有25名，僅存賴在（註33）	連長、衛兵後來都被判刑（註33）			警衛連士兵遭槍殺不少，大部分都是臺籍的充員兵。（註34）					可能有波及警衛連及警衛連士兵李加生（註35）	僅賴在1人判處無期徒刑

（續表）

事與爭點＼各方說法	鄭正成	陳三興	蔡寬裕	吳俊輝	高金郎	黃金島	鄭清田	林明永 陳明發	施明德	賴在	官方記錄
參與者		鄭金河主導，施明德和我等人是幕後的參與者。（註36）	事件核心人物江炳興、鄭金河與施明德。（註37）		泰源主要人物為鄭金河、江炳興、陳三興、吳俊輝與高金郎、莊（蔡）寬裕最後才能知道	監獄內應僅有少數人參與（註38）					鄭金河等6人、原住民與警衛部隊並無配合

註1：泰源事件發生的原因之一與彭明敏教授逃去國外有關。當時報上可能有刊登彭教授逃去美國的消息，但是因為監獄內的報紙一些重要新聞都被剪掉了，所以我們常常看不到。不過彭教授在去美國之前曾與吳俊輝約好，只要出國就會有1張明信片來，然後我們便找機會發動起義，讓他向聯合國傳達意見。於是我們在中央研究院近代史研究所在想發動的時間，地點等計畫。（見陳儀深，《口述歷史 第11期：泰源監獄事件專輯》，臺北：中央研究院近代史研究所，2002年，頁14-15。）

註2：在泰源時，有一天我和牢友張化民收到彭明敏教授寄來的郵包，裡面是一些罐頭類的食品，當時我們便知道彭教授已順利逃出臺灣。從2月1日的《中央日報》看到一小則有關彭明敏教授離臺而被警備總部通緝國民黨及蔣家的消息，也就此放心，他們也很清楚建黨計畫時也很擔心彭教授要逃亡前夕，就曾與他們保持聯絡，因此泰源事件可以說代史研究所，2002年，頁173-174。）

註3：後來江炳興帶彭明敏教授逃成功逃出去外國的消息，彭教授要逃亡前夕，就曾與他們保持聯絡，因此泰源事件可以說是由島內發聲，要支持在海外的彭教授。（見陳儀深，《口述歷史 第11期：泰源監獄事件專輯》，臺北：中央研究院近代史研究所，2002年，頁81。）

（續表）

各方說法＼爭點	鄭正成	陳三興	蔡寬裕	吳俊輝	高金郎	黃金島	鄭清田	林明永 陳明發	施明德	賴在	官方記錄

註4：泰源監獄事件醞釀了2、3年，這期間除了局部的計畫等細節外，我們在這2、3年內還完成許多階段性任務，將不可能完成的目標，分成4、50個計畫一個一個去完成。監獄是一個情況特殊的環境，一個最沒有自由的地方，但是我們認為這是革命生命最安全的地方。好幾萬人被國民黨抓走，主要是因為國民黨的特務網非常綿密，所以要「活動」的人，在任不小心就會被抓走，但是在泰源監獄推動的計畫，反而可以做到在別的地方所做不到的成效。例如我們打算在泰源監獄到臺東的路上成立10個削甘蔗的工作站，從如何籌錢、招募山地青年，如何訓練他們與我們合作，趁中午休息時大家在涼亭、講堂內討論起義的事情。外役提供外面種種的情形、內部的情報，內部的人則提供役也能進來的機會，趁中午休息時大家在涼亭、講堂內討論起義的事情，每一項都經過試驗。我們利用過年時監獄看守較鬆，大家可以自由交談，招募山地青年沿著清溪意見，大家互相參考、醞釀一些計畫。這3年的醞釀期中，主要的關鍵是我們運用種種的資源。請山地青年治華從泰源到臺東的路上削甘蔗，軍事單位削甘蔗，這3年的工作站，另一方面則可做成某種程度的大事。第3站還沒設，設站是為了收集情報，情就爆發了。假使10站完全設好，實力成熟，有了7、8成的準備，我相信我們行動的效果一定更大。山地青年是最單純的，在泰源當地生活的山地青年只要和我們接觸就會受國民黨去碰觸一些參與國民黨黨軍團組織或國民黨外圍組織陳良，鄭金河的山胞大有人在，當然也有受要抓他們的山胞。事實上，事情爆發後，這6個人在逃亡期間，泰源送衣服、食物給陳良，鄭金河的山胞甚至是軍警等可能受國民黨利用的山胞。（見陳儀深，《口述歷史第11期：泰源監獄事件專輯》，臺北：中央研究院近代史研究所，2002年，頁127-129。）

註5：1969年臺北又送來一批政治犯到泰源，其中一位江炳興表示收到彭明敏從國外寄來的賀年卡，因為他和彭明敏被關在一間牢房中時，彭明敏和他有過約定，如果江炳興收到他的賀年卡，就表示他已全逃出國外了。後來我們已發現經常在《中央日報》上都有「街頭大小」的新聞，刊登有關彭明敏在國外發動演講，我們在泰源監獄已順利逃出國外。鄭金河因此信心大振，他認為去彭明敏在國外演講，更能突顯國民黨在臺灣統治的事實。（見陳儀深，《口述歷史第11期：泰源監獄事件專輯》，臺北：中央研究院近代史研究所，2002年，頁230。）

註6：事件的起因，一方面是看到彭明敏已逃亡出去，我們要呼應他，想藉此機會將事件搞大，那時大家都已抱著犧牲性命的心理。（陳明發）另一方面彭明敏已逃亡出去，我們要呼應他，想藉此機會將事件弄大，那時大家都已抱著犧牲性命的心理。（見陳儀深，《口述歷史第11期：泰源監獄事件專輯》，臺北：中央研究院近代史研究所，2002年，頁252-254（陳明發）。）

（續表）

各方說法＼爭點	鄭正成	陳三興	蔡寬裕	吳俊輝	高金郎	黃金島	鄭清田	林明永／陳明發	施明德	賴在	官方記錄

註7：這本口述歷史中有些人的說明是荒謬的。他們說是因為彭明敏才有泰源事件？為了響應彭明敏才有泰源事件？這實在可笑。我們應為了響應彭明敏而跑出去了。他們說是因為彭明敏要偷渡出國，而採取會喪命的泰源革命？荒謬的說法！1970年2月彭明敏才跑出去，對於彭明敏教授，我只讚過他的書，其他全陌生。我們本來計畫是在1月2日起義的。我們知道1月2日美國副總統安格紐將訪問臺灣。12月底某天（我也忘記了）他們（江炳興）決定要我吃安眠藥「假自殺真革命」（為了1月2日革命提早12月底吃藥）。我吃了，後來被送到臺東軍醫院，我有遺書應存於檔案中，請問你們找到沒（不知遺書在哪裡）？後來1月2號江炳興他們沒有起義。1月2日江炳興之前我已經在醫院（不知道送醫紀錄還在不在）。後來才改為2月8日起義的。我預估自殺時，彭教授還沒有跑呢，怎會和他有關？胡說！泰源革命的動機和目的和彭明敏完全無關。我們準備的起義，當然是要贏得勝利，引發臺灣人響應。至少是要讓美國和國際社會知道這種人而喪命的。一中一臺或兩個中國我們間都馬屁？我們不可能為了響應彭明敏一個人而喪命的？陳儀深和這些政治犯這種論述大可笑，也太幼稚和愛拍馬屁！當年(1969-1970)我們覺得臺灣並未起訴聯合國已經站在自由世界一邊，蔣介石的美眠不兩立將會使臺灣走向外交絕境。我們希望臺灣採取這個行動，讓國際知道，我們可以接受一個中國跟一中一臺，聯合國應讓臺前京毛澤東政府加入，但不需要把臺灣將介石政府趕出來，那時候我們的用語是「容毛不排蔣」，革命的機是對臺灣前途極度憂心。臺東是被隔離的地區，軍事上來說，不容易擴張。要全面勝利很難，日語，希望把他從成功港偷渡出去，但我情深信至少會引起國際注意，所以才安排讓柯旗化活下來，因為他懂英語，該事件動機絕不是為了響應彭明敏逃到日本沖繩，但柯旗化事前不知道，失敗後，大家也經口不提這件事的獨立革命運動。口述歷史真金河傳達給我的。（見陳儀深，《口述歷史第11期：泰源監獄事件等輯》，臺北：中央研究院近代史研究所，2002年，頁15-16。）（見監察院107年4月27日施明德先生陳嘉君女士訪談錄）

註8：泰源事件的發生與江炳興調來泰源有很大的關係。我事後才知道江炳興之前在臺北新店軍人監獄時，就曾經計畫要畢壞。但未成功，因此被人打小報告，才調來泰源監獄。江炳興是一個對革命工作很感興趣的人，他也很認真，文筆不壞。我和江炳興只是點頭之交，我大略知道他是誰。他的idea（想法）為何，至於他一些比較積極的構想，差不多都是經由鄭金河傳達給我的。（見陳儀深，《口述歷史第11期：泰源監獄事件等輯》，2002年，頁15-16。）

註9：計畫之所以會轉為積極變得具體原因為，江炳興來到泰源監獄，江炳興屬於激進派，他來之前整個行動一直沒有領導中心，他來之後才開始積極推動。（見陳儀深，《口述歷史第11期：泰源監獄事件等輯》，臺北：中央研究院近代史研究所，2002年，頁82。）

（續表）

各方說法／爭點	鄭正成	陳三興	蔡寬裕	吳俊輝	高金郎	黃金島	鄭清田	林明永／陳明發	施明德	賴在	官方記錄

註10：同年12月8日陳光雲突然死亡。後來由她姊夫將遺體領走。按照高金郎的說法，陳光雲的死對整個行動計畫影響很大，因為他是義監外界和仁監沒人知道。此外他也做了很多的準備，包括儲存很多現金（裡面的人是不容許攜有現金的），不過他死後錢藏在哪都沒人知道。（西元）1969年12月27日晚上看電影時，我遇到江炳興，但是那天卻跟我說，他贊成這件事，並且自己和鄭金河等人決定要執行這項計畫。另外就是要和對方一起行動，因為如果不跟對方一樣，對方如果被判死刑，你也一定是死刑，到時候就算再怎麼解釋。我與江炳興因同案被捕關，但我所各自做了決定。我與江炳興的情形一樣，況且我們幾次拿他自言清白的宣言稿本給我看，並希望我也提供點意見。之後，一直到過舊曆年，找才又有機會跟江炳興見面。（西元）1970年1月6日，仁監「二監」各派約30人出去做外役工作，因為人多，室友楊春暉（中學教師）（原籍浙江）跟我說，等於提供一個很好聯絡的機會。（西元）1970年2月1日睡午覺時，室友楊春暉，他聽到烏鴉在叫，這是不祥之兆，由於我已知將有事要發生，因此我救救敷衍他說「也許是」，也許是，之後就沒有再跟他說些什麼了。不過這段期間，報紙也曾報導臺北有幾次大大霧，我感受到這是事情發生的前兆。（見陳儀深，《口述歷史第11期：泰源監獄事件專輯》，臺北：中央研究院近代史研究所，2002年，頁174-175。）

註11：施明德認為一有機會就要推動，而我則認為沒有二分之一以上的勝算不能輕舉妄動，因為事關很多人的任命。施明德則認為這是藉口，他覺得革命得無法計算，要做到百分之一百的安全是不可能的，所以一有機會就要推動，用行動來檢驗一切。由於我的拒絕，施明德就透過陳永善是同案的，都是從派的。演變到後來，林華洲要去密告，不讓革命有成功的機會。高鈺鐺和林華洲都是「純紅色的」，林華洲我則認為他「紅色的」，我們決定由某個人去守來處理善後，不過這個人被「紅色的」認為是反「紅色的」，聽說後來是林華洲和林華洲。一旦拿到槍，他阻止「紅色的」會先死，所以他們決定先去跟陳永善說方密，不過因為林華洲要去密告是因為我們有一項非正式的規劃，決定由某個人去守來處理善後，不過這個人被「紅色的」認為是反「紅色的」，擔心華洲一直阻止林華洲，才未發生密告的事情。施明德之所以會告訴林華洲等人，是因為在泰源監獄時他常與這些「紅色的」帽子一在一起。（見陳儀深，《口述歷史第11期：泰源監獄事件專輯》，臺北：中央研究院近代史研究所，2002年，頁131。）

（續表）

各方說法＼爭點	鄭正成	陳三興	蔡寬裕	吳俊輝	高金郎	黃金島	鄭清田	林明永 陳明發	施明德	賴在	官方記錄
註12：	原本江炳興和鄭金河決定要在10月展開行動，後來考慮要看聯合國開會的結果如何再行事；接著又遇到冬天，時間一延再延。當時施明德已耐不住性子，表示如果再不行動的話，他就要將全部的消息曝光，沒想到事情真的曝光了。那時在獄中分為「白帽子」和「紅帽子」兩派，蔡寬裕得知他後為馬上聯絡紅帽子中的蕃薯仔去圍阻，不讓林華洲和上面的人有接近的機會。但計劃行動的消息已在押房中明顯傳開來，鄭金河覺得再這樣下去不行，如果早掀台話會會死，而且會死更多的人。（見陳儀深，《口述歷史第11期》泰源監獄事件專輯）								接著又遇到冬天，時間一延再延……沒想到事情真的曝光了，一心想要去跟監獄長報告。（口述歷史，頁230-231）	接著又遇到冬天，時間……一心想要去跟監獄長報告。泰源監獄事件	
註13：	此事規劃1年多以上，開始是鄭金河最積極，但我覺得他軍事知識不夠，一直到江炳興來了，他才覺得他軍事領導此事。（見監察院107年4月27日施明德女士訪談錄）						一直到江炳興德先生。（見陳儀深，《口述歷史第11期》泰源監獄事件專輯，國曆2月8日）。（見陳儀深，頁16。）				
註14：	我們原訂要在農曆的正月初一（國曆2月6日）行動，但因為警衛連沒準備好，包括追擊等武器因故放在溪邊倉庫，來不及進庫，沒有武器，無法依原訂時間行動，只好延至正月初三（國曆2月8日）。（見陳儀深，《口述歷史第11期》泰源監獄事件專輯）					因為警衛連沒準備好……只好延至正月初三。臺北：中央研究院近代史研究所，2002年，頁101。					
註15：	原訂正月初一要行動，因為量到安全因素，臨時改變發動時間。（見陳儀深，《口述歷史第11期》泰源監獄事件專輯）			因為考量安全因素，臨時改變發動時間。臺北：中央研究院近代史研究所，2002年。							
註16：	大年初一（2月6日）那天天早上吃甜的是甜和綠豆湯，在這兩個鐘頭內大家還是在談是在談不行動的事？我發現起來也覺得很奇怪，獄方那時怎麼會給我們開那麼多機會談事情？……大家還是可以到別的押房串門子，只是那天天要「收封」時，獄方就派人來跟我們說，過年已結束，明天作息要恢復常態，不過大家也很高興，因為隔天就要行動了。（見陳儀深，《口述歷史第11期》泰源監獄事件專輯，臺北：中央研究院近代史研究所，2002年，頁176。）										
註17：	我原本江炳興和鄭金河決定要在10月展開行動，後來考慮要看聯合國開會的結果如何再行動，表示如果再不行動的話，他就要將全部的消息曝光，一延再延。當時施明德已耐不住性子，那時在獄中分為「白帽子」和「紅帽子」兩派。								接著又遇到冬天，時間一延再延……沒想到事情真的曝光了，他知道事情真相，一心想要去跟監獄去監獄。	泰源監獄事件	

（續表）

各方說法＼爭點	鄭正成	陳三興	蔡寬裕	吳俊輝	高金郎	黃金島	鄭青田	林明永 陳明發	施明德	賴在	官方記錄

註18： 長報告，蔡寬裕得知後馬上聯絡紅帽子中的審查仔去圍阻，不讓林華洲和上面的人有接近的機會。但計劃行動的消息已在押房中明顯傳開來，鄭金河覺得再這樣下去不行，如果不拚的話會死，包括扣擊砲等武器因放在溪邊倉庫，求不及準備，沒有武器，無法依原訂時間行動，只好延至正月初三（國曆2月8日）。（見陳儀深訪問，《口述歷史第11期：泰源監獄事件專輯》，臺北：中央研究院近代史研究所，2002年，頁230-231。）

我們原訂要在農曆的正月初一（國曆2月6日）行動，而且會死太多的人，所以計劃行動的機會；但因為警衛連等武器好，求不及準備，沒有武器，包括扣擊砲等放在溪邊倉庫，沒有接近的機會。（見陳儀深，《口述歷史第11期：泰源監獄事件專輯》）

問：2月1日的事你知道嗎？為何最後沒有發動？答：2月1日的事我知道，沒發動的原因好像是人不夠，只有6個人，江炳興說鄭正成沒去。（見陳儀深訪問紀錄，108年1月18日賴在先生訪談筆錄。）

註19： 我自己準備了英文、日文、臺語及北京語版的獨立宣言，也沒有被查到。由於監獄裡保障一段時間會檢查房間，所以日文和英文版的宣言，我用羅馬拼音寫，當時我們只是單純為了占領電臺後播放，我們的最低目標只是如此而已。宣言不是很長，大約1、2百字，內容為我們臺灣人要獨立，呼籲臺灣人民支持。施明德可能也有準備宣言，但因為我們兩個聯繫不多，所以我並不清楚他到底有沒有寫。（見陳儀深，《口述歷史第11期：泰源監獄事件專輯》，臺北：中央研究院近代史研究所，2002年，頁152-153。）

臺語及北京話、河洛話、英語帶有四聲分別為北京話，因為他們部只有領臺習簿，讓臺灣獨立的聲音傳出去，呼籲臺灣人民支持⋯⋯

註20： 油印文告是天主教堂神父支援，由外面連絡站神父幫忙錄音，「好像主角在錄音」，我認為，那可能主角是他。」我記得這件事件過了這麼久之後，你還能記得這麼完整？說實在的，我的記憶力算不錯，但是現在要我找出完整的宣言，坦白說，我講不出來。關於文告的事情，我們之前並沒有和內部的人討論過，只有中間的幾個固外役談到占領臺後，大約三分鐘的英語和日話發的聲明錄音帶，可以將信息傳送到美國和日本，所以只有律賓和⋯⋯為了安全起見，這些文告和錄音帶，都不是押房內的人負責。（見陳儀深，《口述歷史第11期：泰源監獄事件專輯》，臺北：中央研究院近代史研究所，2002年，頁108-109、頁112。）

（續表）

各方說法＼事點	鄭正成	陳三興	蔡寬裕	吳俊輝	高金郎	黃金島	鄭清田	林明永 陳明發	施明德	賴在	官方記錄
註 21											我們的思想就是臺灣要建國。宣布臺灣獨立。我們事先準備 4 種版本的獨立宣言，其中一份偷偷帶出監給請人翻譯成英、日文等版本，由於這件事是福利社負責在負責，所以我也不清楚執行的程度。我們第一輛卡車行軍的目標就是要拿下成功裝師基地以及占領富崗廣播電臺，因為要接收裝師之後才有武器，並打算在占領電臺後，播放我們事先準備好的臺語、北京語及英語等版本的獨立宣言。江炳興保管的那一捲錄音帶事發後被軍方拿去：施明德燒寫的那一份施明德後來被他自己撕碎，沖入馬桶。（見陳儀深，《口述歷史第 11 期：泰源監獄事件專輯》，臺北：中央研究院近代史研究所，2002 年，頁 132。）
註 22											施明德，那份獨立宣言是我寫的。時間長遠加上恐怖統治下的存活術，很多事情必須刻意忘掉。幾年前辦公室的人拿了宣言給我看，一開始我不確定是否是我寫的，但是文風是我一貫的筆風，當中有一段，「臺灣已經是個獨立的國家……」「臺灣已是獨立 20 年的國家……」這是我一貫的主張。從 1949 年國民黨來臺灣開始計算。（與委員比對卷證資料筆跡中）江炳興曾是我的原稿，我叫他抄寫一遍，然後把我的原稿燒掉，但是宣言是我寫的，但是宣言是我寫的。在監獄中，我們部會用報紙黏起來變成白紙黑板，當作我們寫字的桌面，那時沒有桌子、床，我把厚紙板中間挖洞，把宣言藏在裡面。（見監察院 107 年 4 月 27 日施明德先生、陳嘉君女士訪談紀錄）
註 23											「警衛連周電提求，輔導員長也趕到現場，我記得他好像是南投人。事後他應該也被槍決了，因為判決書上說他「臨陣投降」。雙方僵持了大約 5 到 10 分鐘，這期間雙方不是在談條件，而是在談下一步該怎麼做？輔導員認為事已至此，沒辦法繼續做，他要鄭金河想辦法離開這裡，這些原定要配合我們的士兵當天都打好戰鬥綁腿，結果卻無法行動，所以這些兵，事後被抓的至少有 25 名，不曉得被捉去哪裡？聽說相關資料在陸軍總部。「賴在」是保存的 1 位。有關警衛連方面的狀況，賴在會比較清楚。因在這之前，鄭金河只告訴我們，事情已經進行到何種程度。（見陳儀深，《口述歷史第 11 期：泰源監獄事件專輯》，臺北：中央研究院近代史研究所，2002 年，頁 17-18。）
註 24											我問他有多少人支持？鄭金河告訴我「警衛連」連長支持他。（見陳儀深，《口述歷史第 11 期：泰源監獄事件專輯》，臺北：中央研究院近代史研究所，2002 年，頁 151。）
註 25											我在獄中所聽到的是，警衛連沒有攔阻鄭金河他們，頂多只有對空鳴槍而已，所以這些人包括鄭金河他被判刑，至於是判死刑還是無期徒刑，我至今都沒有得到明確的訊息。據說事情發生時，連長有追出來，衛兵來都被，連長有追出來，要鄭金河他

（續表）

各方說法＼爭點	鄭正成	陳三興	蔡寬裕	吳俊煇	高金郎	黃金島	鄭清田	林明永 陳明發	施明德	賴在	官方記錄
註 26	們將槍枝還來，鄭金河希望連長支持他，連長表示無法支持。（見陳儀深，《口述歷史第 11 期》泰源監獄事件專輯）	鄭金河告訴我，如果不同意，則要殺他滅口。說服警連的工作，例如向當天增人或多或少都有參與說服的工作，犯與警連的聯絡工作，不論是火燒島還是臺灣本島。可以說是一項傳統。如果說真有問題，早就事跡敗露了。但這 2、3 年可以說非常順利。（見陳儀深，2002 年，頁 129。）							要逃快點還回來。（見陳儀深，《口述歷史第 11 期》泰源監獄事件專輯。臺北：中央研究院近代史研究所，2002 年，頁 153-154。）		他一度要會同連長去向連長攤牌，即如果連長同意，就讓他擔任連長。主要是江柄興和鄭金河，其他的人在負責。最少有 5 個人在負責，黃金島等，只要是外役大家都會參與。其實政治犯就是有問題，早就事跡敗露了。（見陳儀深，《口述歷史第 11 期》泰源監獄事件專輯，臺北：中央研究院近代史研究所）
註 27	試探警衛連時，鄭金河遊說輔導長說：「哪有臺灣人殺臺灣人的道理？路嘗向內不向外彎，即使這樣下令，我也不會服從。」警衛連的確曾有我們的人。（見陳儀深，中央研究院近代史研究所，2002 年，頁 89-90。）										
註 28	原本警衛連一連共有 4 個排，在泰源監訊的則有 3 個約 96 人，其中加入我們組織的有 25 人至 30 人左右；山地青年則差不多有 30 人；仁、義兩監（當時全部大約 3 百多人）則有差不多 50 人參與。我們當時有 1 個計畫，如果整個監獄在 15 分鐘內整合起來，打算以獄內的 3 輛軍車、2 輛中型普通車及 3 輛卡車，加上在路上攔 3 至 5 輛公車，預計以 10 輛車來運送所有的人。（見陳儀深，中央研究院近代史研究所，2002 年，頁 132。）										
註 29	由於當天班長、連長都放假，剩下臺籍輔導長，他一聽到救命聲就跑了來，所有的官兵也都圍了過來。輔導長一看是鄭金河等人，由於他和鄭等人對臺灣前途問題有相同的理念，曾經跟鄭金河說，「路嘗只有任內彎，不可能任外彎」，所以雙方就當場在那裡談判。由於鄭金河事先都已聯絡好了，那些看著仔兵也都心懷有數，而且不到半個鐘頭部隊和直昇機部圍過來，逃也逃不掉，要他們趕快走，退入山區。（見陳儀深，2002 年，頁 233。）										
註 30	所以由我和萬草替他（行動前 1 天柄興傳話進來說：明天第 2 個碉堡會丟一支槍下來，要我們負責接應。（見陳儀深《口述歷史第 11 期》泰源監獄事件專輯，臺北：中央研究院近代史研究所，2002 年，頁 211（訪談林明永）。）										

（續表）

各方說法＼争點	官方記錄	賴任	施明德	林明永陳明發	鄭清田	黃金島	高金郎	吳俊輝	蔡寬裕	陳三興	鄭正成

註31：革命事件最初的形成是鄭金河告訴我，他們和警備連官兵一起革命，他們卒革掉後可以把門打開，之前江炳興、鄭金河（陳良、鄭金河）的做法會付出太大的代價。江、鄭認為如果失敗，我們才動手。之前江炳興、鄭金河（陳良、鄭金河）的做法會付出太大的代價。江、鄭認為如果失敗，我們才動手。為了可以拿到刀子，希望這一時間裡牆面外合，把鄭卒革掉後可以把門打開。但是我決定裡面不會先動手，必須裡面外合。……有些臺灣官兵也答應一起革命。等江炳興出去當外役，又得知警備連的副營長是江炳興同學，也許早年也曾有志一同要為臺灣獨立而奮鬥，只是沒有被抓起來，所以安排我假自殺後被送至臺東醫院，他說副營長在起事後會和我聯絡。原本我就決就主張，外面行動裡面同時也配合行動，所以那一天 2/8，我擅自安排李萬章去外面殺雞，包水餃等等外面成功的有訊息傳進來，我們才動手。先生。（陳嘉君女士訪談筆錄）

註32：筆錄中你有說「那天上午我站衛兵時，鄭金河跟我說今天中午要動手了，叫我吃過午飯後帶武器到監談後面圍牆邊集合……沒有人去……因為只有我 1 個人，我不敢去……我因為很善怕，所以沒有告訴別人，更不敢叫別人參加。」問：筆錄記載這段真實嗎？問：有拉衛連的人進來嗎？答：沒有拉任何人參加這樣做。問：筆錄記載指應為林清森。後來吳朝全與彭文昌（當時找到中你有說「當日我在寢室見到林清森」也在寢室，我同他們一起談話，其他李加生、張金隆等兩人，我是以後再找他們的，當時找到載錯誤應為彭文燦）也在寢室，我同他們一起談話，其他李加生、張金隆等兩人，我是以後再找他們的，當時找到問他們（指李加生、張金隆）時都說犯人（指鄭）已去找過他們了，不要我再講了，對嗎？答：我只說我沒有找其他人。我不知道做，實際上也沒有找其他人，因為對鄭金河不好意思，所以跟鄭金河說我說找其他人。（見監察院 108 年 1 月 18 日賴在先生訪談筆錄）

註33：見陳儀深，《口述歷史第 11 期：泰源監獄事件專輯》，臺北：中央研究院近代史研究所，2002 年，頁 154。

註34：事發後警備連的士兵遭槍殺的可能不少，大部分都是臺籍的充員兵。（見陳儀深，《口述歷史第 11 期：泰源監獄事件專輯》，臺北：中央研究院近代史研究所，2002 年，頁 130。）

註35：問：認識李加生嗎？他被判刑多久？答：李加生是東石人，同連，後來分開審判，不知他的刑期。（見監察院 108 年 1 月 18 日賴在先生訪談筆錄。）

（續表）

各方說法／爭點	鄭正成	陳三興	蔡寬裕	吳俊輝	高金郎	黃金島	鄭清田	林明永 陳明發	施明德	賴在	官方記錄

參與泰源事件的成員包括有：鄭金河，這次事件真正主導者是鄭金河，主動地希望得到我們的支持。因為舉事的這些人都是外役，他們才有機會去計畫造些事情，而我們在監獄裡面，對外面的情形都不知道，不可能會去計畫一個一連串的計畫。然後他也要得到我和施明德的支持。（見陳儀深，《口述歷史第 11 期：泰源監獄事件專輯》，臺北：中央研究院近代史研究所，2002 年，頁 154-155。）

陳良、詹天增，鄭正成（4 人蘇東啟案），江炳興（軍校案）以及謝東榮（充員兵）。而不是與我們同案的軍校學生，也不是去策動他們，應該是他們，而我們會計畫造些事情，對外面的情形都不知道，不可能會去計畫一個一連串的計畫。所以我推論應該是鄭金河認為他自己有需要這樣做。

註 36：參與泰源事件的成員包括有：鄭金河，這次事件真正主導者應該是鄭金河，主動地希望得到我們的支持。因為舉事的這些人都是外役，他們才有機會會計畫造些事情，而我們在監獄裡面，對外面的情形都不知道，不可能會去計畫一個一連串的計畫。然後他也要得到我和施明德的支持。（見陳儀深，《口述歷史第 11 期：泰源監獄事件專輯》，臺北：中央研究院近代史研究所，2002 年，頁 154-155。）

註 37：見陳儀深，《口述歷史第 11 期：泰源監獄事件專輯》，臺北：中央研究院近代史研究所，2002 年，頁 83-86。

註 38：除了幾個參與者外，大部分臺灣人和「統派的」都無法得知。（見陳儀深，中央研究院近代史研究所，2002 年，頁 303-304。）

十一、重大政治犯再移往綠島監獄過程

1、日治時期（西元 1911-1919）臺灣總督府於綠島設置浮浪
者收容所 [56]，國民政府遷臺後，40 年警備總部在綠島成
立「新生訓導處」，監管、改造思想或政治上有問題的
犯人，並徵收流麻溝東側土地成立第三職訓總隊收容感
訓流氓。54 年綠島新生訓導處政治犯分批移往國防部泰
源感訓監獄 [57]。

2、泰源事件發生後，國防部 59 年 5 月 27 日平亞字第 527
號令附件說明二稱，監押叛亂犯之監獄，應重監獄管理
與人犯感訓，應深入檢討，研擬有效辦法，切實執行為
要。

3、國防部部長黃杰與參謀總長賴名湯於 59 年 7 月 20 日以
（59）篤維字第 2127 號簽報「籌建綠島監獄一所專供重
刑與案情特殊叛亂犯之執行案」會銜上呈總統有關「擬
將原擬擴建泰源監獄第二三期工程經費移充專供執行重
刑及案情特殊叛亂犯之用，泰源監獄維持現狀」等情，
經總統府秘書長張群、參軍長高魁元於 59 年 7 月 31 日
轉呈總統，蔣中正總統於 59 年 9 月 23 日批示：1. 照准。
2. 又此種案件應由有關主管機關呈行政院核定不必對府
呈核。該監獄興建完成後位於綠島新生訓導處舊址西側
稱為「綠洲山莊」。

---

[56] 明治 40 年 10 月告示第 149 號浮浪者收容所名稱位置追加（臺灣總督伯爵佐久間
左馬太），發布日期：明治 45 年 04 月 12 日 (19120412)。

[57] 2007 綠島人權紀念園區「綠洲山莊 (八卦樓) 歷史資料調查研究」成果報告，頁 2。

4、警備總部於 61 年 4 月 22 日至 5 月 1 日實施東安演習共花費新臺幣 69 萬 7744 元，除警備總部外並動員各軍種與憲兵 202 指揮部將泰源感訓監獄 175 名人犯、警備總部軍法處看守所 127 名人犯與臺灣軍人監獄 4 名人犯戒護移送綠島監獄，各監獄叛亂犯分布情形：1. 綠島監獄 306 名。2. 泰源監獄 109 名。3. 警備總部軍法處看守所 234 名。另外，移送交接會銜名冊則就臺獨部分單獨註記區別。（61 教戒字 493 號）

第五章
行走於泰源，爬梳事實的最後一哩路

調查意見：

　　民國（下同）105 年三次政黨輪替，蔡英文總統 520 就職演說稱：「為維護社會的公平與正義，預計在 3 年之內，挖掘真相、彌平傷痕、釐清責任，完成臺灣自己的轉型正義調查報告書。」惟就相關白色恐怖檔案之管理與現狀未能與時俱進，導致戒嚴時期泰源事件真相有所不明，各說各話，除影響政治受難者精神自由與知情權利之保障外，並與兩公約之基本人權要求未盡相符，鑑此，依據憲法與監察法規定行使調查權，詳查該案發生始末，還原事實真相，以維政府公信力與保障人性尊嚴。

　　經調閱國家發展委員會檔案管理局、國防部、國防部軍醫局、國防部青年日報社、內政部、國家人權博物館等機關卷證資料，並於 107 年 10 月 25 日現場履勘法務部矯正署泰源技能訓練所、綠島監獄，107 年 4 月 27 日訪談施明德先生、陳嘉君女士，108 年 1 月 18 日訪談泰源事件泰源監獄駐防衛兵賴在先生，輔導長謝金聲則因故婉拒，107 年 11 月 9 日諮詢中央研究院臺史所所長許雪姬、臺灣大學歷史學系教授陳翠蓮及促進轉型正義委員會兼任委員尤伯祥，107 年 12 月 24 日諮詢中央研究院近代史研究所副研究員陳儀深，已調查完成，調查意見如下：

一、泰源事件所適用軍事審判法，本係規範現役軍人而非一般人民，當年因威權體制戒嚴法擴大適用及於一般人民，其傳統思維認非司法權作用，而為統帥權範疇，與現今認為軍事審

判法仍受正當法律程序原則與公平法院原則之拘束有所不同。

　　戒嚴時期總統依據憲法第 36 條規定統率全國陸海空軍，依法有權核定國防部覆判判決，並有發交覆議權[58]，蔣中正總統於泰源事件將國防部總政治作戰部所提「泰源監獄叛亂劫械逃獄案處理經過報告」中，就「將叛亂犯移綠島監禁感訓」之部分誤解為 6 名被告之刑事處遇，做出「應將此 6 名皆判刑槍決，而賴在、張金隆、李加生等 3 犯以警衛部隊士兵而竟預聞逆謀不報，其罪難宥，應照法重處勿誤」之批示。

　　但國防部早於該批示前做出核准 6 名被告之覆判判決，並將賴在判處無期徒刑，及張金隆、李加生不起訴處分在案，從而實際上泰源事件最後處理結果，國防部所屬覆判並未照蔣中正總統批示而為，或再依據該批示改變先前主管機關已經決定之任何處置，此亦可從蔣中正總統於江炳興叛亂一案覆判簽呈批示照准，可見一斑。

　　另外有關 59 年 4 月 24 日行政院副院長蔣經國訪美期間遭黃文雄、鄭自財刺殺未果，是否導致蔣中正總統誤解公文，或為做出「應將此 6 名皆判刑槍決，而賴在、張金隆、李加生等 3 犯以警衛部隊士兵而竟預聞逆謀不報，其罪難宥，應照法重處勿誤」從重處理之批示，因無證據顯示其間關連性，故因果關係自不得而知。

（一）戒嚴時期傳統軍事審判制度思維認為並非司法權，為統

---

[58] 按軍事審判法第 160 條規定：「軍事法庭獨立行使審判權，不受任何干涉。」依據傳統統帥權見解，軍事長官所行使為判決覆核權，並不得於審理時直接干預審判。

帥權之範圍，故產生總統核覆制度。

1、傳統軍事審判制度理論架構：

　　戒嚴時期政治犯依法應交付軍事審判，軍事機關軍事偵審程序之設計取決於當時審判制度之本質，持傳統論者軍事審判權為統帥權之運用，美國學者 Winthop 曾說：「軍法法庭並非法庭，而僅是為促成指揮官之統帥權而已。」[59] 所以依據憲法第 36 條規定「總統統率全國陸海空軍」與第 9 條規定「人民除現役軍人外，不受軍事審判」，認為軍事審判體系乃一種完整而獨立的法系，非司法權的一部分，故軍事長官具有最終審判結果的核覆權[60]。

　　至於持否定論者，則認軍事審判制度乃「司法權」之行使。其理由係依據憲法第 77 條既明定「司法院為國家最高司法機關」，軍人犯罪之審判權當屬司法權的一部分。另有折衷說主張軍事審判制度是「統帥權為體、司法權為用」者，認為軍事審判本質上雖屬統帥權的一部分，然其行使的過程應如同刑事司法，是為修正的統帥權說。

　　動員戡亂時期在傳統之見解[61]，創設統帥刑罰

---

59 章瑞卿，〈我國憲法審判權對軍事審判權之界限〉，《律師雜誌》，250 期，2000 年，頁 66-77。

60 陳樸生，〈軍事審判制度之共同性與特殊性（一）〉，《軍法專刊》，第 7 卷 1 期，民國 51 年，頁 12；王建今，〈論軍事審判權與司法審判權〉，《王建今法學論文選集》，民國 75 年，頁 299。

61 民國 45 年，立法院在討論「軍事審判法」草案時，行政院 44 年 5 月 31 日臺 44

權，亦即軍事審級監督權，軍事審判權獨立，應在
統帥直接監督之下，獨立行使，不受其他外力影
響，故 45 年以前，依據陸海空軍審判法第 13 條規
定：「各軍法會審之審判長審判官，由該管長官指
派之」；45 年以後，依據軍事審判法第 158 條規
定：「案件經起訴後，軍法主官應按被告之級職，
犯罪之刑名，擬定審判庭之軍事審判官，簽請軍事
長官核定。」審判官的人選均須由軍事長官指派或
核定，同時由於軍事審判之審級制度（包括舊制之
一審一核制與現行之一審一覆判制）與司法三級三
審不同，更與司法審級無關。

2、軍事審判覆核制度之演變：

(1) 19 年制定陸海空軍審判法第 36 條規定：「應處
死刑者、將官校官及同等軍人應處徒刑者、尉官
准尉官及其同等軍人應處 5 年以上有期徒刑者，
應呈請國民政府核定」同法第 40 條規定：「長
官如認簡易及普通軍法會審之判決不合法者，得
令再議。」同法第 41 條規定：「軍法會審之判決，

法字第 3451 號函立法院所附的〈軍事審判法草案提要二〉指出：「為維持軍法
之特殊作用，以示別於普通司法」，甚至直接表明該法的基本精神是為了「統帥
權之完整」，該草案指出：軍法雖為刑罰權之一，其目的在維持軍紀，貫澈命令，
以達成捍衛國家克敵致果之神聖使命，故時不論古今，地無分中外，軍法權向為
總戎統帥三軍之工具，美國之最新軍法，亦由國會授權總統執行，民主先進國家
法制如此，他勿待論，故統帥權之完整，為本法基本精神。見行政院函，〈軍事
審判法草案提要〉，《立法院公報》，44 卷 16 期號 4 冊 5-6 頁。

　　總司令或軍政部長海軍部長或該管最高級長官認
　　為不合法者，得令復議。」同法第 44 條規定：「總
　　司令或軍政部長海軍部長或該管最高級長官認為
　　軍法會審有判決不當之宣告者，得令復審。」

(2) 32 年修正公布的戰時陸海空軍審判簡易規程第
　　4 條規定：「有左列各款情形之一者，依陸海空
　　軍審判法審判法第 36 條呈請核定。一、將官及
　　其同等軍人判處 3 年以上有期徒刑以上之刑者。
　　二、校官及其同等軍人判處 10 年以上有期徒刑
　　以上之刑者。三、尉官准尉官及其同等軍人判處
　　無期徒刑以上之刑者。四、士兵及其同等軍人判
　　處死刑者。前項核定，得呈請代行陸海空軍大元
　　帥職權之軍事委員會委員長為之，但應按月彙報
　　國民政府備查。」

(3) 39 年總統核准公布施行「國防部軍法案件呈核
　　標準」規定：「一、左列案件由參謀總長逐呈總
　　統核定。甲、將官及其同等軍人處有期徒刑以上
　　之刑者。乙、校官及其同等軍人處 10 年以上有
　　期徒刑以上之刑者。二、 左列案件由總統授權
　　參謀總長代核，月終列表檢同原判決彙呈核備。
　　甲、尉官准尉官及其同等軍人處無期徒刑以上
　　之刑者。乙、士兵及其同等軍人處死刑者。丙、
　　非軍人依法應受軍法裁判案件之處死刑者，但高
　　級官吏及情節重大案件，仍呈請總統核定。三、

不屬前兩項各款規定刑度之案件，由參謀總長逕予核准或備查。」

(4) 45 年軍事審判法第 133 條規定：「判決由該管軍事審判機關長官核定後，宣示或送達之。**最高軍事審判機關高等覆判庭之判決，呈請總統核定後，宣示或送達之。**核定判決時，如認判決不當或違背法令，應發交覆議，不得逕為變更原判決之核定；發交覆議，以一次為限。覆議結果不論變更或維持原判決，應照覆議後之判決予以核定。」（**泰源事件所適用之軍事審判法**）

(5) 是則，總統就判決結果擁有核定與發交覆議的權力，無疑是當時軍事審判屬於統帥權範疇明顯寫照。

(二)**現行軍事審判制度建制，不同於戒嚴時期之軍事審判思維，認為軍事審判機關所行使者，仍屬國家刑罰權之範圍，則應有正當法律程序原則與公平法院原則之適用。**

86 年 10 月 3 日司法院釋字第 436 號解釋稱：「憲法第 8 條第 1 項規定，人民身體之自由應予保障，非由法院依法定程序不得審問處罰；憲法第 16 條並規定人民有訴訟之權。現役軍人亦為人民，自應同受上開規定之保障。又憲法第 9 條規定：『人民除現役軍人外，不受軍事審判』，乃因現役軍人負有保衛國家之特別義務，基於國家安全與軍事需要，對其犯罪行為得設軍事審判之特別訴訟程序，非謂軍事審判機關對於軍人之犯

罪有專屬之審判權。至軍事審判之建制，憲法未設明文規定，雖得以法律定之，**惟軍事審判機關所行使者，亦屬國家刑罰權之一種，其發動與運作，必須符合正當法律程序之最低要求，包括獨立、公正之審判機關與程序，並不得違背憲法第 77 條、第 80 條等有關司法權建制之憲政原理**；規定軍事審判程序之法律涉及軍人權利之限制者，亦應遵守憲法第 23 條之比例原則。

本於憲法保障人身自由、人民訴訟權利及第 77 條之意旨，在平時經終審軍事審判機關宣告有期徒刑以上之案件，應許被告直接向普通法院以判決違背法令為理由請求救濟。軍事審判法第 11 條，第 133 條第 1 項、第 3 項，第 158 條及其他不許被告逕向普通法院以判決違背法令為理由請求救濟部分，均與上開憲法意旨不符，應自本解釋公布之日起，至遲於屆滿 2 年時失其效力。有關機關應於上開期限內，就涉及之關係法律，本此原則作必要之修正，並對訴訟救濟相關之審級制度為配合調整，且為貫徹審判獨立原則，關於軍事審判之審檢分立、參與審判軍官之選任標準及軍法官之身分保障等事項，亦應一併檢討改進，併此指明。」

(三)泰源事件就蔣中正總統批示之爭議，從證據顯示蔣中正總統係將國防部總政治作戰部所提「泰源監獄叛亂劫械逃獄案處理經過報告」中，就「將叛亂犯移綠島監禁感訓」之決策說明誤解為 6 名被告之判決執行，做出「應將此 6 名皆判刑槍決，而賴在、張金隆、李加生等 3 犯

以警衛部隊士兵而竟預聞逆謀不報，其罪難宥，應照法重處勿誤」之批示其實國防部軍法局早於該批示前做出已核准江炳興等人死刑之覆判判決並將賴在判處無期徒刑（陸軍總司令部初判），而張金隆、李加生不起訴處分在案，實際上最後處理結果，國防部所屬並未全照該項批示而為，或改變批示前主管機關之任何處置，蔣中正總統其後於江炳興叛亂一案覆判簽呈批示照准，亦可見一斑。

　　另有關 59 年 4 月 24 日行政院副院長蔣經國遭黃文雄、鄭自財刺殺未果，是否導致蔣中正總統誤解公文，或做出「應將此 6 名皆判刑槍決，而賴在、張金隆、李加生等 3 犯以警衛部隊士兵而竟預聞逆謀不報，其罪難宥，應照法重處勿誤」從重處理之批示，因無證據顯示其間關連性，故因果關係自不得而知。

1、就泰源事件蔣中正總統干預軍事審判於未經終審定讞前，即下令槍決 6 名人犯，與重辦賴在、張金隆、李加生等人之之爭議，主要依據係為 59 年 4 月 13 日參謀總長高魁元簽呈「泰源監獄叛亂劫械逃獄案處理經過報告」，由總統府第二局 4 月 14 日 10 時收文，4 月 16 日總統府秘書長張群、參軍長黎玉璽轉呈總統，蔣中正總統 59 年 4 月 27 日批示：「如此重大叛亂案，豈可以集中綠島管訓了事，應將此 6 名皆判刑槍決，而賴在、張金隆、李加生等 3 犯以警衛部隊士兵而竟預聞逆謀不報，其罪難宥，應

照法重處勿誤。」

　　事實上，本件簽呈辦理字號為 59 欣正字第 2023 號係以國防部總政治作戰部為承辦單位，並非軍事審判法所定之總統核覆程序，其係因泰源事件發生後，總政治作戰部即循軍事政戰體系依法監察，於 59 年 3 月 3 日總政治作戰部提出「泰源專案綜合檢討報告書」與泰源監獄叛亂犯劫械逃獄案處理經過報告呈核參謀總長高魁元批示，總長高魁元據前揭報告向蔣中正總統呈核，其於 59 年 4 月 13 日呈報總統時，國防部軍法局早於 59 年 4 月 10 日以 59 年覆高亞字第 21 號判決將臺灣警備總司令部（以下簡稱警備總部）之原判決關於江炳興、鄭金河、詹天增、謝東榮、陳良部份核准，蔣中正總統似將總統府秘書長張群、參軍長黎玉璽所轉總長高魁元呈核報告之簽呈說明四所稱「將叛亂犯移綠島監禁感訓」誤解為 6 名被告之判決執行，而為「應將此 6 名皆判刑槍決，而賴在、張金隆、李加生等 3 犯以警衛部隊士兵而竟預聞逆謀不報，其罪難宥，應照法重處勿誤」之批示。

2、再者，依據 59 年 4 月 25 日參謀總長高魁元簽呈蔣中正總統為江炳興叛亂一案覆判情形，5 月 11 日總統府秘書長張群、參軍長黎玉璽轉呈總統，並同時就 59 年 4 月 13 日呈報批示說明略以：1. 鄭正成雖有預謀叛亂之事實，但能臨事拒絕，以中止行動，

就其他 5 名為輕，僅能判處 10 年以上有期徒刑，至於就政治觀點而言，若判處死刑難免不被陰謀臺獨份子藉詞宣傳，影響臺胞心理等語 [62]。蔣中正總統 59 年 5 月 15 日批示「照准」，5 月 16 日以總統 59 年臺統二達字第 119 號代電下達執行。其呈核字號為 59 平亞字第 423 號，依該字號承辦單位為軍法覆判局，其程序為當時軍事審判法所明定，蔣中正總統亦未行使軍事審判法第 133 條所定發交覆議權，而以照准命令，按代電執行江炳興等 5 名之死刑。

3、又警衛部隊士兵賴在判處無期徒刑（陸軍總司令部初判），張金隆、李加生不起訴處分，均在蔣中正總統 59 年 4 月 27 日批示之前，並未因為蔣中正總統批示而有所變更。

4、另 59 年 4 月 24 日行政院副院長蔣經國訪美期間遭黃文雄、鄭自財刺殺未果，是否導致蔣中正總統誤解公文，或為做出「應將此 6 名皆判刑槍決，而賴在、張金隆、李加生等 3 犯以警衛部隊士兵而竟預聞逆謀不報，其罪難宥，應照法重處勿誤」從重處

---

[62] 鄭正成口述歷史回憶並未判死刑原因係為：「心動則意動，意動則視之為著手實行，心若沒動，就代表你沒有那個意思，心若動，即代表你是有意的。偵訊時，他們問我 7 句話，如同打了我 7 槍，我就是以此種態度來回答，因為只要你沾到一點點邊，就完了。訊問時我都是答非所問，不這樣不行，必須堅持『心不能動，意不能動』的原則來答話。……」似非當局所考量之原因。見中央研究院近代史研究所《口述歷史》編輯委員會編輯，《口述歷史第 11 期：泰源監獄事件專輯》，頁 24。

　　理之批示，因無證據顯示其間關連性，故有無因果不得而知，然實際上最後處理結果，並未全照該項批示而為，或改變批示前主管機關國防部所屬之處置應可認定。

表 4　【總政治作戰部與軍法局處理流程與時序表】

日期	說明
59.03.03	總政治作戰部提出「泰源專案綜合檢討報告書」與泰源監獄叛亂犯劫械逃獄案處理經過報告。
59.03.18	警備總部軍事檢察官偵查終結。
59.03.20	警備總部軍事檢察官就被告江炳興等 6 人提起公訴（59 年偵特字第 47 號）由警備總部軍法處收案。
59.03.28	被告江炳興等 6 人初判辯論終結。
59.03.30	警備總部軍法處以 59 年度初特字第 31 號、59 年勁需字第 1896 號判決「江炳興、鄭金河、詹天增、謝東榮、陳良各處死刑，各褫奪公權終身，各全部財產除酌留其家屬必需之生活費外沒收之」、「鄭正成應執行有期徒刑 15 年 6 月，褫奪公權 10 年」。
59.04.03	警衛部隊士兵張金隆、李加生經陸軍總司令部軍事檢察官偵查終結後，予以不起訴處分確定在案。
59.04.04	宣示判決，被告口頭聲請覆判。
59.04.05 前	判決書分別送達被告江炳興等 6 人，警備總部依職權將江炳興等 5 名初審判決死刑被告送請覆判。
59.04.10	國防部以 59 年覆高亞字第 21 號判決「原判決關於江炳興、鄭金河、詹天增、謝東榮、陳良部份核准」。
59.04.13	參謀總長高魁元（59 欣正字第 2023 號，**總政戰局承辦**）簽呈「泰源監獄叛亂劫械逃獄案處理經過報告」。
59.04.14	被告等補充覆判聲請書；「泰源監獄叛亂劫械逃獄案處理經過報告」總統府第二局 10 時收文。

（續表）

日期	說明
59.04.16	總統府秘書長張群、參軍長黎玉璽轉呈總統「泰源監獄叛亂劫械逃獄案處理經過報告」。
59.04.18	行政院副院長蔣經國抵達洛杉磯赴美訪問 10 天，臺灣獨立建國聯盟即展開反對蔣經國訪美的示威遊行。
59.04.20	4 月 20 日行政院副院長蔣經國抵達華盛頓安德魯斯空軍基地時，遭臺灣獨立建國聯盟抗議。同日至白宮拜會尼克森時，華府地區臺獨聯盟再次抗議。
59.04.21	警衛連士兵賴在經陸軍總司令部判處無期徒刑，褫奪公權終身。
59.04.24	行政院副院長蔣經國至紐約廣場飯店，紐約區臺獨盟員再度示威遊行時，黃文雄、鄭自財開槍刺殺蔣經國失敗，蔣經國並無受傷。
59.04.25	參謀總長高魁元簽呈總統（59 平亞字第 423 號，軍法覆判局承辦）為「江炳興叛亂一案覆判情形」。
59.04.27	蔣中正總統就「泰源監獄叛亂劫械逃獄案處理經過報告」批示：「如此重大叛亂案，豈可以集中綠島管訓了事，應將此 6 名皆判刑槍決，而賴在、張金隆、李加生等 3 犯以警衛部隊士兵而竟預聞逆謀不報，其罪難宥，應照法重處勿誤。」
59.05.05	警衛連士兵賴在無期徒刑國防部覆判確定在案。
59.05.11	總統府秘書長張群、參軍長黎玉璽轉呈總統「江炳興叛亂一案覆判情形」（軍法覆判局承辦），並同時就 59 年 4 月 13 日呈報批示說明略以：鄭正成雖有預謀叛亂之事實，但能臨事拒絕，以中止行動，就其他 5 名為輕，僅能判處 10 年以上有期徒刑，至於就政治觀點而言，若判處死刑難免不被陰謀臺獨份子藉詞宣傳，影響臺胞心理等語。
59.05.15	蔣中正總統就「江炳興叛亂一案覆判情形」（軍法覆判局承辦）批示「照准」。

(四)綜上足見，泰源事件所適用軍事審判法，本係規範現役
軍人而非一般人民，當年因威權體制戒嚴法擴大適用及
於一般人民[63]，其傳統思維認非司法權作用，而為統帥
權範疇，而與現今認為軍事審判法仍受正當法律程序原
則與公平法院原則之拘束有所不同，戒嚴時期總統依據
憲法第36條規定統率全國陸海空軍，依法有權核定國
防部覆判判決，並有發交覆議權，蔣中正總統於泰源事
件將國防部總政治作戰部所提「泰源監獄叛亂劫械逃獄
案處理經過報告」中，就「將叛亂犯移綠島監禁感訓」
之部分誤解為 6 名被告之刑事處遇，而做出「應將此 6
名皆判刑槍決，而賴在、張金隆、李加生等 3 犯以警衛
部隊士兵而竟預聞逆謀不報，其罪難宥，應照法重處勿
誤」之批示。

　　但國防部所屬早於該批示前做出核准 6 名被告之覆
判判決，並將賴在判處無期徒刑，而張金隆、李加生不
起訴處分在案，從而實際上泰源事件最後處理結果，國
防部所屬覆判並未照蔣中正總統批示而為，或再依據該
批示改變先前主管機關已經決定之任何處置，此亦可從
蔣中正總統於江炳興叛亂一案覆判簽呈批示照准，可見
一斑；另有關 59 年 4 月 24 日行政院副院長蔣經國訪美
期間遭黃文雄、鄭自財刺殺未果，是否導致蔣中正總統
誤解公文，或為做出「應將此 6 名皆判刑槍決，而賴在、
張金隆、李加生等 3 犯以警衛部隊士兵而竟預聞逆謀

---

[63] 論理與歷史沿革詳如調查意見二所述。

不報，其罪難宥，應照法重處勿誤」從重處理之批示，因無證據顯示其間關連性，故因果關係自不得而知。

二、泰源事件偵審過程固無證據證明違反當時軍事審判法之規定，然戒嚴時期就非現役軍人犯內亂（懲治叛亂條例）受軍事審判，得不公開審理，並從偵查、審判與執行課以軍法官迅速審理之義務，就「將官案件之判決及宣告死刑或無期徒刑之判決」採職權送請覆判制度，並不受被告聲請覆判理由之拘束，導致泰源事件偵審過程從提起公訴至死刑執行（59年3月20日至59年5月30日）僅2個月餘，覆判庭在未收到被告聲請覆判理由即為死刑判決；另外，本案偵查過程涉有使用酷刑刑求取供情事，原判決採用非任意性自白作為判決理由，均有違誤，嚴重背離國家現今所承認之公民與政治權 國際公約第14條公平法院原則及正當法律程序等普世價值，自應引為殷鑑以策來茲。

(一)公平法院原則係屬普世價值人權

根據聯合國公民與政治權利國際公約第14條規定：「一、人人在法院或法庭之前，悉屬平等。任何人受刑事控告或因其權利義務涉訟須予判定時，應有權受獨立無私之法定管轄法庭公正公開審問。法院得因民主社會之風化、公共秩序或國家安全關係，或於保護當事人私生活有此必要時，或因情形特殊公開審判勢必影響司法而在其認為絕對必要之限度內，禁止新聞界及公眾旁聽審判程序之全部或一部；但除保護少年有此必要，或事關婚姻爭執或子女監護問題外，刑事民事之判決

應一律公開宣示。二、受刑事控告之人，未經依法確定有罪以前，應假定其無罪。三、審判被控刑事罪時，被告一律有權平等享受下列最低限度之保障：（一）迅即以其通曉之語言，詳細告知被控罪名及案由；（二）給予充分之時間及便利，準備答辯並與其選任之辯護人聯絡；（三）立即受審，不得無故稽延；（四）到庭受審，及親自答辯或由其選任辯護人答辯；未經選任辯護人者，應告以有此權利；法院認為審判有此必要時，應為其指定公設辯護人，如被告無資力酬償，得免付之；（五）得親自或間接詰問他造證人，並得聲請法院傳喚其證人在與他造證人同等條件下出庭作證；（六）如不通曉或不能使用法院所用之語言，應免費為備通譯協助之；（七）不得強迫被告自供或認罪。四、少年之審判，應顧念被告年齡及宜使其重適社會生活，而酌定程序。**五、經判定犯罪者，有權聲請上級法院依法覆判其有罪判決及所科刑罰。**六、經終局判決判定犯罪，如後因提出新證據或因發見新證據，確實證明原判錯誤而經撤銷原判或免刑者，除經證明有關證據之未能及時披露，應由其本人全部或局部負責者外，因此判決而服刑之人應依法受損害賠償。七、任何人依一國法律及刑事程序經終局判決判定有罪或無罪開釋者，不得就同一罪名再予審判或科刑。」

再就公民與政治權利國際公約第 32 號一般性意見第 15 點 [64] 保障被告受獨立無私公正法庭審問。第 22

點[65] 公約雖不禁止軍事法院審判平民，但須符合公約第 14 條規定，審判平民必須締約國能證明具有必要性。第 32 點[66] 保障被告具有充分時間準備答辯及選任辯護人。第 33 點[67] 保障被告充分閱覽文件和其他證據之權

---

[64] 公民與政治權利國際公約第 14 條第 1 項規定，保障任何人受刑事控訴或因其權利義務涉訟須予判定時，應有權受獨立無私之法定管轄法庭公正公開審問。

[65] 公民與政治權利國際公約第 14 條的規定適用於該條規定範圍內的所有法院和法庭，不論他們是普通法院和法庭，或是特別法院和法庭。委員會指出，許多國家設有審判平民的軍事法院或特別法院。《公約》裡不禁止由軍事法院或特別法院審判平民，但要求這種審判完全符合第 14 條的規定，同時其保障不得因這類法院具有軍事或特別性質而遭到限制或變更。委員會還指出，從公正、無私和獨立司法的角度來看，由軍事法院或特別法院審判平民，可能產生嚴重的問題。因此，有必要採取一切必要措施，確保這種審判在按第 14 條規定真正獲得充分保障的條件下進行。由軍事法院或特別法院審判平民，只能在例外情況下進行，即只限於締約國能證明，採用這種審判是必要的，並能提出客觀和充分理由證明是合理的，並表明就案件個人和罪行性質而言，普通的民事法院無法進行審判。

[66] 公民與政治權利國際公約第 14 條第 3 項第 2 款規定被告必須有充分時間和便利準備他的答辯，並與他自己選任的辯護人聯絡。該條係公正審判和適用「權利平等」原則的一個重要基本保障。 在被告是原住民的情況下，只有在審前和審判期間免費提供通譯，才可能確保與辯護人的聯絡。 什麼構成「充分時間」取決於每起案件的情況。如果辯護人合理地認為準備答辯的時間不足，他們有責任請求休庭。 除非法官發現或應發現辯護人的行為違反司法利益，否則締約國不必為該辯護人的行為負責。 如休庭的請求合理，則有義務批准，特別是在被告受到嚴重的刑事追訴，並且需要更多時間準備答辯的情況下。

[67] 「足夠的便利」必須包括能夠閱覽文件和其他證據；這必須涵蓋檢方計劃在法庭上針對被告提出的全部資料或者可免於刑責的資料。 開脫罪責的資料應當不僅包括證明無罪的資料而且包括其他可能有助於答辯的證據（比如，證明自白非出於自願）。在指稱證據是在違反《公約》第 7 條獲得的情況下，必須提供關於這類證據獲得情況的資料，以評估這一指稱。如果被告不懂訴訟所用語言，但由熟悉該語言的辯護人代理，則向辯護人提供案件中的有關文件可能便已足夠。

利。第 41 點 [68] 禁止強迫自供或認罪不得援引違反《公約》第 7 條取得的證詞或口供作為證據。第 49 點 [69] 被告有權取得第一審法院判決書及卷證紀錄，並保障接受覆判權利得以有效行使等語。

(二)戒嚴期間人民受軍事審判是否違憲固具有重大爭議，但迄今司法院大法官仍承認該制度之合憲性，並未宣告違憲。

根據 80 年 1 月 18 日司法院釋字 272 號解釋理由書稱：「人民除現役軍人外，不受軍事審判，憲法第 9 條定有明文。**戒嚴為應付戰爭或叛亂等非常事變，維護國家安全、社會安定之不得已措施**，在戒嚴時期 [70] 接戰地

---

[68] 公民與政治權利國際公約第 14 條第 3 項第 7 款保障有權不被強迫自供或認罪。必須從沒有來自刑事偵查機關為獲得認罪而對被告做任何直接或間接的身體上壓迫或不當精神壓力的角度來理解這項保障。當然，以違反《公約》第 7 條的方式對待被告以獲取自白，是不可接受的。國內法必須確保不得援引違反《公約》第 7 條取得的證詞或口供作為證據，但這類資料可用作證明已經發生了該條所禁止的酷刑或其他處遇的證據。在這種情況下，應由國家證明被告的陳述是出於自願。

[69] 被告如果為有罪判決者有權得到第一審法院推理正當的書面判決書、以及有效行使上訴權所需的至少第一級上訴法院的其他文件－比如審判紀錄，則為有罪判決得到覆判的權利就能夠有效行使。如果違反同一條第 3 項第 3 款而不當延誤上級法院的覆判，則也損害了該權利的有效性而且也違反了第 14 條第 5 項。

[70] 《臺灣省戒嚴令》，正式名稱為《臺灣省政府、臺灣省警備總司令部布告戒字第壹號》，是中華民國臺灣省政府主席兼臺灣省警備總司令陳誠於 1949 年 5 月 19 日頒布的戒嚴令，宣告自同年 5 月 20 日零時（中原標準時間）起在臺灣省全境實施戒嚴，至 1987 年由中華民國總統蔣經國宣布同年 7 月 15 日解嚴為止，共持續 38 年又 56 天。此戒嚴令頒布時的臺灣省轄區包含臺灣本島與周邊附屬島嶼、以及澎湖群島。

域內普通法院不能處理之案件，均由軍事機關審判，**此為憲法承認戒嚴制度而生之例外情形，亦為戒嚴法第 8 條、第 9 條** [71] **之內容**。惟恐軍事審判對人民權利之保障不週，故戒嚴法第 10 條規定，解嚴後許此等案件依法上訴於普通法院，符合首開憲法規定之意旨。政府為因應動員戡亂之需要，自 37 年 12 月 10 日起，先後在全國各地區實施戒嚴（臺灣地區自 38 年 5 月 20 日起戒嚴），雖戒嚴法規定之事項，未全面實施，且政府為尊重司法審判權，先於 41 年發布『臺灣地區戒嚴時期軍法機關自行審判及交法院審判案件劃分辦法』，並逐次縮小軍法機關自行審判之範圍，復於 45 年制定『軍事審判法』取代『陸海空軍審判法』及其有關軍事審判程序之法令，以求軍事審判之審慎」等語。從而，**戒嚴期間人民受軍事審判是否違憲固具有重大爭議，但迄今司法院大法官仍承認該制度之合憲性，並未宣告違憲。**

(三)戒嚴時就非現役軍人犯內亂（懲治叛亂條例）受軍事審判，得不公開審理，並從偵查、審判與執行課以軍法官

---

[71] 戒嚴法第 8 條規定：「戒嚴時期接戰地域內，關於刑法上左列各罪，軍事機關得自行審判或交法院審判之。一、內亂罪。二、外患罪。三、妨害秩序罪。四、公共危險罪。五、偽造貨幣有價證券及文書印文各罪。六、殺人罪。七、妨害自由罪。八、搶奪強盜及海盜罪。九、恐嚇及擄人勒贖罪。十、毀棄損壞罪。犯前項以外之其他特別刑法之罪者，亦同。戒嚴時期警戒地域內，犯本條第 1 項第 1、2、3、4、8、9 等款及第 2 項之罪者，軍事機關得自行審判或交法院審判之。」第 9 條規定：「戒嚴時期，接戰地域內無法院或與其管轄之法院交通斷絕時，其刑事及民事案件均得由該地軍事機關審判之。」

迅速審理之義務，就「**將官案件之判決及宣告死刑或無期徒刑之判決**」**採職權送請覆判制度，不待聲請覆判理由書送達後法院，覆判庭即得為核准判決，並不受聲請覆判人理由之拘束。**

根據軍事審判法第 1 條規定：「現役軍人犯陸海空軍刑法或其特別法之罪，依本法之規定追訴審判之；其在戰時犯陸海空軍刑法或其特別法以外之罪者亦同。非現役軍人不受軍事審判。但戒嚴法有特別規定者，從其規定。」第 2 條規定：「本法稱現役軍人，**謂陸、海、空軍軍官、士官、士兵現職在營服役者。**」

第 53 條規定：「軍事審判庭應公開行之。但有關國防機密或軍譽之案件，得不公開，並宣示其理由。前項不公開審判之案件，應由該軍事審判機關長官核准後宣告之。」

第 160 條規定：「軍事法庭獨立行使審判權，不受任何干涉。」

第 184 條規定：「判決得為聲請覆判者，其聲請覆判期間，提出聲請之軍事審判機關，及第 189 條、第 190 條第 1 項之規定，應於宣示時一併告知，並應記載於送達被告之判決正本。合於職權覆判者宣示時，告知提出答辯書之期間及覆判之機關。第 1 項判決正本，並應送達於被害人、告訴人及被告之直屬長官。受送達人於聲請期間內，得向軍事檢察官陳述意見。」

第 187 條第 1 項規定：「當事人不服初審之判決

者，得聲請覆判。軍事檢察官為被告之利益，亦得聲請覆判。被告之直屬長官為被告之利益，得聲請覆判。被告之代法定理人或配偶，得為被告之利益，獨立聲請覆判。原審之辯護人得為被告之利益而聲請覆判。但不得與被告明示之意思相反。對覆判庭之判決，不得聲請再覆判。」

第 188 條規定：「判決經依前條聲請覆判後，由原審軍事審判機關，轉呈管轄之覆判機關覆判。**但將官案件之判決及宣告死刑或無期徒刑之判決，應不待聲請，依職權送請管轄之覆判機關覆判之。**

第 189 條規定：「聲請覆判期間為 10 日，自送達判決後起算。但判決宣示後送達前之聲請亦有效力。」

第 190 條：「聲請覆判，應以文書提出於原審軍事審判機關為之。但被告於宣示判決時當庭聲請者，得以言詞為之，由書記官制作筆錄。前項聲請非由被告為之者，應由軍事審判機關抄錄繕本，送達於被告並通知其答辯。」

第 192 條規定：「有聲請覆判權之人，得捨棄其聲請權。前 2 項之聲請，非由被告為之者，應即通知被告。」

第 203 條第 1 項規定：「覆判機關對於覆判案件之判決，應自覆判庭接受卷宗、證物之日起 20 日內為之；必要時，得由覆判庭聲請覆判機關長官核准展期，展期每次 20 日，以 2 次為限。」

　　第 205 條規定：「覆判庭認為初審判決認定事實適用法律無誤者，如係**聲請覆判，應認聲請為無理由，以判決駁回之；如係職權送請覆判，應為核准之判決。**」[72]

　　第 209 條規定：「聲請覆判人及他造當事人，在覆判機關判決前，得提出聲請覆判理由書、答辯書、意見書或追加理由書於覆判機關。」

　　第 214 條規定：「敵前犯專科死刑之案件宣告死刑者，如於該管區域內為鎮壓叛亂維持治安確有重大關係時，原審軍事審判機關得先摘敘被告姓名、年齡、犯罪事實、證據、所犯法條及必須緊急處置之理由，電請覆判機關先予覆判，隨後補送卷宗、證物。但覆判庭認為有疑義時，應電令速即呈送卷宗、證物。前項規定，如事後發覺所處罪刑與事實、證據不符或有重大錯誤者，原審之軍事審判機關長官及審判人員應依法治罪。」

　　第 215 條規定：「覆判庭於前條第 1 項為核准時，應自接受電報之日起 5 日內呈請核定令准執行，其核准之電文視為核准判決。」

---

[72] 此即軍事審判法將「職權送請覆判」與「聲請覆判」做不同處理，係因職權送請覆判係軍法機關主動將初判案件送上級審判機關審查，所以覆判庭認為初審判決認定事實適用法律無誤，自當為核准判決，而聲請覆判，則為當事人所聲請，其所述覆判理由書若為無理由時，覆判庭則以聲請無理由為駁回判決；若覆判庭認為初審判決認定事實適用法律錯誤，則得依據軍事審判法第 208 條第 1 項但書規定：「但因原審判決認定事實顯有不當而撤銷之者，得以判決將該案件發回原審軍事審判機關，或發交其他軍事審判機關更為審理；因原審判決諭知免訴、不受理係不當而撤銷之者，得以判決將該案件發回原審軍事審判機關更為審理。」撤銷原判決發回原審。

第 246 條規定：「執行裁判，由為裁判之軍事審判機關之軍事檢察官指揮之。但其性質應由軍事審判機關或審判長、受命審判官、受託審判官指揮，或有特別規定者，不者此限。」

第 247 條規定：「死刑之執行，應於判決確定後，由最高軍事審判機關發布執行命令執行之。」

第 250 條規定：「扣押物之應受發還人所在不明或因其他事故不能發還者，戰時認為必要，得不經公告逕行拍賣，保管其價金。」

戒嚴時就非現役軍人犯內亂（懲治叛亂條例）受軍事審判，得不公開審理，並從偵查、審判與執行課以軍法官迅速審理之義務，就「將官案件之判決及宣告死刑或無期徒刑之判決」採職權送請覆判制度，不待聲請覆判理由書送達後法院，覆判庭即得為核准判決，並不受聲請覆判人理由之拘束。

(四) 從泰源事件之偵查審理程序形式以觀，固符合戒嚴時期當時軍事審判法之規定，但嚴重背離現今國家所承認的公民與政治權利國際公約第 14 條公平法院原則之普世價值。

　1、本案偵審過程，59 年 2 月 10 日警備總部成立聯合指揮部後，實施泰源演習，於 59 年 2 月 13 日至 18 日，先後將江炳興、詹天增、陳良、鄭正成、鄭金河、謝東榮先後逮捕到案。全案經警備總部保安處於 59 年 2 月 20 日移解軍事檢察官（59 年偵特字

第 47 號），59 年 3 月 18 日偵查終結，並於 59 年
3 月 20 日提起公訴，警備總部軍法處 59 年 3 月 20
日收案、59 年 3 月 28 日辯論終結、59 年 3 月 30 日
59 年度初特字第 31 號、59 年勁需字第 1896 號判
決「江炳興、鄭金河、詹天增、謝東榮、陳良各處
死刑，各褫奪公權終身，各全部財產除酌留其家屬
必需之生活費外沒收之」、「鄭正成應執行有期徒
刑 15 年 6 月，褫奪公權 10 年」。59 年 4 月 4 日下
午 2 時 30 分宣判，被告口頭聲請覆判、59 年 4 月 5
日前判決書分別送達被告，警備總部並依職權將江
炳興等 5 名初審判決死刑被告送請覆判，國防部 59
年 4 月 10 日 59 年覆高亞字第 21 號判決「原判決關
於江炳興、鄭金河、詹天增、謝東榮、陳良部份核
准」。59 年 4 月 14 日被告等補充覆判聲請理由書。
警備總部 (59) 勁審字第 3294 號呈復國防部，訂於
59 年 5 月 30 日上午 4 時 40 分發交臺北憲兵隊執行
槍決，國防部軍法覆判局於 59 年 6 月 23 日 (59) 平
亞局字第 683 號函總統府第二局轉陳備查。

2、檢視本案偵審過程爭議之處，主要在於覆判程序其
不待被告等 59 年 4 月 14 日補充覆判聲請理由書送
達，即於 59 年 4 月 10 日覆判核准原判決，且自 59
年 4 月 4 日初判宣判至同月 10 日核准僅 6 日，是否
符合軍事審判法之規定，招致質疑，根據軍事審判
法第 188 條但書規定，宣告死刑或無期徒刑之判決，

依職權送請覆判。同法第 203 條第 1 項規定，覆判案件應於 20 日以內為之，被告固於 59 年 4 月 4 日口頭聲請覆判，判決書分別於 4 月 5 日前送達被告，同日警備總部軍法處依職權送請覆判，依據軍事審判法第 209 條規定提出聲請覆判理由書之期限係為覆判機關判決前，惟當時軍事審判法並無規定必需於聲請覆判理由書送達覆判機關後始得判決，因此，本案覆判程序符合當時軍事審判法之規定。

3、惟泰源事件之偵查審理程序，固符合戒嚴時期軍事審判法之規定，但未經公開審判，覆判程序不待被告等補充覆判聲請理由書即核准原判決，並未給予被告充分時間準備答辯、選任辯護人與充分閱覽卷證之權利，被告接受覆判權利難以有效行使，背離公平法院原則。

4、另有關泰源事件被告為因案執行之停役[73] 身分，並非軍事審判法第 2 條所稱，陸、海、空軍軍官、士官、士兵現職在營服役之人。所以 6 名被告當時並非現役軍人。

---

[73] 兵役法第 20 條規定：「常備兵現役在營期間，有下列情形之一者，停服現役，稱為停役：一、經診斷確定罹患足以危害團體健康及安全之疾病者。二、病傷殘廢經鑑定不堪服役者。三、經通緝、羈押，或經觀察勒戒或宣告徒刑、拘役確定在執行中者。四、受保安處分、強制戒治或感訓處分裁判確定，在執行中者。五、失蹤逾三個月者。六、被俘者。前項停役原因消滅時，回復現役，稱為回役。國防軍事無妨礙時，得審查實際情形核定免予回役。第 1 項第一款、第 2 款之病傷殘廢停役檢定標準，由國防部定之。」

(五)另根據按聯合國公民與政治權利公約第 7 條規定：「任何人不得施以酷刑，或予以殘忍、不人道或侮辱之處遇或懲罰。非經本人自願同意，尤不得對任何人作醫學或科學試驗。」同公約第 14 條第 3 項第 7 款規定：「審判被控刑事罪時，被告一律有權平等享受下列最低限度之保障：不得強迫被告自供或認罪。」

聯合國人權事務委員會第 20 號一般性意見第 12 段規定：「為防止出現第 7 條所禁止的違法行為，必須依法禁止在法律訴訟中使用透過酷刑或其他違禁處遇獲取的聲明和供詞。」同號第 13 段規定：「締約國在提交報告時應指出其刑法中關於懲處酷刑以及殘忍、不人道和侮辱之處遇或懲罰的規定，具體闡明對從事這類行為的政府官員或代表國家的其他人或私人一律適用的處罰規定。不管是教唆、下令、容忍違禁行為，還是實際從事違禁行為，凡違反第 7 條者均需承擔罪責。因此，不得處罰或加以惡整拒絕執行命令者。」

第 32 號一般性意見第 6 段規定：「《公約》第 4 條第 2 項雖未將第 14 條列入不可減免權利的清單中，但締約國若在社會處於緊急狀態時決定減免第 14 條所規定的正常程序，他應保證減免的程度以實際局勢的緊急程度所嚴格需要者為限。公正審判權不應適用使不可減免權的保護受到限制的減免措施。審判必須符合《公約》各條款，包括第 14 條的所有規定。同樣，第 7 條整條也不能被減免，不得援引違反這項規定取得的證

詞、口供或原則上其他證據作為第 14 條範圍內的訴訟的證據，在緊急狀態下亦同，但透過違反第 7 條取得的證詞或口供可用作證明發生本條所禁止的酷刑或其他處遇的證據。在任何時候，均應禁止偏離包括無罪推定的公正審判原則。」

同號第 41 段規定：「最後，第 14 條第 3 項第 7 款保障有權不被強迫自供或認罪。必須從沒有來自刑事偵查機關為獲得認罪而對被告做任何直接或間接的身體上壓迫或不當精神壓力的角度來理解這項保障。

當然，以違反《公約》第 7 條的方式對待被告以獲取自白，是不可接受的。國內法必須確保不得援引違反《公約》第 7 條取得的證詞或口供作為證據，但這類資料可用作證明已經發生了該條所禁止的酷刑或其他處遇的證據。在這種情況下，應由國家證明被告的陳述是出於自願。」

有關泰源事件偵審過程是否刑求情事，從偵審卷證中無法全然看出，惟據鄭金河之執行筆錄稱請監獄人員不要打人以免引起反感；而鄭正成則於口述歷史訪談紀錄時稱：「抓到後，我被送到警察局，立刻被修理得很慘，被打得鼻青眼腫，眼睛腫到都看不見。在警局時，我們 6 個人的眼睛都被用膠帶貼起來。農曆正月臺東的氣候雖然不怎麼冷，但偶而還是會覺得冷。我們躺在竹片編成的床板上，手腳被銬在床板的 4 個角落，成大字形，頭頂上大燈不斷地照著你，第 2 天起來眼睛腫到眼

珠子都痛。

　　此外，他們隨時都會將你拖起來訊問。當時的氣氛現在想來還覺得恐怖，要問話時，不是先把你叫醒，而是只把手銬打開，就將人往外拖，那種感覺就好像是突然跌入山谷裡，又好像被人吊在半空中，他們就是要製造恐怖感，嚇唬你。」指稱確實有刑求之事；而賴在於監察院約詢時則表示 1. 我被電擊、綁手、被踢。2. 在青島東路被警備總部電 3 次。被電下體。亦指摘確有刑求其事；施明德則稱其於泰源事件中並未被刑求，但在 51 年[74]臺獨聯盟案遭刑求。故本案當事人指稱訊問過程被刑求乙節，以當時戒嚴體制，關此重大叛亂案件，警備總部審訊方式，以刑求取供，係屬普遍作法，故國家機關就被告的陳述並非刑求所得而係出於自願，其自白具有證據能力，自應有舉證責任。

(六)綜上可見，泰源事件偵審過程固無證據證明違反當時軍事審判法之規定，但戒嚴時期就非現役軍人犯內亂（懲治叛亂條例）受軍事審判，得不公開審理，並從偵查、審判與執行課以軍法官迅速審理之義務，就「將官案件之判決及宣告死刑或無期徒刑之判決」採職權送請覆判制度，並不受被告聲請覆判理由之拘束，導致泰源事件偵審過程從提起公訴至死刑執行（59 年 3 月 20 日至

---

[74] 施：他們把我打到全口一顆牙齒都沒了。我在保安處，一直被問背後老闆是誰，有一次，被叫站起來想一想，站起來後突然被擊倒撢摔地面，拳打腳踢牙齒掉了 8 顆，臉腫起來。後來他們叫我簽名，說是因為牙周病所以請求拔掉牙齒。麻藥不夠，非常痛。見監察院 107 年 4 月 27 日施明德先生、陳嘉君女士訪談筆錄。

59 年 5 月 30 日）僅 2 個月餘，覆判庭於未收到被告聲請覆判理由即為死刑判決；又本案偵查過程涉有使用酷刑刑求取供情事，原判決採用非任意性自白作為判決理由，均有違誤，嚴重背離國家現今所承認之公民與政治權利國際公約第 14 條公平法院原則及正當法律程序等普世價值，自應引為殷鑑以策來茲。

三、泰源事件發生就主觀而言，雖涉及臺獨運動與國際情勢發展，客觀而論則因當時監獄管理極為鬆散所致，並無證據顯示警衛部隊與原住民參與叛亂行動，所以當時官方認定行政責任最重者為泰源感訓監獄監獄長、副監獄長與政戰主任記大過二次並調為部屬軍官待退，而警衛部隊最重者僅警衛連長金汝樵記大過二次，至於臺籍輔導長謝金聲則從原建議依法偵辦，改為記大過二次，再因「上級因素」介入改變參謀總長高魁元之批示，改為記大過一次；又就刑事責任並無按蔣中正總統所批重處警衛部隊士兵，而均由軍法調查後除賴在 [75] 外，並無他人遭受軍事審判處刑。卷證顯示均未發現有擴大調查之情形，反儘量縮小調查範圍，而採「不擴大方針」，本案不擴大調查範圍與過去反抗政府叛亂案件之調查確實有所不同。

　(一)泰源感訓監獄管理鬆散，警衛部隊作戰能力低落，是泰源事件發生之重要客觀因素。

　　1、泰源感訓監獄成員平均年齡47.7歲，監獄管理鬆散，

---

[75] 依據國防部 59 年 5 月 5 日覆普亞字第 055 號判決稱，核准原判決諭知賴在參加叛亂組織，處無期徒刑，褫奪公權終身。

感訓教育落空。

依據總政治作戰部所提「泰源專案綜合檢討報告書」指出「該事件發生時監獄少校監獄官陳明闋接獲報告後，趕到現場觀看，返回後電話向副監獄長報告 (按監獄長馬幼良上校在語文中心受訓，副監獄長在寢室睡覺，係政戰主任劉漢溙上校接聽)。除採取收監 (在外工作人犯回監) 措施外，另無其他處置，平時亦無此類應變計劃。」並認為泰源感訓監獄管理極為鬆懈其理由如下：

(1) 泰源監獄自訂監犯調役程序，核准調服外役人員多達 104 人，違反軍事犯監外勞動服役實施辦法第 3 條第 1 款規定：「犯懲治叛亂條例之罪者，不得調服監外勞役。」且缺乏嚴密之編組，指定之戒護人員，形同虛設，工作時尤無警衛戒護，其中有 44 人工作完畢不回監舍，散居福利社、士兵寢室、工寮等處與一般士兵無異，行動自由。

(2) 該監准在監人犯保有私人衣物及金錢，均可自由蓄髮，自由穿著會客、通信均缺乏有效監視措施。

(3) 該監在營外靠公路邊開設福利社，公路車站即設在福利社門前，人犯不僅可以隨時逃亡，且與外界接觸容易，對犯人活動難予掌握。

(4) 該監編制內成員平均年齡 47.7 歲過高，精力不

夠，且地區偏遠、精神苦悶，又無適切之人事輪
調制度加以調節，一般均缺乏責任感，實為形成
管理鬆懈之主要原因。

(5) 感訓教育落空，該監名為感訓監獄，監禁者均為
叛亂犯，其實無論教官人選所用教材，教育方法
均不足以達到感訓目的致使在監人犯多執迷不
悟，不思悔改等語。

(6) 建議澈底整頓軍監，叛亂犯送綠島監獄。

〈1〉籌設專款於綠島設立監獄一所，隸屬警備總
部，負責監禁感訓叛亂人犯，有關興建工程
及編組計畫，由警備總部策訂報核，本建議
奉總長批示，聞綠島監獄尚可容納300餘人，
如確實即著手遷移，請軍法局協調辦理。

〈2〉綠島監獄完成後，將泰源監獄人犯及其他監
獄叛亂人犯，一律押解該監監禁，原泰源監
獄仍歸軍法局督導，擔任一般人犯之監禁。

〈3〉泰源監獄之警衛措施，應再加強由軍法局會
同總政治作戰部、作戰次長室專案籌辦。

〈4〉軍監典獄長一職，一律以憲兵官科軍官調任。

〈5〉對監犯感化教育，應成立專案小組並聘請專
家澈底研究改進，由總政治作戰部詳為策劃
辦理。

〈6〉泰源監獄人事應做澈底整頓，由軍法局會同
總政治作戰部、人事次長室檢討辦理。

〈7〉對人犯監管由軍法局做全面檢討，研訂適切可行之監管制度，迅速頒布遵守，特別注意嚴禁叛亂犯調服外役。

〈8〉參照本案經驗教訓，全面整頓軍事監獄及看守所。

2、陸軍警衛部隊部分，部隊軍官欠缺軍事指揮能力，士兵毫無任何軍事訓練與應變能力，警衛部隊作戰能力低落。

依據總政治作戰部所提「泰源專案綜合檢討報告書」稱陸軍十九師五五旅第一營一連輔導長謝金聲得到衛兵王義報告後，即電話報告監獄管理官陳明闆少校，並命陳排長武裝，但究竟如何武裝，如何行動，則無明確指示，而本身即徒手前往現場，俟勸導江炳興等停止行動棄械未果，返回警衛連部，準備追捕行動時，全連武器裝備均鎖在槍庫內，槍庫內鎖匙由被殺之龍潤年保管，庫門不得開，待毀壞門鎖後，子彈又在鐵皮箱內，開啟困難，致久無行動，後雖取出槍彈武裝分 4 組追捕，但為時已晚，人犯已逃逸不知去向等語，而監察院調閱相關卷證與現地圖說發現案發時上午 11 時 50 分，警衛連上士班長龍潤年率衛兵蔡長洲、王義、吳文欽、鄭武龍、賴錫深、李加生等前往監獄周圍各碉堡換班，從第五崗哨向第三崗哨方向而來，途經第五堡與第四堡間，鄭金河即告知各犯注意，「衛兵來

了」，俟班長龍潤年與鄭金河擦身而過時，鄭金河笑問「班長好」，龍答「好」時，刀已刺入腹部，鄭金河即棄刀於龍之腹中，**迅即搶奪衛兵吳文欽械彈，謝東榮亦同時搶奪衛兵賴錫深械彈，均順利得手，該鄭、謝兩犯以搶奪到手之步槍**，將衛兵吳文欽、賴錫深、鄭武龍 3 人押往第三崗哨，準備向警衛連進發。

同時，江炳興亦擋住前 3 名衛兵前進，稱：「臺灣獨立了，趕快繳槍。」並說：「我們都是臺灣人，不會傷害你們的」，**隨即奪取衛兵蔡長洲步槍 1 支**，第 2 名衛兵王義跑往連部報告，第 3 名衛兵李加生體型高大，極力掙扎結果，槍仍保存手中。

當人犯搶劫衛兵械彈過程中，第三、五崗哨衛兵吳朝全、黃鴻祺兩人，站於碉堡內，驚慌失措，黃鴻祺更將槍拋出碉堡，再跳下拾槍逃回連部。警衛連班長龍潤年被刺後追捕各犯，高聲喝止各犯不要走，江炳興、陳良、詹天增聞聲而逃。

鄭金河、謝東榮則行進到第三崗哨下面，見警衛連官兵發現，該連輔導長謝金聲已到達前面，後面有 20 餘名徒手士兵，謝員問有何事，可以慢慢談，並勸他們還槍，少尉排長陳光村手持步槍，在第二崗哨處準備射擊，鄭、謝兩犯行動被阻，自知陰謀失敗，乃鳴槍 3 發，攜械潛入果園逃逸。

龍潤年被刺殺情形根據卷證指出是「鄭金河自

後扼住龍員頸項，猛刺其腹部 1 刀，龍員負傷追呼至桔子園，其後詹天增又上前加刺龍員 1 刀。」從檢討報告所提案發過程顯見平日警衛部隊警覺不足，換哨時，空槍未上刺刀，致人犯有機可乘可以奪槍，哨兵缺乏基本軍事訓練與應變能力，事變發生當時，人犯人數並未占有優勢，竟一對一可以由江炳興奪得步槍 1 支、刺刀 1 把、子彈 24 發；鄭金河奪得 M1 半自動步槍 1 支、子彈 53 發；謝東榮奪得 M1 半自動步槍 1 支、子彈 32 發。

第三哨與第五哨之士兵本就現地位置可立即以火力制壓，狙殺叛亂者（革命者或逃亡者）[76]，立即弭平事變，竟驚惶失措；更甚者，全連武器裝備

---

[76] 依據總政治作戰部所提「泰源專案綜合檢討報告書」：1. 警衛部隊人員在觀念上認為犯人已經監內嚴格考核，可以外出工作，彼此常接近，以建情感不會有異，致缺乏警覺性。2. 換哨時，空槍未上刺刀，缺乏前後策應，致被各個擊破。3. 輔導長、排長未詢明狀況及徒手前往現場察看，疏於採取有效武裝制壓行動。4. 哨兵缺乏訓練與應變能力，遇到突發事件，即生恐慌，不知所措，受襲擊後，只知跑回連上報告，不知變換及利用地形，採取反擊監視及相互救援之制敵行動，尤以第三哨衛兵發現人犯暴動情形，處於極為有利位置，竟未做任何處置，第五哨衛兵將槍枝拋棄於崗亭外跑回連部之行動，顯見訓練不夠，使得犯人奪槍得逞，從容逃逸。崗哨兵配備不當，7 個崗哨僅 1、3、5、7 有哨兵，2、4、6 無哨兵，且均為單哨，尤其第四崗堡地形複雜，視界不良，距離猶遠，更不宜不設哨兵。5. 擔任政治犯軍監警衛，應列為重要任務，而該連除為哨兵攜有械彈外，其餘械彈均加以封鎖，當事件發生後鑰匙係在被殺之龍上士身上，應由值星官保管，嗣門箱擊破，取出械彈時，時機已經失去。6. 連長、副連長休假、監獄長受訓，輔導長到職僅 2 個月，狀況未予深入，及幹事排長懸缺未補，春節假日未過之間不應前往旅部，距 75 公里，參加高裝預檢協調會。7. 本案發生時東部守備區指揮官陳守山少將及監獄長馬幼良上校均在臺北受訓，警衛連長亦去臺東旅部開會，

鑰匙依規定應由值星官保管交接，卻違反規定全由被殺資深士官保管，而輔導長在未取得槍械前徒手率兵制壓，只能試圖以口舌勸說人犯棄械投降，致無功而返。自今當時偵審人員或後人疑惑[77] 警衛部隊是否有參與叛亂行動。

(二)泰源事件發生之後政府究責疑義

1、**泰源監獄人員處分重於警衛部隊人員**：國防部泰源感訓監獄前監獄長馬幼良上校、前副監獄長董從傑上校記大過二次調部屬軍官待退、政戰主任劉漢溓上校記大過一次記過二次調部屬軍官待退；警衛部隊陸軍第 19 師 55 旅 1 營 1 連上尉連長（事發在旅部開會）金汝樵大過二次（原建議記大過一次、後改為記大過二次）、中尉副連長陳耀西記過二次（事發休假）、少尉輔導長謝金聲記大過一次（原建議依法偵辦，再改為記大過二次，再改為記大過一次）。

2、**輔導長謝金聲之處分則歷經過程波折，陸軍總司令**

各級重要主官均不在營，致難以迅速處置掌握狀況。

[77] 例如依據陳儀深於「一九七〇年泰源事件研究－事件經過、文獻史料調查與口述補訪」計畫案之泰源監獄受刑人訪談記錄，如鄭正成稱回憶稱，判決書說，碉堡上面有子彈掉下來，除賴在、李加生等人外，碉堡絕對有我們的人云云；高金郎則堅決表示，警衛連一定有人配合，並表示當時警衛連連長係林二 的弟弟為臺籍軍官，鄭金河當時與其討論，要與警衛連連長談判，連長同意加入就讓他當總司令，否則就要殺他滅口，警衛連涉案人員應該都被槍決云云。見中央研究院「一九七〇年泰源事件研究－事件經過、文獻史料調查與口述補訪」計畫案結案報告書，計畫主持人陳儀深。

部原決定送軍法審判，總政治作戰部認為泰源案屬平時管教防範不當因素較多，屬於臨機處置不當者較少，謝員係臺籍軍官過重除個人心理產生不良反應，且有影響其他臺籍軍官之慮，參謀總長高魁元於 4 月 24 日批示同意陸軍總司令部會簽總政治作戰部所陳意見，決定連長金汝樵、輔導長謝金聲，改為各記大過二次，並調離現職，其後因「上級因素」介入，陸軍總司令部 59 年 5 月 5 日自行呈報改記輔導長謝金聲大過一次在案，其過程如下：

(1) 國防部總政治作戰部於 59 年 3 月 5 日（59）欣正部 1390 號函：檢送泰源專案有關失職人員懲處建議表，所列懲處建議為軍法局及泰源監獄部分人員之檢討建議，陸軍失職人員請人事次長室洽陸軍總司令部研議賜會等語。3 月 17 日參謀總長高魁元批示：「如擬」。

(2) 59 年 3 月 11 日國防部人事參謀次長室第四處簽呈：說明五擔任警衛陸軍 19 師 55 旅第 1 連有關失職人員與陸軍總司令部聯繫，分別議處中，已飭即速報國防部。

(3) 陸軍總司令部 59 年 3 月 11 日（59）建功字第 735610276 號呈：參謀總長泰源案陸軍失職幹部第 19 師第 55 旅白忠上校等 10 員懲罰建議，其中第一連上尉連長金汝樵記大過一次（事發時在旅部開會）、中尉副連長陳耀西記過二次、少尉

輔導長謝金聲，以「對泰源事件防範不周發生時處置失當」依法偵辦。該呈人事次長室會總政治作戰部，會辦意見略以：「1.綜觀泰源案之發生，屬平時管教防範不當因素較多，屬於臨機處置不當者較少，該連輔導長謝金聲少尉獲悉狀況發生後，反應敏捷、行動積極，無縱放逃犯之事實。唯因到職未及2月，對狀況未盡深入，處事經驗不足，致處事欠適切，衡諸情理，如移交法辦似嫌過重。2.謝員係臺籍軍官如處分較該管連長為重，不僅對個人心理產生不良反應，且有影響其他臺籍軍官之慮，請一併考量」等語。

(4) 59年4月20日人事參謀次長室第4處簽呈：「主旨：泰源感訓監獄人犯劫械逃亡案，陸軍擔任警衛部隊各級失職人員，據陸總建議懲處到部案。」說明略以：「1.查陸軍擔任泰源感訓監獄之警衛部隊，係陸軍第19師55旅第1營第1連，各級失職人員計有白忠上校以下10員。2.經會總政治作戰部，對陸總懲罰意見為泰源案之發生，屬平時管教防範不當因素較多，屬於臨機處置不當者較少，該連輔導長謝金聲少尉，獲悉狀況發生後反應敏捷行動積極無縱放逃犯之事實，唯因到職未及2月，對狀況未盡深入，處事經驗不足，致處事欠適切，衡諸情理，如移交法辦似嫌過重。3.謝員係臺籍軍官如處分較該管連長為

重，不僅對個人心理產生不良反應，且有影響其他臺籍軍官之慮，請一併考量等情。4. 經與陸總聯繫，據告本案懲罰人員，均『候令辦理，尚未執行』參具總政治作戰部意見，案發當時，連長在旅部開會，副連長休假，僅輔導長謝金聲在連，雖為當然代理人，其情形與泰源監獄當時監獄長馬幼良受訓，副監獄長董從傑代理職務之情形略同。國防部前對馬董兩員各核定記大過二次調為部屬軍官，該連長與輔導長之處分，參證前情，均不高馬董兩員處分為宜。」擬辦：「泰源案陸軍警衛部隊各級失職人員，除連長金汝樵、**輔導長謝金聲，改為各記大過二次，並調離現職，其餘人員按建議辦理。」高魁元 4 月 24 日** [78] 批示：「照陸軍總司令部意見」，但該人事命令遲未下達。

(5) 59 年 4 月 29 日 8 時 40 分總政治作戰部三處上校監察官丁華山電話（受話人聯一第四處上尉人事官魏元宣）**詢問陸軍懲罰部分是否發出，如未發出，可否緩發總政治作戰部就本案尚須向上級請示** [79]，奉示後再通知貴室。人事參謀次長陳桂華於 4 月 29 日 16 時 30 分就該電話記錄批示略

---

[78] 59 年 4 月 24 日行政院副院長蔣經國至紐約廣場飯店，紐約區臺獨盟員再度示威遊行時，黃文雄、鄭自財開槍刺殺蔣經國失敗，蔣經國並無受傷。

[79] 此電話紀錄十分蹊蹺，參謀總長高魁元已於 59 年 4 月 24 日批示：「照陸總部意

以，協調總政治作戰部，仍以儘速發布為宜，不可耽誤公文時效，應主動協調等語。

(6) 陸軍總司令部 59 年 5 月 5 日河家字第 11918 號呈略以：主旨：「**就少尉輔導長謝金聲 1 員，請准予記大過一次處分。**」說明二稱「**該案少尉輔導長謝金聲 1 員，為本省籍軍官，現年 24 歲，幹校專修班 28 期，由幹事調升，案發時任現職僅 2 個月，年輕識淺，毫無帶兵經驗，缺乏應變能力，當事件突發，驚慌失措，以致疏於有效之武裝鎮壓措施，雖應負失職之責。惟查其過失乃緣於本身經驗欠缺，不足以應突發事件所致，並非其能為而故違之犯行，其情可宥，懇請准予從輕處分，改記大過一次。**」

(7) 59 年 5 月 6 日人事次長室第四處簽呈就輔導長謝金聲陸軍總司令部報請准予改記大過一次處分，說明略同前揭各處理經過，經參謀總長高魁

見。」警衛連長金汝樵、輔導長謝金聲，改為各記大過二次，並調離現職，該懲處已經參考總政治作戰部之意見所為，並經總長核定，但人事命令竟遲未下達。而總政治作戰部之上校（三朵梅花）監察官竟可於 5 天後於 59 年 4 月 29 日 8 時 40 分於剛上班時以電話記錄通知人事次長室稱尚須向上級請示，意欲壓下參謀總長（四星上將）所為命令，人事參謀次長陳桂華中將不得已只好於公文批示表態，仍以儘速發布為宜，不可耽誤公文時效。最後再由陸軍總司令于豪章（三星上將）於 59 年 5 月 5 日自行呈核總長改為記大過一次，何以會對於一條槓之基層少尉軍官如此大費周章、優遇有加，總政治作戰部置於國防部下不論組織與官階均受參謀總長直接指揮，究竟是何種上級能夠阻攔四星上將已經核定之人事命令，該上級為誰或可不言而喻。

元 5 月 10 日批示：「如擬」。

3、士兵賴在判處無期徒刑，張金隆、李加生不起訴處
分：依據國防部 59 年 5 月 5 日覆普亞字第 055 號判
決稱原判決[80]諭知賴在參加叛亂組織，處無期徒刑，
褫奪公權終身；張金隆、李加生等 2 員涉嫌叛亂案
件，於 59 年 4 月 3 日經陸軍總司令部軍事檢察官偵
查終結後，以 59 松處字第 5 號不起訴處分書認定
「江、鄭實施暴動時均能崗位，並無證據認定有參
加叛亂組織或陰謀叛亂之行為」而確定在案。

(三)警衛部隊並無積極證據如部分口述歷史所稱，參與泰源
叛亂行動：

1、警衛部隊士官兵

(1) 警備總部〈泰源監獄監犯江炳興等 6 名結夥暴動
越獄乙案偵訊報告表〉雖然列有賴在、張金隆、
李加生參與叛亂行動，蔣中正總統於 59 年 4 月
27 日批示：「如此重大叛亂案，豈可以集中綠
島管訓了事，應將此 6 名皆判刑槍決，而賴在、
張金隆、李加生等 3 犯以警衛部隊士兵而竟預聞
逆謀不報，其罪難宥，應照法重處勿誤。」然以
當時偵查或僅賴在知情但並無證據證明警衛連
士兵參與叛亂行動。故張金隆、李加生等 2 員早
於 59 年 4 月 3 日經陸軍總司令部軍事檢察官偵
查終結後，予以不起訴處分確定在案。而賴在因

---

80 陸軍總司令部 59 年 4 月 1 日悝字第 047 號判決。

叛亂案件，於 59 年 4 月 21 日經陸軍總司令部**判
處無期徒刑，褫奪公權終身，國防部 59 年 5 月
5 日覆判確定在案。**

(2) 其次，士官兵除外省籍士官龍潤年右胸及左後背
各被刺 1 刀外，臺籍士兵蔡長洲額部及腿部受擦
傷、王義手指遭犯人戳傷，縱李加生事發被指稱
涉嫌預聞逆謀不報，但仍於案發當時極力反抗，
未被奪槍。此外，第三、五崗哨衛兵若有參與叛
亂行動，大可將槍口對準換哨衛兵加以射擊，何
致驚慌失措，將槍拋出碉堡外拾槍逃回連部，足
見若稱警衛部隊普遍參與之論點，尚非可信。

案發時值勤士官兵概況表

姓名	職級	年齡	籍貫	上下衛兵	備考
龍潤年	上士班長	41	湖北	領隊	右胸及左後背各被刺 1 刀
蔡長洲	一兵	22	臺中縣	上衛兵	額部及腿部受擦傷
王義	一兵	22	臺中縣	上衛兵	手指被凶犯受刀戳傷
李加生	一兵	22	嘉義	上衛兵	
吳文欽	一兵	22	臺中縣	下衛兵	
鄭武龍	一兵	22	臺中縣	下衛兵	
賴錫深	一兵	22	臺中縣	下衛兵	
黃鴻祺	一兵	22	臺中市		第五崗哨衛兵
吳朝全	一兵	22	臺中縣		第三崗哨衛兵

2、警衛部隊官長（連長、副連長、輔導長）並無證據

證明參與叛亂行動

(1) 據口述歷史部分鄭正成固稱 [81]，判決書說，碉堡
　　上面有子彈掉下來，除賴在、李加生等人外，碉
　　堡絕對有我們的人云云；高金郎 [82] 則堅決表示，

---

[81] 鄭正成片段回憶泰源事件訪問（陳儀深訪談，西元 2017 年 11 月 1 日，地點：桃園榮總，蔡寬裕陪同受訪）略以：11 點半是為了配合衛兵換崗哨。因為換衛兵不是換槍，而是換子彈，也就是子彈要交接，所以碉堡上面都有實彈，衛兵平常槍裡沒有子彈。現在看起來只有賴在、李加生等人，但實際上碉堡上面絕對有我們的人。因為判決書說，碉堡上面有子彈掉下來，你如果去現場看，碉堡一進去，裡面有一個崗哨，上面站了 1 個衛兵，等於是有人丟子彈下來，那一定就是配合的人，才會丟子彈給他們，不然衛兵交接完，拿的槍是沒有子彈的空槍。」等語，見中央研究院「一九七〇年泰源事件研究－事件經過、文獻史料調查與口述補訪」計畫案結案報告書，計畫主持人陳儀深，頁 44。

[82] 高金郎先生訪問紀錄（陳儀深訪談，時間：西元 2018 年 1 月 23 日，地點：臺北市忠孝西路「臺灣民族同盟」辦公室），稱：「警衛連到底有沒有人配合？在檔案上雖然看到的幾乎沒有，只有賴在等人，但實際上確實有。包括我也跟賴在詳細談過。而且在事情發生之前，有一些資訊傳來我這裡。其中一個是，林二的弟弟是當時警衛連的連長，和黃聰明是同學。黃聰明是因為廖文毅案進來的，被抓的時候在政戰學校唸四年級。黃聰明當外役時，就跟林二的弟弟接觸，這就證明了我們在警衛連有做很多工作，而且也得到他們的承諾。此外，在出事前 1 個禮拜，鄭金河特別叫我出去跟他討論，他說他要跟警衛連連長談判，也就是如果連長同意加入，就讓他當總司令，如果不贊成，就殺他滅口。照鄭金河的意思，他認為這一步關係著成功失敗極大，所以他要冒這個險。但我其實很反對。我說：『你這樣做當然可以參考，但我很怕他表面上答應你，實際上去出賣，這樣我們一切都完了。』但他跟我說：『要是他真的跑去出賣，抓也是抓我一個人而已。』我說：『哪有這麼簡單，當時已經牽連很多人了，不可能只抓你一個人，這樣做太危險了，事情就要發生了，有需要這樣做嗎？時間到了再攤牌就好了。』因為我跟他這樣講，後來他才打消。也因為鄭金河跟他有長期的接觸，所以有相當可靠的想法，這也證明了我們和警衛連是絕對有聯繫的。只不過，發生事情時，警衛連連長放假回去了，不在現場。偵訊筆錄寫說，鄭金河說警衛連有很多人配合，都是吹牛的，實際上只有賴在等人而已。賴在的判決書我有看過，他也有跟

當時警衛連有人配合，林二[83] 弟弟是警衛連連
長，鄭金河當時與其討論，要與警衛連連長談
判，連長同意加入就讓他當總司令，否則就要殺
他滅口，警衛連涉案人員應該都被槍決云云；而
蔡寬裕[84] 則表示：鄭金河有遊說，輔導長說：「哪
有臺灣人殺臺灣人的道理？胳臂向內不向外彎，
即使這樣下令，我也不會服從。」然據當時江炳
興、鄭金河與謝東榮等當時偵訊筆錄[85] 從未指稱

我講過，他的案子也好，張加生等人的也好，都一個人一個案，彼此都沒有關連，
也就是賴在的案子看不到這些人的，這些人的也看不到賴在的，而且賴在也跟我
說，他被抓去的時候，在林園臨時拘留所，看到這三個當時站衛兵的都銬腳鐐，
他自己則沒有銬，而且他出來以後去找他們，不但沒有找到半個，那裡的人也都
不敢提起他們的事。**賴在本身沒銬腳鐐，後來被判無期徒刑，那些人則銬腳鐐，
我相信應該都被槍決了。**賴在說，事情發生的第 2 天，警衛連就解散了，然後他
們那一連的人，全都遷到高雄林園。他自己是放假時在家中被捕的。在看守所時，
也一直受到審問，但他從頭到尾都沒有銬腳鐐，不算是嚴重犯。之後再去軍法處
和監獄。」見中央研究院「一九七〇年泰源事件研究－事件經過、文獻史料調查
與口述補訪」計畫案結案報告書，計畫主持人陳儀深，頁 85-86。

[83] 林二（英語：Erh Lin，西元 1934 年 7 月 1 日－西元 2011 年 12 月 31 日），是一
位生於臺灣苗栗的音樂家，致力於發揚臺灣鄉土音樂及音樂教育，於西元 1965
年在美國舉辦第一次世界電腦音樂發表會，被美國新聞界譽為「電腦蕭邦」。

[84] 據鄭正成片段回憶泰源事件訪問（陳儀深訪談，西元 2017 年 11 月 1 日，地點：
桃園榮總，蔡寬裕陪同受訪）之紀錄，見中央研究院「一九七〇年泰源事件研究－
事件經過、文獻史料調查與口述補訪」計畫案結案報告書，計畫主持人陳儀深，
頁 44。

[85] 案發時 59 年 2 月 25 日江炳興偵訊筆錄指稱，鄭金河從未向其說有遊說警衛連輔
導長。鄭金河案發後 59 年 2 月 23 日補充筆錄則稱，輔導長帶了二、三十個衛兵
走來，有 3 個士兵手中拿著槍，我叫他們不要過來，輔導長就說有話好好講，我
說再過來就開槍，當時後面陳少校就叫他們包圍我們，我一聽就向天放了 2 槍，

警衛部隊官長參與叛亂行動。

(2) 有關蔡寬裕表示：鄭金河有遊說，輔導長說：「哪有臺灣人殺臺灣人的道理？胳臂向內不向外彎，即使這樣下令，我也不會服從。」恐係移植當時鄭金河筆錄 [86]，指稱李加生告訴他「**手臂彎入不彎出，自然槍口向他們**」，而當時輔導長無法阻止原因，如前所述係因「**槍庫內鎖匙由被殺之龍潤年保管，庫門不得開**」而率兵徒手前往，無從壓制所致，亦無證據顯示，輔導長事先知情，而欲縱放人犯。

(3) 又查，警衛連連長金汝樵為陸軍官校專修班第 9 期（51 年 12 月 5 日入學 -52 年 12 月 23 日畢業）、副連長陳耀西為陸軍官校專修班第 13 期（56 年 9 月畢業）、輔導長謝金聲為政工幹校專修班 28 期（57 年 10 月 19 日畢業），而 6 名犯案被告除江炳興陸軍官校正期班第 33 期肄業（53 年班）入監日期為 54 年外，其餘均無軍事院校資歷，有關警衛部隊官長學經歷均與被告等人並無交

謝東榮放了 1 槍示威後轉身就向山上跑了。而謝東榮偵訊筆錄則稱：「輔導長已從馬路這邊過來，輔導長說『有話好好說。』其時被包圍，鄭金河與其開槍，從柑子園逃走。」當時從無任何一被告指稱警衛部隊官長參與。

[86] 鄭金河補充筆錄〔西元 1970 年 2 月 27 日〕臺灣警備總司令部軍法處補充筆錄：我和李加生亦是早在撞球間認識，過年前李加生站衛兵時我去找他，告訴他我是臺灣獨立的，問他如果有一天我們發起暴動你的槍向誰，李加生說：「**手臂彎入不彎出，自然槍口向他們**（指政府）。」表示站在我們（指鄭）這邊。

會之處，應可認定。

(四)59 年 4 月 13 日參謀總長高魁元（59 欣正字第 2023 號，
總政戰局承辦）簽呈的「泰源監獄叛亂劫械逃獄案處理
經過報告」，並未全部依據國防部總政治作戰部 59 年 3
月 3 日泰源專案綜合檢討報告書，其主要刪減部分如下：

1、刪節與押房人員之聯繫與其判斷與彭明敏之關連性。

　　例如「鄭金河亦相繼連絡同監人犯陳良、謝東
榮、陳三興、施明德，陳三興當即告誡不可妄為，
施明德猶豫不決，鄭金河在此期間，暗中以監獄保
養廠鋼銼磨製尖刀數把，以備分發各犯作為行動武
器，自臺獨犯彭逆明敏潛逃偷渡消息，刊登各報以
後，益增其叛亂決心。」

2、刪節監獄與警衛部隊當時應變情形。

　　例如「陸軍十九師五五旅第一營一連輔導長謝
金聲得到王義報告後，即電話報告監獄管理官陳明
闊少校，並命陳排長武裝，但究竟如何武裝，如何
行動，則無明確指示，而本身即徒手前往現場，俟
勸導江炳興等停止行動棄械未果，返回警衛連部，
準備追捕行動時，全連武器裝備均鎖在槍庫內，槍
庫內鎖匙由被殺之龍潤年保管，庫門不得開，待毀
壞門鎖後，子彈又在鐵皮箱內，開啟困難，致久無
行動，後雖取出槍彈武裝分四組追捕，但為時已晚，
人犯已逃逸不知去向。」、「該監獄少校監獄官陳
明闊接獲報告後，即趕到現場觀看，返回後電話向

　　　　副監獄長報告 (按監獄長馬幼良上校在語文中心受
　　　　訓，副監獄長在寢室睡覺，係政戰主任劉漢溱上校
　　　　接聽)。除採取收監 (在外工作人犯回監) 措施外，
　　　　另無其他處置，平時亦無此類應變計畫。」
　3、刪節警衛部隊可能遭受叛亂犯影響之可能。
　　　　　　例如「警衛部隊幹部及士兵，多為臺籍，政治
　　　　認識不夠易受臺獨叛亂犯利用，甚至相互勾結。」
(五)泰源地區之原住民卷證無法顯示有參與或協助被告等
　　人。
(六)由上述分析可見，泰源事件發生就主觀而言固涉及臺獨
　　運動與國際情勢之發展，然客觀而論則因當時監獄管
　　理極為鬆散所致，並無證據顯示警衛部隊與原住民參與
　　叛亂行動，故當時官方認定行政責任最重者為泰源感訓
　　監獄監獄長、副監獄長與政戰主任記大過二次並調為部
　　屬軍官待退，而警衛部隊最重者僅警衛連長金汝樵記大
　　過二次，至於臺籍輔導長謝金聲則從原建議依法偵辦，
　　改為記大過二次，再因「**上級因素**」介入**改變參謀總長
　　高魁元之批示**，改為記大過一次；又就刑事責任並無按
　　蔣中正總統所批重處警衛部隊士兵，而均由軍法調查後
　　除賴在 [87] 外，並無他人遭受軍事審判處刑。卷證顯示均
　　未發現有擴大調查之情形，反儘量縮小調查範圍，而採
　　「不擴大方針」，本案不擴大調查範圍與過去反抗政府

---

[87] 依據國防部 59 年 5 月 5 日覆普亞字第 055 號判決，諭知賴在參加叛亂組織，處
　　無期徒刑，褫奪公權終身。

叛亂案件之調查確實有所不同。

四、國民政府遷臺後國際地位不斷低落影響民心士氣甚鉅，加以雷震組黨失敗引致被認為和平改革無望，國民政府開始逐漸重視臺獨案件，國家安全機關亦加強對於臺獨份子掃蕩，送往泰源監獄服刑，一時間該監獄匯集具有大量臺獨意識之人，聲息相通，再從全案卷證以觀，泰源事件參與者之目的並非僅為逃亡，而係計畫奪取泰源監獄警衛連械彈、釋放監犯，進占臺東，宣揚臺灣獨立理念之行動，故泰源事件定位為規劃未周之政治反抗事件或當事人所稱臺灣獨立之革命運動，應無疑義；又泰源事件發生成因與過程官方與口述歷史訪談紀錄有所出入，為澄清論述所生爭議，監察院綜合相關卷證認並非與彭明敏出亡相呼應，而其原訂計畫日期應為 59 年 2 月 1 日，因人力不足及警衛連官兵眾多而解散，59 年 2 月 8 日再起事，事件發生時亦無線人通報監獄當局。

(一)國民政府遷臺後國際地位不斷低落影響民心士氣甚鉅，加以雷震組黨失敗引致和平改革被認為無望，國家安全機關逐漸加強對於臺獨份子之掃蕩，50 年以雲林縣議員蘇東啟為案首的「臺獨陰謀武裝叛亂案」，即在此一背景下發生。自此從「蘇東啟案件」，51 人被捕入獄。51 年施明德的「臺灣獨立聯盟案」，此案 24 人被捕入獄。56 年林水泉、顏尹謨的「全國青年團結促進會案」，此案 15 人被捕入獄等，大規模的疑似臺獨份子大量送往泰源監獄服刑。這批年輕本省政治犯，在監獄內形成與早期「紅色」主張統一不同意識型態之另一股勢力。

1、36 年 228 事件因取締私煙而引起全臺的民眾大規模
反抗政府事件，在 228 事件期間，固有部分主張「高
度自治」之意圖但未成形，然因國民政府或就該事
件處理未恰，造成日後影響甚深。所以長期以來 228
事件始終是臺獨運動之主要依據。國民政府遷臺後，
39 年與英國斷交後，40 年英美商定對日和約，將中
華民國不列入簽字國，而無法參與 40 年 9 月 8 日包
括日本在內之 49 個國家之和約簽署，然就中日和約
之簽署，英國則希望日本自行決定與何者代表中國
政府簽約，但美國則向日本施壓，並先請中華民國
政府自行決定與日本的和約將只適用於任何一方現
在與將來「實際控制」下之領土，讓日本在多國和
約生效前，即與中華民國談判雙邊和約。故單獨於
41 年 4 月 28 日（舊金山和約生效日）由外交部長
葉公超與日本全權代表河田烈於臺北簽訂中日和平
條約 [88]，已嚴重動搖中華民國之國際地位，其後 53
年與法國斷交，59 年與加拿大與義大利斷交，迄至
59 年底，中華民國僅存 68 個邦交國。而聯合國中
國代表權之問題長達 22 年，可說是國共鬥爭之延
長，從 39 年起中華人民共和國不斷爭取中國代表
權，要求取代中華民國在聯合國席位 [89]，60 年 7 月
15 日阿爾巴尼亞、阿爾及利亞等 18 國提出「恢復

---

[88] 同前註 3。
[89] 同前註 4。

中華人民共和國在聯合國之一切合法權利，並立即
排除中華民國」，最終聯合國大會以 76 票贊成、35
票反對、17 票棄權通過中華人民共和國「取代」中
華民國在聯合國的中國席位。

2、國民政府遷臺後，根據「臺灣省保安司令部保安計
劃之實施要領」第 7 點：「利用諜報組織，潛入省
內各機關學校工礦及社會團體暨地方各階層機構，
偵查監視加緊整肅」；其處置要領則有：「一、匪
諜（含甲諜）份子—逮捕。二：反動份子（所謂民
主人士等）—逮捕。三、動搖游離份子—監視或逮
捕。四、從事臺灣託管或獨立份子—監視或逮捕。」
該實施要領固然包括臺獨份子，但當時主要防範中
共赤化臺灣為主，而以抓捕島內的本省及外省籍之
左翼份子為主要目標，監禁於綠島[90]。迄至 40 年（西
元 1950 年）中期，反抗運動則逐漸轉向由臺灣本土
仕紳階級[91] 所影響為在政治取向為親美親日、反共
反中反社會主義之右翼臺獨路線。所以從 50 年起偵
防重點固仍以匪諜為主，但逐漸轉向臺獨份子，49
年因籌組「中國民主黨」運動之雷震案，被關心政
治的臺灣人認為和平改革無望，開始構思「武力打
倒」國民黨政府的可能，造成國民黨轉向關心臺獨
份子之政治活動，例如 51 年特別就蘇東啟案與廖文

---

[90] 同前註 5。

[91] 同前註 6。

毅案提報國民黨中常會討論，由國民黨副總裁陳誠指示：「臺灣獨立黨與共匪勾結及由匪支持情形，已獲有實際證據，應即擴大宣傳，以揭露其狼狽為奸之真相，並研究公布該偽黨為通匪叛國組織之法定程序後，由外交部對有關國家做適當運用等因，經 391 次常會決定，交專案小組研商實施辦法。」其最後處理方式固與國民黨副總裁陳誠指示有間，但其後 54 年廖文毅從日本被策反回臺，對臺獨運動而言無疑是重大打擊。

3、國民政府開始因應國際與國內情勢變化逐漸重視臺獨案件，國家安全機關亦加強對於臺獨份子之掃蕩，自有其時代意義。所以 50 年以雲林縣議員蘇東啟為案首的「臺獨陰謀武裝叛亂案」，即在前述背景下發生。自此從「蘇東啟案件」，51 人被捕入獄。51 年施明德的「臺灣獨立聯盟案」，此案 24 人被捕入獄。56 年林水泉、顏尹謨的「全國青年團結促進會案」，此案 15 人被捕入獄等 [92]，大規模的疑似 [93] 臺獨份子大量送往泰源監獄服刑。這批年輕本省政治犯，自在監獄內形成另一股勢力，其主張臺灣獨立親美親日，被稱為「白帽子」或「獨派」。從此監獄內或有分成所謂「紅、白」、「統、獨」兩派，彼此在政治意識雖壁壘分明，互不相容，在生活上，

---

[92] 同前註 7。

[93] 當時其案件是否真實或僅是羅織罪名均有待確認。

卻朝夕相處，同居一室，從共同面而言，其型態均被當局認為係「反政府份子」。

(二)當時官方資料與事後口述歷史就泰源事件之一致見解認係屬推翻中華民國政府，建立「臺灣」政權，並非單純逃獄事件。

1、國防部覆判判決稱：「民國 59 年元月初，首由江炳興、鄭金河倡議從事臺灣獨立，共謀以暴力奪取武器，意圖以暴動顛覆政府。同月中旬，江炳興草成臺灣獨立宣言書，交鄭金河繕存，同時鄭金河分別邀約詹天增、謝東榮、陳良、鄭正成參加，詹天增、謝東榮即予首肯，陳良、鄭正成未表同意。同月下旬，鄭金河將爭取黨羽經過告知江炳興，囑與詹天增、謝東榮聯絡，當場計議暴動步驟，相機奪取泰源監獄警衛連械彈，刺殺警衛連幹部，煽惑警衛連臺籍戰士參加，釋放監犯，進占臺東，印發臺灣獨立宣言書，爭取各界響應。」

2、次按本案判決主犯江炳興因臺獨聯盟案判處 10 年有期徒刑，刑滿日期為 62 年 6 月 15 日；鄭金河因蘇東啟案判刑 15 年，刑滿日期 65 年 9 月 23 日、鄭正成與詹天增亦為蘇東啟案判刑 15 年，刑滿日期為 62 年 9 月、謝東榮則因書寫反動文字判刑 7 年，刑滿日期為 62 年 4 月 3 日，從而案發時距離刑滿日期除鄭金河為 6 年外，江炳興等人均為 3 年左右，所服刑均已過半，且調服外役行動均較監房內人犯自

由，並無因刑期太長而有逃獄之必要原因。

3、再按國防部總政治作戰部 3 月 3 日泰源專案綜合檢
討報告書 94，「就該事件動機與目的認為係為逃犯
江炳興等服刑期間，不思自新，執迷不悟，且有感
於刑期漫長，生活太苦，**復受不當新聞傳播影響，
致叛意復萌**。其目的仍圖推翻政府，建立所謂臺灣
獨立政權。……自臺獨犯彭逆明敏潛逃偷渡消息，
刊登各報以後，益增其叛亂決心。」等語。而據本
案偵審卷證，除製作「臺灣獨立宣言書」等稿外，
並計畫以此號召爭取警衛連合作，最後占領臺東。

　　而判決書則記載「江炳興、鄭金河、謝東榮、
陳良、鄭正成等均因叛亂罪分別經本部暨陸軍總部
先後判刑確定，在臺東國防部泰源感訓監獄（簡稱
泰源監獄）執行，竟不知悔改，利用調服外役機會，
共謀臺灣獨立，民國 59 年（以下同此）元月初，首
由江炳興、鄭金河倡議從事臺灣獨立，共謀以暴力
奪取武器，意圖以暴動方法顛覆政府。同月中旬，
江炳興草成臺灣獨立宣言書，交鄭金河繕存，鄭金
河同時分別邀約詹天增、謝東榮、陳良、鄭正成參
加，詹天增、謝東榮即予首肯，陳良、鄭正成初則
未表同意。同月下旬，鄭金河將爭取黨羽經過告知
江炳興，囑與詹天增、謝東榮各別聯絡，當場計議

---

94 國防部總政治作戰部 3 月 3 日泰源專案綜合檢討報告書，頁 1-2。

　　　暴動步驟，相機奪取泰源監獄警衛連械彈，刺殺警
　　　衛連幹部，煽惑警衛連臺籍戰士參加，釋放監犯，
　　　進占臺東，印發臺灣獨立宣言書，爭取各界響應。」

4、事後口述歷史：陳儀深以所採訪諸多口述紀錄，認
　　為泰源事件不是一樁單純的逃獄事件，而是一樁當
　　事人稱為革命、官方稱為陰謀叛亂的政治事件。[95]

(三)泰源事件發生之過程，官方與口述歷史訪談部分之爭議
　　之初步判斷 [96]

1、泰源事件之發生尚難認「為與彭明敏出亡相呼應」
　　而為之政治反抗

　　　　泰源事件發生係因呼應彭明敏出亡，歷史學者
　　陳儀深持質疑立場認為「他們的說法鑲嵌在彭明敏
　　出逃成功且從美國（顯然有誤，因當時美國態度消
　　極，彭明敏只能滯留瑞典，直到同年 9 月才獲美國
　　簽證）傳達訊息回來給泰源監獄的吳俊輝，這個錯
　　誤的前提上面（以為彭在美國，所以泰源行動要向
　　美國宣示反共立場云云），並不可靠。

　　　　此外，過去筆者訪問過彭明敏得知，他對於
　　1970 年出逃以後是否郵寄明信片或包裹至泰源監
　　獄，毫無印象」[97]、「根據泰源事件倖存者鄭正成

---

[95] 見「一九七〇年泰源事件研究－事件經過、文獻史料調查與口述補訪」計畫案(編號：10630) 結案報告書，頁 10。

[96] 所謂初步判斷是依據現有卷證、監察院約詢與各種訪談記錄，本於確信合理推理所致，當然未來有新事實或新證據時當可推翻所認定之事實。

[97] 見「一九七〇年泰源事件研究－事件經過、文獻史料調查與口述補訪」計畫案(編

　　的說法，會有泰源事件是因為吳俊輝和彭明敏曾有
所接觸，當時彭明敏偷渡出境之後打算去美國發表
公開演講，揭穿臺灣沒有政治犯的謊言，當時的約
定是：彭出去以後要寄一張明信片回來表示已經順
利出國了，然後我們在泰源會有所行動，讓國際間
看到臺灣果真有政治犯；而吳俊輝本人也說：『在
泰源時，有一天我和牢友張化民收到彭明敏教授寄
來的郵包，裡面是一些罐頭類的食品，當時我便知
道彭教授已順利逃出臺灣。從 2 月 1 日的《中央日
報》看到一小則有關彭明敏離臺而被警備總部通緝
的消息，大家都很高興，也就此放心。』

　　彭明敏是在 1964 年因與謝聰敏、魏廷朝共同發
表『臺灣人民自救運動宣言』而被捕入獄，偵訊期
間曾與吳俊輝同一囚房，彭稱讚吳俊輝是『一位青
年理想主義者』、『被遺忘的政治犯之一』，1965
年 11 月彭獲特赦出獄，仍不時受到跟監，不勝其擾，
乃費心部署，於 1970 年 1 月 3 日偷渡安抵瑞典，消
息在臺灣公布時已經是 2 月 1 日。但彭在回憶錄中
並沒有提到上述的約定」[98] 等語，認為並非呼應彭
明敏。

　　關於此點爭議，除從上述陳儀深認為彭明敏

號：10630) 結案報告書，頁 2。

[98] 見「一九七○年泰源事件研究－事件經過、文獻史料調查與口述補訪」計畫案 (編
號：10630) 結案報告書，頁 7。

之回憶錄中無約定事外，另查彭明敏之出逃時間係於 59 年 1 月 3 日係透過唐培禮、唐秋詩與宗像隆幸協助利用阿部賢一護照變裝出境，其於 1 月 4 日凌晨零點 20 分抵達香港機場，而於 1 月 5 日抵達瑞典。依據彭明敏回憶 [99] 稱其係為擔心協助友

人阿部賢一之安危，等到 1 月 18 日接到暗號電報

---

[99] 「……我回到臺北，立刻隱居起來，開始養起鬍子。幾個星期之後，所有必需打的電報都已發出，化裝也準備妥當，依照事前安排，由海外也有人抵達臺北。……大約 6 點，我們叫了一部計程車，沒有多久就到了 ....。我花了幾天功夫研究所有的可能性 .... 而發覺每一可能性都有其潛在的危險。…老彭不怕在 ....，所以同意我的計劃。我們覺得在 .... 待 1 個至 8 個小時，總比在這裡等那麼久，來得安全些。但願我們的決定是正確的。……大約半夜 12 點半，正月黑夜時，我抵達斯德哥爾摩。那天恰是那年最冷的一天。瑞典官員已獲通知我將會抵達，身上沒有任何旅行文件。氣溫是零下 25 度。有 3 對瑞典夫婦來迎接我，帶來了毛衣、長筒靴、手套、圍巾和皮帽。他們堅持要我當場將這些東西全穿戴起來。我看起來一定很古怪可笑。我們便到一辦公室逗留約 10 分鐘，警察只是簡單記下我的姓名，然後很有禮貌地要求我隔天再回去辦理手續。我千真萬確進入另一種世界了。……在瑞典要求政治庇護，必須得到內閣的正式批准，因此，須要等待 1 個月左右才能得到最後決定。在倫登夫婦家裡住了 4 天之後，我受邀搬到瑞典最負盛名的科學家伯納（Carl Gustaf Bernhard）教授家裡。他是諾貝爾獎委員會委員之一，後來就任瑞典皇家科學院的院長。他的家是一個大宅第，位置極佳，可以俯瞰斯德哥爾摩港口。我在瑞典期間，很幸運能一直住在那裡。**……我離開後已 10 天了，但沒有信息傳來。我的逃亡隨時有被發現的可能。他們是不是被發現，被捕了？我開始深深煩惱的時候，信號終於傳來了。原來，於我離開後，他們感到極輕鬆，決定好好利用機會，悠閒地作環島旅行 10 天。**……一到斯德哥爾摩後，我寫短箋給紐約的一個朋友，告訴他我已安抵瑞典，要他準備發表我已擬好的簡單說明。可是，這個消息在紐約走漏，驚動了在日本的朋友們，打電話到瑞典來找我。於是我們決定應該立刻發布聲明。然而，我首先打了一封公

「Congratulation」（恭喜），當時 1 月 24 日斯德哥爾摩最大報發出號外，迄至 2 月 1 日瑞典官方發表：「彭明敏已經離開臺灣，安全抵達」。[100]

從時序而言，若彭明敏一至瑞典即通知吳俊輝，縱依據現今臺灣與瑞典包裹運送時間，北歐地區空運為 14 至 18 天，海運則超過 1 個月以上，從臺北寄往偏遠地區（泰源）則超過 3 日以上，故極難於中央日報 2 月 1 日公布新聞前送達，若彭明敏為 1 月 18 日後通知則全然不可能，是則，吳俊輝等說詞尚有疑問，其所謂呼應彭明敏出亡為泰源事件原因之一，尚難可信。

2、原訂行動時間似以 59 年 2 月 1 日較符合事證，而非 59 年 2 月 6 日

有關泰源事件原訂行動時間，從陳儀深口述歷史之幾位受訪者包括鄭正成、高金郎、鄭清田等人均認為 2 月 6 日（農曆正月初一），故認為 2 月 1 日的說法推論可能是與農曆正月初一（2 月 6 日）相混淆。然根據警備總部判決書，預定行動的時間

開電報給我太太，說：「很抱歉不告而別，我現在安全，一切都好。」我的太太收到了這份電報。電信局通知國民黨當局，但他們絕不以為這是真的。他們首先認為是同情我的人，故意打這種電報來，想引起困擾，或認為電報拍得太早，我一定還在島內。立刻，緊急警報佈達全島，所有漁港、飛機場、基隆、高雄等都封鎖起來，凡要出境者都得經過仔細檢查。許多我的朋友或政治活躍份子都受詢問，他們的房子受到搜查。謝聰敏，魏廷朝、李敖被拘留幾天質問。……」見彭明敏，《自由的滋味：彭明敏回憶錄》，前衛出版社，1995 年，頁 237-251。
[100] 見彭明敏，《逃亡》，玉山社，2017 年。

為 2 月 1 日，因故取消，改於 2 月 8 日行動 [101]。經
查 2 月 1 日的說法係所有當時所有被告江炳興、鄭
金河、詹天增、謝東榮、陳良、鄭正成於初供一致
之說法，且其於偵查與審理過程時亦均無任何歧異
之處，或有任何人主張計畫於 2 月 6 日發動之情節，
偵訊者與受訊者衡情毋庸在此細節上誘導或說謊，
**況且鄭正成事後於口述歷史固變更為 2 月 6 日起事，
然其於偵訊時親繪 59 年 2 月 1 日現場行動與鄭金河
所交刀子圖（詳前揭圖）用以說明計畫內容，其事
後所稱是否真實，並非無疑；另 59 年 2 月 1 日為農
曆 12 月 25 日，當日亦為星期日，警衛連士兵休假
亦同於案發 2 月 8 日，均為星期日，若有叛亂計畫
自以該日發動較具合理性**；再者 59 年 2 月 1 日計畫
起事之情節除該 6 人外，亦與賴在之供述一致，監
察院於事後再與賴在確認，其表示確就 2 月 1 日發
動知情 [102]。從而，若計畫確為 2 月 1 日自更難認定
泰源事件與彭明敏出亡有關，2 月 6 日說法自難排

---

[101] 參見泰源事件專輯陳儀深訪問，潘彥蓉紀錄〈鄭正成先生訪問紀錄〉、〈高金郎
先生訪問紀錄〉；陳儀深訪問，簡佳慧紀錄〈鄭清田先生訪問紀錄〉與臺灣警備
總司令部判決書。

[102] 108 年 1 月 18 日訪談賴在筆錄，問：2 月 1 日的事你知道嗎？為何最後沒有發動？
答：2 月 1 日的事我知道。問：筆錄中你有說「那天上午我站衛兵時，鄭金河跟
我說今天中午要動手了，叫我吃過午飯後帶武器到監獄後面圍牆邊集合…沒有
去…因為只有我一個人，我不敢去…我因為很害怕，所以沒有告訴別人，更不敢
叫別人參加」這段真實嗎？答：沒有錯。

除被訪談者附會可能性 [103]。

3、泰源事件應無線人通報監獄當局之可能

遍查泰源事件相關調查偵審與執行卷，並未發現任何線人通報記載或筆錄，若真有線人事先密報，監獄當局應不至於過年期間大年初一（2月6日）監獄長猶向人犯拜年、歡度新年 [104]，並大開獄所規範，任由人犯飲酒作樂互通信息 [105]；又於2月8日（正月初三）星期日，官兵仍可正常休假，並乘交通車往臺東看電影，警衛連長前往旅部開會，

---

[103] 據 59 年 3 月 3 日總政治作戰部泰源專案綜合檢討報告書記載：春節期間，外役人犯莊寬裕向外買酒，在監內仁愛堂與陳良、鄭金河等八犯共飲，無人過問，若真為計劃農曆正月初一如此為之豈非失情理之常。

[104] 口述歷史吳俊輝先生訪問記錄稱：「大年初一（2月6日）天未亮就開燈了，平常早上都會吹哨音，而且吹得很大聲，大家都會被嚇得跳起來（心臟不好的人，更怕聽到哨音），但那天沒有吹哨，一早由監獄長和副監獄長來開門（平常是班長士官來開），並跟我們拜早年。那天早上吃的是甜年糕和綠豆湯，吃飽後，有的人到運動場，有的人去散步，平常「放封」只有一個鐘頭，那天則有兩個鐘頭，在這兩個鐘頭內大家還是在談行動的事。我現在回想起來也覺得很奇怪，獄方那時怎麼會給我們那麼多機會談事情？如此一來，不發生泰源這件事才奇怪。初一早上還發生一件事，禁閉室曾傳出悽慘的叫聲，有人去叫門時，才發現裡面的人用銀片小刀自殺，人已倒在血泊中，後來被送到臺東急救，生死不明。至於這個受刑人為什麼被關在那裡？由於我才到泰源不久，有些人、事我並不清楚。初一下午又有兩個鐘頭的「放封時間」，大家還是可以到別的押房串門子，當天仍是晚一個鐘頭熄燈，並播送中國流行歌曲。初二（2月7日）仍是一樣，只是那天要「收封」時，獄方就派人來跟我們說，過年已結束，明天作息要恢復常態，不過大家也很高興，因為隔天就要行動了。」見陳儀深，《口述歷史第 11 期：泰源監獄事件專輯》，臺北：中央研究院近代史研究所，2002 年，頁 176-177。

[105] 見 59 年 3 月 3 日總政治作戰部泰源專案綜合檢討報告書。

副連長休假，而由不具指揮作戰能力的輔導長留守，造成警衛部隊整體戒備人力與能力不足，事件突發之時，警衛部隊驚慌失措，引致龍潤年班長死亡、臺籍士兵蔡長洲額部及腿部受擦傷、王義手指遭犯人戳傷，而無法當場及時逮捕或狙殺現行犯，事後蔣中正總統批示重責泰源監獄當局與警衛部隊，顯見稱有線人通報之說法，尚與事證不符。

(四)由此可見，國民政府遷臺後國際地位不斷低落影響民心士氣甚鉅，加以雷震組黨失敗引致被認為和平改革無望，國民政府開始逐漸重視臺獨案件，國家安全機關亦加強對於臺獨份子掃蕩，送往泰源監獄服刑，一時間該監獄匯集具有大量臺獨意識之人，聲息相通，再從全案卷證以觀，泰源事件參與者之目的並非僅為逃亡，而係計畫奪取泰源監獄警衛連械彈、釋放監犯，進占臺東，宣揚臺灣獨立理念之行動，故泰源事件定位為規劃未周之政治反抗事件或當事人所稱臺灣獨立之革命運動，應無疑義；又泰源事件發生成因與過程官方與口述歷史訪談紀錄有所出入，為澄清論述所生爭議，監察院綜合相關卷證認並非與彭明敏出亡相呼應，而其原訂計畫日期應為 59 年 2 月 1 日，因人力不足及警衛連官兵眾多而解散，59 年 2 月 8 日再起事，事件發生時亦無線人通報監獄當局。

第六章
附錄

備註：附錄內容有部分文字以○○○代替，係因該資料來自國家檔案局歷史資料檔案，年代久遠無法辨識。

附錄 A、【參考文獻】

書籍

1. 陳儀深，《口述歷史第 1 期：泰源監獄事件專輯》，臺北：中央研究院近代史研究所，2002 年。

2. 柯旗化，《臺灣監獄島：柯旗化回憶錄》，高雄：第一出版社，2002 年。

3. 高金郎，《泰源風雲：政治犯監獄革命事件》，臺北：前衛出版社，1991 年。

4. 胡淑雯等著，《無法送達的遺書：記那些在恐怖年代失落的人》，臺北：衛城出版，2015 年。

5. 彭明敏，《自由的滋味：彭明敏回憶錄》，臺北：李敖出版社，1991 年。

6. 彭明敏，《逃亡》，臺北玉山社，2017 年。

7. 陳佳宏，《臺灣獨立運動史》，臺北玉山社，2006 年。

監察院調查資料

1. 108 年 1 月 18 日賴在先生訪談筆錄。

2. 107 年 4 月 27 日施明德先生、陳嘉君女士訪談筆錄。

3. 國防部後備指揮部 107 年 7 月 20 日國法人權字第 1070001513 號函失職士 (官) 兵懲處情形。

4. 國防部後備指揮部 108 年 1 月 19 日國後人機字第 1080001210 號函泰源監獄人犯逃獄失職士 (官) 兵名冊。

5. 國防部 107 年 10 月 22 日國法人權字第 1070002218 號函泰源事件說明。

6. 中央研究院「一九七〇年泰源事件研究－事件經過、文獻史料調查

與口述補訪」計畫案結案報告書，計畫主持人陳儀深。

7. 2007 綠島人權紀念園區「綠洲山莊 (八卦樓) 歷史資料調查研究」成果報告，計畫主持人陳儀深。

8. 監察院於 107 年 11 月 9 日諮詢中央研究院臺史所許雪姬所長、臺灣大學歷史學系陳翠蓮教授及促進轉型正義委員會兼任委員尤伯祥律師之會議紀錄。

國家檔案局提供監察院資料

1. 外交部，檔號 051/006.3/019/1/078，臺灣獨立運動 (應正本小組) (十八) 廖文毅在日活動對臺影響及其處理之意見，邀外交部共同會議研商。

2. 外交部，檔號 51/006.3/023/1-01/011，臺灣獨立運動 (二十二) 紐約時報載稱蘇君被判死刑剪報資料。

3. 外交部，檔號 0052/006.3/020/1/006，臺灣獨立運動 (十九)：應正本小組應正本專案小組第 39 次會議，研商臺獨偽黨活動對臺之影響處理意見，擬區分廖文毅案及蘇東啟案。

4. 外交部，檔號 0052/006.3/020/1/009，臺灣獨立運動 (十九)：應正本小組報告出席應正本專案小組第 39 次會議決議事項，蘇東啟案，廖文毅案 , 打擊臺獨活動等。

5. 國防部後備司令部，檔號 0050/1571.33/4439，蘇東啟等案（減刑、執行開釋）。

6. 國防部後備司令部，檔號 0059/1571/142，江炳興等案。

7. 國防部後備司令部，檔號 0059/3136141/141，江炳興等案處理經過。

8. 國防部軍法局，檔號 0051/278.11/420，蘇東啟等案。

9. 國防部軍法局，檔號 0052/156/00135，江炳興案。

10.國防部軍法局，檔號 0053/3132521/521，蘇東啟等案。

11. 國防部軍法局，檔號 0054/1571/018，吳俊輝、江炳興、黃重光、陳新吉。
12. 國防部軍法局，檔號 0059/1571/124，賴在案。
13. 國防部軍法局，檔號 0059/3132024/24，江炳興等叛亂案。
14. 國防部軍法局，檔號 0059/3136141/141/1/001，江炳興等案處理經過檢呈泰源監獄叛亂犯劫械逃獄案處理經過。
15. 國防部軍務局，檔號 0051/1571/08216710/199/1，施明正等案，施君等參加叛亂組織各處有期徒刑 5 年各褫奪公權 5 年。
16. 國防部軍務局，檔號 0051/1571/08216710/199/18，施明正等案，檢送施君等執行書判決正本等件。
17. 國防部軍法局，檔號 0051/278.11/420/001/031，檢呈江炳興等叛亂一案卷判等件。
18. 國防部軍法局，檔號 0051/278.11/420/001/032，檢呈江炳興等續補呈覆判理由書狀 5 件。
19. 國防部軍法局，檔號 0051/278.11/420/001/033，茲檢送「泰源專案綜合檢討報告書」第 24 號及「泰源監獄叛亂犯劫械逃獄案處理經過報告」10 號各 1 份如附件。
20. 國防部軍法局，檔號 0051/278.11/420/001/037，江炳興等叛亂一案覆判情形。
21. 國防部軍法局，檔號 0051/278.11/420/001/038，國防部黃部長高總長勛鑒 59 平亞字第 423 號簽呈暨卷判。
22. 國防部軍法局，檔號 0051/278.11/420/001/039，江炳興等叛亂一案業經本部覆判判決並奉核定。
23. 國防部軍法局，檔號 0051/278.11/420/001/040，呈復江炳興等叛亂案件執行情形。

24. 國防部軍法局，檔號 0051/278.11/420/001/041，執行叛亂犯江炳興等 5 名死刑日期及檢送生前死後照片各 1 張。

25. 國防部軍法局，檔號 0051/278.11/420/001/042，叛亂犯江炳興等 5 名執行死刑照片。

26. 國防部軍法局，檔號 0051/278.11/420/001/043，貴部執行叛亂犯江炳興等 5 名死刑日期。

27. 國防部軍法局，檔號 0053/278.11/413，施明雄叛亂案。

28. 國防部軍法局，檔號 0059/1571/124，賴在案。

29. 國防部軍法局，檔號 0059/3132024/24，江炳興等叛亂案。

30. 國防部軍法局，檔號 0059/3136141/141，江炳興等案處理經過。

附錄 B、【泰源監獄事件大事記】

日期	事記
49.09.04	因「雷震組黨」警備總部以涉嫌叛亂罪名逮捕雷震等人。
50.09	鄭金河、詹天增、陳良、鄭正成因涉入「蘇東啟叛亂案」被捕。52 年鄭金河被判刑 15 年、詹天增、陳良、鄭正成被判刑 12 年。
51	提報蘇東啟案與廖文毅案於國民黨中常會討論，由國民黨副總裁陳誠指示：「臺灣獨立黨與共匪勾結及由匪支持情形，已獲有實際證據，應即擴大宣傳，以揭露其狼狽為奸之真相，並研究公布該偽黨為通匪叛國組織之法定程序後，由外交部對有關國家做適當運用等因，經 391 次常會決定，交專案小組研商實施辦法。」
51.07.04	國民黨常委談話會對廖文毅活動案要點，專案小組提出研議意見略以：1. 蘇東啟叛亂案，涉及軍事機密，現仍在軍法機關依法定程序審理中，將來結案，當依法公布。2. 廖文毅案，固有依司法程序宣布為叛亂罪之必要，但利弊得失，似應縝密權衡茲分述之：甲、應即依法公布之理由：廖逆既公然在國外為叛亂組織，顯係違法亂紀之罪行自應循司法途徑宣示於內外，我政府有法律依據，對於鄰邦進行交涉，在國內方面人民咸知其為犯罪行為，不願亦不敢附和盲從。乙、不必公布理由：廖逆於 36 年 5 月 228 事變通緝有案，勢必說明其組織與偽政府經過與活動過程，此無異為廖案再作擴大宣傳，引起國內外對廖逆之注意與重視，而效果適得其反。

52.03.25	國民黨海外對匪鬥爭指導委員會以海指 52 年 1653 號（代號唐海澄）致外交部部長沈昌煥指示略以：1. 蘇東啟原與廖文毅案分開處理，因其本質上為法律問題，即構成叛亂罪行，亟應依法處理迅速結案，雖有部分涉及軍事機密，但仍應摘要公布，以保法律尊嚴。2. 廖逆文毅已於 36 年因 228 事件通緝有案，目前搞臺灣獨立活動者，其新起之領導人物已非廖逆 1 人，若突然公布其罪行，反更引起國內外對廖逆的注意與重視，無異為其非法組織與活動助長聲勢，殊屬不宜，但下列兩點應由主管機關負責同志即予研辦：（1）以各種方式隨時宣布廖逆與共匪勾結之資料，揭穿其為共匪統戰工具之一環，使國內外人士，有深切之瞭解，避免附和或盲從。（2）應依據法定程序今後於處理個別案件時迅速做成法例公布判詞，使國民知附廖逆為叛國，應受法律制裁。3. 以上意見經中常會決議，本報告所提兩項建議，原則同意，仍洽主管機關負責同志斟酌辦理，經 52 年 3 月 15 日應正本專案第 39 次會議邀主管行政機關，研商意見如下：（1）關於第 1 項仍由國安局斟酌實際情況適時辦理。（2）關於第 2 項第 1 款本會協同各有關單位辦理。（3）關於第 2 項第 2 款由國安局洽同有關機關於適當時機酌情辦理等語。
52.06	江炳興因與吳俊輝、黃重光等人企圖推翻政府，建立「臺灣獨立」政權被捕。江炳興被判刑 10 年。
53.01	彭明敏等人計劃草擬臺灣人民自救宣言。

53.04.17	鄭金河、詹天增、陳良、鄭正成移送泰源監獄服刑。
53.09.20	彭明敏、謝聰敏、魏廷朝因臺灣人民自救宣言被捕。
53.11.20	鄭金河調服外役，初在樵木隊，55 年底調福利社養豬場服役。
54.03.13	詹天增調服外役，初時到山上撿柴，做雜工，56 年開始於農果園服役。
54.03.13	鄭正成調樵木隊工作，之後於農果園服役；陳良調福利社小吃部任雜役，58 年調汽車保養場任修車工。
54.05.14	廖文毅聲明放棄臺灣獨立運動返臺，7 月 2 日獲得蔣中正總統接見。
54.11.03	蔣中正總統特赦彭明敏出獄。
55.03	謝東榮因書寫反動文字被捕，判有期徒刑 7 年。
56.09.15	謝東榮到泰源監獄服刑。
57.04	謝東榮調農耕隊工作，曾一度因與班長吵架停服勞役，直到 58 年 7 月 1 日才又調農耕隊。
58.10.30	江炳興由警備總部軍法處看守所調至泰源監獄服刑。
58.12.10	陸軍 19 師 55 旅第 1 營第 1 連（欠一排）約百人進駐泰源監獄。
58.12.11	江炳興調洗衣部服役。
59.01.01	臺灣獨立建國聯盟宣布成立。
59.01.03	彭明敏透過唐培禮、唐秋詩與宗像隆幸協助，利用阿部賢一護照變裝出境，1 月 4 日凌晨零點 20 分抵達香港機場，1 月 5 日抵達瑞典。

59.02.01	《中央日報》，59 年年 2 月 1 日，三版。刊登〈彭明敏偷渡出境，軍事審判機關明令通緝〉。 2 月 1 日上午，鄭金河將預製之短刀 4 把，除自用 1 把外，餘分交詹天增、謝東榮、鄭正成 3 人，並約定 12 時 30 分由鄭正成前往刺殺該監警衛連連長，詹天增、謝東榮破壞通訊設施，陳良準備車輛接應，江炳興與鄭金河負責劫取監外河邊衛兵械彈，繼即會合按預定計劃實施，因江炳興、鄭金河到河邊後未遇衛兵，復發覺警衛連門前官兵眾多，不易下手，遂由鄭金河宣布解散，將刀收回匿藏，另行謀議。（引自警備總部判決書）
59.02.08	適值農曆正月初三，又係春節後第 1 個星期日，江炳興、鄭金河認監方戒護較鬆，為著手暴動之有利時機。乃於是日上午 9 至 10 時許，再度糾合詹天增、謝東榮、鄭正成在泰源監獄外役工寮內密議行動。會中，鄭金河宣布上午 11 時 50 分前，全體人員應到達監獄西側圍牆外桔子園內埋伏，俟衛兵換班經過時，襲擊帶班班長，搶奪衛兵槍彈，按預定計畫開始暴動。鄭正成聞言膽怯，即表拒絕參加，為恐牽累，並先自泰源監獄脫逃，潛往山間。江炳興、詹天增、謝東榮均分持鄭金河所交之短刀前往，陳良亦經鄭金河通知按時前往，會合後，鄭金河分配任務，由其本人刺殺班長，餘則搶奪衛兵武器。11 時 50 分，警衛連上士組長（班長）龍潤年率領衛兵蔡長洲、王義、吳文欽、鄭武龍、賴錫深、李加生等，前往監獄周圍各碉堡換班時，途經第五堡與第四堡間，鄭金河即自後以臂扼龍員頸項，猛刺腹部 1 刀，龍員負

	傷呼救，詹天增又上前加刺龍員 1 刀，致傷重不支倒地。 其餘諸人，即分別追奪衛兵槍彈，江炳興奪得步槍 1 支， 刺刀 1 把，子彈 24 發，並煽動衛兵附從。鄭金河奪得 M1 半自動步槍 1 枝，子彈 53 發，謝東榮奪得 M1 半自 動步槍 1 枝，子彈 32 發後，共同挾持衛兵吳文欽、賴錫 深、鄭武龍等 3 人，欲續劫槍彈。行至第三堡時，適警 衛連少尉輔導長謝金聲，泰源監獄少校監獄官陳明闓等 據報及時帶兵趕到制止，鄭金河等知事已敗，即鳴槍阻 止謝員等接近，攜帶奪得之槍彈，改向西南山中逃竄。 （引自警備總部判決書）
59.02.10	59 年 2 月 9 日參謀總長高魁元以總長 59 欣正字第 1489 號令督責警備總部成立聯合指揮部，並授與方面指揮全 權，實施泰源演習，由警備總部副總司令戴樸中將兼指揮 官、陸軍第二軍團司令候成達中將兼任副指揮官於 2 月 10 日成立聯合指揮部統一東部地區軍憲警實施全面搜索。
59.02.13- 18	臺灣警備總司令部奉命指揮治安單位緝捕，至同月 13 日 在花蓮縣富里古風村將江炳興，在學田村將詹天增、陳 良等 3 名，16 日在臺東縣南溪北與牧馬場之間，將鄭正 成 1 名，18 日在臺東縣關山以西紅石與下馬之間，將 鄭金河、謝東榮等 2 名捕獲，並在鄭金河身上搜獲「臺 灣獨立宣言」，及有關文告原稿 2 冊（除封底面外共 11 頁），復於同月 19、20 兩日，派員押同鄭金河、謝東 榮至臺東縣東河鄉，將藏置於山間石洞中之步槍 2 枝、 子彈 82 發起獲，案經本部保安處移解偵辦。（引自警備 總部起訴書）
59.02.20	警備總部保安處調查結束將江炳興等人移解軍事檢察官。

59.03.03	總政治作戰部提出「泰源專案綜合檢討報告書」與泰源監獄叛亂犯劫械逃獄案處理經過報告。
59.03.05	國防部總政治作戰部以（59）欣正部 1390 號函：檢送泰源專案有關失職人員懲處建議表，所列懲處建議為軍法局及泰源監獄部分人員之檢討建議，陸軍失職人員請人事次長室洽陸軍總部研議賜會等語。
59.03.11	國防部人事參謀次長室第四處簽呈：說明五擔任警衛陸軍 19 師 55 旅第 1 連有關失職人員與陸軍總司令部聯繫，分別議處中，已飭即速報國防部。 陸軍總司令部以（59）建功字第 735610276 號呈：參謀總長泰源案陸軍失職幹部第 19 師第 55 旅白忠上校等 10 員懲罰建議，其中第一連上尉連長金汝樵記大過一次（事發時在旅部開會）、中尉副連長陳耀西記過二次、少尉輔導長謝金聲，以「對泰源事件防範不週發生時處置失當」依法偵辦。該呈人事次長室會總政治作戰部，會辦意見略以：1. 綜觀泰源案之發生，屬平時管教防範不當因素較多，屬於臨機處置不當者較少，該連輔導長謝金聲少尉獲悉狀況發生後，反應敏捷、行動積極，無縱放逃犯之事實。唯因到職未及 2 月，對狀況未盡深入，處事經驗不足，致處事欠適切，衡諸情理，如移交法辦似嫌過重。2. 謝員係臺籍軍官如處分較該管連長為重，不僅對個人心理產生不良反應，且有影響其他臺籍軍官之慮，請一併考量等語。
59.03.18	警備總部軍事檢察官偵查終結。

59.03.20	警備總部軍事檢察官就被告江炳興等 6 人提起公訴（59年偵特字第 47 號）由警備總部軍法處收案。
59.03.28	被告江炳興等 6 人初判辯論終結。
59.03.30	警備總部軍法處以 59 年度初特字第 31 號、59 年勁需字第 1896 號判決「江炳興、鄭金河、詹天增、謝東榮、陳良各處死刑，各褫奪公權終身，各全部財產除酌留其家屬必需之生活費外沒收之」、「鄭正成應執行有期徒刑 15 年 6 月，褫奪公權 10 年」。
59.04.03	警衛部隊士兵張金隆、李加生經陸軍總司令部軍事檢察官偵查終結後，予以不起訴處分確定在案。
59.04.04 14：30	宣示判決，被告口頭聲請覆判。
59.04.05 前	判決書分別送達被告江炳興等 6 人，警備總部依職權將江炳興等 5 名初審判決死刑被告送請覆判。
59.04.10	國防部以 59 年覆高亞字第 21 號判決「原判決關於江炳興、鄭金河、詹天增、謝東榮、陳良部份核准」。
59.04.13	參謀總長高魁元（59 欣正字第 2023 號，總政戰局承辦）簽呈「泰源監獄叛亂劫械逃獄案處理經過報告」。
59.04.14	被告等補充覆判聲請書；「泰源監獄叛亂劫械逃獄案處理經過報告」總統府第二局 10 時收文。
59.04.16	秘書長張群、參軍長黎玉璽轉呈總統「泰源監獄叛亂劫械逃獄案處理經過報告」。
59.04.18	行政院副院長蔣經國抵達洛杉磯赴美訪問 10 天，臺灣獨立建國聯盟即展開反對蔣經國訪美的示威遊行。

| 59.04.20 | 4月20日行政院副院長蔣經國抵達華盛頓安德魯斯空軍基地時，遭臺灣獨立建國聯盟抗議。同日至白宮拜會尼克森時，華府地區臺獨聯盟再次抗議。

參謀本部人事參謀次長室第4處簽呈：主旨：「泰源感訓監獄人犯劫械逃亡案，陸軍擔任警衛部隊各級失職人員，據陸總建議懲處到部案。」說明略以：「1.查陸軍擔任泰源感訓監獄之警衛部隊，係陸軍第19師55旅第1營第1連，各級失職人員計有白忠上校以下10員。2.經會總政治作戰部，對陸總懲罰意見為泰源案之發生，屬平時管教防範不當因素較多，屬於臨機處置不當者較少，該連輔導長謝金聲少尉，獲悉狀況發生後反應敏捷行動積極無縱放逃犯之事實，唯因到職未及2月，對狀況未盡深入，處事經驗不足，致處事欠適切，衡諸情理，如移交法辦似嫌過重。3.謝員係臺籍軍官如處分較該管連長為重，不僅對個人心理產生不良反應，且有影響其他臺籍軍官之慮，請一併考量等情。4.經與陸總聯繫，據告本案懲罰人員，均『候令辦理，尚未執行』參具總政治作戰部意見，案發當時，連長在旅部開會，副連長休假，僅輔導長謝金聲在連，雖為當然代理人，其情形與泰源監獄當時監獄長馬幼良受訓，副監獄長董從傑代理職務之情形略同。國防部前對馬、董兩員各核定記大過二次調為部屬軍官，該連長與輔導長之處分，參證前情，均不高馬、董兩員處分為宜。」擬辦：「泰源案陸軍警衛部隊各級失職人員，除連長金汝樵、輔導長謝金聲，改為各記大過二次，並調離現職，其餘人員按建議辦 |

	理。」高魁元 4 月 24 日批示：「照陸軍總司令部意見」。
59.04.21	警衛連士兵賴在經陸軍總司令部判處無期徒刑，褫奪公權終身。
59.04.24	行政院副院長蔣經國至紐約廣場飯店，紐約區臺獨盟員再度示威遊行時，黃文雄、鄭自財開槍刺殺蔣經國失敗。
59.04.25	參謀總長高魁元簽呈總統（59 平亞字第 423 號，軍法覆判局承辦）為「江炳興叛亂一案覆判情形」。
59.04.27	蔣中正總統就「泰源監獄叛亂劫械逃獄案處理經過報告」批示：「如此重大叛亂案，豈可以集中綠島管訓了事，應將此六名皆判刑槍決，而賴在、張金隆、李加生等 3 犯以警衛部隊士兵而竟預聞逆謀不報，其罪難宥，應照法重處勿誤。」
59.04.29 08：40	國防部總政治作戰部三處上校監察官丁華山電話（受話人聯一第四處上尉人事官魏元宣）詢問陸軍懲罰部分是否發出，如未發出，可否緩發，總政治作戰部就本案尚須向上級請示，奉示後再通知貴室。人事參謀次長陳桂華於 4 月 29 日 16 時 30 分就該電話紀錄批示略以，協調總政治作戰部，仍以儘速發布為宜，不可耽誤公文時效，應主動協調等語。
59.05.05	警衛連士兵賴在無期徒刑國防部覆判確定在案。 陸軍總司令部以河家字第 11918 號呈略以：「主旨：就少尉輔導長謝金聲 1 員，請准予記大過一次處分。說明二稱該案少尉輔導長謝金聲 1 員，為本省籍軍官，現年 24 歲，幹校專修班 28 期，由幹事調升，案發時任現職僅 2

	個月，年輕識淺，毫無帶兵經驗，缺乏應變能力，當事件突發，驚慌失措，以致疏於有效之武裝鎮壓措施，雖應負失職之責。惟查其過失乃緣於本身經驗欠缺，不足以應突發事件所致，並非其能為而故違之犯行，其情可宥，懇請准予從輕處分，改記大過一次。」
59.05.06	參謀本部人事次長室第四處簽呈就輔導長謝金聲陸軍總司令部報請准予改記大過一次處分，說明略同前揭各處理經過，經參謀總長高魁元 5 月 10 日批示：「如擬」。
59.05.11	秘書長張群、參軍長黎玉璽轉呈總統「江炳興叛亂一案覆判情形」（軍法覆判局承辦），並同時就 59 年 4 月 13 日呈報批示說明略以：1. 鄭正成雖有預謀叛亂之事實，但能臨事拒絕，以中止行動，就其他 5 名為輕，僅能判處 10 年以上有期徒刑，至於就政治觀點而言，若判處死刑難免不被陰謀臺獨份子藉詞宣傳，影響臺胞心理等語。
59.05.15	蔣中正總統就「江炳興叛亂一案覆判情形」（軍法覆判局承辦）批示「照准」。
59.05.16	總統 59 年臺統二達字第 119 號代電下達江炳興等判刑所請均照原判核准執行，准予照辦。
59.05.27	覆判判決書送達死刑被告。
59.05.28	國防部軍法處簽陳略以：1. 國防部 59 年 5 月 27 日平亞字第 527 號令報奉總統核定被告等五名准予照辦。2. 死刑訂於 5 月 30 日（星期六）。3. 受刑人屍體依據軍人監獄規則第 81 條規定，應通知其最近親屬具領埋葬，由本處執行當日通知受刑人家屬，本案裁判書雖奉諭不准外

	洩，但已執行死刑，其屍體若不通知家屬恐遭指摘，將引起無謂之困擾。4.交臺北憲兵隊押付安坑刑場執行槍決。
59.05.30 04：40	警備總部 (59) 勁審字第 3294 號呈復國防部，0529 發交臺北憲兵隊執行槍決，0530 經軍事檢察官藍啟然臨庭執行職務，江炳興 5 人執行筆錄均陳述其有遺囑請交給家屬，鄭金河則另陳述請監獄人員不要打人以免引起反感。
59.06.01	軍法處檢察組簽呈：就已執行死刑人犯江炳興 5 名遺囑案認為江炳興與陳良遺囑中有暗示臺灣獨立與壯烈之意應扣發不宜送達。
59.06.23	國防部軍法覆判局於 (59) 平亞局字第 683 號函總統府第二局轉陳備查。
69 年	鄭正成出獄。

附錄 C、【泰源事件背景】

一、**國防部說明**（國防部 107 年 10 月 22 日國法人權字第 1070002218 號函）：

(一) 泰源事件始末：

1. 事件關係人：據前臺灣警備總司令部（以下簡稱警備總部）59 年 3 月 30 日 59 年度初特字第 31 號、59 年勁需字第 1896 號初審判決及 59 年 4 月 13 日時任參謀總長高魁元上將上呈之「泰源監獄叛亂犯劫械逃獄處理經過報告」載示，事件關係人計江炳興、鄭金河、詹天增、謝東榮、陳良、鄭正成等 6 人，於「泰源事件」案發前，均係因叛亂案經警備總部及陸軍總司令部分別判決確定，均於臺東國防部泰源感訓監獄執行之受刑人。

2. 起因：59 年 1 月初，江炳興、鄭金河倡議從事「臺灣獨立」，邀約詹天增、謝東榮、陳良、鄭正成參加，共謀以暴力奪取武器，意圖以暴動方法顛覆政府。

3. 經過：

(1) 59 年 1 月中旬，江炳興起草完成「臺灣獨立宣言書」交鄭金河繕存。鄭金河復邀約詹天增、謝東榮、陳良、鄭正成參加，計議暴動步驟，相機奪取泰源監獄警衛連械彈，刺殺警衛連幹部，煽惑警衛連臺籍戰士參加，釋放監犯，進占臺東，印發「臺灣獨立宣言書」，爭取各界響應，並暗中磨製短刀 4 把，備為舉事時作武器使用。59 年 1 月底，江炳興、鄭金河決定於同年 2 月 1 日中午午睡空隙暴動。

(2)59 年 2 月 1 日上午，鄭金河將短刀 4 把分交詹天增、謝東榮、鄭正成及 1 把自用，約定 12 時 30 分，由鄭正成刺殺警衛連長，詹天增及謝東榮破壞通訊設施，陳良備車接應，江炳興與鄭金河劫取監外河邊衛兵槍彈，嗣因未遇衛兵，且發覺警衛連門前官兵眾多，不易下手，遂宣布解散。

(3)59 年 2 月 8 日，江炳興與鄭金河認監方戒護較鬆，乃於上午 9 時至 10 時再度糾合詹天增、謝東榮、鄭正成密謀行動，鄭金河並宣布上午 11 時 50 分前，全體人員埋伏監獄西側圍牆外桔子園內，襲擊衛兵換班帶班班長，搶奪衛兵槍彈，並按預定計畫暴動，然鄭正成聞言心生退意，即表拒絕參加，為恐牽連，並先自泰源監獄脫逃，潛往山區。

(4)59 年 2 月 8 日上午 11 時 50 分，警衛連上士組長（班長）龍潤年率衛兵蔡長洲、王義、吳文欽、鄭武龍、賴錫深、李加生等前往監獄周圍各碉堡換班，途經第五堡與第四堡間，鄭金河自後扼住龍員頸項，猛刺其腹部 1 刀，龍員負傷追呼至桔子園，詹天增又上前加刺龍員 1 刀，龍員傷重倒地，餘犯同時分向衛兵奪槍。江炳興奪得步槍 1 支、刺刀 1 把、子彈 24 發；鄭金河奪得 M1 半自動步槍 1 支、子彈 53 發；謝東榮奪得 M1 半自動步槍 1 支、子彈 32 發。龍潤年經送醫急救，不治死亡。

4. 逃亡：

(1)59 年 2 月 8 日上午 9 時至 10 時，江炳興與鄭金河再度糾眾密謀行動時，鄭正成因拒絕參加，先自監獄脫逃。

(2)59 年 2 月 8 日上午奪得槍彈後，鄭金河、謝東榮並共同挾持衛兵欲續劫警衛連槍彈，適警衛連少尉輔導官謝金聲、泰源監獄少校監獄官陳明闊帶兵趕到，鄭金河等知事已敗，向桔子園逃逸。

5. 落網：上開犯行經警備總部奉命指揮治安單位，於 59 年 2 月 13 日至 18 日，先後將江炳興、詹天增、陳良、鄭正成、鄭金河、謝東榮先後在山區逮獲，並在鄭金河身上搜出「臺灣獨立宣言書」稿 2 冊，及臺東縣東河鄉山區石洞起獲鄭金河、謝東榮所藏之 M1 半自動步槍 2 支、子彈 82 發。

(二) 本案判決及執行：

1. 案經警備總部保安處移解軍事檢察官偵查提起公訴，警備總部 59 年 3 月 30 日 59 年度初特字第 31 號、59 年勁需字第 1896 號判決「江炳興、鄭金河、詹天增、謝東榮、陳良各處死刑，各褫奪公權終身，各全部財產除酌留其家屬必需之生活費外沒收之」、「鄭正成應執行有期徒刑 15 年 6 月，褫奪公權 10 年」。

2. 嗣警備總部依職權將江炳興等 5 名初審判決死刑被告送請覆判，國防部 59 年 4 月 10 日 59 年覆高亞字第 21 號判決「原判決關於江炳興、鄭金河、詹天增、謝東榮、陳良部份核准」。

3. 警備總部 (59) 勁審字第 3294 號呈復於 59 年 5 月 30 日上午 4 時 40 分發交臺北憲兵隊執行槍決，國防部軍法覆判局於 59 年 6 月 23 日 (59) 平亞局字第 683 號函總統府第二局轉陳備查。

(三) 泰源事件發生後相關人犯由泰源監獄調動至綠島監獄關押情形：

    1. 綠島監獄設立說明：「泰源事件」發生後，國防部針對全案提出綜合檢討報告書，據報告書內容建議事項有關「徹底整頓軍監」乙項載示：「籌撥專款於綠島興建設立監獄一所，隸屬警備總部，負責監禁感訓叛亂人犯。有關興建工程及編組計畫，由警備總部策訂報核」。

    2. 東安演習實施計畫說明：

      (1) 警備總部策訂「東安演習實施計畫」，奉國防部 61 年 4 月 1 日 (61) 教戒字第 0863 號核定生效，並於 61 年 4 月 10 日 (61) 程防字第 1337 號令發各編組單位遵照。

      (2) 據上開計畫，泰源監獄於 61 年 4 月 24 日將 175 名叛亂犯 (內含施明德) 完成會銜移交綠島監獄，警備總部於 61 年 5 月 2 日將 127 名叛亂犯完成會銜移交綠島監獄 (另有 4 名前已於綠島地區指揮部執行，合計 131 名)，同 (2) 日臺灣軍人監獄亦將 4 名叛亂犯完成會銜移交。

      (3) 國防部軍法局 61 年 5 月 18 日呈報上開東安演習叛亂犯交接情形，總計全國重刑叛亂犯移交綠島監獄計 310 名 (泰源監獄 175 名、警備總部 131 名、臺灣軍人監獄 4 名)。

(四) 泰源事件事發當時相關人犯關押地點：

    1. 泰源事件關係人計江炳興、鄭金河、詹天增、謝東榮、陳良、鄭正成等 6 人，均係因叛亂案經警備總部及陸軍總司令部判決確定，於臺東國防部泰源感訓監獄執行之受刑人。

    2. 依國防部 56 年 8 月 31 日訂頒之「國軍案卷保存年限標

準」，有關「人犯羈押管理有關事項」檔案資料，保存年限係 3 年，江炳興等 6 人於 59 年間於泰源監獄關押地點之相關資料，係屬人犯羈押管理有關事項，依上開標準，已逾保存年限，無資料可稽。

(五) 施明德關押地點：據警備總部保安處調查案卷所附筆錄資料，調查人員曾於 59 年 3 月 4 日及 3 月 6 日赴泰源監獄約談施明德，足見事件當時施員亦關押於泰源監獄內。復依國防部泰源監獄 61 年 4 月 24 日與綠島監獄叛亂犯交接會銜清冊，施明德亦列於移交名冊內，亦足證施員當時確關押於泰源監獄內。至關押於監獄內部詳細地點，同前所述，已逾保存年限，無資料可稽。

(六)「泰源監獄逃犯劫械脫逃現場要圖」如下：

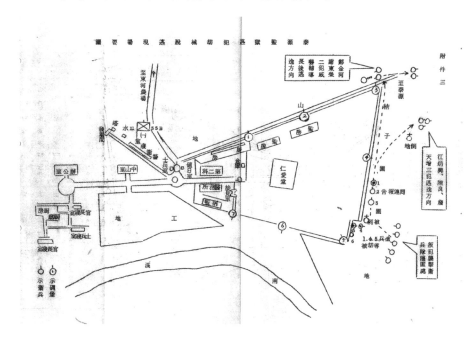

二、中央研究院[1]泰源事件研究計畫案結案報告書：

(一)前言：

　　2002 年 4 月 22 日，83 位在 50 年代首批監禁綠島「新生訓導處」的政治犯，重返綠島拉起「還我歷史真面目」白布條，抗議民進黨政府在委託規劃綠島人權紀念公園時只鎖定「綠洲山莊」，忽略更早期的新生訓導處。[2]主管此業務的交通部觀光局東部海岸國家風景區管理處則表示，紀念園區一定會包括新生訓導處。[3]

　　同是監禁政治犯的綠島，為何有兩個區塊、兩種名稱？原來新生訓導處的存續時間是 1951 ～ 1965 年(但大部分的政治犯於1965年移往泰源之後，新生訓導處並非完全廢止)，而位於臺東縣東河鄉泰源谷地的「國防部感訓監獄」完成於 1962 年，陸續集中臺灣各地的政治犯，綠島新生訓導處的政治犯除少部分留在綠島，大部分刑期未滿的就從 1962 年起分批移送泰源監獄。可是泰源監獄在 1970 年 2 月 8 日發生一起暴動，國防部的處置方式之一是「擬在綠島另建監獄一所，專供執行重刑及案情特殊之叛亂犯之用」，把原擬用於泰源監獄第二、第三期的工程經費移充綠島新監之用，亦

[1] 中央研究院「一九七〇年泰源事件研究－事件經過、文獻史料調查與口述補訪」計畫案結案報告書，計畫主持人陳儀深。

[2] 〈不滿綠島人權紀念園區偏重「綠洲山莊」時代：新生訓導處難友促還原歷史真相〉，《中國時報》，2002 年 4 月 23 日，版六。

[3] 根據受委託單位「臺灣游藝設計工程有限公司」的期末規劃報告書（2002 年 10 月），顯然已把新生訓導處的歷史納入展示，事實上行政院早在 2001 年 1 月 23 日函覆同意將「綠洲山莊規劃成立史蹟館或紀念館專案小組設置要點」修正為「綠島人權紀念園區專案小組設置要點」。參見該《報告書》，頁 1-1。

即「為策今後戒護周密,擬在綠島另建新監一所」,[4] 這就是綠洲山莊的由來。綠洲山莊位於原新生訓導處西側一角,1972 年春天,泰源監獄和各地軍事監獄的政治犯遷入綠洲山莊——即「國防部綠島感訓監獄」,直到 1987 年 7 月 15 日解除戒嚴,平民不再受軍事審判為止。

所以,「國防部泰源感訓監獄」在一段時間內（1962～1972）取代綠島成為全臺灣最主要的政治犯集中營,在臺灣人權發展史上有著重要的位置,而發生在 1970 年 2 月 8 日的暴動——軍方文件稱為「泰源感訓監獄外役犯暴動案」、「泰源監獄叛亂犯劫械逃獄案」或「泰源監獄人犯脫逃案」——軍方極扼要的描述是:「叛亂犯江炳興等 6 名倡議臺灣獨立,於 59 年 2 月 8 日暴動,刺殺警衛班長後脫逃,江炳興等 5 名經判處死刑,鄭正成一名判刑 15 年,奉准執行在案。」[5] 其中所謂「倡議臺灣獨立」,到底是指此次暴動的目標與動機,或只是描述這 6 個人的身份是臺獨叛亂犯?並不甚清楚。身歷其境的施明德則說,泰源事件是一個監獄革命,也是臺灣二二八事件以後真正的一次武裝行動;[6]

4　檔案管理局二二八事件檔案,系統流水號 500286,〈簽報籌建綠島監獄壹所,專供重刑及案情特殊叛亂犯之執行,恭請鑒核備查〉。

5　檔案管理局二二八事件檔案,系統流水號 500286,〈簽報籌建綠島監獄壹所,專供重刑及案情特殊叛亂犯之執行,恭請鑒核備查〉。關於在綠島另建新監的事,總統府秘書長張群抄呈國防部來文並加註意見給蔣介石總統,蔣除了批示「照准」,還寫著「此種案件應由有關主管機關呈行政院核定,不必對府呈核。」

6　詳見新臺灣研究基金會美麗島事件口述歷史編輯小組總策劃,「珍藏美麗島—臺灣民主歷程真紀錄」第一冊,《走向美麗島—戰後反對意識的萌芽》(臺北:時報文化,1999),頁 55-57。

當時被關在泰源監獄的柯旗化，也稱這次的行動是「起義」：

　　在泰源監獄牆外，做著餐廳部和養豬外役的臺獨派年輕的政治犯們，和警備隊的臺灣人接觸的機會很多，和部落原住民的青年們也很要好。他們大膽地進行發動起義的計畫，要和警備隊聯合起來，占領監獄，再遠征到臺東占領廣播電臺等重要據點。[7]

　　不論從人權史的角度，或從臺獨運動史的觀點，泰源事件都很值得探究。早在 1991 年雖然有一本《泰源風雲》出版，[8] 提供不少珍貴的當事人見聞，但因缺少檔案資料而學術價值不高（政治社會的意義另當別論）。如今由於政黨輪替形成不同的時代空氣，軍方檔案逐漸開放，加上筆者已於 2002 年上半年完成 13 位泰源監獄事件相關人物的訪談紀錄，[9] 乃嘗試撰文探討，希望對此一事件的背景、經過、結果有所釐清，並闡述其意義。

(二)事件背景與原因：

　　1960 年因籌組「中國民主黨」運動而引發的雷震案，被關心政治的臺灣人認為和平改革無望，開始構思「武力打倒」國民黨政府的可能，1961 年以雲林縣議員蘇東啟為案首的「偽臺獨陰謀武裝叛亂案」，[10] 即在此一背景下發生。所

---

[7] 柯旗化，《臺灣監獄島：柯旗化回憶錄》(高雄：第一出版社，2002)，頁 155。

[8] 高金郎，《泰源風雲：政治犯監獄革命事件》(臺北：前衛出版社，1991)。高先生本身即是事件參與者之一。

[9] 即中央研究院近代史研究所《口述歷史》編輯委員會編輯，《口述歷史第 11 期：泰源監獄事件專輯》(臺北：中央研究院近代史研究所，2002)。

[10] 詳見陳儀深，〈臺獨叛亂的虛擬與真實─1961 年蘇東啟政治案件研究〉，《臺灣史研究》(臺北，2003.6)，頁 141-172。

調臺獨叛亂活動，未必如警備總部報告書所言：「雖尚未達到『炸藥』之程度，而遍地都是『森林』，隨時可以點燃。」[11] 但是在 1960 年代，亦即雷震案以後，政治案件的確開始以「白帽子」即臺獨案件居多，不同於 1950 年代以「紅帽子」為主。[12] 例如（除了前述的蘇東啟案）1962 年的「興臺會與臺灣獨立聯盟案」、1963 年的「廖文毅案」、1964 年的「彭明敏案」、1967 年的「靖臺案」等等。[13] 因蘇東啟案而入獄服刑的張茂鐘說，剛到泰源監獄時，因人數懸殊而備受「紅帽子」方面的壓力，「後來同案人也被送來（泰源）一起服監，我們臺獨政治犯的勢力才漸漸『大』起來，與『紅帽子』雙方壁壘分明。」[14] 張茂鐘的描述，或可佐證上述 1960 年代臺獨案件比例增加的趨勢。

　　根據泰源事件倖存者鄭正成的說法，會有泰源事件是因為吳俊輝和彭明敏曾有所接觸，當時彭明敏偷渡出境之後打算去美國發表公開演講，揭穿「臺灣沒有政治犯」的謊言，當時的約定是：彭出去以後要寄一張明信片回來表示已經順利出國了，然後我們在泰源會有所行動，讓國際間看到臺灣

[11] 臺灣警備總司令部，〈偽臺獨陰謀武裝叛亂全案偵破經過報告書〉（1961 年 9 月 29 日），國史館《蔣中正檔案》，軍事類第 097 卷。

[12] 魏廷朝，《臺灣人權報告書（1949-1996）》（臺北：文英堂出版社，1997），頁 73。這是當事人所做的趨勢觀察，因檔案尚未完全公佈，難有具體的數字可以佐證或否證。

[13] 魏廷朝，《臺灣人權報告書（1949-1996）》，頁 78-81。

[14] 陳儀深訪問，王景玲紀錄，〈張茂鐘先生訪問紀錄〉，中央研究院近代史研究所《口述歷史》編輯委員會編輯，《口述歷史第 10 期：蘇東啟政治案件專輯》（臺北：中央研究院近代史研究所，2000)，頁 110。

果真有政治犯；[15] 而吳俊輝本人也說：「在泰源時，有一天我和牢友張化民收到彭明敏教授寄來的郵包，裡面是一些罐頭類的食品，當時我便知道彭教授已順利逃出臺灣。從 2 月 1 日的《中央日報》[16] 看到一小則有關彭明敏離臺而被警備總部通緝的消息，大家都很高興，也就此放心。」[17]

彭明敏是在 1964 年因與謝聰敏、魏廷朝共同發表「臺灣人民自救運動宣言」而被捕入獄，偵訊期間曾與吳俊輝同一囚房，彭稱讚吳俊輝是「一位青年理想主義者」、「被遺忘的政治犯之一」，[18] 1965 年 11 月彭獲特赦出獄，仍不時受到跟監，不勝其擾，乃費心部署，於 1970 年 1 月 3 日偷渡安抵瑞典，消息在臺灣公布時已經是 2 月 1 日了。但彭在回憶錄中並沒有提到上述的「約定」。

關於「臺灣沒有政治犯」之說，根據比較擅長政治分析的當事人之一的蔡寬裕所言，是蔣介石曾對美聯社記者說：「臺灣沒有政治犯，只有一小撮的失意政客在海外搞臺獨。」若然，「我們這一、二百個臺獨政治犯是關假的嗎？」[19] 為

[15] 陳儀深訪問，林東璟紀錄，〈鄭正成先生訪問紀錄〉，中央研究院近代史研究所《口述歷史》編輯委員會編輯，《口述歷史第 10 期：蘇東啟政治案件專輯》，頁 223。

[16] 即〈彭明敏偷渡出境，軍事審判機關明令通緝〉，《中央日報》，1970 年 2 月 1 日，版三。

[17] 陳儀深訪問，簡佳慧紀錄，〈吳俊輝先生訪問紀錄〉，中央研究院近代史研究所《口述歷史》編輯委員會編輯，《口述歷史第 11 期：泰源監獄事件專輯》，頁 173。

[18] 彭明敏，《自由的滋味：彭明敏回憶錄》(臺北：李敖出版社，1991)，頁 159-161。

[19] 陳儀深訪問，潘彥蓉紀錄，〈蔡寬裕先生訪問紀錄〉，中央研究院近代史研究

了反駁上述蔣的說法，泰源事件可以說是由島內發聲，要支持人在海外的彭教授，使國際相信臺灣有獨立的聲音，蔡寬裕進一步申論泰源事件的近因、遠因：

與此同時，中華民國在聯合國的席次即將不保，我們判斷，如果國民政府退出聯合國，就意味著美國不支持臺灣，這樣臺灣會發生危險，基於此臺灣必須要有獨立的行動，這是事件發生的近因。而從 1960~1964 年期間，島內還有臺獨運動的發展，之後就不見任何的反對運動，也更不用說臺獨運動了，加上廖文毅又「投降」回來臺灣，[20] 士氣可以說陷入一片低潮。因此在這段時間內，如果沒有人來發動，臺獨會變得沒有聲音，這是泰源事件發生的遠因。[21]

以上是就大環境而言，至於會發生泰源事件，還有內部的原因：即政治犯管理鬆散，以及外役制度的存在。

蔡寬裕等臺獨派政治犯，早在 1963 年曾被關在臺北的「警備總部看守所安坑分所」，除了出外去新店採砂場挖石頭、洗砂子的一批人以外，每天養豬、種菜的人也覺得「這裡的管理比較輕鬆」，於是產生想要「有所作為」的想法，後來

所《口述歷史》編輯委員會編輯，《口述歷史第 11 期：泰源監獄事件專輯》，頁 81。

[20] 廖文毅在 1965 年 5 月 14 日返臺，誘因包括母親親情召喚、廖史豪被判死刑以及國民黨承諾對所有臺獨政治犯減刑或釋放。詳見張炎憲、胡慧玲、曾秋美採訪記錄，《臺灣獨立運動的先聲：臺灣共和國》，上冊 (臺北：財團法人吳三連臺灣史料基金會，2002)，頁 70-76。

[21] 陳儀深訪問，潘彥蓉紀錄，〈蔡寬裕先生訪問紀錄〉，中央研究院近代史研究所《口述歷史》編輯委員會編輯，《口述歷史第 11 期：泰源監獄事件專輯》，頁 81。

因故不了了之；[22] 1964 年被送去泰源以後，由於泰源是一間新的監獄，更需要人手（外役）到外面勞動，外役分成農耕隊、樵木隊、養豬場等，他們在早上 6 點起床，6 點半就到工地工作，白天的活動範圍包括了整個山區，要上山砍柴、挖野菜餵豬等等。泰源監獄分成仁、義兩監，每監走廊兩側各有 20 幾間押房，前面的 3 至 5 間是外役的房間、後面才是一般的押房，兩者的差別在於外役的房門沒有上鎖，可以自由出入，直到收封點名睡覺就必須進來；一般的押房一天有兩次放封，照規定放封時兩監的犯人彼此不能講話。總之相對而言「這些外役的行動十分自由，可以在四下無人的山腳下、山頂上和溪埔地談話，也因此我們才可以與山上各部落的原住民建立感情。」[23]

　　事件的倖存者鄭正成就說：「整個計畫是由外役扮演主動的角色，押房裡的人則必須等到外役控制情勢後才配合行動。」[24]

---

[22] 陳儀深訪問，林東璟紀錄，〈莊寬裕先生訪問紀錄〉，中央研究院近代史研究所《口述歷史》編輯委員會編輯，《口述歷史第 10 期：蘇東啟政治案件專輯》，頁 263。

[23] 陳儀深訪問，潘彥蓉紀錄，〈蔡寬裕先生訪問紀錄〉，中央研究院近代史研究所《口述歷史》編輯委員會編輯，《口述歷史第 11 期：泰源監獄事件專輯》，頁 79。

[24] 陳儀深訪問，潘彥蓉紀錄，〈鄭正成先生訪問紀錄〉，中央研究院近代史研究所《口述歷史》編輯委員會編輯，《口述歷史第 11 期：泰源監獄事件專輯》，頁 16。

(三)主要人物與事件經過：

　　根據事件後兩個多月由國防部參謀總長高魁元具名呈給總統的「處理經過報告」，描繪泰源監獄當時所監押的已決人犯計有 335 名，由陸軍第十九師五十五旅第一連（欠一排）擔任警衛，1970 年 2 月 8 日事件中的逃犯計有江炳興等 6 名（年籍資料如附表），這份報告說：「此次劫械逃獄目的在陰謀擴大叛亂，由江炳興負責策劃，鄭金河負責吸收同犯、擔任行動指揮，先後爭取與前雲林縣議員蘇東啟臺獨叛亂同案人犯陳良、詹天增、鄭正成，及反動文字人犯謝東榮等參與同謀。」[25] 茲將參與事件的主要人物與事件始末分述如下：

泰源感訓監獄劫獄逃犯名冊							
姓名	年齡	籍貫	學歷	原犯案情	刑期	滿刑時間	備考
江炳興	37 [26]	臺灣臺中	陸軍官校三十三期	企圖推翻政府建立「臺灣獨立政權」	10 年	62 年 6 月	緝獲
鄭金河	32	臺灣雲林	國校	前雲林縣議員蘇東啟企圖以武力推翻政府同案	15 年	65 年 9 月	緝獲

---

[25] 檔案管理局二二八事件檔案，系統流水號 500673，〈泰源監獄叛亂犯劫械逃獄案處理經過報告〉。

[26] 有誤，江炳興出生於 1939 年，在 1970 年應是 31 歲。

（續表）

鄭正成	32	臺灣臺北	中學	同上		12 年	62 年 9 月	緝獲
陳良	30	臺灣雲林	國校	同上		12 年	62 年九月	緝獲
詹天增	32	臺灣臺北	國校	同上		12 年	62 年 9 月	緝獲
謝東榮	27	臺灣嘉義	中學	書寫「軍隊是人民公社大家要忍耐」反動文字		7 年	62 年 7 月	緝獲

* 資料來源：1970 年 4 月 13 日〈泰源監獄叛亂犯劫械逃獄案處理經過報告〉。

1. 江炳興

　　證諸諸多口述紀錄，可知泰源事件不是一樁單純的逃獄事件，而是一樁當事人稱為革命、官方稱為陰謀叛亂的政治事件。第一位關鍵人物江炳興，臺中縣大里鄉人，臺中一中畢業，1964 年被警備總部以叛亂罪起訴時，是陸軍官校第卅三期學生（24 歲），1965 年判決時同案的吳俊輝、江炳興各 10 年有期徒刑，黃重光、陳新吉各 5 年有期徒刑，共同罪名是「陰謀以非法之方法顛覆政府」。[27]根據吳俊輝的回憶，他和江炳興等人是在 1969 年 10 月 29 日，從新店安坑軍人監獄出發，以兩部巴士趁著夜幕

---

[27] 臺灣警備總司令部判決書，（54）警審特字第十五、廿一號，受訪者江月慧提供。

沿西部公路南下，沿途交通管制繞過屏東、楓港，一路載到臺東泰源。[28] 本來新到的人犯在幾個月內不能調出去做外役，但因泰源監獄有一名少校保防官是江炳興在軍校時期的同學，所以很快地江炳興就被調出去做外役，也因此加速了「事件」的進展，蔡寬裕就認為：「江炳興屬於激進派，他來之前整個行動一直沒有領導中心，他來了之後才開始積極推動。」[29]

不過，後來筆者從事口述訪問時，從江炳興的妹妹江月慧取得一本日記以及一些書信，日記內容從高中生活斷斷續續寫到 1970 年，無非青年人的自我反省、對某女子的傾慕、對一些人際關係的感嘆以及讀書札記等，看不出任何「激進」的政治思想，倒是他在 1969 年 10 月底到達泰源以後，非常勤快寫信，先是稱讚「這裡四周環山、風景悠美，有如世外桃源，真是宜人居住的地方」（11 月 4 日），農曆年底則說「我不希望弟弟春節來看我，……什麼時節來最好呢？以後我才告知弟弟，現在一定要聽我的話不要來。」（1970 年 1 月 19 日）幾天以後甚至說：「我所虧欠於爸爸媽媽小妹們的，我寄望小弟替我補償。」（1 月 27 日）[30] 從現在看起來，這些話都有弦外之音。

---

[28] 陳儀深訪問，簡佳慧紀錄，〈吳俊輝先生訪問紀錄〉，中央研究院近代史研究所《口述歷史》編輯委員會編輯，《口述歷史第 11 期：泰源監獄事件專輯》，頁171。

[29] 陳儀深訪問，潘彥蓉紀錄，〈蔡寬裕先生訪問紀錄〉，中央研究院近代史研究所《口述歷史》編輯委員會編輯，《口述歷史第 11 期：泰源監獄事件專輯》，頁82。

[30] 江炳興的這批書信，由他的妹妹江月慧保存著。

2. 鄭金河

其次，鄭金河（雲林縣北港人，1938 年生）也是重要的角色，高金郎稱讚他「是一個革命的全才型人物」，「他雖然是殺豬的，但是他的政治理念很強、很好」，還說他體魄很好：「別人向山地同胞買豬時，要派八至十人去抬一隻豬下山，但鄭金河不用，他只需一個人騎腳踏車出去不到一小時，從殺豬、整理、載回來，一個人就搞定，真是厲害。」[31] 鄭金河是養豬場外役，據陳三興的描述，「鄭金河是一個很豪爽的人，兩個眼睛微微向外凸出……，雖然沒有讀很多書，但是懂道理、有禮貌，是讀書不多的人當中，少見有規矩、有禮貌的人。」而事件前一、二個月把行動計畫告知陳三興的，就是鄭金河，鄭金河還告訴他「警衛連」連長也支持（這項計畫），當時陳三興質疑可行性時，鄭金河表示即使只有零點零五的成功機會，他也要做。[32] 值得注意的是，五位罹難者之中，有三位係因涉入 1961 年蘇東啟案而被判刑入獄的，即鄭金河、詹天增、陳良，令人想像其間有甚麼關聯性，但高金郎認為「這是一個偶然」，「若要說有什麼特別之處，就是蘇案的這些陸戰隊士兵……體魄很好。」[33] 不過陳良與詹天增的角色

---

[31] 陳儀深訪問，潘彥蓉紀錄，〈高金郎先生訪問紀錄〉，中央研究院近代史研究所《口述歷史》編輯委員會編輯，《口述歷史第 11 期：泰源監獄事件專輯》，頁135。

[32] 陳儀深訪問，潘彥蓉紀錄，〈陳三興先生訪問紀錄〉，中央研究院近代史研究所《口述歷史》編輯委員會編輯，《口述歷史第 11 期：泰源監獄事件專輯》，頁152。

[33] 陳儀深訪問，潘彥蓉紀錄，〈高金郎先生訪問紀錄〉，中央研究院近代史研究所

比較次要，高金郎說：「陳良是福利社的外役，每一次有特別的事情或是鄭金河、江炳興要聯絡時，陳良就會利用例如端個豬血湯給我時遞個條子，進行聯絡的工作。……至於詹天增，他並不是核心人物，因為他根本不知道其他還有誰參與。」[34]

3. 吳俊輝、施明德、高金郎

　　除了外役扮演比較積極的角色，押房內也有相當的受刑人涉入。首先，江炳興在臺中一中的同學吳俊輝，是 1964 年仍在東海大學就學時被捕，翌年與江炳興列為同案被判刑 10 年入獄，[35] 如前所述他在臺北被偵訊階段曾與彭明敏同房；但有關泰源事件並非同案人江炳興聯絡他的，吳俊輝說：「最初向我提出這事及以後繼續聯絡及策劃的人是高金郎。後來施明德也幾次拿他起義的宣言稿本給我看，並希望我也提供點意見。」[36] 高金郎是在 1963 年於海軍服兵役時，涉嫌企圖「劫艦投靠廖文毅」被捕，1964 年判刑確定以後解送泰源監獄，1970 年事件發生時與施明德同一牢房，所以他說：2 月 8 日那天「大約十二

　　《口述歷史》編輯委員會編輯，《口述歷史第 11 期：泰源監獄事件專輯》，頁135。

[34] 陳儀深訪問，潘彥蓉紀錄，〈高金郎先生訪問紀錄〉，中央研究院近代史研究所《口述歷史》編輯委員會編輯，《口述歷史第 11 期：泰源監獄事件專輯》，頁134。

[35] 臺灣警備總司令部判決書，（54）警審特字第十五、廿一號，受訪者江月慧提供。

[36] 陳儀深訪問，簡佳慧紀錄，〈吳俊輝先生訪問紀錄〉，中央研究院近代史研究所《口述歷史》編輯委員會編輯，《口述歷史第 11 期：泰源監獄事件專輯》，頁175。

點左右我聽到槍聲，外面有吆喝聲，施明德就起身，將之前準備的東西沖入馬桶，因為東西很多所以沖了很久。」[37]

關於施明德的角色，各種說法互有異同。高金郎說：「施明德一開始雖然不知情，但到後期，他認為整個計畫是由他主導，我表面上雖然沒有管事，但實際上我們是以『集體領導』的方式秘密運作。這期間鄭金河、江炳興、陳三興、吳俊輝與我共五個人，每個禮拜至少都有兩、三次的討論。」「施明德認為一有機會就要推動，……他覺得革命的勝算無法計算，要做到百分之一百的安全是不可能的，所以一有機會就要推動，用行動來檢驗一切。由於我的拒絕，施明德就透過謝東榮去運作……，過程中，施明德恐嚇我多次，說要讓他當指揮官，因為其他人的軍階只夠做中校，只有他一人能當將軍，一切都要聽他的命令，不然他威脅要去告密。」[38] 其次，鄭正成也說：「關於泰源事件，施明德應該是後來才知道的……，當我們在聯絡、籌畫事情時，施明德應該還是局外人，後來他知道了，馬上爭著要當領導者。……那時他恐嚇大家，如果不讓他領導，在 2 月 8 日的行動之前，他就要公開我們的計畫。」[39] 不過，蔡寬裕並不認為施明德「後來才知道」，

<hr>

[37] 陳儀深訪問，潘彥蓉紀錄，〈高金郎先生訪問紀錄〉，中央研究院近代史研究所《口述歷史》編輯委員會編輯，《口述歷史第 11 期：泰源監獄事件專輯》，頁 121、122、124、136。

[38] 陳儀深訪問，潘彥蓉紀錄，〈高金郎先生訪問紀錄〉，中央研究院近代史研究所《口述歷史》編輯委員會編輯，《口述歷史第 11 期：泰源監獄事件專輯》，頁 131、133。

[39] 陳儀深訪問，潘彥蓉紀錄，〈鄭正成先生訪問紀錄〉，中央研究院近代史研究所《口

他說施是整個事件的要角之一，涉入很深，只是事情後來
演變成施和押房內的人在爭取領導權，「說起來很可笑」；
蔡覺得施很急，所以一度逼問蔡：「要做還是不做？有沒
有這個勇氣？」蔡回答說：「勇氣有兩種，一種是智勇，
一種是愚勇。」[40] 至於施明德自己的說法，一方面是鄭金
河等人曾與他商量，要內定他事成後作總指揮，但他評估
邊陲地帶成功的機會不大，因而「並不熱中」；[41] 另一方
面是他到泰源沒多久，鄭金河即利用看電影時，與他討論
要發動武裝暴動的計畫，直到 1970 年元旦，江炳興告知
施明德，將由外役發動，進而開門釋放押房內的人；施明
德對此持反對意見，他認為應採取「裡應外合」的方式進
行。可能由於意見產生分歧，施明德因此對於事情後續的
進展比較不清楚，以致 (陳三興說) 施明德只能算是個「被
告知者」，並不是主謀者。[42]

4. 蔡寬裕

　　蔡寬裕（1933 年生於臺北，在臺中市成長，因繼父
姓莊，曾改姓莊，出獄後又改回生父的姓）係東吳大學經
濟系畢業，1964 年 3 月從臺北的「警備總部看守所安坑

　　述歷史》編輯委員會編輯，《口述歷史第 11 期：泰源監獄事件專輯》，頁 33。

[40] 陳儀深訪問，潘彥蓉紀錄，〈蔡寬裕先生訪問紀錄〉，中央研究院近代史研究所
　　《口述歷史》編輯委員會編輯，《口述歷史第 11 期：泰源監獄事件專輯》，85-
　　86。

[41] 李昂，《施明德前傳》(臺北：新臺灣重建委員會，1993)，頁 111。

[42] 李昂，《施明德前傳》，頁 112。另，施明德也曾說：「以後的事情我就比較不
　　清楚了，但是我知道準備在何時進行。」詳見新臺灣研究基金會美麗島事件口述
　　歷史編輯小組總策劃，「珍藏美麗島─臺灣民主歷程真紀錄」第一冊，《走向美
　　麗島─戰後反對意識的萌芽》，頁 55-56。

分所」被送到泰源。1970 年事件發生前後他有 3 個月的時間在醫務所的藥局擔任外役，做配藥兼注射的工作，所以有機會「自由進出」牢房。[43] 高金郎在《泰源風雲》書中說蔡寬裕到了最後時刻才知道起義計畫，蔡寬裕則特別澄清他「參與的時間極早」。[44]

　　有鑑於「兵變」的事談何容易，蔡寬裕為了避免無謂的犧牲所以多次採取阻止的態度，可是最後「計畫變成我們只要到得了電臺，能控制電臺多久算多久，能夠把臺獨的聲音發出去就好了」，所以當時大家可說是抱著「就地成仁」的心理準備，何況：「最後的十天江炳興告訴我事情曝光了，已經沒有第 2 條路可走。」[45] 所謂曝光之說，高金郎指的是施明德把計畫告訴（紅帽子）高鈺鐺和林華洲，施明德之所以向大家施加壓力，依據蔡寬裕的瞭解，是「如果外面的人不採取行動，就將事情曝光逼大家做。」事實上當時的確產生了這種情況，[46] 意指獄方可能已經知

[43] 陳儀深訪問，林東璟紀錄，〈莊寬裕先生訪問紀錄〉，中央研究院近代史研究所《口述歷史》編輯委員會編輯，《口述歷史第 10 期：蘇東啟政治案件專輯》，頁 249、264。

[44] 陳儀深訪問，潘彥蓉紀錄，〈蔡寬裕先生訪問紀錄〉，中央研究院近代史研究所《口述歷史》編輯委員會編輯，《口述歷史第 11 期：泰源監獄事件專輯》，頁 112、113。

[45] 陳儀深訪問，潘彥蓉紀錄，〈蔡寬裕先生訪問紀錄〉，中央研究院近代史研究所《口述歷史》編輯委員會編輯，《口述歷史第 11 期：泰源監獄事件專輯》，頁 95。

[46] 陳儀深訪問，潘彥蓉紀錄，〈蔡寬裕先生訪問紀錄〉，中央研究院近代史研究所《口述歷史》編輯委員會編輯，《口述歷史第 11 期：泰源監獄事件專輯》，頁 101。

情，如果不主動發動，事情爆發了大家也是會被判死刑，所以沒有第 2 條路可走。

　　他們為什麼要接觸警衛連，而有類似發動「兵變」的想法？蔡寬裕說，因為警衛連的成員大部分是臺籍充員戰士，鄭金河（及其他幾位涉及先前蘇東啟案的受刑人）出身於海軍陸戰隊，在當兵時就有反抗心態，他（們）認為警衛連的這些臺籍兵應該也和他們當年一樣才是，所以嘗試與警衛連接觸，每來新的一連，就與他們建立關係。[47]

5. 事發經過

　　在計畫方面，高金郎說原訂大年初一發動，因故改在初三（2 月 8 日），除了鄭金河等外役先自行動，還有蔡寬裕、林振賢、鄭清田等人負責中門的接應，內部則由施明德佯稱當天是他的生日，一大早叫蔡寬裕拿豬肉回來，要林明永和李萬章去菜圃旁做水餃，利用做水餃可以拿刀，等大門的任務完成，中門接管後，他們兩人進來開門，隨後大家就可以整隊出發。[48] 負責包水餃的林明永則說：「行動前一天炳興傳話進來說，明天第二個碉堡會丟一隻槍下來，要我們負責接應。……我們三人在碉堡下包水餃，包了一整個上午，約好 12 點要行動。要行動光拿菜刀並不夠，我們的目的是要拿鑰匙放人，把其他不必要

---

[47] 陳儀深訪問，潘彥蓉紀錄，〈蔡寬裕先生訪問紀錄〉，中央研究院近代史研究所《口述歷史》編輯委員會編輯，《口述歷史第 11 期：泰源監獄事件專輯》，頁 89。

[48] 陳儀深訪問，潘彥蓉紀錄，〈高金郎先生訪問紀錄〉，中央研究院近代史研究所《口述歷史》編輯委員會編輯，《口述歷史第 11 期：泰源監獄事件專輯》，頁 135。

的人關在押房裡，我們的人放出來。所以我和萬章說：『如果可以不殺人，就儘量不要殺人，逼不得已才動手。』」[49]

　　由於 2 月 8 日的事件是由外役在外面發動，押房內的人所知不多，所以官方檔案所描述的經過值得參考：[50]

　　2 月 8 日中午 11：40 飯後，上士組長（班長）龍潤年率士兵蔡長洲等 6 員，成一路縱隊沿著圍牆前進逐一更換哨兵，行至第五、四哨之間時，最前面的蔡長洲突被預伏果園的（洗衣部外役）江炳興攔阻，江喝道：「臺灣獨立了，你快把槍交給我吧！」蔡兵不從，兩人格鬥約 5 分鐘，鄭正成加入遂擊倒蔡兵；當時陳良向第 2 名衛兵王義奪槍、詹天增向第 3 名衛兵李加生奪槍，謝東榮持刀劃傷李兵手指，李兵倉促攜械跑往連部通報。第 4 名為上士組長（班長）龍潤年，被鄭金河持刀刺入腰部，倒地昏迷數分鐘後醒來又與人犯格鬥，背後又被刺中要害，送醫不治死亡。第 5 名衛兵吳文欽被謝東榮撲倒，槍、彈被奪去。第 6 名衛兵鄭成龍回奔跌倒，槍、彈亦被奪去。當時由於連長到旅部開會，副連長休假外出，連部由少尉輔導長謝金聲應變，輔導長聞訊前往現場勸犯人還槍，雙方對峙僵持約 20 分鐘，鄭金河、謝東榮二位人犯先後鳴槍 3 發，一行 6 人攜械沒入果園遁去。此時約 12：30，整起暴動前後約 50 分鐘。

---

[49] 陳儀深訪問，潘彥蓉紀錄，〈林明永先生訪問紀錄〉，中央研究院近代史研究所《口述歷史》編輯委員會編輯，《口述歷史第 11 期：泰源監獄事件專輯》，頁 211。

[50] 國防部史政編譯室，檔號 563/4010，陸軍總司令部〈臺東泰源感訓監獄暴動處理案〉，1970 年 2 月 24 日。

6. 圍捕與槍決

事後，軍方至少動員東部海防部隊 3 個營 16 個完整連進行圍捕，在警方及原住民的協助下，分別於 2 月 13 日（上午江炳興、下午陳良與詹天增）、16 日下午（鄭正成）、19 日上午（謝東榮、鄭金河）將 6 人陸續捕獲，20 日上午 10 時許，在北源村附近已將人犯拋棄之步槍兩枝、刺刀 1 把、彈帶 1 條、子彈 84 發全部找到。[51] 其中除鄭正成因中止行動、獨自脫逃而未達「著手實行」顛覆政府階段，判有期徒刑 15 年 6 個月以外，餘 5 人判處死刑於同年 5 月 30 日槍決。[52]

在一份名為〈陸軍步兵第十九師泰源演習檢討報告〉之中，說明事發後第一階段的搜捕是由第五十五旅旅長親赴泰源指揮，調派成功附近部隊就近支援，並封鎖鄰近各山隘路口；第二階段（第 2 天）師長、副師長與東部地區警備司令部姜代司令、典獄長等召開協調會，就五條可通行之道路開始做相向性之搜索；第三階段（第 3 天）下午成立泰源演習聯合指揮部，陸續加派部隊執行搜捕任務。總計 12 天動用部隊 21,399 人次，平均每日動用 1,783 人，口糧 17,510 份。在檢討分析中提到：「該逃犯竟先後逃亡 6 日至 10 日之久，始得先後捕獲，彼等之吃飯及所換

---

[51] 也有記載找回的子彈是 104 發，當初遺失的數目是 104 發。見國防部史政編譯室，檔號 563/4010，〈陸軍步兵第十九師泰源演習檢討報告〉。

[52] 檔案管理局二二八事件檔案，系統流水號 503394，〈為執行叛亂犯江炳興等 5 名死刑日期及檢送生前死後照片各一張，敬請查照轉陳備查〉，國防部軍法覆判局致總統府第二局函。

之便衣，判斷定有莠民供給。」[53] 證諸鄭正成的回憶，山上果然有一對祖孫為他掩護解圍，也有兩位熱心的兄弟請他吃稀飯。[54] 不過，也確有山地原住民協助軍方搜捕，謝東榮的哥哥就說謝東榮「失去戒心才被山胞捆了去」，「從此以後，父親就非常討厭山胞，在嘉義市做生意，只要看到山胞走進店裡，就會把他們趕出去。」[55]

6 名人犯被捕以後，先被送到當地警察局嚴刑拷問，大約過了 3 天才被送到臺北新店的軍人監獄，繼續隔離訊問。5 月 30 日清晨行刑之際，鄭正成如此描述：「衛兵走近、打開押門、戴上手銬以後，鄭金河初醒，喃喃地喊一聲：『臺灣獨立萬歲！』就這樣嘴巴被塞住，然後帶出去了。」[56]

江炳興的妹妹江月慧回憶說，當年她才 18 歲，有一天管區（警察）拿了一張電報來家裡，上面寫著哥哥已經被槍決了，要家屬到臺北市立殯儀館認屍，第二天她和父親、叔叔及鄰居林先生共 4 人搭車北上，到了殯儀館以後：

我記得小小的房間裡有兩個冰櫃，兩個人的屍體疊放

---

[53] 國防部史政編譯室，檔號 563/4010，〈陸軍步兵第十九師泰源演習檢討報告〉。

[54] 陳儀深訪問，潘彥蓉紀錄，〈鄭正成先生訪問紀錄〉，中央研究院近代史研究所《口述歷史》編輯委員會編輯，《口述歷史第 11 期：泰源監獄事件專輯》，頁 22。

[55] 陳儀深訪問，王景玲紀錄，〈謝東隆先生訪問紀錄〉，中央研究院近代史研究所《口述歷史》編輯委員會編輯，《口述歷史第 11 期：泰源監獄事件專輯》，頁 66。

[56] 陳儀深訪問，潘彥蓉紀錄，〈鄭正成先生訪問紀錄〉，中央研究院近代史研究所《口述歷史》編輯委員會編輯，《口述歷史第 11 期：泰源監獄事件專輯》，頁 27。

在一個冰櫃裡，另一個放在冰櫃上，這個人應該是鄭金河，因為他的體型是最大的，所以他單獨被放在兩個冰櫃的上面。我因為沒有心理準備，門一打開，突然看見一雙腳，就嚇一跳，跌坐在地上，我父親把我扶起以後，我就不敢再進認屍間，父親要我在外面的辦公室等候。

　　……父親出來時我才問他哥哥被槍殺的情形是如何，父親聽了開始掉眼淚，說哥哥被打了很多槍，可能死前有掙扎，所以手都受傷了……我進去後，看見哥哥的臉沒有受傷，衣服也都已經穿好，所以看不出受傷的情形，表情很安詳。[57]

　　關於死刑之判決，係經國防部於 1970 年 4 月 13 日呈報總統府，蔣介石總統則於 4 月 27 日批示：「如此重大叛亂案，豈可以集中綠島管訓了事，應將此 6 名皆判刑槍決，而賴在、張金隆、李加生等 3 犯以警衛部隊士兵而竟預聞逆謀不報，其罪難宥，應照法重處勿誤。」[58] 其實把叛亂犯移監綠島，與這 6 名要犯的槍決與否是兩回事，而3 名「預聞逆謀」的士兵遭到怎樣的重處，目前還看不到檔案資料、也訪不到當事人。

（下略）

---

[57] 陳儀深訪問，潘彥蓉紀錄，〈江月慧女士訪問紀錄〉，中央研究院近代史研究所《口述歷史》編輯委員會編輯，《口述歷史第 11 期：泰源監獄事件專輯》，頁 45、46。

[58] 檔案管理局二二八事件檔案，系統流水號 500673，〈泰源監獄叛亂犯劫械逃獄案處理經過報告〉。這裏引述的是總統府秘書長等摘陳國防部來文呈報總統所獲的批示。

附錄 D、【108 年 1 月 18 日賴在先生訪談筆錄】

訪談內容：

問：為還原泰源事件，事情大概經過？您的刑期？

答：我的刑期 15 年，後來蔣介石 64 年減刑出獄。當時鄭金河找我，我沒有找警衛連的人加入。我國小畢業，大家在一起都認識，我們一起打球。2 月 8 日我根本沒有遇到鄭金河。

問：可是你的筆錄寫到你有遇到鄭金河。

答：在青島東路，我被電刑、手綁起來、被踢，現在無法生小孩，1 天睡不到 1 小時，沒辦法。

問：有無領到補償？

答：泰源事件有領到補償。

問：筆錄中李加生、張金隆、林清銓 (鑫) 認識嗎？

答：我都沒說那些人姓名，他們自己加的。

問：在青島東路你說些什麼？

答：我說：「事情我不清楚…我只和他們一起打球…他們只說 2 月 8 日要發動，其他的我不知道。」

問：怎麼認識鄭金河？

答：鄭金河在外面養豬，我會經過所以認識。

問：認識臺中神岡林清銓嗎？

答：不認識林清銓。臺中的我只認識住在東勢的人，客家人，姓名忘了。

問：認識李加生嗎？他被判刑多久？

答：李加生是東石人，他是軍人，同連，後來分開審判，他受軍法審判，不知他的刑期。

問：被刑求時，有看到鄭金河嗎？

答：有，鄭金河說我有參加，我們有對質，他說有，我說沒有參加，結果我就被修理。江炳興沒說出我。

問：還有跟誰對質？

答：只有江炳興和鄭金河。

問：覺得誰是領導人？

答：我覺得是江炳興。

問：江炳興、鄭金河如何跟你說？

答：江說 2 月 8 日中午要開始，江沒說要帶槍，鄭也有說相同的時間。打球時，有說可以的話就 2 月 1 日開始，他說蘇東啟案他很不服氣。希望我參加，希望我找其他人，但是我沒找。

問：你有哥哥送到綠島監獄嗎？

答：我沒有哥哥送綠島。我有 2 個哥哥。

問：您覺得江炳興、鄭金河的領導氣質如何？

答：我覺得他們 2 個散散的。

問：你們知道彭明敏出去的事？

答：我們知道彭明敏出去的事，連長說的，大家都知道。連長外省的。他們說要占領臺東電臺，之後偷渡出去。

問：認識柯旗化老師、施明德嗎？

答：不認識柯旗化，他關在最裡面那棟。知道施明德，施和這事無關，領導人是江炳興。當時我有接觸到施明德 (他在第一棟)，柯旗化不知此事，他被關在比較裡面。因為外役才有接觸江炳興、鄭金河。

問：多少人參加？

答：到底多少人參加我不知道，因為我沒有參加。

問：鄭正成有無參加？

答：有參加。鄭正成住泰山。

問：你有被刑求，當時被槍決的人有無被刑求？

答：不承認的都會被打。當時訊問時我說我什麼都不知道。當時被捕是在營區有人叫我幫忙拿東西，警備總部騙我出去，到大馬路就被抓，連夜押到青島東路。只有鄭金河說出我。

問：鄭金河被判死刑你知道嗎？

答：我知道。

問：在青島東路都有見面嗎？說什麼？

答：在青島東路分開對質，對質時江炳興比較安靜，沒說什麼。

問：判刑後有無再見面？

答：判無期徒刑後沒有再見面。後來我被送到馬明潭。

問：事件和彭明敏無絕對關係？

答：沒有。他只說因蘇東啟案很不服而已。

問：江炳興說什麼？

答：江炳興沒說什麼理由，他說「活得不耐煩」，他有說臺灣獨立，外省人欺負臺灣人，希望臺灣能夠獨立。

問：江炳興、鄭金河有無提到獨立宣言？實際你有無參加？

答：沒說到獨立宣言。我不敢參加。

問：(提示賴在偵訊筆錄)(筆錄內容：「……當時我感到如只說我一個人參加有點怕，所以多說了幾個人。……只是對林清銓他們部份是假的，其餘都是真的……」)

答：**林清銓我不認識**，我認識的東勢那個人不是姓林。我認識李加生，他是東石人，林清銓、張金隆等其他人不認識。

問：有拉警衛連的人進來嗎？

答：沒有拉任何人參加事件，我不可能這樣做。

問：2 月 1 日的事你知道嗎？為何最後沒有發動？

答：2 月 1 日的事我知道，沒發動的原因好像是人不夠，只有 6 個人，**江炳興說鄭正成沒去。**

問：口述歷史中，是說 2 月 1 日陳良沒來。

答：我不知道陳良。

問：他怎麼跟你說參加 2 月 1 日的事情？

答：他說參加臺灣獨立，外省人對臺灣人不好。那時候傻傻的跟他說好。我跟他說我去午睡，事實上那天中午我跑到別處，跑到山上去玩。我沒有找人參加。筆錄都是假的，我說得他們都不相信，當時被刑求只好簽名。當時 20 歲，只好認命，鄭金河說我參加，我根本沒參加，警衛連的人都沒有參加。

問：林清銓筆錄說您有找他，林清銓筆錄中「……賴在明明知道人犯要造反才告訴你的，你何以反而警告賴在不要亂說呢？……我以為賴在開玩笑，也不相信會有這種事，所以沒有再問，也沒有向連長報告……」

答：我沒找過林清銓。

問：當時有沒有勸鄭金河不要做？

答：他說死也沒關係，我沒有找其他人參加。鄭金河說做下去就對了，當時不好意思拒絕他。

問：你當初的罪名是知情不報。蔣介石曾批示：「如此重大叛亂案，豈可以集中綠島管訓了事，應將此 6 名皆判刑槍決，而賴在、張金隆、李加生等 3 犯以警衛部隊士兵而竟預聞逆謀不報，其罪難宥，應照法重處勿誤。」你被處罰？

答：我被電擊、綁手、被踢。

問：你有受補償，有無機會看過自己的筆錄？

答：沒有看過，開庭 3、4 次，開庭時沒看過筆錄、判决書，只有簽名。

問：當時開庭有無請律師？

答：只有公訴辯護人。

問：答辯書內有您的簽名，這是您的簽名嗎？（出示答辯書）答辯書
　　寫得很好，誰幫你寫的？

答：在看守所寫的，裡面讀法律的人（姓林）教我寫答辯書，字是我
　　寫的。

問：可以和您拍照嗎？

答：好。

問：江炳興、鄭金河等 6 人外，有 3 位臺籍士兵，其他 2 人（張金隆、
　　李加生）怎麼判？

答：不知道。後來沒有聯絡李加生。

問：2 月 1 日、2 月 8 日江、鄭來找你，你有沒有被說服？

答：當時沒有被說服。同情臺灣人但是不敢參加。

問：當時你是負責管理？監視？

答：我是警衛連，負責站衛兵。

問：誰跟你說江炳興是領導人？

答：鄭說領導人是江炳興。說有 6 人。

問：（提示賴在的筆錄）筆錄中你說「……從斜坡上來碰到他…他又
　　說我們臺灣人被他們（意指大陸人）管得太嚴了，我們臺灣應該
　　獨立，問我願不願意參加，當時我說讓我考慮一下，他說你這個
　　人怎麼這個樣子，要你參加何必要考慮，我不好意思就答應他
　　了…他又對我說非洲有許多小國家都獨立了，我們臺灣也可以獨
　　立，接著問我連上有何要好朋友，並要我吸收他們參加，我說連

　　上的朋友有張金隆、李加生、林清銓、彭文燦、吳朝全……」

答：筆錄不確實，我只認識李加生，不認識林清銓。

問：你有沒有覺得冤枉？

答：冤枉也沒辦法。

問：關到何時出來，民國 74 年嗎？

答：應該是吧。關在新店 10 幾年，後來景美看守所 2 年，土城 3 年。

問：在監獄裡何人接濟你？

答：在監沒人接濟。家裡貧窮無法過來。15 年我都住在 6 坪獨居房，隔壁是蘇東啟，對面是湖口兵變的趙志華。

問：放風時可以和蘇東啟講話？

答：可以。

問：蘇東啟先出來？

答：蘇東啟先出來。

問：在裡面生活沒問題？

答：在裡面生活沒問題。

問：出來後沒和哥哥聯絡？出來後做什麼？

答：有聯絡。出來後 37、38 歲，在臺北幫忙包水餃，後來去新店電子工廠工作。

問：出來後有沒有去找蘇東啟幫忙？

答：出來後沒有找人幫忙。

問：泰源事件的家屬沒和你聯絡？

答：泰源家屬沒和我聯絡，

問：何時搬來這？有無結婚？

答：8 年前搬來這，有結婚沒小孩，領養一個小孩。還在工作，繳貸款。打工，1 個人 1、2 萬。

問：希望政府做什麼？

答：事情過了沒想太多。

問：賠償條例賠償時，誰來找你？

答：中山北路的人（政治受難者）找我辦補償金的事。

問：（提示筆錄）筆錄哪些是假的？2月1日只有鄭金河找你，江炳興沒找你；2月8日是江炳興、鄭金河都有找你？你沒有找其他人參加、林清銓你不認識？

答：對。

問：莊寬裕、陳儀深教授有沒有找你？

答：無。

問：筆錄中你有說「那天上午我站衛兵時，鄭金河跟我說今天中午要動手了，叫我吃過午飯後帶武器到監獄後面圍牆邊集合⋯⋯沒有去⋯⋯因為只有我一個人，我不敢去⋯⋯我因為很害怕，所以沒有告訴別人，更不敢叫別人參加」這段真實嗎？

答：沒有錯。

問：筆錄中「我曾聽大哥說過以前被日本人送去綠島管訓」，你有說嗎？

答：沒有。

問：筆錄中你說「父早病故現有母親及兩哥，大哥賴○、二哥賴○均在家種田有一姊賴○已出嫁⋯⋯嘉義人⋯⋯他是泰源監獄外調服役的監犯，我與他在打彈子時相識⋯⋯」這段真實嗎？

答：沒有錯。

問：「在去年農曆年前，詳細日子忘了，有一天我交了衛兵由河邊從斜坡上來碰到他，他就叫我姓名，我問他有什麼事，他說想在休息時間時找我談談，接著他就說臺灣被他們管得太嚴了，我們要

　　獨立，問我願不願意參加，我說讓我考慮一下，他又說你這種人就是這個樣子，叫你參加又要考慮，我終於答應他了。」這段真實嗎？實際上你有答應他，但是事實上你沒有參加？

答：沒有錯。

問：林清銓那段是假的？

答：對。

問：筆錄中你有說「當日我在寢室見到林清鑫（筆錄記載錯誤應為林清銓）是單獨同他談的，後來吳朝全與彭文昌（筆錄記載錯誤應為彭文燦）也在寢室我同他們一起談話，其他李加生張金隆等兩人，我是以後在找他們的，當時找到問他們（指李加生、張金隆）時都說犯人（指鄭）已去找過他們了，不要我再講了。」對嗎？

答：我只說我沒有找其他人。我不敢做，實際上也沒找其他人，因為對鄭金河不好意思，所以跟鄭金河說我有找其他人。

問：你跟鄭金河說你有找其他人，你有說你找誰嗎？

答：沒有說。

問：他們說要去臺東、然後偷渡，對嗎？

答：對。

問：你覺得江炳興這個人如何？

答：覺得江炳興很安靜。覺得他會重複講話，可能關太久了，好像有點問題。他走路時會喃喃自語。

問：你常常遇到江炳興？

答：大概 1 天會遇到 1 次。

問：鄭金河做人如何？

答：鄭金河比較外向，比較有和他說話。

問：當時他找你，為何不拒絕，這樣就不會被關了啊？

答：不敢拒絕他，有點覺得他說的有道理，但是不敢參加。

問：如何知道出事了？

答：當時有拉警報，全部集合，要去找人、抓人。我心中想我可能會
　　有事。

問：在青島東路時，有看到江炳興那 6 個人的臉被打嗎？

答：沒有。

問：施明德的臉被打，掉牙齒，你有看到他的臉嗎？

答：有承認就不會被刑求。

問：承認外，也會被要求說出其他人的姓名。

答：要知道姓名才有辦法加人啊！

問：但是我看鄭金河的筆錄中，他有跟陳三興講，也有跟施明德講，
　　所以他們都有被詢問。

答：我不知道鄭金河有無跟施明德講。

問：獨立宣言的事，你都不清楚？

答：我不知道獨立宣言的事。

問：你不知道獨立宣言的事，為何你會認為這件事是江炳興主導？

答：事情是江炳興說的比較多。

問：他們 2 人的思想、行為做比較，誰比較像是領導？獨立宣言字跡
　　像是江炳興寫得，但是獨立宣言是在鄭金河身上搜出來的。

答：應該是鄭金河說，江炳興寫。

問：你認為是誰說得？

答：不知道，他沒跟我說。

問：您剛剛說柯旗化、施明德可能沒有參加？

答：他們關在裡面無法到外面，不是外役，無法參加。

問：但是鄭金河筆錄中，他說有跟陳三興、施明德講？

答：他要把整房的人說出來也沒辦法。

問：你的筆錄中「還有什麼話？我年幼無知受人欺騙請原諒我。」真實嗎？

答：我沒這樣說，當時想，要判刑、判死隨便他們。

問：他們刑求你，筆錄寫完你就簽名了？

答：被刑求沒辦法就簽名了。當時 1 個星期都沒睡覺，沒辦法。

問：一星期後被送到哪裡？

答：馬明潭。

問：你的筆錄裡，你沒有說出其他人姓名。只有林清銓那段。剛開始你有說林清銓那 4、5 個都有參加，後來又說那是你亂講的。

答：那些筆錄是假的。真實的很少。他們自己寫的。

問：他們自己寫的，你簽字才放過你，對嗎？

答：對。

問：他們如何電擊你？

答：在青島東路被警備總部電 3 次。被電下體。

問：筆錄他們寫，你簽名後才放你走？

答：蓋章簽名後才被放。

問：當時你家人有來看你嗎？

答：事發後大哥家也被搜，我有寫信回去。有和媽媽面對面一次。

問：你媽媽知道你被刑求嗎？有哭嗎？

答：知道，沒有哭。

問：現在你如何看待這件事？有什麼話想說？願望？

答：沒有願望。過去的事了。我歹運是我自己造成，當初同情他們沒辦法。

問：現在很民主了，以前說臺灣獨立很辛苦，你有無感想？

答：現在很自由、幸福。當初我國小畢業，沒有這種思想，但是同情
　　臺灣人沒有被公平對待。

問：警衛連的外省人排長、輔導長會欺負你們嗎？

答：乖乖聽話就沒事。臺灣人做兵都會被欺負，做事做不好，就叫你
　　爬。輔導長是臺灣人。

問：出來後有人找你嗎？

答：出來後沒人找我。

問：補償的事基金會的人有來找你？

答：有基金會的人來找我。

問：輔導長叫謝金聲？

答：對。

問：他有被關嗎？

答：不知他有無被關。

問：事發後幾天被抓？

答：事發後換防移到高雄大樹。大概一星期後被抓。

問：被抓後第幾天看到鄭金河？

答：第 4 天才看到鄭金河，神色不好。

問：有無被打痕跡？

答：看不出有被打痕跡。

問：遇到鄭金河、江炳興時，他們有說什麼嗎？

答：沒有。

問：對質時他們有說出你？

答：只有鄭金河說出我，其他 5 個人沒有。

問：陳良、謝東榮等人，你有見過嗎？

答：陳良不認識。我只認識 3 個人，鄭金河、江炳興、鄭正成。

問：對質只有 1 次？

答：只有 1 次。

問：你跟每個人對質時，看得出來有被打的痕跡嗎？

答：看不出他們有被打的痕跡。在青島東路時有看過前後背冰塊的刑求，當時心裡想，他們背冰塊是在做什麼。

問：他們為何找你，不找別人？

答：一起打撞球所以認識。

問：輔導長有同情他們嗎？

答：他怕連長。連長是外省人。

問：江炳興會邊走邊說話？

答：對。

問：你看江炳興臉上有心事的感覺？

答：對，憂鬱的樣子。

問：他們不管人多人少都要做？

答：對，他們認為拼下去就對了。

問：當時知道彭明敏逃出去的事？

答：對。

問：大家有討論彭明敏的事？

答：不敢講。

問：你覺得彭明敏逃出去，是一個刺激，決定和他們拼拼看？

答：我不知道彭明敏逃出去和此事件有無關係，我只知道彭明敏逃出去。

(以下空白)

附錄 E、【107 年 4 月 27 日施明德先生、陳嘉君女士訪談筆錄】

訪談內容：

委員：我們今天訪談鎖定泰源事件。陳儀深的口述歷史一書，您未加
　　　入，針對泰源事件的始末、規劃、經過，可否請主席回憶此事。

施　：關於泰源事件的全貌是那麼繁雜，牽涉的又廣大，在沒有參考
　　　檔案資料，特別是五位烈士的殉道前狀況，我不敢輕率下結
　　　論，至於陳儀深的口述歷史，找很多人來罵我，是有他的政治
　　　目的的。史料被政治力作為政治鬥爭使用是很糟糕的事。陳儀
　　　深的口述歷史我翻過，是在陳水扁執政後，他們為了打擊異
　　　己，充滿針對性。中研院出的關於泰源事件的口述歷史，最後
　　　目的怎麼會是專門找老政治犯攻擊我、辱罵我？

　　　　　政治犯坐牢太久，出獄後又鬱抑不得志，心裡不平衡，他
　　　們的心情我理解、同情。但所謂歷史學者在檔案法通過，檔案
　　　局成立後不思向國家調閱檔案，專作可以利用的口述，實在是
　　　作孽。讓自己淪為史棍，所以，只要是陳儀深有關的訪問，我
　　　全推絕。

　　　　　泰源事件迄今，連我這個當事人，也是不知道全貌的。作
　　　為政治犯，該我知道的事情我會去問，不該問的我不會去打
　　　聽，因此我也不知道，所以事情全貌連我都不是完全知道。

　　　　　這本口述歷史中有些人的說明是荒謬的。他們說是因為彭
　　　明敏跑出去了，為了響應彭明敏才有泰源事件？這實在可笑。
　　　我們怎麼會為了響應彭明敏偷渡出國，而採取會喪命的泰源革
　　　命？荒唐的說法！1970 年 2 月彭明敏才跑出去，對於彭明敏

教授，我只讀過他的書，其他全陌生。我們本來計劃是在 1 月
2 日起義的。我們知道 1 月 2 日美國副總統安格紐將訪問臺灣。
12 月底某天 (我也忘記了)，他們 (江炳興) 決定要我吃安眠
藥「假自殺真革命」(為了 1 月 2 日革命，提早 12 月底吃藥)。
我吃了，後來被送到臺東軍醫院，我有遺書應存於檔案中，請
問你們找到沒 (不知遺書在哪裡) ？後來 1 月 2 號江炳興他們
沒有起義，1 月 2 日江炳興之前我已經在醫院 (不知道送醫紀
錄還在不在)。後來才改為 2 月 8 日起義的。我假自殺時，彭
教授還沒有跑呢，怎會和他有關？胡說！泰源革命的動機和目
的和彭明敏完全無關。我們準備起義，當然是要贏得勝利，引
發臺灣人響應，至少是要讓美國和國際社會知道臺灣人要獨
立，不要武力反攻大陸，一中一臺或兩個中國我們都接受。我
們不可能為了響應彭明敏一個人而喪命的。陳儀深和這些政治
犯這種論述太可笑、也太幼稚和愛拍馬屁！

　　當年 (1969-1970)，我們覺得臺灣被趕出聯合國已經迫在
眉睫，蔣介石的漢賊不兩立將會使臺灣走向外交絕境，我們希
望採取這個行動，讓國際知道，我們可以接受二個中國跟一中
一臺，聯合國應讓北京毛澤東政府加入，但不需要把臺灣蔣介
石政府趕出來，那時候我們的用語是「容毛不排蔣」，革命動
機是對臺灣前途極度憂心，臺東是被隔離的地區，軍事上來
說，不容易擴張，要全面勝利很難，所以個個參與者都心存必
死的決心。但我們深信至少會引起國際注意，所以才安排讓柯
旗化活下來，因為他懂英語、日語，希望把他從成功港偷渡出
去，逃到日本沖繩，但柯旗化事前不知道，失敗後，大家也絕
口不提這件事，該事件動機絕不是為了響應彭明敏。口述歷史

真會以假亂真。泰源事件是一個追求結束臺灣殖民地命運的獨立革命運動。

　　沒有錯，那份獨立宣言是我寫的。時間長遠加上恐怖統治下的存活術，很多事情必須刻意忘掉。幾年前辦公室的人拿宣言給我看，一開始我不確定是否是我寫的，但是文風是我一貫的筆風，當中有一段，「臺灣已經是個獨立的國家…」（提示本院卷證資料），「臺灣已是獨立 20 年的國家…」，這是我一貫的主張。從 1949 年國民黨來臺灣開始計算。

委員：筆跡是江炳興的。

施　：（與委員比對卷證資料筆跡中）江炳興拿走我的原稿後，我叫他抄寫一遍，然後把我的原稿燒掉，否則，今天我早已不在人間了。至於其他的廣播稿不見得全是我寫的，但是宣言是我寫的。在監獄中，我們都會用報紙黏起來變成厚紙板，當作我們寫字的桌面，那時沒有桌子、床。我把厚紙板中間挖洞，把宣言藏在裡面。此事規劃 1 年多以上，開始是鄭金河最積極，但我覺得他軍事知識不夠，一直等到江炳興來了，他是官校 33 期的，他懂軍事，我說服江炳興領導此事。

委員：你有什們機會說服他？

施　：在泰源分兩區，仁監和義監，我和江炳興正好關在同一個押區，可以談得上話。江炳興來到泰源，刑期剩 2 年多，出去當外役的機會大。他本來想關在裡面多讀書，我說服他出去當外役，領導鄭金河等起義革命，他才出去做外役。宣言是我寫好交給他，我們坐牢都知道要湮滅證據，所以字跡都是江炳興抄過的。

委員：你們有時間討論、說話？

施 ：我可以和江炳興說話。晚上沒工作時，他可以來我的牢房串門子，到我房間。同志間那種信任一拍即合，不須說服。

陳 ：1964-1971 期間他 (施明德) 在泰源坐牢。

委員：所以江炳興妹妹在口述歷史中，很不諒解施主席慫恿他哥哥。

施 ：我不太喜歡請家屬來做口述歷史，因為家屬與當事人心志不同，落差太大，而且家屬不了解當時狀況，充滿怨氣，家屬和革命者心境絕對不一樣，他們的家屬抱怨我，可以理解。

　　當初我和江炳興、鄭金河討論時，我主張外役和外面官兵有聯絡、有共同意圖，和警衛連的官兵也有關係，裡面的政治犯會有志一同，可以裡外同時行動。革命事件最初的形成是鄭金河告訴我，他們和警衛連官兵已取得合作承諾，有些臺灣官兵也答應一起革命。等江炳興出去當外役，又得知警衛連的副營長是江炳興同學，也許早年也曾有志一同要為臺灣獨立而奮鬥，只是沒有被抓起來，所以安排我假自殺。警衛連的副營長是江炳興同學，我假自殺後被送至臺東醫院，他說副營長在起事後會和我聯絡。原本我就主張，外面行動裡面同時也配合行動，所以那一天 2 月 8 日，我擅自安排李萬章去外面殺雞，包水餃，為了可以拿到刀子，希望同一時間裡應外合，把獄卒幹掉後可以把門打開。但是我決定裡面不會先動手，必須等外面成功有訊息傳進來，我們才動手。之前江炳興、鄭金河 (陳良、詹天增那個案的) 就覺得「裡應外合」的做法會付出太大的代價。江、鄭認為如果失敗，牽扯太大。其中謝東榮也是我說服的。

　　獨派除柯旗化沒有介入外，其他的人應該或多或少都有介入、知情。但是，既然決定由外役在監獄外起義，等一切順利

了才進來放出政治犯，所以，監內政治犯就不必事先太介入
了。倒是統派事先沒有一個人知道此事。

委員：統派有介入？

施　：統派沒有介入。從開始江炳興他們就覺得裡外一起行動代價太
　　　大，但我是覺得裡應外合成功機會比較大，後來江炳興還是決
　　　定外面成功的話，才進來開門，失敗的話，他們會逃走，這樣
　　　比較不會牽扯太多人，犧牲太多人，我只能尊重他們。但我心
　　　中一直耿耿於懷，不能同生共死。但也因為江炳興的決定，我
　　　們裡面的人才能活下來。但是，也許裡外一起行動，他們就不
　　　會逃，反而第一階段就能成功占領泰源監獄揮軍臺東了，但世
　　　事誰敢保證？革命本來就充滿不確定性，誰敢說一定成功或失
　　　敗？我已看幾個軍人革命，像韓若春、鍾盈春等等的革命都是
　　　希望「更有把握」，最後都被抓了，槍斃了。泰源事件殉道者
　　　令人動容的是，他們被捕後沒有供出我們裡面的人，才讓我們
　　　變成倖存者。李萬章被我安排出去殺雞，是我自己擅自安排
　　　的，由於是單線的，李萬章事後也沒有被偵訊，像沒有他的事
　　　一般。那些汙衊我去密告的人，根本不知道此事。若我密告李
　　　萬章怎會沒事！這些人真可惡！把忠官醜化成奸細！後來事件
　　　失敗後，我開始把文件、宣言丟到馬桶沖掉。事發後一周，他
　　　們把化糞池挖出來，要找紙條。紙張都已爛掉，沒有找到證據。

陳　：我們做歷史檔案研究很久了，找到當年政治犯的遺書，很多當
　　　年根本就沒有送達家屬。

施　：宣言是我寫的，其他的未必是我寫的。

陳　：我認為很多也是你寫的，我做歷史研究多年，看了你無數的文
　　　章與文宣，很多是你才會寫的句子，「年輕的兄弟姊妹們，你

們應該充滿活力…父老、農工們…將軍將士們…臺灣外省同胞們，你們被…」，這些都像是你寫的文字。寫字筆風，看的出來是施明德寫的。

施　：宣言我看過，是被裁減過的，江炳興是有一定的知識底子。

委員：他是臺中二中。

施　：當時我們設計了一個軍旗，撞球檯的綠顏色，綠底中央白色五角星星。綠色代表臺灣，白色星星代表人權。表示革命軍要替臺灣人民追求人權。美麗島政團時代，我曾經想把泰源軍旗夾帶出來當作黨外人權旗子，也跟黃信介先生報告過，後來考量危險性 (泰源事件追訴期內) 才沒有拿出來用，才用後來被稱為「黑拳幫」的人權標誌。

委員：因為還在追訴期。

施　：對，事後很多年我們盡量不談泰源革命。旗子，1970 年我們有做出來。

委員：後來旗子呢？

陳　：希望檔案內找的到。

施　：後來風聲鶴唳憲兵接管，那幾天淒風苦雨、天氣很冷，我當年29 歲，一夜之間我就自覺老了。在那種緊張的氣氛下，什麼都得毀掉。如今我要寫回憶錄，欠缺很多細節，他們怎麼被抓的過程等等，我希望可以了解、還原歷史真相。牢內老士官會講一些事，所以我知道他們被抓。有一天，我被特務提到政戰官房間問話，犯人們都很緊張，因為被問到的話下場會很慘，可能被移到保安處刑求。特務說，鄭金河承認事先有告訴我這件事，但我反對。我堅決表示沒有。我說我根本無法和鄭金河見面、接觸，而且官兵管制很嚴，一個在仁監、一個在義監，根

　　本不能見面。如果是江炳興說到我，我就難辨解了，後果就會
　　不一樣。

陳　：江炳興一肩扛起。

施　：江炳興太偉大了！特務說如果鄭金河要害你，為何說你反對？
　　你卻又說你和鄭金河沒見過面，動機與事實不符。當時我心中
　　想，如果我說我和鄭金河有見面，就是知情不報，也表示獄方
　　管理不力，我猜想獄方(政戰官)和我利害一致，所以我說我
　　和鄭金河沒有見面。並請特務求證在旁的政戰官。那個政戰官
　　果然對特務們說：「他們見不到面。」這是我可以脫罪的關
　　鍵！這時，政戰官和我利害一致。

委員：有無刑求？

施　：這次沒有。大概因為是特務到監獄來，不是把我提到到保安處。

陳調查官：上述內容在檔案 59 年 3 月 6 日偵訊筆錄，你有 2 個偵詢
　　筆錄，都很短，內容幾乎一樣。

委員：(提示偵詢筆錄內容)，不能拍照。

陳　：陳三興也有被查證啊，泰源事件中，被查證的有那些人，想要
　　了解。

委員：陳三興和施主席在 1962 案件有牽連，所以有查陳三興。請主
　　席回憶當年您參與的過程。

施　：想知道本案詢問多少人。

委員：江炳興都說是他自己。

施　：整個過程我沒和陳三興講過、商量，我只有和江炳興、鄭金河
　　討論。當時我已不信任陳三興，臺灣獨立聯盟案，陳三興曾經
　　在壓力下供出很多人很多事。看電影時，燈光暗，也不會管你，
　　因人看電影時，我們會討論計劃，我只跟江炳興、鄭金河討論

　　過。我們都是老政治犯了，這種革命事件不可能隨便和其他政治犯討論的。事過境遷，當年沒有參與的政治犯如今也吹牛說當年他們也怎麼樣，怎麼樣了。所以陳儀深引用政治犯多年後的口述，說什麼我在乎「領導權」太可笑了。大家連討論都沒有討論，怎會爭領導權！又不是選黨主席！

陳　：當時泰源有義監、仁監，各有 11 個房間，放風時以一個監獄為單位。高金郎和施明德同房，可以拿藥給施明德。每天晚上睡覺前 1 小時，房門是開的，大家可以說話、聊天。

施　：同一監是可以見面的。後來因泰源事件我被關到小房間（暗房），只有一個小天窗，寬度只有一個手臂寬，睡覺時，把書舖在地下，他們把我的玻璃貼起來，我被關了 13 個月直到去綠島，所以出來時要戴太陽眼鏡。

陳　：他獨囚，無人說話，會面時開口說話，驚覺自己得快喪失語言能力。

施　：所以我每天朗讀詩。後來新典獄長三不五時會找我，要我供出當初監獄裡還有誰參加，以減刑利誘我，所以之後大家不談這件事，因為恐怖氣氛還沒過去。

　　我近幾年在研究中發現，1 970 年 4 月 24 日美國獨派在美國暗殺蔣經國失敗後第三天，蔣介石 4 月 27 日就批了公文把江炳興等人全部殺掉。1964 年裝甲兵兵變（湖口兵變）失敗後，鍾盈春等人無期徒刑也改變為死刑。同樣情形，此事跟湖口兵變一樣，蔣介石把鄭金河等人全部殺掉。

　　辦案資料中，特務呈報給長官的報告很重要，像王幸男案的特務報告很重要，特務會把偵訊過程，如何判處等建議全寫下來給他們的上級。這些報告，你們需要調出來參考。

陳　：有無類似案子資料(提示手機畫面)，這是我和王幸男打官司時，
　　　我要求法院調的，這是軍法處偵訊查詢節略 (極機密)。這些
　　　檔案局不給我。有無調到卷？

委員：報告出來後，你們可以調卷。假自殺送醫住了幾天？

施　：我被洗胃，醒來時被銬住，不記得住幾天。

陳　：高金郎曾在法庭作證時表示他安眠藥存了很久，為了累積藥量。

施　：蘇東啟案，本來一審判死刑，有人說高玉樹因身分特殊或是告
　　　密者，所以判決書內容提到高玉樹之處都打叉。美麗島事件
　　　時，徐春泰、高金郎去密告檢舉我，好領獎金。所以高金郎之
　　　後有錢去日本留學。

委員：你們有證據嗎？

陳　：這就是轉型正義要揭露真相的工作！五百萬獎金當時可以在仁
　　　愛路買五間公寓的！獎金去處？何人領了？當然有檔案！這不
　　　是應由我方（受難者）提證據的。高金郎多年前參選國大時，
　　　不滿施明德說他就是檢舉人，於是告施明德毀謗他。那官司施
　　　明德先生贏了，沒有毀謗。當時立法院國防部國會聯絡人說他
　　　們有看到檔案，國防部有證實高金郎確實是檢舉人，但是我們
　　　去調美麗島事件檔案，這個也調不到。到底誰出賣施明德？社
　　　會與國人不需要面對嗎？但確實有人領獎金。立法院在審轉型
　　　正義，然而我們今天認識的白色恐怖歷史中，只有受害人，沒
　　　有加害人，特務、告密者、檢舉人、線民、領獎金的人，這些
　　　歷史重要角色都去了哪裡？沒有這些角色，白色恐怖是在恐怖
　　　什麼？

施　：泰源事件有無告密者？希望可以查明。

陳調查官：如果有告密者，班長就不會死掉。

施　：陳調查官這句話說的很精確，很智慧！當時，如有人告密，鄭
　　　金河等人怎麼可能順利到現場殺了老士官長，害得典獄長等等
　　　丟官？但陳儀深等人就是要這樣醜化人。有人汙衊我是告密
　　　者，如果我是告密者，我做民進黨主席時，國民黨就會處理、
　　　掀底。我毀了，民進黨也重傷了，我是極愛惜羽毛的人，一輩
　　　子沒打過一次小報告。

委員：你有遺書？

施　：我有遺書，假自殺真革命那次有留下遺書。泰源事件後，過幾
　　　天他們把我隔離關起來。我擔心監方會暗殺我，我又寫下遺
　　　書，表示我不會自殺。接見時也告訴家人我不會自殺。

委員：事件有關所有人，都關到綠島？

施　：對。那是一年多之後，有關無關的全部犯人全移囚綠島。

陳　：當局如何移監，一定有名冊、囚情報告、案情報告。幾年前，
　　　我們碰到一個當時負責移監的憲兵，他回想當年被指派秘密任
　　　務之前，簽很多切結書，做了許多身家調查，這個秘密任務負
　　　責移監綠島的戒備任務。當時他看到泰源囚禁、移監的肅殺情
　　　形，害怕到離開臺灣之後就不想回來了。他看到慘無人道的運
　　　送過程，他描述曾經看過一個獨腳的犯人，犯人如何被綁，與
　　　施明德先生的親身經歷一致。他形容很精確，我認為移監也一
　　　定有檔案。

施　：國家檔案資料的開放，事實上依法 2001 年檔案法通過時，就
　　　得依法開放。但所有掌權者及其公務人員都知法犯法，到底為
　　　了什麼？他們荒唐到違法濫用「個資法」來作為歷史檔案不能
　　　開放的理由，更是荒謬。
　　　　　曾經我去檔案局調卷，他們遮掩許多檔案不讓我看。有一

次，我撕開一包牛皮紙袋，打開來看竟是我跟艾琳達的結婚證書！連我的結婚證書正本都基於「個資法」不讓我看！有這樣荒唐的事！檔案局違法限制政治犯和人民閱覽檔案，這根本導致我國無法做歷史研究的最大阻礙。所有託管在檔案局管理的國家檔案，並不屬於檔案局，他屬於全臺灣人民。檔案局恣意濫權「違法」拒絕提供，理由之一說不知「親屬」是否同意，姑且不論「親屬」意願根本不重要，有些檔案，根本無法查證死囚親屬是否願意，因為死囚沒有親屬，也沒有後代啊！他們被槍決時，在臺灣舉目無親，而且單身。

陳 ：1930 年代被史達林槍決的政治犯，近年出版一本攝影集刊出政治犯槍決前照片，照片下有出生日期、職業、槍決日期等，讓人一看就可以明白是多少忠良被殺害，不需要太多解釋。

　　幾年前我們要調閱泰源事件檔案，以茲紀念。過程中與檔案局溝通，他們的理由太荒謬，態度太蠻橫。白色恐怖照片等不被允許觀看，他們的理由竟然是這牽涉「犯罪資料」，怕影響受害者家屬「隱私權」。現行檔案法先於個資法，個資法是規範公務員、私人機構蒐集、運用個資，不是規範「國家檔案」的裡頭的個資。關於白色恐怖時代的國家檔案都已經超過 30 年，用個資法牽制國家檔案開放根本是政權放任公務員違法亂紀的現在進行式。再說隱私權只對活人有法益，一個人死後便沒有這種權利，他的後代無權無法也不能去伸張他祖先的隱私權，否則人類就沒有歷史。江炳興妹妹無權決定江炳興的國家檔案是否公開，有些被槍決的人沒有後代，或是不知其親屬在大陸哪裡，我們被要求不能看照片。這是在繼續踐踏當年被殺的政治犯。面對歷史真相，以「個資法」限制「國家檔案」開

　　放實在太荒謬。我申請的國家檔案中，很多被遮掩的，是地址、電話、人名，說這些叫作「個資」！然而，對歷史研究而言缺少這些當年得個資，還算真相與歷史嗎？個資法是規範「現行」公務員、大型機構等，蒐集、運用個人資料的法律，不能這樣沒水準的擴充解釋個資法，除非政府與公務人員，另有盤算，才這樣以法律亂硬凹，而這就叫做一個政權的「邪惡」，對於公務人員，就叫做「平庸的邪惡」。

施　：另外，戒嚴時期不當審判補償條例是我在立法院時主導各黨派通過的，然而有關泰源事件 5 個烈士，居然不給補償，這是錯誤的。不當審判是指未依法律程序審判，我曾經代表家屬給補償基金會一份申請書，遭到拒絕，他們拒絕的理由是蔣介石批示日期在後，蔣介石沒有不當介入，但是，他們完全沒有意識到，4 月 3 號初判，覆判是 4 月 10 號，蔣介石批公文 4 月 27 號，原判到覆判不到 10 天，就是不當審判，程序違法，依法上訴期日應為 10 天呀，所以應該給他們 5 人補償金才對。這事情到今天依舊無解。

陳　：2013 年 2 月 7 日我們曾寫給補償基金會意見書，他們回應雖然蔣介石批示在後，顯然不是最高統帥（當權者）導致被判死刑。所以泰源 5 位沒有賠。

施　：初審宣判之後上訴期間是 10 天，他們居然 7 天後就覆判，根據毒樹果理論，這就是不當的。一審判決，有 10 天的上訴期，江炳興 4 月 3 日初審判決，4 月 10 日就覆判判決了，不到 10 天就判了！完全違法！起訴前被延押，程序違法應該糾正，此案很明顯，白紙黑字初判到覆判不到 10 天。

委員：當事人根本無法上訴。

陳　：戒嚴時期不當審查補償條例，補償的是不當審判，整個時代都
　　　是不正義，沒有司法公正，這些英勇的人敢反抗，補償條例竟
　　　然審查動機，他們沒有權力審查動機。

施　：這個立法是我在立法院任內主導通過的，只要有不當審判就要
　　　賠償，這是恢復正義的一部份，不管什麼案子，假案真案都要
　　　補償。

委員：我們去調立法院資料。

陳　：補償基金會是以案件來審，但是有案子，1 個人從事多案，很
　　　多人有很多案子，基金會規定 1 個人 1 生只能申請 1 個案，這
　　　是「內規」，無法律規定。主席沒有去申請，我申請第一個案
　　　子，錢捐給紅衫軍。

施　：泰源事件的人應該補償。泰源事件官兵偵詢筆錄有嗎？

委員：有。賴、張、李等 3 人。

施　：當時我住醫院，官兵的事我不知道。

委員：獨立宣言是你寫的，內容和江炳興討論過嗎？

施　：沒有討論，這方面我比他們都強很多。江炳興手抄過，留下的
　　　這份是剪輯版。我相信是他被抓後，偵詢時特務要他把原文濃
　　　縮。連標題字型都不同人寫。

陳　：從獨立宣言到美麗島事件，相關文件筆風一致可以比對。陳儀
　　　深出版的書內有人說此事與彭明敏有關，他偷渡出去的消息出
　　　來已經是 2 月，後來我看卷宗有看到，有日本朋友幫助他出去，
　　　彭明敏和此事無關。

委員：當時有一個偵訊報告表，江炳興有提到彭明敏，他們關在一起
　　　過。中央日報 2 月初有報導，卷裡有 1 個剪報。

陳調查官：彭明敏 59 年 1 月寄賀年片給江炳興。

委員：中央日報的確有報導彭明敏偷渡出境，官方有記載。

委員：寫完報告後，卷證盡量開放，盡量在委員會尋求共識。(提示施先生的查證筆錄 3 月 4 日與 3 月 6 日)

施　：江炳興早年和彭明敏關在一起過，有連絡很正常。但泰源事件和彭明敏完全無關。這次他們把我當證人而已。

委員：卷證顯示「幕後尚無主使，外界也無接應……，本案失職人員已由國防部發布懲處……軍中缺失應改進，叛亂案集中綠島管訓。」

施　：泰源事件是戒嚴時代唯一事件沒有擴大案情，大肆株連的案件。筆錄跟我記憶的差不多，但我不記得是 2 次，我以為只有 1 次，可見人的記憶並不絕對可靠。

陳　：主要是早就計劃很久。

施　：當時中央日報、青年戰士報，還有新生報，我們都可以看到。

委員：領導者是誰？是你嗎？

施　：不是吧？我不敢自居為領導者。當初沒有什麼領導權好爭！那是死路一條，奉獻生命，不是爭總統大位，說爭這種領導權太可笑了！最後江炳興等人選擇不裡應外合同一時間起義，我們就決定應是江炳興和鄭金河為主要領導人。一旦外頭成功了，我們出去了，才會有領導自然產生，事先我們沒有。

委員：真正決定事件者？

施　：監獄外面的領導是他們 2 個，最後應該是江炳興的決定權較大。鄭金河構想已 2 年以上，江炳興才來不到幾個月，是後半段參加者。整個來說，也許我的影響力最大。

委員：口述歷史和一些資料似顯示以江炳興為主，其意志堅強，但鄭也很多資料顯示其意志力堅定。

施　：此事件烈士為大，是大家一起決定要把生命貢獻給臺灣的，這
　　　就是他們偉大的地方。他們成仁了。我想，如果他們在第一階
　　　段成功，大家都衝出囚房，我可能就必須負起更大的領導工
　　　作。這次革命計劃 2 年以上，在江炳興到來之後，我才敢拍板，
　　　答應。誰有領導能力從年輕就會展現，有些政治犯說他是當年
　　　被接受的領導人，我聽到只是笑笑。這些人出獄後 40 年了，
　　　幹了什麼領導社會的事？鑽石放到哪裡都會發光，石頭永遠只
　　　會用來鋪路。

陳　：不了解歷史的人，陷入迷失，陷入特務思維（誰是頭的思維），
　　　實際上這些人串聯中，他們分配的是任務，彼此要為同一目的
　　　而犧牲，有人是外役，所以資源比較多，他們可以串聯、說服
　　　臺籍的兵，考慮柯旗化懂英、日文，是被保留的活口，這些是
　　　在他們的策劃。送死的反抗陣營有什麼權好爭？現在用口述歷
　　　史栽贓這種罪名太幼稚太下流了。

施　：我第一次入獄的案件，是我看了陳三興的判決書，我才知道我
　　　怎麼被特務抬舉變成頭頭了！？事先我都不知道。

陳　：這是特務辦案模式，才會去找誰是頭頭，他們以為反對運動是
　　　這樣組織的。又不是現在太平盛世的民進黨，不會判死刑，不
　　　會坐牢，才會爭主席大位！

· ·

下午場　14：12 開始

委員：泰源事件中有無對你刑求？

施　：沒有。

委員：監獄裡紅白關係？

施　：人和動物一樣，像老鼠一樣，會被環境制約。裡面空間太小，所以裡面的人會吵架。牢裡生活條件極端惡劣，環境狹小，環境會影響心態，這很正常。牢裡有統派、有獨派，但是很多人只有情緒而已，還沒到達有信仰程度，說不上統派獨派的意識形態，常常會鬥，統獨問題鬥的很厲害，所以有人會打小報告，我很不喜歡這樣，我常常告訴雙方，即使你們把對方鬥死了，你還不是在牢裡。柯旗化喜歡和人鬥。

委員：那時候統、獨派分別以誰為首？

施　：監方大概認為我是獨派頭頭。所有檔案資料都留下這種印記。我是被監視最嚴的。柯旗化為人親和慷慨，但有潔癖，常因此和統派犯人吵架，牢裡關係不好。他第一次進來是統派思想，後來和廖文毅姪子廖史豪同房，思想變成「右獨」。前幾年廖文毅和我共同一個醫生，叫做洪伯廷(眼科醫生)，醫生說廖文毅後來眼睛瞎了，因為青光眼，本來可以治療，但是他不接受治療，他自覺自己放棄自己的理想投降了，羞於見人，回來後都不講話。廖文毅在這點上算是有羞恥心的人，不像另一個投降者、叛徒辜寬敏迄今仍大言不慚！

委員：依 1962 的卷，你到金門後，有無和陳三興聯繫？

施　：到金門後，就沒有和陳三興聯繫。沒有往來。

委員：誰併誰有討論過？

施　：辦案的人都要找一個頭頭出來。調卷中我的自白書不是我親筆寫的。

委員：1962 年很長的一篇自傳，你寫的嗎？

施　：現在幾份自白的筆跡都不是我寫的。1962 年我寫過 4 份自白書，

在小金門寫 2 份，在保安處寫 2 份。坦白說，我都不記得了，50 多年了。但不是我的筆跡，我是相當驚訝，為什麼？有增刪嗎？非常奇怪為什麼 1962 年的自白、筆錄的簽名全都不是我的筆跡！為什麼改抄？多了或少了那些？已失真了！

陳　：施被刑求，以 1962 年那次最嚴重。

施　：有 2 份我還沒看到。亞細亞聯盟是歐盟的概念。

委員：(出示 1962 年調卷資料 - 施明德筆錄、自傳)

施　：這不是我寫的筆跡，字很漂亮，簽名也不是我的筆跡。要回來高普考考試，給蔣經國的信，這也不是我寫的，我的筆跡很好認，我寫過 4 份自白書。為什麼我的自白書和筆錄簽名全不是我寫的？怎麼會這樣？這已經失真了。太奇怪了。

委員：我拿你的家書給你看。

施　：我要求幫我拔牙，22 歲 1962 年就打掉了。我知道有寫 4 份自白書。

委員：(出示資料)

施　：這也不是我的筆跡。(出示手機顯示真正的筆跡) 我想他們 1962 年把我的自白書改變的原因，也許是為了不判我死刑。我的同案宋景松先生已槍決了，我這個「頭頭」後來沒有要判死刑，所以把所有我原來寫的東西改了一些部分。這樣子才可以不判死刑，也說不定。這是我今天猜想的，戒嚴時期他們要你死你一定死，要你活他們也有說法。為什麼會改抄我的自白書我不懂，特務的心機外人不懂。所以宋景崧被判死刑，我還可以活，誰知道？

　　我當年曾經簽了 4 個自白書，我還簽過要求幫我拔牙齒。現在都沒看到卷宗。

　　1962 年事件，我應該會被判死刑。只有我一個人被起訴 2 條 1(唯一死刑)，其他人是 2 條 3，開庭那天，我才亮出假牙，顯示被刑求的證據。法庭完全措手不及，當庭曾亂過一陣，媽媽被邀去密談…。可能因此他們重新改變我判死的決定，以免引發意外。

陳　：我問過蔡財源，他說寫自白書時字亂會被要求重新寫過。

　　美麗島事件，施先生為了留下不當取供的證據，施先生的自白書完全抄自筆錄，一字不漏，筆錄有錯字、有塗改，他也照抄、照塗。所以自白和筆錄完全一樣，但是歷史研究者都沒有發現。

施　：筆錄的問話先後是特務發動的，我的自白書應該是要按照我的自由意志，結果我的自白書怎麼會和筆錄完全一樣？當年我決定留下非自由意識的東西作為證據，自白是要有自由意志。

　　1962 年有 2 份簽名文件很重要。特務曾寫下兩份文件要我簽名。一份是牙周病，一份是牙齒不舒服要拔掉牙齒的，我有簽名，以證明不是特務刑求的。

施　：你們現在提出的這些我的自白書、家書都不是我的筆跡，怎麼會這樣？我的真跡在哪裡？

委員：請傳施主席的字跡給我。

施　：紅衫軍時，傳出 1 份求饒信，要抹黑我、醜化我，我一輩子沒寫過文言文，字跡有點像，但我沒印象有寫過，後來我找熊秉元教授幫忙找人鑑定，刑事警察局有鑑定過，發現很像但不是我的真跡。那個年代，寫歌誦蔣介石的文字是每個會寫字的學生或人，犯人必須做的事，算什麼求饒？如果我求饒變節了，還會再搞泰源革命？出獄後還會又搞美麗島事件？陳水扁收買

陳麗珠出來毀謗我，如今他自己下場如何…？

陳　：歌頌蔣介石的文字必須偷偷寫在衣服裡面？歌功頌德還要偷偷
　　　摸摸，太不合邏輯。

委員：考試那是真的嗎？

施　：在小金門時我要考試是真的，但是那封陳情信我不知道，寫那
　　　封信也是我免死的理由之一吧。後來戲劇性變化，我沒被判死
　　　刑。他們要編造一套東西呈給蔣介石。這是我事後猜的，否則
　　　無法解釋我何以不死。

　　　　　我母親 1964 年有出席開庭，後來停止開庭。之後審理庭
　　　變成我單獨審判，通常一起審判。當時我擬稿後，當庭宣讀。
　　　雖然有陳述自由，但是法官有紀錄自由。我的回憶錄有較完整
　　　的陳述。

陳　：他在金門前線被抓，他還在保安處被刑求的很嚴重。

施　：同案的人都起訴了，我還在保安處多關了 8、9 個月。

陳　：同案的人都不知施明德人在哪裡，施先生審理庭時才拿出假牙，
　　　之前特務羅織是為了要判他死刑，施先生認為可以翻案的是假
　　　牙，唯獨假牙事件可以留下被刑求證據，讓施先生有活命機
　　　會，而且他媽媽當場哭出，兒子被打到沒有牙齒。為了不被判
　　　死刑，特務重新羅織證據，以免被判死刑。

施　：他們把我打到全口一顆牙齒都沒了。我在保安處，一直被問背
　　　後老闆是誰，有一次，被叫站起來想一想，站起來後突然被擊
　　　倒撞摔地面，拳打腳踢牙齒掉了 8 顆，臉腫起來。後來他們叫
　　　我簽名，說是因為牙周病所以請求拔掉牙齒。麻藥不夠，非常
　　　痛。

陳　：掉牙後，牙床壞死，變成全口牙周病，拔牙沒有麻藥（或是沒

有作用），也是一種刑求。

施　：他們希望我供出李源棧省議員是我的幕後首領。

委員：有 1 份資料寫到：「……我知道我犯的罪刑很重，假如有機
　　　會……報國之心……」。

施　：這就是很典型的戒嚴時期的「口供」或「自白」。特務逼囚犯
　　　寫下這句後，就代表他們抓到真匪諜、真叛徒了。就可以判該
　　　犯的罪了。幾乎每個政治犯都會留下類似的供詞，所以很典
　　　型。誠懇地說，在戒嚴時代，人被抓了求活變得很重要、這很
　　　正常。沒有坐過牢的常會譏笑受難者不如他們，會軟弱、會屈
　　　服，這就是奮鬥者的悲哀，必須受苦難，承受死亡，還得被後
　　　人恥笑不夠勇敢！誰敢在那種情勢下，能不低頭？

　　　　　在戒嚴時期每個人被捕，就像進了地獄，不能對外聯絡，
　　　也沒有律師，要刑求、要利誘、要折磨只能任特務了。在那個
　　　狀況下，求活、求免於苦刑是第一個反應，沒有坐過牢的人不
　　　要吹牛了。在那種情境下，自辱、自賤，任由特務指使寫下什
　　　麼東西都可能，還是必需的！所以我是否寫過？可能！我今天
　　　不敢說。重要的是，要檢驗事後還敢不敢繼續反抗？事實是，
　　　我一直沒有終止反抗！毛澤東也喊過蔣介石萬歲！後來呢？我
　　　1962 年第一次被捕，1970 年搞泰源革命； 1977 年出獄再搞美
　　　麗島事件！臺灣有第二人像我？！

陳　：1962 年關於施明德的資料很少，不知為何不給。

委員：高金郎、莊寬裕你們有何恩怨？

施　：莊寬裕是對我毀家奪財的人，高金郎是美麗島事件時檢舉我領
　　　獎金的人。但當初他們在牢中和我都有革命情感，後來，莊寬
　　　裕先出獄毀了我的家庭，和陳麗珠生了 3 個子女，同居迄今。

　　　　高金郎是美麗島事件中，密告我領獎金的人之一。

陳　：施明德家族之前很有錢，有很多土地，3 個兒子被抓時，他媽媽把施明德名下財產變賣，打官司，他媽媽過世時，又分了一次財產，把施明德那份給陳麗珠，後來施明德無期徒刑，陳麗珠有錢，全部政治犯都知道，蔡寬裕出獄後，追求陳麗珠，生了 3 個小孩，陳麗珠把財產給蔡寬裕拿錢去臺中烏日開鞋廠，找許多政治犯去鞋廠工作。施明德出獄後，想去看住在臺中的女兒，都被陳麗珠、蔡寬裕拒絕。花媽陳菊寫的書有提到這一段辛酸。他出獄時，財產都被占完，一貧如洗。

施　：臺灣第一代政治犯坐牢出來後有出息的人，只有 3 人，李敖、柏楊、施明德。其他人心理不平衡、嫉妒心情可以了解。所以到今天依然可憐。

委員：陳儀深口述歷史一書，您拒訪嗎？

施　：陳儀深是疾風集團李勝峰的當年的死忠換帖之一，這事後來我才知道。我拒絕他訪問，主要是發現他是永遠的當權派，誰掌權效忠誰。但我剛出來時，陳儀深在中央研究院，當時中央研究院要開除他，管碧玲、許陽明來拜託我，希望我去見李遠哲，幫他說說，當時我根本不認識李遠哲也不認識陳儀深，我為了陳儀深不要被開除，曾經去和李遠哲關說，所以李遠哲留下他。

委員：書籍提到「……第 10 期本期施明德拒訪……」。

委員：1972 年遷到綠島，在綠島處遇如何？

施　：多年來，凡是陳儀深要編寫的書，我一樣拒訪，包括美麗島口述歷史！火燒島監獄初期，我被關在第 1 區某個走廊最後一個房間，讓很多人和我關在一起，1、2 個月後，後來又被單獨隔

離在 2 樓第 6 區。那時我跟誰見面都會有紀錄，陳映真要跟我講話都怕怕的，都是透過第 3 人，第 1 次他說他的思想，第 2 次我說我的思想，我們會思想交流、互相詢問檢視思想，他是知識份子，他認為他是左統、基於社會主義的信仰，我被認為偏左獨派。我曾問他，如果時光倒流，二次大戰，中國戰敗日本贏了，日本天皇跑到臺灣，你的態度如何，他說他會主張臺灣獨立。所以我說他不是社會主義，如果主張社會主義，不會主張臺灣獨立。

委員：筆錄提到您年輕時就看拿破崙傳？你喜歡拿破崙？

施　：傳記不算什麼，其影響不如 30 年代左派的書。年少時代喜歡讀歷史傳記，會喜歡像拿破崙、亞歷山大、漢尼拔、隆美爾這類英雄人物很正常的。但會影響人的思想的卻不是這類人物，不如孟德斯鳩、盧梭、尼采、蘇格拉底⋯⋯。

委員：所以筆錄是假的。筆錄提到您喜歡拿破崙。

施　：白色恐怖時代的筆錄無所謂真假。被捕之後，特務想盡辦法要入我們於罪，我們則是要想辦法脫罪，這是獵人與獵物的攻防。何況，而我們處於刑求或刑求的威脅之下，特務則有完全的書寫自由。現代人看白色恐怖時代的筆錄，應該要試著以當時的情境去想像，才能研究出筆錄所流露的歷史軌跡。

委員：口述歷史中有提到，當初有一個軍官蘇榮懸曾說，你們土法煉鋼不會成功。

施　：會說那種話的軍官一定也是懦夫或關怕了的人。誰敢說革命一定會成功？革命都是以卵擊石，革命者最重要的是死的決志！當初本來就是以犧牲心態面對。誰敢保證革命會成功？懦夫都有太多理由批評別人，拒絕反抗，我想知道哪個革命不是土法

煉鋼？黃花崗 72 烈士，武昌起義都是土法煉鋼，卡斯楚 1956
年率 82 人乘遊艇進攻古巴，更是土法煉鋼。正規軍作戰，不
叫革命叫戰爭。

委員：口述歷史中的人物會有主觀價值，論述對自己有利的部分，可
能會論述某一件事情，但並不一定是事實真相。

陳　：對。但檔案揭露也不見的是事實，所以需要研究。自白是刑求
下的自白，不見得是自由意識。我們曾經對於陳水扁在國父紀
念館展出的美麗島人士的自白、筆錄，沒有相關說明，有意見，
但是當時曾有檔案局人員，叫做許啟義 (當時檔案局的法務，
現任法務部公務員) 當著施先生面前說白色恐怖哪有刑求？沒
有證據。當時施明德氣憤得當著李念祖、葉俊榮的面，把假牙
拿出來丟在桌上。白色恐怖的真相就是有刑求、有告密者、出
賣者、有人領獎金、人性的軟弱，這些才是真相，才是檔案要
揭露的事項。

施　：當初寫自白，我一定會配合，為了求生求免死。這是人性，沒
被關過的人不會理解。不然會被打。打了以後，被刑求後，反
而敵我意識才產生，刑求對於反抗者來說，是一種訓練。被威
脅、利誘、隔離之後，人性軟弱一定會出現。被刑求後，會覺
得他是敵人，這個對我來說，是一個重要的過程。美麗島之後，
我是被訓練出來的，被先賢先烈教育的，不全然是天生的。所
以美麗島大審時我手插口袋，會笑，軍方官員來對我說，這樣
長官會不高興，希望我和大家一樣要有誠懇，反省的表情，法
庭減刑才會有依據。開庭時，手不要放在口袋裡。但是第二次
開庭時我依然傲笑如故，憲兵就出手要拉出我的手，從相片看
的出來，我就用手緊抓住內裡，變成手握拳捉住口袋。

陳　：(出示中央社拍的相片) 這張沒有牙齒了。

施　：坐牢後一再目睹政治犯被抓出去槍決，那些被槍殺的人就像我的老師，他們的身影都影響我一生，我絕不打小報告的，面對壓迫者都笑傲依舊。

陳　：白色恐怖事件，長達 38 年的恐怖統治，真相重點是統治手法，是歷史教訓。我曾研究韓若春案件，檢舉他的就是他的朋友，叫周祖榮，每一個案子都有檢舉者，唯獨泰源事件沒有告密、檢舉，它就是起義事件。雖然失敗，但個個參與者都是烈士、英雄。

委員：書中有提及你和紅帽子的人走的很近，可能你有跟紅帽子的人講。

施　：我豈是可以輕率受影響，受左右的人？說這話的太幼稚，我不想回應。那本書完全不值得我反駁，我跟那些政治犯是不同品種的人。這些可憐的政治犯講什麼我已不想理會。這些可憐的政治犯冤枉坐牢，一生一事無成只剩下忌妒別人的扭曲性格。「可能」有跟紅帽子的人講？欲加之罪何患無辭？跟那個紅帽講？指名道姓啊！何況剛剛陳調查官也說了，如果有人告密，那個班長就不會被殺死！陳儀深等人真是無所不用其極要栽贓我！其實！這種戴我紅帽子的事，在美麗島時代就發生過。當我被聘任黨外總幹事，正在臺灣反對運動崛起時，莊寬裕、林水泉等等政治犯就去找康寧祥，一起去見黃信介，說我是紅帽子的，不可以用我。黃信介直接告訴他們：「好。但，推薦誰有能力、有學識、有膽識像施明德，我就用他，不用施明德！」他們才啞口。

施　：有一次中國人袁紅冰來找我，他說他對我的印象都是聽林樹枝

　　　　說的話。見了我，談了話才知道我不是那種人。林樹枝是因為
　　　　他曾寫一封信給我辦公室主任郭文彬要向我借 250 萬，他還威
　　　　脅我如果不借就會寫書罵我。我說他很可憐，而且當年他沒去
　　　　檢舉我領獎金，我想給他 60 萬，但我的財務張茂雄先生說：
　　　　「沒錢。」他不滿就寫書罵我。樹大招風很正常，但他們生活
　　　　上也真的很困難。他們應該怪國民黨，他們更應該怪民進黨當
　　　　政了，仍不照顧他們！罵人又不能讓他們偉大起來。沒有人可
　　　　以靠罵人，羞悔別人而偉大的。

陳　：這些政治犯經歷過白色恐怖，他們汙衊施明德，每次反駁都是
　　　　傷人傷己。

施　：民進黨對付異己的下流手段勝過國民黨，手段卑劣。紅衫軍時，
　　　　叫我的女兒出來醜化我，像文革時期一樣！我已立下遺囑依據
　　　　民法「不孝條款」取消這兩個不孝女的繼承權。

陳　：林樹枝出書罵我們，我們才告他。總統府拿錢給陳麗珠，陳麗
　　　　珠反而來告我們毀謗她，但兩個官司我們都贏了。

施　：泰源事件有無領導者，沒什麼好爭，那是死亡頭銜，沒有任何
　　　　利益、權力有甚麼好爭的，我們都清楚在做什麼。

委員：泰源案會用調卷資料呈現報告，比對資料後，看字跡，抄來
　　　　抄去的是江炳興。

施　：政治案件都不會把政治信仰、理想寫在判決書或相關資料中，
　　　　特務不要留下造反有理的證據。我和江炳興談臺灣的前途談信
　　　　仰，談價值。他願意革命、願意犧牲很了不起。如果江炳興、
　　　　謝東榮家族要恨我、怨我，我確實影響了江炳興、謝東榮，這
　　　　點我不想回應，這些家屬是平凡人，不會理解我們這些革命者
　　　　的心志，我們愛臺灣、愛信仰勝過愛我們的生命！我只是僥倖

　　　沒有被槍斃而已。

委員：1962 年時你才 21 歲。

陳 ：江炳興坐牢經歷，可以查證嗎？有很多不同版本。

施 ：這是特務辦案，羅織入罪的手法。

委員：1962 年抓的都是高中生、大學生。資料顯示，3 個組織成為臺
　　　獨聯盟，1962 年臺獨聯盟另案調查。

委員：你們有暗語？

施 ：年代久遠，我也不記得。

陳 ：檔案法第 2 條定義規定，規定國家檔案、機關檔案等之定義，
　　　檔案法第 18 條規定的是「機關檔案」，檔案局是促進檔案開
　　　放的機構，22 條規範的是「國家檔案」。針對檔案局的部分，
　　　想要另案陳情。檔案局不可以用 18 條阻擋檔案開放。18 條有
　　　個資問題，22 條沒有個資問題。

委員：依據泰源事件資料鄭金河筆錄，有詢問搶槍衝出去目的為何，
　　　他回答「…陳三興、施明德是臺獨案件的…我想爭取他們做內
　　　應，但是當時時間不許可說得很清楚，要他們心裡有數…」。

施 ：這句話有語病，因為鄭金河和陳三興同一監，他們可以說得很
　　　清楚，我和他不同監所以沒辦法講清楚，情境錯誤。我在義監，
　　　陳三興他們在仁監。事敗被捕，鄭、江等人的陳述絕對不會走
　　　真的。他們必須一方面保護我們，另一方面盡可能替自己卸
　　　罪，這是人之常情，外人必領悟。所以他們事後的陳述，在偵
　　　察機關的陳述，不重要。我曾和江炳興談過，如果事敗，在公
　　　開的法庭，我們必須替臺灣人說話，一如美麗島大審！這也是
　　　革命的目的之一，向世人宣傳理念。

　　　　事後，他們被捕，自知難逃一死，他們為保護我們，留下

火種好再替臺灣努力，所以，被捕後江炳興、鄭金河講什麼已不重要了，唯一珍貴有種的事就是他們沒有把我們拖下水一起死！甚至保護了我們，臺灣烈士何其偉大！

陳　：建議泰源監獄事件檔案全部公布，包括移監過程。

委員：有些資料還要調卷，移監綠島的資料還要調卷。

陳　：還有佈建紀錄。

委員：有無補充？

施　：我今天來貴院不是接受調查，我沒有接受調查的義務和必要。我來是希望透過貴院調閱泰源事件的原始檔案，好瞭解泰源事件的官方說法。反抗者和壓迫者國民黨官方的說法一定不同。簡註，對泰源事件總結我的關切點，大致如下：

一、該事件已超過法定保密最高年限 30 年，也不涉國防機密，所以應該全部無掩蓋地開放。不全面開放就是違法。

二、在沒有實現「檔案開放」的情況下，我才不得不想知道幾點事實經過：

　　1、鄭金河等人刺殺警衛班長的調查報告如何陳述過程？

　　2、江炳興等人事敗後的逃亡調查報告內容為何？

　　3、軍方動員多少兵力如何圍捕的報告內容？

　　4、那些山地原住民立功逮到鄭、江等人？

　　5、調查報告及資訊中有沒有密告者？若有人密告那個班長怎麼可能被刺殺成功？若有，是那個長官放任班長被殺而不防止？

　　6、江炳興、鄭金河等五位烈士最後從何處被抓出去槍決？如果是從景美看守所，該所應該保留有監獄方面的有關資料，應該向該單位或國防部軍法局要求調

卷。他們最後日子的記錄很重要。如果不是景美看守所，那是何處，一樣可以向軍法局調閱。這點迄今不明確。

7、調查報告中有沒有記錄顯示起義人士中有人在爭「領導權」？那是一個必死的行動，爭領導權是在爭死亡權利，不是爭黨主席、總統等權位，若有，這個勇敢想爭死亡權利的人是誰？或是那些人？應該找出來嘉獎！

8、陳儀深的書中引用一些政治犯在事後 20、30 年後，說我在爭領導權，他們還說如果不讓我當頭，我就要去密告！檔案中有這類蜘絲馬跡的線索嗎？那些政治犯除了李萬章、高金郎外，我當年都沒有跟他們談過此事。高金郎是日後在美麗島事件中密告我領取獎金的人，人格早已澈底破產。請調查檔案，當時我們有像開黨代表大會那樣的大聚會嗎？據我所知的，當時都是一對一的接觸，這是為了安全保密，我們從來沒有 3 個人一起討論的。檔案資料中可有 3 個人以上的聚會討論記錄？如果沒有，怎麼爭法？我跟誰威脅揚言去告密？公開檔案是最有公信力的，御用學者利用落魄政治犯傷人是缺乏學術良心的犯罪，藉「引用」別人的「話」醜化別人，完全可以卸責但良心何在？

9、我要拿到事件後我被偵訊的筆錄，它應該還在吧？以及鄭金河先生有關我的部分的筆錄，至少這部份應該還給我。

10、我是泰源事件中唯二被偵訊並於事件後被獨囚於窄

　　　　　狹暗房長達一年多，等火燒島監獄蓋好，我才跟所有
　　　　　政治犯一起移囚。所以，我算是泰源事件直接關係人，
　　　　　我有權利取得泰源事件的全部檔案資料。
　　以上 10 點盼貴委員協助尋得完整答案及檔案資料。

委員：有賴在判決書，沒看到獎金分配。

施　：此案收尾有 3 個部分，判刑槍決、監獄管理人員的懲處、論功
　　　行賞的部分，這樣歷史資料才完整。像湯守仁案件，有告密者。

陳　：湯守仁案是阿里山知識青年，軍官做得很大，算是領導者，
　　　228 事件裡，帶著阿里山山胞幫助平地人攻占水上機場，搶奪
　　　武器，並將武器藏於阿里山，國民黨為追查武器，動用很多情
　　　治人員。這是我看過最完整的佈建紀錄。為了佈建，還去找懂
　　　日文的人，因為湯守仁講日文，他不會講中文，所以湯守仁自
　　　白書是用日文寫的。

　　　　施明雄的監獄會談紀錄很清楚，但是施明德的會面紀錄完
　　　全調不到。所以施明德坐牢期間，曾經疑似得胃癌的紀錄，我
　　　們也調不到。他因為疑似胃癌，才被送到花蓮軍醫院幾個月去
　　　治療，這部分也調不到。還有施明德假自殺的遺書。

（以下空白）

附錄 F、【107 年 11 月 9 日諮詢會議紀錄】

本院於 107 年 11 月 9 日諮詢中央研究院臺史所許雪姬所長、臺灣大學歷史學系陳翠蓮教授及促進轉型正義委員會兼任委員尤伯祥律師，會議紀錄摘要 (依發言順序) 如下：

王委員：陳情人去檔案局調案多有限制，無法了解事件全貌，希望透過調查還原真相。泰源事件相關資料少，檔案局資料和口述歷史 (可能涉及主觀意識) 差距大。本院調卷內容是官方資料，泰源事件是定位為殺人越獄，目前臺灣統獨對立，希望本報告不涉及對立，只針對泰源事件。這些政治犯所涉案件不單只於泰源事件，例如蘇東啟案。警備總部資料交國防部，國防部資料又交給檔案局，當時有一個旗子，現在也找不到。當時事件發生時，施明德把東西撕掉沖進馬桶。檔案局資料有限。報告如何呈現？泰源事件的看法？資料公開程度？

許所長：莊寬裕先生每次講的都不同，有他要宣達的東西，所說的是間接，因為他不是外役的。可以去了解當時有多少官兵？紅白帽如何關在一起？釐清兵種、官階等當時監獄狀況。當時的人是否還活著？活著的人賴在等人很重要。陳儀深今年有做一個結案報告可以參考，現在我們在做國家人權館案子，此報告可以向國家人權館要。當中有一些疑點，陳儀深報告有相關說明。

陳教授：泰源事件有特殊性，他們有清楚的政治意見、表達言論自由不被允許因此被抓、用鮮明 (激烈) 方式呈現，有政治訴求

且不計代價，是明顯的政治活動，行動前應該討論過不可能成功。因為殺害班長所以有刑責問題。

監察院可以調很多檔案局資料，比較缺的是施明德和蔡寬裕各執一詞，但是還在的人（獄卒）可以努力看看，可以表達不同觀點。外役、看守士兵後來如何處理？大事化小的意味？當時的處置、決策過程？該事件很多人知道，為何獄方（官方）不知道？消息未洩漏的原因？宣言、旗幟的真實性？運用到實踐的過程為何？鄭正成活下的理由（將他們的意志帶到外面、設想如此周到，真是如此嗎）？等等，可以釐清。

許所長：鄭正成部分有解決了。小心不要被某人牽著走。避免英雄化，要接近事實。5 人送綠島管訓，判管訓理由？蔣介石復判 6 人應槍斃，為何只槍決 5 人？蔣介石批文，有正當程序問題，有權利這樣做嗎？他可以自己判嗎？實質上最後判決？賴張李士兵處理情形？此事為何可以化小？

王委員：蘇東啟案，考量國際情勢，高玉樹有被特別被保護。泰源案特別的是，因彭明敏跑掉消息進入監獄，可以藉彭明敏消息對外宣傳，1 月底跑掉，2 月起事很倉促，當天找鄭正成參加，他不想參加也不密告，因此先跑掉。有疑問的是，鄭金河、江炳興等人有接觸臺籍幹部，要引起他們的共鳴，賴在是同意的，宣言由江炳興交給鄭金河，鄭金河有和陳三興、施明德說這件事，這 5 人至死都是到他們為止，沒有咬出其他人。

陳教授：反過來想，也許有些人扮演踩煞車腳色。

尤律師：美國解密檔案有臺獨資料。1970 年已有旅美臺僑，當時這件

事放大不好，當時最聰明的作法是縮小處理，老蔣批 6 人死刑，實際槍決 5 人，1 人實際未參與。

陳教授：國際考量是原因之一。江炳興這些人名氣不大，當時軍政決策人員是誰扮演關鍵角色？

王委員：江炳興等人很優秀，當時有借用臺籍士兵。會不會有關軍心問題？

尤律師：事件發在在臺東山區，新聞不多，應該還是國際考量。因此軍心問題有可能性但無說服性。

陳教授：核心人物 (決定把事件縮小的決定人物) 是誰？當時政戰主任、警備總司令、軍法局長等高階決策人員是誰？相關人士有無留下相關資料？美國外交檔案可查，關鍵字 1970 臺灣。

尤律師：我辦的案都是依照老蔣意思辦理，為何此案不同？縮小處理了。

王委員：政治犯關在綠島，後來搬到泰源，事件發生後，又遷回綠島。

尤律師：當時對外宣傳臺灣沒有政治犯。如果擴大處理，世人就會知道臺灣有武裝暴動、有政治犯。泰源比較人道的是，探望方便。

王委員：泰源事件要不要追究責任？如何看待此事？

尤律師：此事要先還原真相。目前只確定攜械逃亡、公文有批示、官方認定為攜械逃亡等事。

陳調查官：依暴動圖示資料，當時輔導長未現場槍擊犯人而讓他們逃走？為何犯人可以跑掉？

陳教授：裡面的人也同情。

尤律師：有調部隊代表不信任當地部隊。外役監的士兵與其產生感情，很正常。

王委員：他們一直強調臺灣獨立，鄭金河被形容只是殺豬的。

尤律師：這些政治犯人脈可以查。殺掉後反而變成烈士，代價太高，可能當時情治系統告知不能殺。因揭竿而起而死亡，可能引起效法，封鎖消息對當權者最有利。越獄說法才可以對外面交代。

許所長：蔡寬裕也是這樣說（當時是因為國際情勢才縮小處理）。

王委員：彭明敏的事被封鎖，他們怎麼知道？

尤律師：監獄傳遞消息不難。

王委員：綠島監獄，政治犯和流氓分開關。

尤律師：除垢部分，促轉會先研究他國法制。有參與加害體制的人多已退休，重要的是真相先出來，加害體制運作的真相讓大家知道，臺灣轉型正義太晚開始。

王委員：報告只有真相呈現，可能被批評沒有追究責任問題，加害體制運作資料有限，難以論功過，有些卷可能被銷毀或被私人帶走。

尤律師：國民黨給的資料有限。國民黨的資料可能有。國安局的資料不解密。

陳教授：國安局不解密原因，是當事人的家屬還在，關係到他們的評價。

許所長：可以了解當時監獄配置、編制、關誰等資料。

陳教授：可以找當時監獄管理的人來說明一下。賴在等人。

尤律師：依老蔣模式一定會重處 6 人，處理結果中間有轉折，可能有人去勸他，中間一定有原因。

王委員：當時有一個人有說，事發時輔導長叫他們快走。當時留下的人可以找找看。

許所長：有口述歷史後，想法可能被污染。變成傳聞。

尤律師：傳聞都不採的話，變成沒有東西可用。官僚自保說不無可能。
　　　　1970 年老蔣還有權力。

許所長：近史所照片可能有。可以調。中研院近史所照片授權問題要
　　　　確認。

王委員：我們再諮詢陳儀深。

　　本院於 107 年 12 月 24 日諮詢中央研究院近代史研究所副研究員
陳儀深，會議紀錄摘要 (依發言順序) 如下：

陳老師：(現場播放簡報。) 泰源監獄地點隱密，公文中看到，本來有
　　　　第三期工程擴建，出事後，公文擬辦建議遷回綠島，蔣介石
　　　　批示：「如此重大叛亂案，豈可以集中綠島管訓了事。」

陳老師：這是高金郎畫的圖。

陳老師：1963 年泰源編制，人力不夠，有 3 百多個政治犯，只有 1 百
　　　　多人管理。

　　　　　　6 個人，5 人槍決，鄭正成活下來。還有賴在、張金隆、
　　　　李加生。蔣介石批示，警衛連其罪難赦。

　　　　　　其中只有江炳興比較有讀書。鄭金河殺豬的，屬於比較
　　　　基層的人。比較沒有留下思想的文字紀錄。

　　　　　　江炳興承認獨立宣言是他寫的，沒有跟別人商量，自己
　　　　寫的，然後交給鄭金河。除宣言外，還有 3 篇文章。

　　　　　　蔡寬裕以為是 2 月 5 日，2 月 5 日是年初一。第一次到
　　　　底是 2 月 1 日還是 2 月 5 日呢？但是偵訊筆錄出現的都是 2
　　　　月 1 日。我是比較傾向 2 月 1 日，因為案重初供，而且 8 日、
　　　　1 日都是星期日。

關於宣言，蔡寬裕講說有和江炳興討論，他有建議參考彭明敏自救宣言，後來蔡寬裕看到宣言並沒有參考。我覺得獨立宣言內容，感情用詞較多（比較軟弱、傳單用語），像是軍校學生寫的，看內容，應該是江炳興寫的，不意外。鄭金河比較是負責說服警衛連，到底拉了幾個，只有賴在，但是跟詹天增說拉了 60 幾個，是為了增強信心。高金郎說的比較誇張，他說有 25 個，而且第 1 次跟我說的比較誇張（都判死刑、都牽連）但是超過 20 個人判死刑應該會有檔案。

　　檔案中看到「尚未發現該連官兵與兇犯有可疑串通情事」，大直國軍的史政編譯局給我看過原卷，「尚未發現」這 4 字，是後來加上去的。

委　員：當時輔導長遇到他們，有讓 6 個人逃走。

陳老師：警衛連（充員兵）比較不嚴。

　　偵訊有包括士兵，我的判斷是：他們沒有參與，但是一起打球，雖然無參與響應，阿兵哥和人犯有感情很正常，但不至於響應。

　　鄭金河搶槍的過程殺了班長，沒有亂開槍（大開殺戒）。

　　第 1 次究竟是 1 日或年初一，紀錄上是寫 1 日，江炳興也說 2 月 1 日，2 月 1 日鄭正成有參與，蔡寬裕說，2 月 1 日那次，鄭金河要試一試鄭正成的膽子（立場）。那天江炳興、鄭正成在河邊找不到衛兵，就回連部，警衛連的人都在那裏，沒有睡午覺，最後不了了之。

　　第 2 次決定農曆初三（星期日、2 月 8 日），因為星期日警衛鬆懈。第 1 次沒有陳良，第 2 次沒有鄭正成。

委　員：2017 年陳老師訪問鄭正成「……刺班長時你在現場嗎？」鄭正成的說法：「不在，大家已經衝散。」

陳老師：鄭正成沒有判死刑，官方說法因為臨陣脫逃。陳良負責聯繫。
　　　　鄭金河刺班長 1 刀，詹天增又補 1 刀。

　　　　　　去年我訪問鄭正成，他說 2 月 8 日沒參加，他在半山上，
　　　　先跑掉，他說有成功的話他再回來，失敗的話他也要走。

　　　　　　獵殺紅帽子說法，我去臺南問徐文贊、林水泉，他們說
　　　　因彭明敏已經逃到瑞典，為了讓國際知道臺灣有政治犯，希
　　　　望泰源事件呼應彭明敏事件。

委　　員：獵殺紅帽子說法，是獨派要殺統派給美國人看？

陳老師：對，徐文贊是這麼說。

委　　員：泰源事件的啟動，真的是因為彭明敏逃到國外？消息應該是
　　　　封鎖的。

陳老師：中央日報有刊，當時政治犯可以讀到報導。

委　　員：統派、獨派關係？

陳老師：高金郎說彼此有互動，沒有仇恨。

委　　員：反正都是反蔣？

陳老師：對。

陳老師：徐文贊的講法，是為了讓美國知道臺獨是反共的（有點編織
　　　　成分，因為當時彭明敏在瑞典不是美國，後來 1970 年 2 月
　　　　才拿到美國簽證）。林書揚（左派的頭）的說法，紅帽子立
　　　　場是不參與、不告密、要自保。訪問中沒有任何人提到，要
　　　　借此機會殺紅的，沒有用顏色來區分。高金郎也是否認，他
　　　　說和紅的沒有瓜葛。郭振純 - 耕甘藷園的人 (摘錄)：施明德
　　　　承其怯懦弱點，由徐春泰留言，他們留下來處理善後是個反
　　　　紅色的人……。

委　　員：施明德在統派獨派間角色？

陳老師：按蔡寬裕說法，施明德不至於出賣，只是施明德和紅色關係很好，施明德用激將法、威脅告密等方法，促使事情趕快發生。不須以紅白顏色混淆事件主軸。主軸就是江炳興他們，已經準備了臺獨宣言，劫獄去電臺把聲音帶出去，確實有臺灣獨立的思想，雖然現實條件不佳 (警衛連兄弟沒有真的相信、響應)。彭明敏出去自顧不暇，怎麼會寫名片，訪問彭明敏，他說忘記了。偵訊時，會問江、鄭有關彭明敏的事，回答合情理，裡面的人都會說彭明敏出去的事。偵訊的人有問到彭明敏，可見有人提及。所以有關聯。2017 年年輕人演出泰源事件的海報，影響是精神上，每年都有泰源的紀念會。

委　　員：被認定搶奪武器，殺人。沒有領到補償。

陳老師：應放寬，非軍人不應受軍事審判。叛亂依據檢肅匪諜條例，惡法亦法，程序上不能說沒有瑕疵。紅帽子加入共產黨，不見的是信仰馬克思主義，是為了推翻國民黨。二二八之後加入共產黨增多，是靠中共為了推翻國民黨。泰源事件，至少是不惜犧牲性命的行動。立碑紀念，應該是可以的，只是當時文化部擔心引起爭議，不了了之。

委　　員：立碑，可以中性說明。貼近歷史脈絡、事實去看待此事。此事有脈絡、歷史背景。蔡寬裕的角色？

陳老師：他是外役，他很會講故事，他認識不同層面、聽很多，知道很多案子。記憶很好。

委　　員：柯旗化、陳三興、施明德？

陳老師：施明德不接受訪問，很可惜，他認為我不客觀。柯旗化比較間接，他肯定泰源那些政治犯是要革命的，是二二八之後第一個付諸行動的革命。柯旗化名氣大，樹大招風，目標太大

　　　　不讓他參加。後來他被關獨居房。施明德有紅色瓜葛，柯旗
　　　　化未被事前告知很多 (為保護柯旗化)。

委　　員：高金郎說事發後施明德撕資料沖馬桶那一段，您的看法？

陳老師：可見施明德不是不知情，只是沖掉的是不是同一份宣言？也
　　　　有可能一樣，因為是刻鋼板的，只是團隊上大家比較不歡迎
　　　　他參加。

委　　員：臺獨宣言的疑點無法舉證。有旗子嗎？

陳老師：研究過程沒看到旗子，只有講到宣言。臺獨宣言雖不是公開
　　　　散布，當時印了 1 萬份，後來少了 1、2 百份，不知跑哪去了。
　　　　但是日本、美國都有拿到，翻譯成英文。施明德有撕碎沖掉
　　　　那一段，不知道是他寫的還是同一份。

委　　員：紅白對抗那段要交代嗎？高玉樹活下來。

陳老師：每個案子都有紅白對抗，是支線不是主線。蘇東啟案是第一
　　　　個最大臺獨案。

委　　員：高玉樹有活下來。

陳老師：保護他 (高玉樹) 讓他活下來，是因臺籍菁英怕國際紛爭，
　　　　而且他也算配合。

委　　員：檔案局很多檔案都沒歸，監察院報告出來後，相關資料您可
　　　　以調閱。
　　　　事發前的準備程序，一直調卷。

陳老師：考量外役管理較鬆，訴諸武裝的只有泰源。蔡寬裕算好時間，
　　　　當時要過山洞，富岡電臺比較快。

委　　員：搞不好抱必死之心，要把聲音發出去。泰源事件執行者和加
　　　　害者如何區分？

陳老師：是臺獨革命行動，和一般案件不同，求仁得仁，讓國際知道，
　　　　把聲音傳出去，是這種心情，當時官方說臺灣沒有政治犯。

　　　　　　紅帽子為申請補償金會說冤枉,拿到錢後又說真話。當時政
　　　　　　治犯只有二大類,不是臺獨就是匪諜,要挑起這個難題?

委　　員:監察院報告應採什麼立場、態度?

陳老師:冤枉的很簡單,就是賠償;沒有冤枉的,因政治信仰成為政
　　　　　　治犯,處理這些才是挑戰,可以找外國例子,看轉型正義如
　　　　　　何做。如果報告結論是紅白都賠償,也有意義。如果報告結
　　　　　　論是支持過去這樣做沒有錯,這些人不應該賠償,就是維持
　　　　　　現狀。如果是賠償概念,就要追究責任。

委　　員:主張臺獨是事實,審理過程中有無不當審判,檢視程序正義,
　　　　　　沒有觸及審判核心。司法界反彈後遺症,真正冤案、有瑕疵
　　　　　　案件無法處理。

陳老師:研討會論文有提到高玉樹判決書,當時處理政治案件沒有客
　　　　　　觀標準。

委　　員:我們是要還原真相,事件不是單純脫逃、劫獄殺人。

陳老師:鄭正成沒有死刑,是因為擔心殺太多臺灣人,算是幫他們找
　　　　　　理由。

委　　員:賠償與否可能引起爭議。

陳老師:報告可以不要結論,提出問題就好。

委　　員:老師剛剛說政治意識事件有二二八、泰源、美麗島、彭明敏
　　　　　　自救宣言等。陳三興、江炳興、施明德等人,都是臺籍優秀
　　　　　　人士去念軍校。如果涉及紅、白更複雜,很多人已經過世。

陳老師:施明德和獨派之間不愉快,當黨主席後,對難友不是很照顧。
　　　　　　對紅衫軍事件很不以為然,和施明德性格、經歷有關。

委　　員:案件為何沒有擴散?

陳老師:軍官牽扯到案件不光彩,所以他們縮小範圍是可以理解的。
　　　　　　發生在臺東山中監獄,外界無法牽連,監獄行動都是底層。

附錄 G、【國防部總政治作戰部 59 年 3 月 3 日泰源專案綜合檢討報告書】

國防部總政治作戰部 59 年 3 月 3 日泰源專案綜合檢討報告書

一、前言：國防部於民國 50 年在臺東泰源山區，設立「泰源感訓監獄」一所，負責監押已決叛亂犯，並施行感化教育，該間成立 9 年來，總計前後收容已決叛亂犯 771 名，除陸續刑滿出獄及死亡共 436 名外，現押人犯 335 名，其中判無期徒刑者 99 名，10 年以上有期徒刑者 168 名，其餘均判 10 年以下有期徒刑。在監人犯中，有 104 名調服外役，從事勞動生產，一般行動自由，加以監獄四週地形複雜，益增對人犯掌握困難。本 (59) 年 2 月 8 日 13 時 40 分，接泰源監獄報告，監內於正午發生人犯江炳興等 6 名劫械、殺人、逃獄重大事件，當經協調各有關單位迅速採取各項必要處置及緝捕措施，終將全部逃犯緝捕歸案。鑒於本案獲致之經驗教訓，對今後預防特殊事件，提高部隊戰力，深具價值，謹綜合各單位檢討意見彙編檢討報告及改進建議，俾供參考。

二、案情概要

(一)逃犯背景：逃犯江炳興前於 54 年與東海大學學生吳俊輝等，因不滿現狀，企圖推翻政府，建立「臺灣獨立」政權，經警備總部判處無期徒刑 10 年。鄭金河、陳良、詹天增、鄭正成 4 犯於 52 年參與雲林縣議員蘇東啟陰謀以武力推翻政府，建立「臺灣獨立」政權叛亂案，經警備總部判處有期徒刑 12 年至 15 年。謝東榮因書寫反動文字罪判有期徒刑 7 年，於 53 年 4 月至 58 年 10 月期間先後解送泰源監獄監押。各該犯年

齡籍貫出身及家庭狀況詳如附件 1。

(二)叛亂之預謀：

    1. 動機與目的：逃犯江炳興等服刑期間，不思自新，執迷不悟，且有感於刑期漫長，生活太苦，復受不當新聞傳播影響，致叛意復萌。其目的仍圖推翻政府，建立所謂「臺灣獨立」政權。

    2. 醞釀經過：58 年 10 月 30 日，逃犯江炳興入監以後，12 月 11 日即調洗衣部服外役，由於在外服役之關係，與同監人犯鄭金河相識，彼此交談之下，情意相投，江犯相機煽動叛亂，越數日相遇，鄭犯告以已找到同案人犯詹天增、鄭正成兩人，江犯遂更積極策劃，草擬「臺灣獨立宣言」及其他反動文字，鄭金河亦相繼連絡同監人犯陳良、謝東榮、陳三興、施明德，陳三興當即告誡不可妄為，施明德猶豫不決，鄭金河在此期間，暗中以監獄保養廠鋼銼磨製尖刀數把，以備分發各犯作為行動武器，自「臺獨」犯彭逆明敏潛逃偷渡消息，刊登各報以後，益增其叛亂決心。

    3. 初步計劃：先刺殺警衛連連長或值班衛兵班長，奪取衛兵械彈，然後裹脅警衛連官兵，擊斃監獄管理人員，切斷對外通信連絡，開監釋放囚犯，參與叛亂，再利用監獄內交通工具及在沿途劫車，進占臺東，解決該地守備部隊與治安單位，印發各種反動文字，號召民眾響應，設法通知在逃之彭逆明敏，然後北供花蓮，南下屏東，擴大叛亂。

    4. 叛亂行動：

      (1)謀刺連長：本 (59) 年 2 月 1 日，鄭金河指派鄭正成持

刀前往警衛連部刺殺正在午睡之警衛連連長金汝樵上尉，惟鄭正成經過連部時，心生畏懼，不敢執行，乃折返溪邊，中止行動。

(2) 劫械暴動：2 月 8 日，適為農曆正月初三，又逢星期日，監獄官兵部分休假，部分乘交通車往臺東看電影，警衛連長前往旅部開會，副連長休假，鄭金河認為時機難得，即通知江炳興、陳良、詹天增、鄭正成、謝東榮密議，決定午餐後開始行動，餐後 11 時 40 分，除鄭正成 1 名臨時畏罪獨自先逃，其餘 5 犯均依照預定計畫到達監獄後牆邊路側，由江炳興在右，依次為陳良、詹天增、謝東榮、鄭金河，排好陣形，當場由鄭金河分配每人尖刀 1 把，等候換班衛兵經過，到達定位，一起動手搶槍，並由鄭金河負責刺殺班長，約 11 時 50 分，警衛連上士班長龍潤年率衛兵蔡長洲、王義、李加生、吳文欽、賴錫深、鄭武龍從第五崗哨向第三崗哨方向而來，鄭即告知各犯注意，「衛兵來了」，俟班長龍潤年與鄭金河擦身而過時，鄭犯笑問「班長好」，龍答「好」時，刀已刺入腹部，鄭犯即棄刀於龍之腹中，迅即搶奪衛兵吳文欽械彈，謝東榮亦同時搶奪衛兵賴錫深械彈，均順利得手，該鄭、謝兩犯以搶奪到手之步槍，將衛兵吳文欽、賴錫深、鄭武龍 3 人押往第三崗哨，準備向警衛連進發。同時，江炳興亦擋住前 3 名衛兵前進，說：「臺灣獨立了，趕快繳槍。」並說：「我們都是臺灣人，不會傷害你們的」，隨即奪取衛兵蔡長洲步槍 1 支，第 2 名衛兵王義跑往連部報告，第 3 名衛兵李加生體型高大，極力

掙扎結果，槍仍保存手中。當人犯搶劫衛兵械彈過程中，第三、五崗哨衛兵吳朝全、黃鴻旗兩人，站於碉堡內，居高臨下，目睹一部分實況，竟驚慌失措，不知用槍，形同木人，失去射殺人犯良機，黃鴻旗更將槍拋出碉堡，跳下拾槍跑回連部，違反衛兵守則，擅離哨所。

5. 陰謀失敗：警衛連班長龍潤年被刺後，仍英勇追捕各犯，並高聲喝止各犯不要走，江炳興、陳良、詹天增聞聲，心慌而逃。鄭金河、謝東榮行進到第三崗哨下面，見警衛連官兵發現，該連輔導長謝金聲已到達前面，後有廿餘名徒手士兵，謝員問有何事，可以慢慢談，並勸其還槍，少尉排長陳光村手持步槍，在第二崗哨處準備射擊，鄭、謝兩犯行動被阻，自知陰謀失敗，乃鳴槍 3 發，攜械潛入菓園逃逸。(以上江炳興等逃犯名冊如附件 1，衛兵名冊如附件 2，現場要圖如附件 3)。

三、處理情形：

(一)案發時各級處置：

1. 警衛部隊：陸軍十九師五五旅第一營一連輔導長謝金聲得到王義報告後，即電話報告監獄管理官陳明闊少校，並命陳排長武裝，但究竟如何武裝，如何行動，則無明確指示，而本身即徒手前往現場，俟與人犯脫離接觸返連後，準備追捕行動時，全連武器裝備均鎖在槍庫內，槍庫內鎖匙係被殺之龍潤年保管，庫門不得開，待毀壞門鎖後，子彈又在鐵皮箱內，開啟困難，致久無行動，後雖取出槍彈武裝分 4 組追捕，但為時已晚，人犯已逃逸不知去向。搜索結果，僅在暴動現場附近，撿回步槍壹枝、鋼盔 1 只、兇刀

　　3 把、染有血跡普通夾克 1 件，次日再搜查後撿回兇刀 1
　　把、彈帶 1 條、彈夾 1 個、子彈 25 發。

2. 泰源監獄：該監獄少校監獄官陳明闊接獲報告後，即趕到
　　現場觀看，返回後電話向副監獄長報告 (按監獄長馬幼良
　　上校在語文中心受訓，副監獄長在寢室睡覺，係政戰主任
　　劉漢溁上校接聽)。除採取收監 (在外工作人犯回監) 措
　　施外，另無其他處置，平時亦無此類應變計劃。

3. 陸軍十九師：該師五五旅一營於 2 月 8 日下午約 2 時左右，
　　即派兩批部隊約 50 餘人，先後到達監獄支援，惜因人犯
　　去向不明，無法積極行動，旅部、師部亦均在當晚成立緝
　　捕指揮部，但晚間僅能警戒交通要道，而使用兵力亦太
　　少，致徒勞無功，致 9、10 兩日逐漸增加兵力，執行搜捕
　　任務。

4. 臺東守備區：該部接獲報告後，一面電話報告警備總部，
　　一面通報東部各治安單位注意戒備，代理司令姜少將 (司
　　令陳守山少將受訓) 於當日前往泰源監獄現場指揮就近警
　　備單位，協助搜捕。

5. 陸軍總部：該總部接獲報告後，亦派參謀長鄒凱中將及政
　　三處處長胡志直上校乘陸軍航空隊專機前往調查，並與所
　　屬搜捕部隊保持連繫，督導搜捕工作。

附錄 H、【1970年泰源事件江炳興等6人之起訴書、判決書】

臺灣警備總司令部起訴書

臺灣警備總司令部軍事檢察官起訴書
五十九年度警檢訴字第○九二號
五十九年勁雷字第一六二四號
被告　江炳興　男，年卅一歲（民國廿八年五月五日出生），臺灣省臺中縣人，住臺中縣大里鄉塗城村十七號，業無（原陸軍官校學校），在押。
鄭金河　男，年卅二歲（民國廿七年二月十二日出生），臺灣省雲林縣人，住雲林縣北港鄉劉厝里卅六號，業商，在押。
詹天增，男，年卅二歲（民國廿七年一月廿五日出生），臺灣省臺北縣人，住臺北縣瑞芳鎮石山里五號路一一三號，業礦工，在押。
謝東榮　男，年廿七歲（民國卅二年十月十六日出生），臺灣省嘉義縣人，住嘉義市長榮街七二號，業無，在押。
陳　良　男，年卅二歲（民國廿七年九月十日出生），臺灣省雲林縣人，住雲林縣虎尾鎮東順里七十二號，業農，在押。
鄭正成　男，年卅二歲（民國廿七年九月十一日出生），臺灣省臺北縣人，住臺北縣林口鄉東林村六十號，業農，在押。

右被告等因叛亂嫌疑案件，業經偵查終結，認應提起公訴，茲將犯罪事實及證據並所犯法條分述如左：

犯罪事實

江炳興、鄭金河、詹天增、謝東榮、陳良、鄭正成等因叛亂罪分別經本部暨陸軍總部先後判決確定,移送臺東國防部泰源感訓監獄(以下簡稱泰源監獄)執行期間,調服外役,在監外時有接觸,**民國五十九年元月間**,江炳興與鄭金河共謀「臺灣獨立」,圖以武力推翻政府,並認人力與武力為行動之先決條件,經初步商定,人力方面由鄭金河向監犯拉攏,儘量爭取黨羽,武力方面,伺機搶奪泰源監獄衛兵械彈,以為發動叛亂之根本,同月中旬,鄭金河分向詹天增、謝東榮、陳良、鄭正成遊說,邀約參加,詹天增、謝東榮二人初尚猶豫,經鄭金河再三煽惑,始予同意,陳良、鄭正成二人則表反對。同月下旬,鄭金河將吸收黨羽經過告知江炳興,囑江炳興與詹天增、謝東榮聯絡,以堅定彼等之叛亂意志,當場並計議暴動步驟:**相機奪取衛兵槍彈,刺殺警衛連班長,釋放監犯,挾持警衛連臺籍戰士參加行動,進攻臺東占領警察局、憲兵隊,然後視情勢發展擴大叛亂活動。**

江炳興一面草擬「臺灣獨立宣言書」及有關文告稿件,預備於攻占臺東後,大量印發宣傳,爭取各界響應,原稿擬妥後交由鄭金河保管,一面與詹天增、謝東榮各別聯繫一次,面告全盤計劃。鄭金河則利用泰源監獄養豬場舊有銼子、鐵管、塑膠管等,於午睡時間,趁汽車修理廠無人之際,以手搖金剛石磨製尖刀,先後製成 4 把,(刀身長一一‧五公分至一三‧五公分,寬二‧三公分至二‧五公分,刀柄長九‧五公分至一〇‧五公分)預備于舉事時充武器使用。同月底,江炳興與鄭金河決定於同年 2 月 1 日(即星期日)中午,利用午睡空隙舉事,並由鄭金河將此決定通知詹天增、謝東榮。鄭金河復感人力單薄,再度拉攏陳良、鄭正成參加,充實主力,終獲陳良、鄭正成首肯。2 月 1 日上午,鄭金河取出尖刀 4 把,除自用 1 把外,餘分

交詹天增、謝東榮、鄭正成三人，並約定十二時卅分由鄭正成前往刺殺該監警衛連長，詹天增、謝東榮破壞通訊設施，陳良準備車輛接應，江炳興與鄭金河負責劫取監外河邊衛兵械彈，繼即會合按預定計劃實施，因江炳興、鄭金河到河邊後未遇衛兵，復發覺警衛連門前官兵眾多，不易下手，鄭金河宣布解散，將刀收回。

同月三日，江炳興與鄭金河對發動叛亂未成，提出檢討，江炳興認為人力未能集中為主要因素，並提議以後行動，人力必須集中使用，鄭金河表示贊同。**同月八日適逢農曆正月初三**，又係春節後第一個星期假日，江炳興、鄭金河認監方戒護較鬆，為著手暴動之有利時機，乃於是日上午九至十時許，再度糾合詹天增、謝東榮、鄭正成在泰源監獄外役工寮內密議行動，會中，鄭金河宣布上午十一時五十分前，全體人員應到達監獄西側圍牆外桔子園內埋伏，俟衛兵換班經過時，突襲叛變，鄭正成聞言堅拒參加並邀謝東榮同逃未果，即畏罪先自泰源監獄脫逃，潛往山間。其餘各人，俱無異議。

當日午飯前，鄭金河又將尖刀 4 把取出，除留用 1 把外，其餘三把分交江炳興、詹天增、謝東榮持用，並通知陳良按時前往會合，各人到達預定地點後，鄭金河復宣稱：由其本人負責刺殺班長，餘則劫奪衛兵武器。十一時五十分，警衛連上士組長（班長）龍潤年率領衛兵蔡長洲、王義、吳文欽、鄭武龍、賴錫深、李加生等，前往監獄四週各碉堡換班，途經第五堡與第四堡間，**鄭金河**即自後伏擊龍員，猛刺腹部 1 刀，龍員負傷呼救，**詹天增**又趨前刺殺龍員肩部 1 刀，致傷重不支倒地，其餘諸人即分別追奪衛兵槍彈，江炳興奪得步槍一枝，刺刀 1 把，子彈廿四發，並遊說衛兵附從，鄭金河奪得 M1 半自動步槍（以下同）一枝，子彈五十三發，謝東榮奪得步槍一枝，子彈卅二發後，共同強脅衛兵吳文欽、賴錫深、鄭武龍三人前往第三堡，欲按原定計

劃續劫槍彈，解決警衛連全部，行至第三堡時，適警衛連少尉輔導長謝金聲，泰源監獄少校監獄官陳明闇等據報及時帶兵趕到喝阻，**鄭金河察知事敗，即鳴槍二響，謝東榮隨之鳴槍一響，攜帶奪得槍彈，向西南山中逃逸，江炳興於逃離現場時，將所奪槍彈、刺刀等拋棄於桔子園內，與詹天增、陳良等分批逃逸**。案發後，泰源監獄於搜捕時，將江炳興所棄之槍彈及刺刀尋獲，另撿獲鄭金河所製尖刀 4 把及其脫落之血衣一件，並將龍潤年上士送往臺東八一七醫院急救，終因溢血過多，呼吸循環衰竭，不治死亡。

嗣本部奉命指揮治安單位緝捕，至同月十三日在花蓮縣富里古風村將江炳興，在學田村將詹天增、陳良等三名，十六日在臺東縣南溪北與牧馬場之間，將鄭正成一名，十八日在臺東縣關山以西紅石與下馬之間，將鄭金河、謝東榮等二名捕獲，并**在鄭金河身上搜獲「臺灣獨立宣言」**，及有關文告原稿 2 冊（除封底面外共十一頁），復於同月十九、廿兩日，派員押同鄭金河、謝東榮至臺東縣東河鄉，將藏置於山間石洞中之步槍二枝、子彈八十二發起獲，案經本部保安處移解偵辦。

　　證據及所犯法條

訊之被告江炳興、鄭金河、詹天增、謝東榮、陳良、鄭正成等，分別對於民國五十九年一月，在泰源監獄服刑調撥外役期間，由被告江炳興、鄭金河主謀，圖以「臺灣獨立」為號召，使用武力推翻政府，并認人力武力為叛亂之先決條件，議定在人力方面，由被告鄭金河利用與監犯間相處關係，物色對象，拉攏加入暴動行列，武力方面，奪取泰源監獄衛兵械彈，以為擴大叛亂資本。

被告鄭金河以與被告詹天增、陳良、鄭正成等原係前案同案人犯，平

素意氣相投，被告謝東榮與詹天增間，交往密切，均係爭取之對象，同月中旬，遂分別將圖謀「臺灣獨立」，劫槍暴動之事相告，並詭言警衛連臺籍士兵數十人均已有密切連繫，可為內應，被告詹天增、謝東榮初聞其言，尚表猶豫，經被告鄭金河一再誘惑，遂應允參加，被告陳良、鄭正成二人則表示拒絕參與其事。同月下旬，被告鄭金河將吸收黨羽情形走告被告江炳興，江表示有四人亦可幹，并提出暴動計劃：**伺機舉事，奪取衛兵槍彈，刺殺警衛連班長，攻擊警衛連，裹脅臺籍戰士參加行動，釋放囚犯，攻打臺東憲兵隊及警察局，然後視情勢推展擴大判亂活動**，被告鄭金河表示贊同，并要求被告江炳興與被告詹天增、謝東榮謀面，加強並灌輸其叛亂意識，以堅定彼等信念，旋被告江炳興即分別與被告詹天增、謝東榮連繫一次，並構想暴動成功，欲盡速得到民間之支援響應，文字宣傳極為必要，遂利用休息時間，在工地附近著手起草「臺灣獨立宣言書」及有關文告二種，擬事成占領臺東後，找印刷廠鉛印散發，於同年 2 月 1 日完稿後，交被告鄭金河保管。

被告鄭金河在此期間，則利用工地原有之廢舊銼子、鐵管、塑膠管等，於午睡時間，趁泰源監獄汽車修理廠無人之際，以手搖金剛石磨製尖刀，先後共製 4 把，備供舉事時，充利器使用。同月底，被告江炳興、鄭金河在監外河邊散步時，互商決定：同年 2 月 1 日，利用星期日中午眾人午睡空隙時起事，被告鄭金河認人力單薄，遂再往煽動被告陳良、鄭正成參加，被告陳良、鄭正成意志動搖，終告首肯。2 月 1 日上午，被告鄭金河將製就之尖刀，分交被告詹天增、謝東榮、鄭正成使用，並約定是日十二時卅分，分頭行動，由被告鄭正成前往警衛連連部刺殺連長，被告詹天增、謝東榮破壞通訊設施，被告陳良以保養場外役身分掩護，準備車輛接應，被告江炳興、鄭金河同赴河邊劫取

衛兵械彈，俟任務完成即會合挾持警衛連，向監獄正門攻入，隨後攻打臺東，嗣因河邊衛兵離去，企圖劫槍未果，警衛連門前官兵眾多，不易下手，遂作鳥獸散，由被告鄭金河收回原刀。

同月三日下午，被告江炳興、鄭金河於監外花生園內晤面，就 2 月 1 日暴動未成，加以檢討，被告江炳興認為人力未集中使用為事敗主因，並提議下次行動人力應予集中，被告鄭金河表示贊同。

同月八日適為農曆正月初三，又逢春節後第一個星期例假，被告江炳興、鄭金河認初一、初二因農曆新年警衛森嚴，經二天後，戒護轉為鬆弛，又平日衛兵各站一處，槍枝不易集中，若利用換班時機下手，一舉可得步槍六枝，火力較大，遂決定是日上午十一時五十分發動。上午九時至十時許，由被告鄭金河邀約被告詹天增、謝東榮、鄭正成等在泰源監獄外役工寮內，以飲酒為掩護，暗中密議暴動，會中被告鄭金河宣稱：全體人員應於當日上午十一時五十分前，到達監獄西側圍牆外桔子園內埋伏，俟衛兵換班經過時，突出襲擊，被告鄭正成聞言，表示不幹，並即離開工寮，旋邀被告謝東榮一同脫逃未果，遂先自泰源監獄潛逃，在附近山頂觀變。當日午飯前，被告鄭金河又將尖刀 4 把取出，除自留 1 把外，餘分交被告江炳興、詹天增、謝東榮持用，並將上述決定通知被告陳良，飭按時前往會合行動，當各人分路到達預定地點後，被告鄭金河又宣稱：由其本人負責刺殺帶班班長，餘則劫奪衛兵武器。十一時五十分，警衛連班長（按即上士組長龍潤年）率衛兵六人前往監獄四週各碉堡換班，途經第五堡與第四堡間圍牆拐彎處，被告鄭金河即自後用左手扼住班長頸部，右手舉刀刺入班長右腹，被告詹天增見班長彎腰呼救，恐其抵抗，即趨前補殺 1 刀，致該班長傷重不支倒地，其餘各人同時擁上追奪衛兵槍彈，被告江炳興奪槍時，對第一名衛兵聲言：「我們都是臺灣人，要為臺灣獨立奮

鬥，我不會傷害你。」被告鄭金河、謝東榮奪得械彈後，即脅迫其中三名衛兵前往第三堡，欲按原定計劃解決警衛連全部，行至第三堡時，適警衛連另一班長、輔導長及泰源監獄監獄官先後率兵廿餘員趕到，陳監獄官並喝令包圍，被告鄭金河發覺人力上眾寡懸殊，二人不足以資對付，即鳴槍二響示威，被告謝東榮隨亦鳴槍一響，各攜奪得槍彈，向西南山中逃逸，當日晚間同將槍彈藏置山間一石洞內，被告江炳興、詹天增、陳良等知事敗，乘機各自逃逸。

被告江炳興、詹天增、陳良於同月十三日，被告鄭正成於同月十六日，被告鄭金河、謝東榮於同月十八日分別在花、東兩縣境內山中為警民擒獲等事實，迭速在本部**保安處調查時暨本庭偵查中**自白不諱，筆錄在卷，相關部分，互證一致，復核與證人即 2 月 8 日隨同上士組長（班長）龍潤年前往各堡換班衛兵吳文欽、賴錫深、鄭武龍、王義等在陸軍第十九師司令部偵訊中結證，目睹被告等刺殺龍員，劫奪械彈等情相符，龍員被殺二刀，俱中要害死亡亦經陸軍第十九師司令部軍事檢察官彭俊雄率同法醫陳億三蒞臨臺東陸軍第八一七醫院相驗，驗明龍員右腰上部刀傷寬二‧五公分，深六公分，右肩上部刀傷寬三公分，深六公分，確係他殺，有勘驗筆錄，勘驗證明書、勘驗報告書，及陸軍第八一七醫院（五十九年二月九日 (59) 坦公字第〇一八五號）死亡診斷書，可資憑信。

被告鄭金河所製尖刀 4 把，業已獲案，其中被告等辨認無訛。被告鄭金河、謝東榮藏置山間之步槍二枝，子彈八十二發，亦於各該被告等緝獲後，派員押同起獲，繳案可證。被告江炳興起草之「臺灣獨立宣言書」及文告原稿 2 冊，已自被告鄭金河身中搜獲，附卷可供佐證。被告等暴動及脫逃情形暨泰源監獄於案發後搜查現場撿獲被告江炳興拋落於桔子園內之槍彈刺刀經過，業准泰源監獄函復，有原函

（五十九年三月十二日 (59) 利民（一）第 0 二一四號）及附件存卷可稽，事證已臻明確。雖被告江炳興辯稱：「我在桔子園內遇見詹天增時手上拿的槍，是在籬笆旁撿到的，不是搶到的。」云云，但據被告**詹天增供稱：**「我跳下桔子園逃跑時，看見江炳興手持步槍一枝，他說是向衛兵搶來的，我說帶槍事情鬧大，他即將槍扔掉」等語，足證被告江炳興所言不實。

查被告江炳興、鄭金河、詹天增、謝東榮、陳良等同謀「臺灣獨立」，圖以武力推翻政府，或草擬反動宣言，策劃暴動步驟，或多方奔走聯絡，吸收黨羽，製造兇器，復共同參加行動，殺害警衛人員，襲擊國軍，劫取兵器，均係基於一貫之叛亂犯意，意圖以暴動方法顛覆政府，而著手實行，核其所屬，均觸犯懲治叛亂條例第二條第一項之罪嫌，其襲擊衛兵而殺人及劫取兵器，均係**暴動手段**之一，包含於叛亂犯行之內，不另成立其他罪名。其全部財產，均應依同條例第八條第一項之規定，除酌留其家屬必需生活費外，予以沒收。

被告鄭正成同意參加「臺灣獨立」活動，於 2 月 1 日銜命前往刺殺警衛連長，雖未下手，且獲悉被告江炳興等欲於 2 月 8 日再行舉事後，表示拒絕參與，個別自行脫逃，但仍難解免**預備以暴動顛覆政府**刑責，核其所為，觸犯同條例第二條第三項之罪嫌。又被告江炳興、鄭金河、詹天增、謝東榮、陳良、鄭正成等，均係在監服刑之受刑人，或於叛亂事敗，不甘俯首就擒，逃亡山間，或則畏罪先行潛離監所，均另觸犯刑法第一百六十一條第一項之罪嫌，與叛亂罪各別起意，應予分論并罰，被告等所犯脫逃罪，**係匪諜牽連案件，均應由本部審理**。獲案「臺灣獨立宣言書」及文告稿，係違禁品，應依刑法第卅八條第一項第一款諭知沒收，至扣案步槍二枝，子彈八十二發，係國軍軍用物品，尖刀 4 把亦係公物改製而成，統應於案結後，撥交陸軍第十九師暨泰

源監獄領回處理，合予說明。爰依懲治叛亂條例第十條後段，戡亂時
期檢肅匪諜條例第十一條，軍事審判法第一百四十五條第一項提起公
訴。

　　此致
本部軍事法庭
中華民國五十九年三月十八日

　　　　　　　　　軍事檢察官　**藍啟然**　印
中　華　民　國　五　十　九　年　三　月　二　十　日
　　　　　　　　書　記　官　**李壯源**

臺灣警備總司令部判決書

臺灣警備總司令部判決
五十九年度初特字第卅一號
五十九年勁儒字第一八九六號
公訴人　本部軍事檢察官
被　告
江炳興　男，年卅一歲（民國廿八年五月五日出生），臺灣省臺中縣
人，國防部泰源感訓監獄受刑人，在押。
鄭金河　男，年卅二歲（民國廿七年二月十二日出生），臺灣省雲林
縣人，國防部泰源感訓監獄受刑人，在押。
詹天增，男，年卅二歲（民國廿七年一月廿五日出生），臺灣省臺北
縣人，國防部泰源感訓監獄受刑人，在押。
謝東榮　男，年廿七歲（民國卅二年十月十六日出生），臺灣省嘉義

縣人，國防部泰源感訓監獄受刑人，在押。

陳　　良　男，年卅二歲（民國廿七年九月十日出生），臺灣省雲林縣人，國防部泰源感訓監獄受刑人，在押。

指定右三被告辯護人　本部公設辯護人方正彬

被　　告　鄭正成　男，年卅二歲（民國廿七年九月十一日出生），臺灣省臺北縣人，國防部泰源感訓監獄受刑人，在押。

指定辯護人　本部公設辯護人沈志純

右列被告因叛亂等案件，經軍事檢察官提起公訴，本部判決如左：

　　主文

江炳興、鄭金河、詹天增、謝東榮、陳良意圖以暴動之方法顛覆政府而著手實行，各處死刑，各褫奪公權終身，各全部財產除酌留其家屬必需之生活費外沒收之。

鄭正成預備以暴動方式顛覆政府，處有期徒刑十五年，褫奪公權十年，依法拘禁之人脫逃，處有期徒刑一年，執行有期徒刑十五年六月，褫奪公權十年。

「臺灣獨立宣言書」稿 2 冊沒收。

　　事實

江炳興、鄭金河、謝東榮、陳良、鄭正成等均因叛亂罪分別經本部暨陸軍總部先後判刑確定，在臺東國防部泰源感訓監獄（簡稱泰源監獄）執行，竟不知悔改，利用調服外役機會，共謀「臺灣獨立」，民國五十九年（以下同此）元月初，首由江炳興、鄭金河倡議從事「臺灣獨立」，共謀以暴力奪取武器，意圖以暴動方法顛覆政府。同月中旬，江炳興草成「臺灣獨立宣言書」，交鄭金河繕存，鄭金河同時分

別邀約詹天增、謝東榮、陳良、鄭正成參加，詹天增、謝東榮即予首
肯，陳良、鄭正成初則未表同意。同月下旬，鄭金河將爭取黨羽經過
告知江炳興，囑與詹天增、謝東榮各別聯絡，當場計議暴動步驟，相
機奪取泰源監獄警衛連械彈，刺殺警衛連幹部，煽惑警衛連臺籍戰士
參加，釋放監犯，進占臺東，印發「臺灣獨立宣言書」，爭取各界響
應。江炳興旋與詹天增、謝東榮各別聯繫，面告預定計劃，鄭金河復
利用泰源監獄養豬場舊有銼子、鐵管、塑膠管等，暗中磨製短刀 4 把
（長約廿二公分），預備於舉事時充作武器使用。同月底，江炳興與
鄭金河決定於同年 2 月 1 日（即星期日）中午，利用午睡空隙時暴動，
并由鄭金河將此決定通知詹天增、謝東榮。復因感人力單薄，鄭金河
再度拉攏陳良、鄭正成參加，陳良、鄭正成終表首肯。2 月 1 日上午，
鄭金河將預製之短刀 4 把，除自用 1 把外，餘分交詹天增、謝東榮、
鄭正成三人，并約定十二時卅分由鄭正成前往刺殺該監警衛連連長，
詹天增、謝東榮破壞通訊設施，陳良準備車輛接應，江炳興與鄭金河
負責劫取監外河邊衛兵械彈，繼即會合按預定計劃實施，因江炳興、
鄭金河到河邊後未遇衛兵，復發覺警衛連門前官兵眾多，不易下手，
遂由鄭金河宣布解散，將刀收回匿藏，另行謀議。同月三日，江炳興
與鄭金河對 2 月 1 日發動叛亂未成，提出檢討，認為人力未能集中，
為主要因素，決定以後行動，人力必須集中使用。同月八日，適值農
曆正月初三，又係春節後第一個星期日，江炳興、鄭金河認監方戒護
較鬆，為著手暴動之有利時機。乃於是日上午九至十時許，再度糾合
詹天增、謝東榮、鄭正成在泰源監獄外役工寮內密議行動。會中，鄭
金河宣布上午十一時五十分前，全體人員應到達監獄西側圍牆外桔子
園內埋伏，俟衛兵換班經過時，襲擊帶班班長，搶奪衛兵槍彈，按預
定計劃開始暴動。鄭正成聞言膽怯，即表拒絕參加，為恐牽累，并先

自泰源監獄脫逃,潛往山間。江炳興、詹天增、謝東榮均分持鄭金河所交之短刀前往,陳良亦經鄭金河通知按時前往,會合後,鄭金河分配任務,由其本人刺殺班長,餘則搶奪衛兵武器。十一時五十分,警衛連上士組長(班長)龍潤年率領衛兵蔡長洲、王義、吳文欽、鄭武龍、賴錫深、李加生等,前往監獄周圍各碉堡換班時,途經第五堡與第四堡間,鄭金河即自後以臂扼龍員頸項,猛刺腹部 1 刀,龍員負傷呼救,詹天增又上前加刺龍員 1 刀,致傷重不支倒地。其餘諸人,即分別追奪衛兵槍彈,江炳興奪得步槍 1 支,刺刀 1 把,子彈廿四發,并煽動衛兵附從。鄭金河奪得 M1 半自動步槍一枝,子彈五十三發,謝東榮奪得 M1 半自動步槍一枝,子彈卅二發後,共同挾持衛兵吳文欽、賴錫深、鄭武龍等三人,欲續劫槍彈。行至第三堡時,適警衛連少尉輔導長謝金聲,泰源監獄少校監獄官陳明閣等據報及時帶兵趕到制止,鄭金河等知事已敗,即鳴槍阻止謝員等接近,攜帶奪得之槍彈,改向西南山中逃竄。江炳興於逃離現場時,將所奪槍彈刺刀等拋棄於桔子園內,經泰源監獄撿獲,另撿獲現場所遺短刀 4 把,并將龍潤年上士送往臺東陸軍八一七醫院急救,終因失血過多,呼吸循環衰竭不治死亡。嗣本部奉命指揮治安單位,將江炳興、詹天增、陳良、鄭正成、鄭金河、謝東榮先後在山區逮獲,并在鄭金河身上搜獲「臺灣獨立宣言」稿 2 冊(除封底面共十一頁),并自臺東縣東河鄉山區石洞中起獲鄭金河、謝東榮所藏之 M1 半自動步槍 2 支、子彈八十二發。案經本部保安處移解本部軍事檢察官偵查提起公訴。

　　理由

被告江炳興、鄭金河於民國五十九年元月,在泰源監獄調服外役期間,謀議以「臺灣獨立」為號召,使用武力推翻政府,議定在人力方

面，由被告鄭金河利用與監犯間相處關係，物色對相，拉攏加入暴動行列，武力方面，奪取泰源監獄衛兵械彈，以為擴大武裝叛亂基礎。被告鄭金河以與被告詹天增、陳良、鄭正成等原係前案同案人犯，被告謝東榮、詹天增間，交往密切，均宜爭取。同月中旬，遂分別將圖謀「臺灣獨立」，劫槍暴動之事相告，并詭言警衛連臺籍士兵數十人均已取得密切連繫，可為內應。被告詹天增、謝東榮初聞其言，尚表猶豫，經被告鄭金河一再煽惑，遂應允參加。被告陳良、鄭正成則因對暴動能否成功無信心，拒絕參與其事。被告江炳興同時利用工作餘暇，草成「臺灣獨立宣言書」，交由鄭正成抄謄保管。同月下旬，被告鄭金河將吸收黨羽情形，告知被告江炳興，江表示有四人亦可幹。并提出暴動計劃，伺機舉事，奪取衛兵槍彈，刺殺警衛連班長，攻擊警衛連，裹脅臺籍戰士參加行動，釋放人犯，攻打臺東憲兵隊及警察局，大量印發「臺灣獨立宣言書」，號召各界響應，然後視情勢推展擴大判亂活動。被告鄭金河表示贊同，旋被告江炳興即分別與被告詹天增、謝東榮連繫，告以鄭金河擬議之暴動計劃可行，不必懷疑，以加強彼等信念。被告鄭金河在此期間，并利用工地原有之廢舊銼子、鐵管、塑膠管等，於午睡時間，乘泰源監獄汽車修理廠無人之際，利用該廠工具，先後共磨製短刀 4 把，備供舉事時充作武器使用。同月底，被告江炳興、鄭金河決定：同年 2 月 1 日，利用星期日中午午睡空隙時起事，被告鄭金河認人力單薄，遂再往煽動被告陳良、鄭正成參加，被告陳良、鄭正成終告首肯。2 月 1 日上午，被告鄭金河將製就之短刀，分發被告詹天增、謝東榮、鄭正成使用。并約定是日十二時卅分，分頭行動，由被告鄭正成前往警衛連連部刺殺連長，被告詹天增、謝東榮破壞通訊設施，被告陳良準備車輛接應，被告江炳興、鄭金河同赴河邊劫奪衛兵械彈。俟任務完成，即挾持警衛連臺籍戰士

攻入監獄，釋放人犯，共同進攻臺東。嗣因河邊衛兵離去，企圖劫槍未果，同時警衛連門前官兵出乎意外之多，難以下手作罷，被告鄭金河乃將各人短刀收回。同月三日下午，被告江炳興、鄭金河於監外花生園內晤談，就 2 月 1 日暴動未成，加以檢討。被告江炳興認為人力未集中使用為事敗主因，并提議下次行動人力應予集中使用，被告鄭金河表示贊同。同月八日適為農曆正月初三，又逢星期日，被告江炳興、鄭金河判斷警衛鬆弛，若利用警衛換班時機下手，一舉可得步槍六枝，遂決定是日上午十一時五十分發動。上午九時至十時許，由被告鄭金河邀約被告詹天增、謝東榮、鄭正成等在泰源監獄外役工寮內，以飲酒為掩護，暗中密議暴動。會中被告鄭金河宣稱：全體人員應於當日上午十一時五十分前，到達監獄西側圍牆外桔子園內埋伏，俟衛兵換班經過時，突出襲擊。被告鄭正成聞言，即表不願參與，離開工寮。當日午飯前，被告鄭金河又將短刀 4 把取出，分交被告江炳興、詹天增、謝東榮各乙把，自己持用乙把，并將上項決定通知被告陳良，按時前往會合行動。當各人分路到達預定地點後，被告鄭金河分配任務，由其本人負責刺殺帶班班長，餘則劫奪衛兵武器。十一時五十分，警衛連上士組長（班長）龍潤年率衛兵六人，前往監獄四週各碉堡換班，途經第五堡與第四堡間圍牆拐彎處，被告鄭金河即自後用左手扼住龍員頸部，右手舉刀刺入其右腰 1 刀，被告詹天增見班長彎腰呼救，恐其抵抗，即趨前補殺 1 刀，致龍員傷重不支倒地。其餘各人同時擁上追奪衛兵槍械，被告江炳興奪槍時，對第一名衛兵聲言：「我們都是臺灣人，要為臺灣獨立奮鬥，我不會傷害你。」被告鄭金河奪得械彈後，即脅迫其中三名衛兵前往第三堡，欲按原定計劃續劫槍枝。適警衛連另一班長、輔導長及泰源監獄監獄官先後率士兵廿餘名趕到，陳監獄官并下令包圍，被告鄭金河等發覺眾寡懸殊，即

鳴槍三響示阻，并各攜帶槍彈，向西南山中逃竄之事實，業據被告江炳興、鄭金河、詹天增、謝東榮在本部保安處及偵審各庭分別自白不諱。相關部分，互證一致，有筆錄附卷可稽。被告陳良對於元月中旬，鄭金河告知搶奪衛兵槍彈，2 月 1 日鄭金河通知準備車輛接應，2 月 8 日鄭金河等搶奪警衛槍枝，殺害班長時，曾隨同在場并逃逸等情。被告鄭正成對於元月間鄭金河告知要製造暴動，元月卅一日鄭金河曾交短刀 1 把，約於 2 月 1 日舉事。2 月 8 日因聞鄭金河等要暴動，為免連累先潛往山區觀變等情，亦于迭次訊問中均不否認。被告等以從事「臺灣獨立」為目的，有被告江炳興、鄭金河親自草繕之「臺灣獨立宣言書」原稿 2 冊為證。被告等 2 月 8 日襲擊警衛人員，殺死班長，搶奪械彈情形，復核與證人即當日隨同陸軍十九師上士班長龍潤年前往換班之衛兵吳文欽、賴錫深、鄭武雄、王義等在該師部結證相符。龍潤年因被刀殺，內臟切傷、失血、呼吸循環衰竭死亡，亦經該部軍事檢察官彭俊雄率同法醫陳億三在臺東陸軍第八一七醫院相驗詳實，有相驗報告書及該醫院所具龍潤年死亡診斷書（五十九年二月九日 (59) 坦公字第０一八五號）可憑。并有獲案之短刀 4 把，被告鄭金河、謝東榮搶奪之 M1 半自動步槍二枝、子彈八十二發，經分別由山間起獲，當庭提示被告等辨認無訛。被告江炳興拋落桔子園之槍彈刺刀，業經泰源監獄撿獲，亦有該監獄覆函（五十九年三月十二日 (59) 利民（一）第０二一四號）可按。被告江炳興、鄭金河、詹天增、謝東榮、陳良、鄭正成，共謀以暴動從事「臺灣獨立」活動，2 月 1 日舉事，因故中止。除被告鄭正成外，復於 2 月 8 日實施暴動之犯罪事証，至臻明確。被告詹天增、謝東榮及其辯護人雖一致辯以：（一）被告因受鄭金河之脅迫恐嚇，故對其邀約參與暴動，虛與委蛇，并非出於本意，缺乏犯罪之故意。被告詹天增辯以：2 月 8 日并未刺殺班

長。被告陳良辯以 2 月 1 日鄭金河要求被告準備車輛接應，被告并未允諾，當日下午并外出試車，有張炯東等可証，請予調查。2 月 8 日鄭金河騙被告前往桔子園喝酒，事前亦不知有暴動之事，且到場未動手。被告鄭正成辯以：2 月 1 日鄭金河未命被告殺警衛連連長，被告在保安處之供認，係該處辦案人員授意，且 2 月 1 日鄭金河等未舉事係被告勸阻所致，2 月 8 日在工寮內鄭金河說今天要動，我勸他未成，一氣便走了，被告焉有參與可能各等語。第查：(一) 被告詹天增於三月十四日軍事檢察官偵查中問：「你一共刺殺班長幾刀？」被告答：「我只刺班長 1 刀。」查被害人龍潤年右腰上部、右肩上部刀傷各一處，有死亡診斷書可証，核與共同被告鄭金河、謝東榮供述曾見詹天增舉刀靠近班長等語相符。是被告詹天增刀刺龍班長屬實，不容空言否認。(二) 被告詹天增、謝東榮於鄭金河初次遊說時即表同意參與，不祇據被告鄭金河供明。且查 2 月 8 日暴動中，被告詹天增舉刀刺殺班長龍潤年，被告謝東榮奪取 M1 半自動步槍一枝，被告詹天增、謝東榮顯均出于本意參加。犯罪故意，至為灼然。(三) 被告陳良於 2 月 1 日答應鄭金河準備車輛接應，已據被告鄭金河供明，縱被告陳良屆時因公差試車外出屬實，亦難解其罪責，無調查人証之必要，又被告陳良於 2 月 8 日鄭金河刺殺班長龍潤年後，曾自後追取衛兵械彈，亦據被告謝東榮供述在卷。辯謂事前受騙，未參與動手，無非遁詞。(四)2 月 1 日被告等原擬舉事，因被告江炳興、鄭金河未遇衛兵及警衛連門口人多，不易下手作罷，迭據被告鄭金河、江炳興等坦供在卷。被告鄭正成謂係由其勸阻所致，顯屬虛言。次查被告鄭正成 2 月 1 日任務為刺殺警衛連長，除被告自供外，被告鄭金河、謝東榮亦均供述一致，其非辦案人員授意被告鄭正成捏造，亦無疑問。綜上所論，各被告及其辯護人等所持辯解，均無可採。查被告江炳興、鄭金河謀議

「臺灣獨立」，策劃暴動步驟，圖以武力推翻政府，被告江炳興草擬「臺灣獨立宣言」，被告鄭金河磨製短刀并先後邀約被告詹天增、謝東榮、陳良、鄭正成參與行動，2月1日共同計劃舉事未果，同月八日，除被告鄭正成己意中止行動，獨自脫逃外，復以暴力狙擊警衛，搶奪械彈，事敗逃竄山區，被告等以一貫之叛亂犯意，意圖以暴動之方法顛覆政府，已達著手實行之程度。核被告江炳興、鄭金河、詹天增、謝東榮、陳良之所為，應論以意圖以暴動之方法顛覆政府而著手實行罪。該被告等結合多數人，基于暴動之概括犯意，狙擊警衛人員，略奪武器等行為，係暴動之手段，脫離拘禁而逃逸，亦為暴動之當然結果，均吸收於暴動行為之內，不另論以他罪。軍事檢察官認被告等尚觸犯脫逃罪與叛亂罪係個別起意，分論併罰，不無誤會。被告等均因叛亂罪服刑中，不知痛改前非，竟而密謀傾覆，殺人劫槍，性行殘暴，惡性重大，罪無可逭，爰均處以極刑，褫奪公權終身，用昭炯戒。被告等全部財產，除酌留其家屬必需之生活費外，均予沒收。被告鄭正成，雖于2月8日拒絕參與暴動行為，自行脫逃。但既與鄭金河等共謀以暴動推翻政府，并于2月1日參與活動，接受交付任務，前往刺殺警衛連連長，嗣因故中止，未能著手，已在預備階段，核其所為，仍應構成預備以暴動方法顛覆政府罪及依法拘禁之人脫逃罪，被告亦係因叛亂罪服刑人犯，迺不知悛悔，予以從重量處，其叛亂罪并宣告褫奪公權，其犯脫逃罪係在已意中止叛亂行為之後，與叛亂罪犯意各別，應予分論併罰。被告鄭正成所犯脫逃罪，係匪諜牽連案件，依戡亂時期檢肅匪諜條例第十一條之規定，應由本部一併審理。其次獲案之「臺灣獨立宣言書」原稿2冊，係被告犯罪預備之物，且屬違禁物，依法併予沒收，均此說明。

據上論結，應依軍事審判法第一百七十三條前段，戡亂時期檢肅匪諜

條例第十一條，懲治叛亂條例第十條後段，第二條第一項、第三項，第八條第一項，第十二條，刑法第一百六十一條第一項，第五十一條第五款，第三十七條第一項、第二項，第三十八條第一項第一款、第二項判決如主文。

本案經軍事檢察官藍啟然蒞庭執行職務。

中華民國五十九年三月卅日

臺灣警備總司令部普通審判庭

審判長　聶開國　印

審判官　孟廷杰　印

審判官　張玉芳　印

右列判決正本証明與原本無異。

如不服本判決，應於送達後十日內以文書提出於本部聲請覆判。

中 華 民 國 五 十 九 年 四 月 三 日

書記官　胡穎之

國防部判決書

國防部判決

五十九年覆高亞字第廿一號

聲請人即被告　江炳興　男、年卅一歲（民國廿八年五月五日出生），臺灣省臺中縣人，本部泰源感訓監獄受刑人，在押。

鄭金河　男、年卅二歲（民國廿七年二月十二日出生），臺灣省雲林縣人，本部泰源感訓監獄受刑人，在押。

詹天增，男、年卅二歲（民國廿七年一月廿五日出生），臺灣省臺北縣人，本部泰源感訓監獄受刑人，在押。

謝東榮　男、年廿七歲（民國卅二年十月十六日出生），臺灣省嘉義縣人，本部泰源感訓監獄受刑人，在押。

陳　良　男、年卅二歲（民國廿七年九月十日出生），臺灣省雲林縣人，本部泰源感訓監獄受刑人，在押。

鄭正成　男、年卅二歲（民國廿七年九月十一日出生），臺灣省臺北縣人，本部泰源感訓監獄受刑人，在押。

右聲請人即被告等因叛亂等案件，經臺灣警備總司令部中華民國五十九年三月卅日初審判決，依職權將江炳興等 5 名送請覆判，並據各該被告等聲請覆判，本部判決如左：

　　主文

原判決關於江炳興鄭金河詹天增謝東榮陳良部份核准。

其他聲請駁回。

　　理由

一、原判決主文事實理由及適用法條

　　原判諭知江炳興鄭金河詹天增謝東榮陳良意圖以暴動顛覆政府而著手實行，各處死刑，各褫奪公權終身，各全部財產除酌留其家屬必需之生活費外沒收之。鄭正成預備以暴動顛覆政府，處有期徒刑十五年，褫奪公權十年，依法拘禁之人脫逃，處有期徒刑一年，執行有期徒刑十五年六月，褫奪公權十年。臺灣獨立宣言書稿 2 冊沒收。係以聲請人即被告江炳興鄭金河詹天增謝東榮陳良鄭正成均因叛亂罪分別經該部暨陸軍總部先後判刑確定，在臺東本部泰源感訓監獄執行，竟

利用調服外役機會，共謀「臺灣獨立」，民國五十九年元月初，首由江炳興、鄭金河倡議從事「臺灣獨立」，共謀以暴力奪取武器，意圖以暴動顛覆政府。同月中旬，江炳興草成「臺灣獨立宣言書」，交鄭金河繕存，同時鄭金河分別邀約詹天增謝東榮陳良鄭正成參加，詹天增謝東榮即予首肯，陳良鄭正成未表同意。同月下旬，鄭金河將爭取黨羽經過告知江炳興，囑與詹天增謝東榮聯絡，當場計議暴動步驟，相機奪取泰源監獄警衛連械彈，刺殺警衛連幹部，煽惑警衛連臺籍戰士參加，釋放監犯，進占臺東，印發「臺灣獨立宣言書」，爭取各界響應。江炳興旋與詹天增謝東榮各別聯絡，面告預定計劃。鄭金河復利用泰源監獄養豬場舊有銼子鐵管塑膠管等，暗中磨製短刀 4 把，備為舉事時作武器使用，同月底，江炳興與鄭金河決定於同年 2 月 1 日（星期日）中午，利用午睡空隙時暴動，並由鄭金河將此決定告知詹天增謝東榮，復感人力單薄，鄭金河再度拉攏陳良鄭正成參加，陳良鄭正成終表同意。2 月 1 日上午，鄭金河將預製之短刀 4 把，分交詹天增謝東榮鄭正成三人及自用 1 把，並約定十二時卅分，由鄭正成前往刺殺警衛連長，詹天增謝東榮破壞通訊設施，陳良準備車輛接應，江炳興與鄭金河負責劫取監外河邊衛兵槍彈，繼即會合按預定計劃實施，因江炳興鄭金河到河邊後未遇衛兵，又發覺警衛連門前官兵眾多，不易下手，遂由鄭金河將刀收回，宣布解散。同月三日，江炳興鄭金河檢討，2 月 1 日叛亂未成，為人力未能集中，為主要因素，決定以後行動，人力必須集中使用。同月八日值農曆正月初三，又係春節後第一個星期日，江炳興鄭金河認監方戒護較鬆，為著手暴動有利時機，乃於是日上午九至十時許，再度糾合詹天增謝東榮鄭正成在泰源監獄外役工寮內密議行動。會中鄭金河宣布上午十一時五十分前，全體人員應到達監獄西側圍牆外桔子園內埋伏，俟衛兵換班經過時，

襲擊帶班班長，搶奪衛兵槍彈，按預定計劃暴動。鄭正成聞言膽怯，即表拒絕參加，為恐牽累，先自泰源監獄脫逃，潛往山區。江炳興詹天增謝東榮均分持鄭金河所交之短刀前往，陳良亦經鄭金河通知按時到達，會合後，鄭金河復分配任務，由其本人刺殺班長，餘則搶奪衛兵武器。十一時五十分警衛連上士組長（班長）龍潤年率衛兵蔡長洲王義吳文欽鄭武龍賴錫深李加生等，前往監獄周圍各碉堡換班，途經第五堡與第四堡間，鄭金河自後扼住龍員頸項，猛刺其腹部 1 刀，龍員負傷追呼至桔子園，詹天增又上前加刺龍員 1 刀，傷重倒地，同時餘犯亦分向衛兵奪彈，江炳興奪得步槍 1 支，刺刀 1 把，子彈廿四發，並煽動衛兵附從。鄭金河奪得 M1 半自動步槍 1 支，子彈五十三發，謝東榮奪得 M1 半自動步槍一枝，子彈卅二發後，共同挾持衛兵欲續劫警衛連槍彈，行至第三堡，適警衛連少尉輔導長謝金聲泰源監獄少校監獄官陳明閣及時帶兵趕到，鄭金河等知事已敗，即鳴槍三響嚇阻，向桔子園逃逸，經泰源監獄撿獲江炳興拋棄所奪之槍彈刺刀等物，及現場所遺短刀 4 把，並將龍潤年送往臺東陸軍八一七醫院急救，終因失血過多，呼吸循環衰竭，不治死亡。嗣該部奉命指揮治安單位，將江炳興詹天增陳良鄭正成鄭金河謝東榮先後在山區逮獲，並在鄭金河身上搜出「臺灣獨立宣言」稿 2 冊，並自臺東縣東河鄉山區石洞中起獲鄭金河謝東榮所藏之 M1 半自動步槍 2 支，子彈八十二發，解案法辦等情。業據聲請人即被告江炳興鄭金河詹天增謝東榮陳良鄭正成在該部保安處及偵審各庭分別自認不諱，相關部份，互證無異，核與證人吳文欽賴錫深鄭武龍王義等在陸軍第十九師師部結證相符，且有江炳興鄭金河親自草繕之「臺灣獨立宣言書」稿 2 冊，及龍潤年死亡診斷書相驗報告等件可憑，又有獲案之短刀 4 把，暨起獲被劫之槍彈等物可證。為其認定之事實，及所憑之證據，並以詹天增謝東榮及其辯

護人一致辯以：被告因受鄭金河脅迫恐嚇，故對其邀約參與暴動，虛
與委蛇，並非出於本意。詹天增辯以：2 月 8 日並未刺殺班長。陳良
辯以：2 月 1 日鄭金河要求準備車輛接應，並未允諾。2 月 8 日被鄭
金河騙往桔子園喝酒，事前不知有暴動情事，到場亦未動手。鄭正成
辯以：2 月 1 日鄭金河未命被告殺警衛連長，在保安處之供認，係辦
案人員授意，且 2 月 1 日鄭金河等未舉事，係被告勸阻所致，2 月 8
日在工寮內鄭金河說今天要動，我勸他未成，便一氣逃走各等語。其
所持辯解，均無可採。分別詳予指駁。因認聲請人即被告江炳興鄭金
河謀議「臺灣獨立」，策劃暴動步驟，圖以武力推翻政府，江炳興草
擬「臺灣獨立宣言」，鄭金河磨製短刀，並先後邀約聲請人即被告詹
天增謝東榮陳良鄭正成參與行動，2 月 1 日共同計劃舉事未果，同月
八日除鄭正成已意中止行動，獨自脫逃外，復以暴力狙擊警衛，搶奪
械彈，事敗逃竄山區，係一貫之叛亂犯意，已達於著手實施暴動顛覆
政府之程度，核該江炳興鄭金河詹天增謝東榮陳良之所為，應論以意
圖以暴動之方法顛覆政府而著手實行罪，其結合多數人，基於暴動之
概括犯意，狙擊警衛人員，掠奪武器等行為，係暴動之手段，脫離拘
禁而逃逸，亦為暴動之當然結果，均吸收於暴動行為之內，彼等均因
叛亂罪服刑中，不知痛改前非，竟密謀傾覆，殺人劫槍，惡性重大，
均應處以極刑，褫奪公權終身，並沒收其財產，該鄭正成雖於 2 月 8
日拒絕參與暴動行為，自行脫逃，但既與鄭金河等共謀以暴動推翻政
府，並於 2 月 1 日參與活動，接受交付任務，前往刺殺警衛連長，因
故中止，未能著手，仍應構成預備以暴動顛覆政府罪，及依法拘禁之
人脫逃罪，其脫逃罪係匪諜牽連案件，應併為審理，兩罪犯意各別，
予以分論併罰，渠亦因叛亂罪服刑人犯，不知悛悔，應予從重量處。
其叛亂罪並宣告褫奪公權。獲案之「臺灣獨立宣言書」稿 2 冊，係犯

罪預備之物，且為違禁物，依法併予沒收。爰依戡亂時期檢肅匪諜條
例第十一條，懲治叛亂條例第十條後段，第二條第一項第三項，第八
條第一項，刑法第一百六十一條第一項，第卅七條第一項第二項，第
卅八條第一項第一款第二項，判處罪刑。

二、聲請覆判意旨

　　聲請人即被告江炳興鄭金河詹天增謝東榮陳良鄭正成均於宣示判
決時，當庭以言詞聲請覆判。

三、覆判理由及適用法條

　　卷查聲請人即被告江炳興鄭金河於本（五十九）年元月間，謀議
從事「臺灣獨立」，策劃暴動，以武力推翻政府，由江炳興草擬「臺
灣獨立宣言書」，鄭金河磨製短刀，並先後邀約聲請人即被告詹天增
謝東榮陳良鄭正成參加行動，共同計議搶奪衛兵槍彈，破壞通訊設
備，刺殺警衛連幹部，煽惑臺籍戰士附從，釋放人犯，進占臺東，印
發宣言，爭取外界響應，約定 2 月 1 日按計劃分擔實施，因故暴動未
成，復於同月八日再度舉事，除鄭正成已意中止行動，獨自脫逃外，
竟以暴力擊殺警衛連組長龍潤年，劫奪衛兵械彈，事敗逃竄山區等犯
行，既據各該聲請人即被告於該部保安處及偵審各庭均供承不諱，互
證無訛，核與證人吳文欽賴錫深鄭武龍王義等結證相符，並有臺灣獨
立宣言書，相驗報告書，死亡診斷書等件附卷可憑，復有獲案之短刀，
及起獲被劫之械彈等物可證，並以聲請人即被告等均係因叛亂罪服刑
人犯，不知悔改，惡性重大，原判據以分別犯罪情節，依法將江炳興
鄭金河詹天增謝東榮陳良各論處極刑，褫奪公權終身，並沒收其全部
財產。鄭正成從重判處執行有期徒刑十五年六月，並宣告褫奪公權，

臺灣獨立宣言稿 2 冊沒收，認事用法，並無不合。各該聲請人即被告雖均於宣示判決時，以言詞聲請覆判，但迄判決前未據提出聲請覆判理由或答辯書，查該江炳興鄭金河詹天增謝東榮陳良係依職權送請覆判，應將原判法對此部份予以核准，其他聲請駁回。

　　基上論結，爰依軍事審判法第二百零五條，判決如主文。

中　華　民　國　五十九　年　四　月　十　日
　　　　　　國防部高等覆判庭
　　　　　　　　審判長　沙　輝　印
　　　　　　　　審判官　樓　廈　印
　　　　　　　　審判官　黃述玫　印
　　　　　　　　審判官　徐　昂　印
　　　　　　　　審判官　殷敬文　印

中　華　民　國　五十九　年　五　月　十六　日
　　本件證明與原本無異
　　　　　　　　書記官　田文心

附錄 I、

資料來源：《口述歷史第 10 期：蘇東啟政治案件專輯》，臺北：中央研究院近代史研究所，89 年出版，頁 319-332。

臺灣警備總司令部判決書

(51) 警審更字第 15 號、(51) 警審特字第 67 號

主文

蘇東啓、張茂鐘、詹益仁、陳庚辛、林東鏗、黃樹琳、鄭金河、李慶斌、陳金全、沈坤、張世欽、鄭正成、鄭清田、洪才榮、詹天增、陳良意圖以非法之方法顛覆政府而著手實行 ：（一）蘇東啓、張茂鐘、詹益仁、陳庚辛各處無期徒刑，各褫奪公權終身 ；（二）林東鏗、黃樹琳、鄭金河各處有期徒刑十五年，各褫奪公權十年；（三）李慶斌、陳金全、張世欽沈坤、鄭正成、鄭 田、洪才榮、詹天增、陳良各處有期徒刑十二年，各褫奪公權十年。

蘇東啓、張茂鐘、詹益仁、陳庚辛、林東鏗、黃樹琳、鄭金河、李慶斌、陳金全、沈坤、張世欽、鄭正成、鄭清田、詹天增、洪才榮、陳良全部財產除各酌留其家屬必需生活費外沒收。

洪進發、蘇映、林光庸、蔡光武、李志元、張邦彥預備以非法之方法顛覆政府各處有期徒刑七年，各褫奪公權五年。

黃錫琅、陳世鑑、謝登科陰謀以非法之方法 覆政府，各處有期徒刑五年，各褫奪公權五年。

陳火城、王戊己、廖阿琪、王錦春、廖錦星、黃德賢、江柱、吳進來
參加叛亂之組織各處有期徒刑五年，各褫奪公權五年。

廖炎林、廖學庚、廖本仁、蘇竹源、洪文勢、許錦亭、謝崇雄、林江
波、莊來明、林振坤、劉平西、林利德、顏錦福、蘇洪月嬌、黃子明、
黃天正、林經堯明知為匪諜而不告密檢舉，各處有期徒刑二年。

廖學庚、廖本仁、蘇竹源、洪文勢、謝崇雄、劉平西、林利德、黃子明、
黃天正、林經堯各緩刑二年。

事實

「頓萌」叛亂意念

張茂鐘思想偏激，不滿政府，于民國四十九年底與詹益仁頓萌叛亂意
念，圖以武力推翻政府，邀林東鏗參與共謀，即以詹益仁經營之雲林
縣虎尾鎮國際照相館從事叛亂活動之中心，進行爭取黨羽。分別以政
治腐敗，官吏貪污，人民生活困難，非推翻政府，無法改善等謬論，
向黃樹琳、李慶斌、陳金全、張世欽、陳火城、沈坤、王戊己等遊說，
並邀約參加。

爭取黨羽分層負責

該黃樹琳等均于同年底及五十年元月初先後同意參加。旋在國際照相
館推選張茂鐘、詹益仁正副負責人，張茂鐘兼任隊長，林東鏗、黃樹
琳負責指揮作戰，李慶斌、沈坤負責兵器管理，詹益仁、陳金全負責
後勤，張世欽負責聯絡。五十年元月初，李慶斌邀請洪文勢、蘇竹源
前往虎尾籌劃拳擊賽事宜，于張茂鐘家歡宴時，張茂鐘、李慶斌乘機
爭取參加，為洪等所拒，同時黃樹琳亦在虎尾分別爭取林利德、黃子
明未獲成功，但洪文勢、蘇竹源、林利德、黃子明均未告密檢舉。

一〇七四部隊

同月間，張茂鐘與林東鏗乘機車前往虎尾，途遇一〇七四部隊第二營第六連上等兵陳庚辛、林江波，張茂鐘企圖爭取臺籍戰士參加其叛亂活動，乃以機車載送陳庚辛、林江波至虎尾，並招待晚餐，席間張茂鐘詢問軍中情形及要求同結金蘭之好，陳庚辛當將其臺籍戰士受班長嚴格管理之情形相告，張茂鐘乃以政治腐敗，官吏貪污，祇有臺灣人團結起來，推翻政府，人民生活方能改善等語，誘惑陳庚辛、林江波參加，並囑向軍中發展，作為叛亂之資本，陳庚辛當表同意接受，林江波則予拒絕，並于歸途中對陳庚辛予以婉勸，陳未予理會，林江波亦未告密檢舉。

請蘇東啓出面領導

嗣張茂鐘、詹益仁自感聲望不孚，若無有力人士出而領導，不足以號召，因鑒于蘇東啓于四十九年競選雲林縣長發表政見時，言論激烈，公開攻訐政府，認係適當人選，乃決定請蘇東啓為領導人。五十年元月間，雲林縣議員競選時，張茂鐘乃偕詹益仁、林東鏗、黃樹琳、李慶斌、沈坤等前往北港蘇東啓助選，藉機接近。嗣蘇東啓當選雲林縣議員，張茂鐘乃偕詹益仁、林東鏗、李慶斌等由洪進發陪往蘇宅，向蘇東啓道賀，蘇映亦在座，張茂鐘等遂提出推翻政府問題，並知有一〇七四部隊部分臺籍戰士參加，擬請蘇東啓出而領導，蘇東啓初猶豫，同年二月間，張茂鐘又由洪進發陪同至蘇宅訪晤蘇東啓，將舊事重提，蘇東啓鑒于張茂鐘甚有誠意，乃予首肯，並指示繼續向軍中發展，張茂鐘遂加強叛亂部署。

陳庚辛與張茂鐘積極串連

又陳庚辛自接受張茂鐘之指使後，于五十年二月間，先後在營房向該

營營部連上等兵鄭金河、鄭正成及同連上等兵洪才榮、陳良等灌輸叛亂思想，誘惑參加，鄭金河亦于同月先後誘惑同連上等兵鄭清田、詹天增、吳進來等參加，並由陳庚辛分別偕同前往虎尾會晤張茂鐘、詹益仁、林東鏗等，由張茂鐘講述推翻政府謬論，以堅定該批臺籍戰士之叛亂意志。該部隊第四營第十一連上等兵莊來明于五十年二月間星期日前往虎尾渡假時，邂逅陳庚辛及張茂鐘，張茂鐘以莊來明亦臺籍戰士，係其爭取之對象，乃邀同便餐，其時黃樹琳亦邀黃天正、林經堯在座，席間張茂鐘向莊來明等發表其叛亂譯論，並誘惑其參加，該莊來明等雖未表示同意，但均未密檢舉。

廖阿琪與林東鏗 虎尾黃金戲院同事，于五十年二月間，見林東鏗常出入國際照相館，乃向林東鏗詢明情由，並允參加。

計畫劫營

張茂鐘又于同年二月底先後派林東鑑偵查虎尾糖廠保安警察武器倉庫，派林東鏗、李慶斌偵察虎尾空軍新兵訓練中心，並與林東鏗前往虎尾樹仔腳營房察看地形，計劃先奪取虎尾糠廠駐廠保警及空軍新兵訓練中心武器，然後再前往樹仔腳劫營，在雲林發動武裝叛亂，同時控制電臺，向全省廣播爭取全省響應與國際同情。

三九事件前夕林東鏗北上請示

同年三月間，適一〇七四部隊第二營將調防他處，陳庚辛于同月七日走告張茂鐘，張即召集詹益仁、林東鏗、黃樹琳等于國際照相館商討趁該部隊移防之際，劫取武器，發動叛亂事宜，當決定于同月九日發動。並飭陳金全設計偽旗幟及臂章，交由李慶斌、沈坤印製，當時蘇東啓適在臺北參觀農產品展覽，張茂鐘乃派林東鏗前往請示，並囑與蘇東啓往見ＸＸＸ，請ＸＸＸ南下指揮，約定若蘇東啓、ＸＸＸ同意，

即以「定貨須照期交」等語電知虎尾。林東鏗于同月八日晚上十一時在臺北白宮旅社會晤蘇東啓，面報來意，蘇東啓詢以準備情形並表贊同，又于翌晨偕林東鏗會見ＸＸＸ，ＸＸＸ亦表示贊成，並囑審慎從事，林東鏗遂于當日中午乘公路局汽車遄返，途經臺中時，因趕返虎尾需數小時，乃以約定暗語電告詹益仁，由詹益仁轉告張茂鐘，張茂鐘則于同時通知陳庚辛等，按時在陳金全家集合，又因感人數太少，由詹益仁之關係，于當日下午偕陳金全前往麥寮，以打架為由邀請許金傳前來虎尾，該許金傳又邀請不知情之陳春成、許信同行。

人單力薄臨時撤退

當晚到達陳金全家集合者，計有張茂鐘、詹益仁、林東鏗、黃樹琳、李慶斌、陳金全、沈坤、張世欽、陳庚辛及陳良所通知之鄭金河、鄭正成、鄭清田、詹天增、洪才榮等，當由張茂鐘等提議先劫取虎尾糖廠駐廠保警槍械，因鄭正成、詹天增等反對，乃決定前往樹仔腳劫營，並由陳庚辛等為內應，各發臂章一枚，以作標誌。午夜出發時除李慶斌、陳金全未往外，其餘由林東鏗僱計程車三輛，陳庚辛等六人乘一輛先行進入營房，俾便內應，許金傳、陳春成、許信等隨行到達樹仔腳營房附近時，許金傳、陳春成、許信等因張茂鐘知與軍人鬥毆，膽怯藉故潛離，張茂鐘等因感人力單薄，且營房警衛森嚴，不易下手，遂作鳥獸散。

遠赴鳳山繼續發展

事後張茂鐘將發動未成情形，面報蘇東啓，蘇東啓當指示等待聯合國開會時再動。五十年四月，陳庚辛等已隨軍移駐鳳山，蘇東啓乃派洪進發陪同張茂鐘、黃樹琳等前往鳳山，飭陳庚辛等在一〇七四部隊繼續發展，同年五月，張茂鐘至蘇宅與蘇東啓商討叛亂事宜，謝崇雄適

因支票涉訟事至蘇東啓家謂其代調解，在旁聞言叛亂情事，曾予婉勸，蘇東啓置若罔聞，謝崇雄亦未告密檢舉。

陳一郎聯絡臺中裝甲部除

蘇東啓因認叛亂須以軍隊為主，而軍隊又以裝甲部隊中心，於是直接向各方面力求發展，注意裝甲部隊臺籍士兵之爭取。五十年六月間，自首人即曾在裝甲部隊服役之陳一郎（本部五十一年元月四日（51）晴普字第〇二一號不起訴處分書處分不起訴確定）前往蘇宅，蘇東啓以與陳一郎交情甚篤，且知其曾在軍中服役，遂將圖謀推翻政府之事相，並謂各方面均已有密切聯絡，飭其在裝甲部隊覓取關係，爭取臺籍戰士參加，于發動叛亂時將戰車全部開出響應，陳一同意後，曾先後與臺中裝甲部隊臺籍戰士聯絡二次，均未得要領。

紀經續未置可否

又自首人紀經續（與陳一郎同一不起訴處分書處分不起訴確定）自四十六年六月參加青年黨後，與蘇東啓私交甚洽，嗣于入伍期間，每于假日返里時，均至蘇宅造訪，五十年六月間，紀經續走訪蘇東啓，蘇即以軍中臺籍戰士應力圖團結，將來臺灣發動暴動，須借重臺籍軍人等語。同年八月十九日，紀經續又趁返里之便，會晤蘇東啓，蘇即明白知即將實行叛亂，飭在軍中聯絡臺籍戰士十數名，結為兄弟，歸其負責領導，待機響應，並囑設法煽惑裝甲部隊臺籍戰士，以作發動叛亂時之主力軍，紀經續對蘇之言，未置可否。

張新治未按指示

五十年六月十二日，自首人即雲林縣大埤村幹事張新治（與陳一郎同一不起訴處分書處分不起訴確定）偕同謝登科訪晤蘇東啓。蘇以張新治同屬青年黨員而謝登科誠實可靠，乃與之談論推翻政府事，囑其向

一般民眾宣傳臺灣不屬于中國，及向該鄉公所兵役課調查臺籍充員部
隊駐地，拉攏友好，以結拜兄弟方式，集中力量，待機行動，並指定
張新治、謝登科為大埤方面負責人，張新治、謝登科當面同意，惟未
按其指示活動。

盧鉛騰拒絕參加

五十年八月十九日，自首人盧鉛騰（與陳一同一不起訴處分書處分不
起訴確定）因安家費問題，與陳一郎往晤蘇東啓，請設法向雲林縣政
府交涉，蘇東啓聞悉盧鉛騰正服役裝甲部隊，且能駕駛戰車，乃詢以
一旦臺灣發生叛亂，是否敢參加，盧鉛騰予以拒絕時，蘇東啓猶惡言
斥責。

林光庸、黃錫琅、陳世鑑

林光庸與蘇東啓感情頗篤，五十年四月間，蘇東啓在雲林縣政府辦公
室外側，將從事叛亂及有南部一〇七四部隊臺籍戰士配合，以武力推
翻政府之事，與之謀議，林光庸初猶拒絕，繼則同意。陳世鑑、黃錫
琅與林光庸均斗六中學舊時同學，五十年八月初，林光庸至黃錫琅
家，適陳世鑑亦在座，林光庸乃將蘇東啓從事叛亂，配合一〇七四部
隊臺籍戰士以武力推翻政府等情，與之協議，該黃錫琅、陳世鑑均意
態冷淡。同月中旬，林光庸又陪同蘇東啓至黃宅，向黃妄論臺灣人不
是中國人，臺灣不屬中國領土之謬論，黃錫琅、陳世鑑始予同意。

蔡光武派張邦彥赴臺中探裝甲部隊

蔡光武與蘇東啓均為第三屆雲林縣議員，五十年八月間，蘇東啓據林
光庸告蔡光武對推翻政府甚有興趣，乃偕林光庸趨晤蔡光武，暢論謀
議關於叛亂之事，並謂已有南部一〇七四部隊臺籍戰士配合，請蔡光
武同意，蔡光武以其陰謀與己意相投，即派張邦彥偕林光庸至臺中裝

甲部隊與服役中之林國煌謀議，林國煌嚴予拒絕，林光庸曾將情報知
蘇東啓。

同月間，林光庸先後在其住宅池塘邊及黃錫璃家，個別向劉平西、林
振坤談及蘇東啓配合部隊臺籍戰士從事推翻政府，並要求劉平西、林
振坤等參加，劉等均未應允參加，亦未告密檢舉。

孫秋源、廖　川另案處理

另案叛亂犯孫秋源（本部五十一年三月二十七日（51）警審特字第
五六號判決確定）于四十九年間得識蘇東啓，五十年六月間，蘇東啓
至臺北投宿圓環金龍旅社時，孫秋源與之會談，曾由反對黨談到推翻
政府問題，蘇東啓即知已聯絡好南部很多優秀部隊臺籍戰士待機叛亂
等語，同年七月間，孫秋源參與另案叛亂犯，廖啓川（與孫秋源同一
判決）所主持之叛亂活動，並將蘇東啓從事叛亂活動之事告知廖啓川
後，即于同年八月七日引廖啓川至金龍旅社與蘇東啓會晤，交換叛亂
意見。

李志元、許錦亭、顏錦福

李志元自四十九年六月入伍後，亦曾往晤蘇東啓，蘇嘗詢問軍中情形
及對軍中生活是否滿意等，李志元以不慣軍中生活輒露不滿之意，蘇
東啓乃于五十年七、八月間將從事叛亂活動之事告知，並囑其爭取軍
中臺籍戰士，俟南部一〇七四部隊臺籍戰士發動叛亂時，予以響應，
攻取雲林虎尾電臺，同時應向裝甲部隊求發展，俾發動時向北進攻，
李志元當予默許。顏錦福係臺灣省立師範大學學生，因家境清寒，無
力維生，乃藉詞意圖推翻政府，向同學許錦亭等勸募活動經費，實則
移供家庭生活之用，許錦亭遂將顏錦福準備推翻政府之事告知李志
元，李志元以之轉告蘇東啓，蘇東啓聞顏錦福對推翻政府之準備，已

有相當基礎,亟欲將此股力量納入掌握,即于五十年八月初飭由李志元約晤許錦亭于北港公園,繼由許錦亭于同月中旬陪往嘉義會晤顏錦福,因顏宅狹小,蘇東啓乃邀顏錦福同至嘉義柏齡外科醫院,詢其對推翻政府之作法,顏錦福告以利用選舉奪取政權,並謂已儲蓄活動經費新臺幣一萬五千元,蘇東啓認為太慢,囑將所蓄之經費,撥出新臺幣五千元,以作向軍中宣傳,爭取臺籍戰士之活動費,顏錦福佯允考慮,對蘇之叛亂,亦未告密檢舉。

派蘇映聯絡
同年七、八月間,張茂鐘在民雄經商,蘇東啓曾派蘇映往詢與陳庚辛等聯絡情形,張茂鐘以陳庚辛等訓練正忙,無暇外出。

要求加入青年黨
同年八月初,蘇東啓以詹益仁等常來聚談,恐為人注意,乃囑張茂鐘、詹益仁等參加青年黨,以資掩護,並將青年黨入黨登記表三十份交由詹益仁、黃樹琳轉發填寫,詹益仁收到表格後,即發各人填寫,並要求王錦春參加青年黨,王錦春告以已參加國民黨,詹益仁乃筋林束鏗偕王錦春往詢蘇東啓是否可以,蘇東啓當面指示並非不可,轉而詢問王錦春有無勇氣參加叛亂活動,王錦春當表示參加。嗣後詹益仁又吸收廖景星,復與黃樹琳吸收江注參加明示其參加青年黨即係掩護叛亂活動。黃德賢與黃樹琳誼屬師生,五十年八月初,二人邂逅于虎尾農會門前,黃樹琳即勸誘黃德賢參加叛亂活動,黃德賢表示同意,越數日並繳交相片二張,以作填表之用。

再赴鳳山聯絡
蘇東啓交詹益仁等填報申請申請加入青年黨同時,以鳳山乏人聯絡,擬派李慶斌、陳金全以經商為掩護,常駐鳳山與陳庚辛連絡,因無經

費未果，乃由張茂鐘函約陳庚辛來虎尾面洽及領取活動費，屆時蘇東啟又以經費無著，避不見面。五十年八月底，蘇東啟以聯合國開會在即，曾飭詹益仁、黃樹琳赴鳳山與陳庚辛連絡發動事宜，詹益仁、黃樹琳以旅費無著，遲未啟程，同年九月十七日，蘇東啟在雲林縣土庫運動會場上，由林東鏗轉告此情，蘇東啟乃飭林東鏗于同月十九日至雲林縣議會向其領取旅費一千元，轉知詹益仁等即日前往鳳山聯絡，實行發動叛亂。

廖炎林、廖學庚、廖本仁

張茂鐘于五十年三月九日劫營未成，頗感經驗不夠，素知廖炎林之叔父廖學庚及廖本仁曾參加「二二八」事件，對暴動有經驗，故又邀同廖炎林偕黃樹琳、李慶斌、林東鏗等先後至西螺等地訪晤廖學庚及廖本仁、張茂鐘等將推翻政府事相，並邀其參加，為廖等所拒，廖炎林雖未參與其事，但與廖學庚、廖本仁等知悉黃樹琳等從事叛亂活動，均未告密檢舉。

蘇洪月嬌未告密

五十年七月間，洪月嬌以張茂鐘等常來與其夫蘇東啟密談，心甚不解，乃詢其詳，蘇東啟以與張茂鐘等進行叛亂活動，洪月嬌當加勸阻，蘇東啟佯為應允，洪月嬌乃未告密檢舉。

警備總部保安處捕人移送

事為本部保安處查悉，先後將該蘇東啟及有關人犯予以逮捕，在詹益仁家搜獲電報原件，及在蘇東啟家搜獲青年黨入黨登記表，連同投案之詹益仁、李慶斌、陳金全、廖炎林、王錦春、張世欽、陳火城、江柱、王戊己、黃德賢、廖景星、廖阿琪、廖學庚等一併移送到案。有關軍人陳庚辛等部份呈奉國防部（50）詳識字第二四二三號、三八〇七號

及（51）詳識字第○○五七號令發本部併案審理，由軍事檢察官偵查，提起公訴，並經判決，呈奉國防部五十一年度覆高洛字第十八號判決發回更審。

附錄 J、【1970 年泰源事件相關人員之筆錄】

【江炳興】

爭點＼日期	彭明敏出逃知情	彭明敏出逃影響	2月1日第一次發動	鄭正成參加	陳良案發時臨時參加	施明德知情	陳三興知情	警衛連士兵賴在知情	輔導長參與	警衛連參與有士兵數十人
590215	○	✕	△	✕	✕	△	△	✕	△	○
590217	△	△	△	○	○	△	△	✕	✕	△
590222	△	△	△	○	○	△	△	○	✕	✕
590223	△	△	○	○	○	△	△	△	△	△
590226	△	△	△	△	△	△	△	○	△	○

符號說明：○承認 ✕否認
　　　　　△ 不知情、未表示、未回答、未詢問

江炳興偵訊筆錄 59 年 2 月 15 日

臺灣警備總司令部軍法處偵訊筆錄

問：姓名年籍等項？

答：江炳興，男，卅二歲（民國廿八年生）臺中縣人，大甲鄉塗城村十七號。

問：教育程度？

答：臺中市立二中高中畢業。陸軍官校卅三期肄業。

問：家庭狀況？

答：父，江賜，務農，母陳氏，家管。有三位伯父，均務農。叔，廖火舜，約四十五歲，日據國校畢。現開經營食品工廠。胞弟江炳煌（改名江炳煜），現服役中（在新竹某通訊兵工廠）。有妹五人，均未出嫁。

問：你是為何案被關起來？

答：五十二年六月在陸官校搞「臺獨」，為政府發覺判刑十五年徒刑。

問：你服刑已有幾年了？

答：六年七個多月。

問：你係何時調來臺東「泰源監獄」服刑？

答：五十八年十月底由警備總部軍法處看守所調來「泰源監獄」繼續服刑。

問：你係何時調服外役？

答：去（五十八）年十二月中旬調該獄洗衣部服勞役。

問：你調「泰源監獄」服刑既短促，何以今被調服外役？

答：我不知道原因。

問：你在該監獄有何特別關係而能被調服外役？

答：沒有。

問：你調服外役是否外宿？

答：晚上仍回義監牢房睡覺。

問：你在「泰源監獄」服刑中與何人交往密切？

答：與鄭金河來往較密。

問：你與鄭金河如何結識？

答：約調服勞役後一週某日（約五十八年十二月下旬），我在福利社
　　附近小河邊看書，鄭金河曾來搭訕問我是幾年（意思是被判幾
　　年），我也反問彼此據實相告，並談天閒聊約半小時，此後既常
　　有接觸往來。

問：你與鄭金河歷次接觸中，有何不可告人之事？

答：相識後約一個月（約在五十九年元月中旬）某日上午散步中我告
　　訴鄭金河說：「監獄生活很苦，日子還那麼長，家裡是否來看我
　　都很痛苦。」鄭回答：「是啊，真沒有價值」，我又說：「真不
　　如一死了之，但如想死不如跟他拼一下。」鄭當時表示他在此地
　　很有號召力，同時與警衛連的人都相處很好，鄭說：「我們可以
　　幹一下。」我說：「你既然有辦法，請你設法聯絡進行。」鄭回
　　答說：「好。」當時我倆並未進一步相談下去。

問：你所謂「跟他拼一下」是指何而言？

答：意思是跟政府拼一下。

問：你所謂跟政府拼一下，究如何做法？

答：我的計劃是先向衛兵奪槍，並以「臺灣獨立」為號召向衛兵說服
　　爭取他們合作，然後一起包圍警衛連，如能說服警衛連即可帶來
　　臺東加以占領。

問：照你的計劃占領臺東後，你如何進一步做法？

答：我沒有計劃那麼遠。

問：你與鄭金河如何談論搶奪衛兵槍枝？

答：自與鄭金河表示有意跟政府一拼之後，約數日鄭問我到底要如何做法，我乃將計劃搶奪衛兵槍枝並以「臺獨」為號召爭取警衛，並占領臺東等向鄭解說，鄭表同意。

問：鄭金河同意你的做法後，如何表示？

答：我曾請鄭金河爭取獄中囚犯共事，鄭表示已向謝東榮、詹添增談過此事，鄭認為仍須我去和謝、詹二人談談。

問：你何時如何跟謝東榮談起？

答：約農曆年前數日，我與謝東榮（同牢房）在傍晚散步時，我問謝：「金河有否向你談過？你有沒有決心？」謝答：「有。」時因人多未繼續談下去。以後也沒有再與謝相談，僅由鄭聯絡。

問：你何時和詹天增談論搶槍事？

答：自鄭金河表示詹、謝二人談過後，我首先找詹天增談話，時間約在與謝東榮談話之前，四號中午彷彿記得當時詹正要去通水溝，我問他：「金河跟你談過的事，你認為如何？」詹說：「金河做事相當盲動，此事是否可以成功？」我說：「只要我們能團結，將衛兵的槍枝搶奪過來，再說服衛兵站在我們這一邊，力量就很大。」詹又說如衛兵開槍怎辦？我說：「這很難處理，我們還要大家再研究。」我說完，他就做工去了。

問：鄭金河何以要你向詹天增、謝東榮去解說？

答：鄭金河教育程度低，且容易盲動。詹謝對他不易相信，因我學歷較高，鄭認為用我去和詹謝交談，較容易爭取。

問：你們如何計劃向衛兵奪槍？

答：我與鄭金河原計劃趁衛兵換哨時，我在前，鄭在後，詹、謝在當

中藏起來，由我彼喊：「不要動」以攝嚇衛兵，並由我向第一個
衛兵奪取槍枝，再以「臺灣獨立」說服衛兵站在我們這一邊共事，
這些計畫早在年前就談過。

問：你們計劃搶奪衛兵槍枝，到底有多少人參與？

答：鄭金河、詹天增、謝東榮及我共四人。

問：你們的計畫還向何人提起？

答：沒有。

問：你們何以決定本（二）月八日行動？

答：2 月 8 日係年初三又是星期日，管理及警衛較鬆弛，所以決議是
　　日行動。

問：行動的日期是誰決定？

答：是我與鄭金河決定的。

問：你們採取行動的經過詳情？

答：二月七日（年初三）下午二、三時左右，我在福利社與鄭金河決
　　議翌（八）日中午吃過飯後（十一時開飯），大家在第二堡與第三
　　堡之間後面的柑子園集合（籬笆旁邊）。八日午飯後，鄭金河前
　　來福利社找我，兩人一起走向集合地，抵達時除謝東榮、詹天增
　　外，尚有陳良也在場。嗣時鄭金河給我 1 把刀，並見謝、詹也各
　　有 1 把在手中。鄭並分配各人的行動位置，我最前面，其次陳良，
　　詹天增在當中，鄭殿後。不久，衛兵前來換哨，我們五人一起上，
　　我向第一衛兵接近捉住衛兵衣襟，我乃說：「我們都是臺灣人應
　　該為『臺灣獨立』奮鬥，我不會傷害你」並抓住他的槍，當時該
　　衛兵顯得驚慌，二人扭做一團，最後被衛兵脫開，我又追上去，
　　重覆遊說一次，並想搶奪他槍，但終被脫開了，嗣時我回頭看現
　　場已無人跡。僅見陳良向第三堡方向追另一衛兵，我乃喊住陳良

　　一起向第三堡附近柑子園後邊逃逸，約百尺追上詹天增，乃三人偕同向山上跑，時不見鄭謝二人跟來。

問：你到底有無搶到槍及有否攜械逃逸？

答：當時並沒搶到槍，於與陳良共同朝向柑子園逃跑時搶到 1 支 M1 半自動步槍，約逃至廿公尺時即丟掉。

問：你何以要將槍丟掉，不是有違原意？

答：因行動失敗，僅有 1 支槍也發不了作用，且逃亡攜槍不便，只好放棄。

問：如有槍在手，更可幫助你逃亡，何以將槍拋掉？

答：當時沒想那麼多。

問：你逃亡經過如何？

答：八九兩日，我、詹天增、陳良三人朝關山方向，向山上逃逸，十日晚我與他二人分開各自逃亡，我沿河谷鐵路向此逃亡，於十三日上午在某山上山胞工寮被捕。

問：你在逃亡期間有何外界接應或援助？

答：沒有。

問：鄭金河給你的刀子，其來源如何？

答：不清楚。

問：2 月 8 日你們採取行動時，何人先拔刀殺人？

答：我不知道有殺人這一回事。

問：鄭金河係何時開始在「泰源監獄」服刑，何時服勞役？

答：不清楚。

問：詹天增、謝東榮、陳良等三人和時在泰源監獄服刑及何時調服外役？

答：不太清楚。

問：你在泰源監獄服刑中有何親友來探視你？

答：無。

問：鄭金河曾如何向你表示警衛連有人支持？到底詳情如何？

答：我與鄭金河在談到向衛兵奪槍及以「臺灣獨立」爭取衛兵時，鄭
　　曾說：「警衛連有十來位戰士能夠支持我們，所以可以成功。」

問：警衛連的十來位支持者是誰？

答：鄭金河未告訴我到底是哪些人。

問：鄭金河如何聯絡警衛連的戰士？

答：鄭曾說經常與警衛連的戰士打彈子。到底有否聯絡，鄭未告訴我。

問：誰向警衛連輔導長遊說，煽惑支持此次行動，經過如何？

答：鄭金河並未向我說，曾向警衛連輔導長遊說，我也沒有向輔導長
　　說過。到底有沒有人向輔導長游說，我不太清楚。

問：陳良是如何與你聯絡的？

答：陳良是 2 月 8 日在現場集合時才見到的，鄭金河並未向我說過陳
　　良要參加我們的行動。

問：陳良參加你們的行動，事先鄭金河有無告訴你？

答：沒有。不過鄭曾自稱他有辦法要拉誰參加，就可以拉誰。

問：行動以前，鄭金河到底有無給陳良刀子？

答：我僅見鄭、謝、詹及我各人 1 把刀外，未見陳良手上有刀。我與
　　陳良共同逃逸亦未見他手上有刀。

問：鄭正成有無參加你們的行動？

答：事先並沒有要他參加，當時也未見他在場。

問：你們行動時搶警衛槍的情形如何？

答：鄭金河事先告訴我們五個人一起擁上奪槍，但我抓第一個衛兵時，
　　只顧到如何搶槍，待該衛兵脫開後，我再度看現場時，已不見衛

兵以及鄭謝等人。至如何搶奪，我不清楚。

問：你與陳良共同逃逸至與詹天增會合時，詹問你手上槍的來源時，你回答：「向衛兵搶到的」，你現在怎麼說拾到的？

答：的確是拾到的。我並未向詹說過是搶到的。

問：帶班班長當場被殺，是誰殺的？怎麼殺的？

答：我當時不知何人被殺。於我偕陳良、詹天增等三人逃上山後，詹曾向我說，班長被殺，至為何人所殺，我不知道。

問：你們在逃亡中既然詹天增已告訴你班長被殺，何以未將被何人所殺，及怎麼殺的告訴你？

答：當時只顧逃亡，沒有談太多的話。

問：彭明敏的最近消息你知道嗎？

答：我聽同牢房的人說，彭明敏已逃到國外去了。至何人告訴我，因同牢房的人很多曉得，是誰告訴我的已忘記。

問：彭明敏的逃亡給了你們怎樣影響？

答：沒有。

問：你以上所說的話都是實在嗎？

答：都是實在的。

問：聽說鄭金河有位親戚住臺東附近？是誰？他對鄭有什麼幫忙？

答：事先未聽鄭談及。於我與陳良、詹天增同逃時，陳良、詹天增均稱鄭有位姊夫，姓名不詳，住關山，鄭可能會逃亡其姊夫處，咱等三人原欲逃鄭之姊夫處，但苦於地理不熟，未能前往。

問：你知不知道鄭金河會曉得泰源通關山的這一條路？

答：鄭金河曾告訴我：「有次獄內有位少校軍官姓名不詳，帶我去替人殺豬，是在泰源往關山的方向，所以這條路我去過。」

問：你在一個月前是否曾向陳東川調換工作？什麼原因？

答：陳東川原與鄭金河同在一起養豬，因為養豬的場所與我家鄉味相

適合，我乃以半開玩笑的性質要求與陳東川互調外役職務，結果並未調換。

問：你 2 月 8 日的事情有無告訴陳東川？

答：陳東川完全不知道。我沒有告訴過他。我相信鄭金河也不會告訴他，因為彼此間不和睦。

問：2 月 8 日鄭金河分配工作時，鄭有無自稱要殺班長，同時分配你擔任搶第一位衛兵的槍及殺副監獄長和主任，是不是這樣？

答：鄭金河僅分配我擔任搶第一位衛兵的槍外，未聞及他告訴我口述的話。

問：2 月 8 日到達現場你說要等警衛連戰士賴在，是否有這一回事？

答：沒有這一回事。

問：你究竟認識賴在其人其事？

答：我不認識。

問：2 月 8 日搶衛兵的槍搶到後是誰喊「臺灣獨立」？

答：我沒聽到。但我搶第一位衛兵的槍時我曾稱：「臺灣人應該為臺灣獨立而奮鬥」等語，未聞其他有喊「臺灣獨立」。

問：2 月 8 日中午你為何不吃中飯？在這時間內做什麼？

答：因為心裡很緊張，所以吃不下。這段時間內未做其他事。其他鄭、謝、詹、陳有無吃午飯則不詳。

問：你以上所說的話都是實在嗎？

答：都是實在的。

右筆錄經答詢人閱讀認為無訛始據簽

答詢人：江炳興

談話人：

中華民國五十九年二月十五日

江炳興偵訊 (訊問) 筆錄 59 年 2 月 17 日

臺灣警備總司令部軍法處偵訊 (訊問) 筆錄

被告：江炳興

右開被告因民國五十九年度偵特字第 47 號叛亂嫌疑案於民國五十九
年二月十七日上午九時在臺東團管區司令部偵訊出席職員如左

軍事檢察官　藍啟然

書記官　李壯源

點呼　江炳興　入庭

問：姓名年籍等項。

答：江炳興，男 31 歲，民國 28 年 5 月 5 日生，臺灣臺中縣人，住臺
中縣大甲鄉塗城村 17 號，陸軍軍官學校 33 期學生

問：教育程度？

答：臺中市二中畢業，四十九年九月入陸軍官校三十三期肄業。

問：家庭狀況？

答：雙親及弟妹各一，本人未婚。

問：此次因何事被捕？

答：因逃獄被捕。

問：你於何時何地、及何事被逮捕？

答：二月十三日上午在花蓮縣山上之一工寮內被警察逮捕。

問：你於何時自何地逃獄？

答：2 月 8 日中午十二時許自泰源監獄逃走。

問：一同逃離泰源監獄的有誰？

答：我與詹天增、陳良三人一起走。

問：不是還有鄭金河、謝東榮等人嗎？

答：他們是另外走的。

問：你們幾人在泰源監獄是否監一處？

答：我們都固定在外面服外役，我是在洗衣部，鄭金河在養豬寮，陳良在汽車保養場，謝東榮及詹天增是在農耕隊。

問：你與鄭金河等幾人是如何認識的？

答：五十八年十一月我由警備總部軍法處看守所調泰源監獄服刑，於同年十二月中旬調服外役，約一週後，我在福利社附近一河邊看書，鄭金河上前來與我聊天，彼此自我介紹認識的，其他諸人均因在外役工作時先後結識，在泰源之前與他們均不認識。

問：你與鄭金河認識後曾有組織嗎？其名稱、宗旨、活動為何？

答：沒有組織。

問：既無組織以後怎麼集體行動？

答：我與鄭金河結識後約一個月，即民國五十九年元月中旬某日在福利社附近花生園散步時，我很感慨的對鄭金河說，監獄生活很苦，日子還那麼長，年年如此過真是痛苦，不如死了乾脆。但是與其這樣平白死了，不如跟他拚一下。鄭對我表示贊成。二、三日我們又接觸，又談起此事。地點同一，我說我們要拚，需要人力及槍，光二人之力還是〇〇。鄭金河即說他在泰源監獄外役中頗有號召力，要拉誰參加均無問題。我表示可以利用衛兵換班時，他們七人中有六支槍，可以搶過來，於是我們兩人決定先從找人著手，俟時機成熟後再搶槍。

問：你們兩人商議，「跟他拚一下」其意為何？

答：即和政府拚一下。

問：你們準備找人搶槍與政府拚，是以何為號召？

答：以臺灣獨立為號召。

問：你與鄭金河○○○決定後如何進行籌劃、如何集合商議、如何聯
　　結，怎樣進行準備工作？

答：五十九年元月底，鄭金河告訴我，已經找到兩個非常可靠的人，
　　即詹天增及謝東榮，並說陳良及鄭正成較不可靠。詹天增已猜到
　　陳良及鄭正成沒有，我不知道，我沒有問，他亦無說明，我告訴
　　他有個人亦可幹，於是我將我的初步計畫告訴他，其一，利用衛
　　兵交時搶槍，其二，奪槍後說服衛兵與我們一齊暴動，包圍警衛
　　連，第三，以強制或說服方式帶領警衛連攻擊臺東，鄭金河對於
　　我之計畫表示贊同，並要求我去與詹天增、謝東榮談談，以堅定
　　其二人之信心與決心，我乃於過陰曆年前一週內之某日中午到農
　　耕隊去找詹天增，適其正擬外出工作通水溝，於是○○他而問他
　　對鄭金河所提之事，考慮結果如何。他表示鄭金河做事盲動，靠
　　不住，我說鄭金河此次甚有信心，我們只要能把衛兵之槍奪來並
　　說服衛兵，讓其○○我們這一邊，力量就很大。詹又說，如果衛
　　兵開槍○怎麼辦，我回答這是○○考慮的問題，希望大家再來研
　　究，如此彼此分手。時隔一日，我於傍晚散步時，在押區遇見謝
　　東榮，我問他鄭金河有無對你說過，他答有，我問謝有無決心，
　　他講有，因為人多，只談到此為止。翌日，我告訴鄭金河我已與
　　詹、謝二人談過，謝東榮表示沒有問題，詹天增則對奪衛兵之槍
　　恐其開槍有疑慮，鄭金河說他再去同詹談談不會有問題的。直至
　　二月七日我們作成決定，於 2 月 8 日中午行動，行動時，他們 3
　　個人在桔子園籬笆內躲藏起來，等衛兵經過時，由他們大聲喊不
　　要動，趁衛兵驚嚇時，我上去奪第一名衛兵之槍，他們再蜂擁向
　　上，將其他衛兵之槍奪下。

問：泰源監獄內服外役的有多少人？

答：據我所知有三十多人。

問：據你所知有三十多人，鄭金河說要誰參加就能參加，何以只有二
　　人表示願意參加。

答：我當時的想法是四個人亦可拼一下。

問：你們的人是準備徒手去搶槍嗎？事先曾否準備何種武器？

答：是準備徒手搶槍的，事先無準備械具。

問：不是準備有刀嗎？刀子來源為何？

答：行動前，我們聚集於圍牆外橘子園，第二堡及第三堡間，那時我
　　看到現場詹天增、謝東榮手上各持 1 刀，時鄭金河由褲腰上取了
　　1 把刀予我，此時我始知其準備有刀。

問：鄭金河教育程度低，你比較高，鄭於事先還備有刀是否你交代他
　　的？

答：不是，我起初未準備以刀殺人。

問：除你們幾人外，其他受刑人、警衛部隊、官兵、泰源監獄之執法
　　官兵有誰參與你們？謀議或事先知情、有無監外之人暗中煽動或
　　操縱？

答：據我所知，只我們四人。

問：行動時你們是五人到場，何以只有四人知道？

答：陳良如何來參加的，我事先不知道。

問：此次暴動是你為首謀，但此次行動是由誰領導？

答：是我首謀，鄭金河領導。

問：鄭金河領導是挑選出來的嗎？

答：未經推選，因為此事均他在做，故實際上是他在領導。

問：行動前是誰負責分配各人之任務？有無暗○○○？

答：到達現場後是由鄭金河分配個人之任務，無暗○○○○。

問：當時由誰發布命令？

答：沒有發號施令，而是一擁而上。

問：行動之時○選定在 2 月 8 日，農曆年初三星期日，中午 11 點五十分，理由何在？

答：我與鄭金河商議初一初二因過年警衛較嚴，經兩天後警衛較鬆，又是週日，監獄官兵外出休假，戒護力量較為薄弱，又利用衛兵交班時，以平日衛兵又站一○，槍枝不易集中，在換班時，一下子六支槍一齊搶來，火力較大。

問：你將你們 2 月 8 日行動詳細情形說一下。

答：2 月 8 日上午 11 時 30 分許，鄭金河到福利社找我，因為前已約好此日行動，於是我們就到達地點，到達時陳良、詹天增、謝東榮已在，鄭金河發給我刀子後，即分配位置。我站最后邊，然後是陳良、詹天增、謝東榮、鄭金河一字排開，鄭金河告訴我們等衛兵來時，上前搶槍並告訴他們為臺灣獨立而奮鬥以爭取其同情，11 時幾十分一到，衛兵前來換班（六人）另有班長走在最後。於是大家一齊擁上，我只顧搶第一名衛兵之槍枝，未注意他人之任務，我告訴該衛兵，我們都是臺灣人，要為臺灣獨立而奮鬥，我不會傷害你，但他未說話，很慌張的兩人扭做一團，結果他掙脫了，我又由後追上去告訴他上述的話，又扭做一團，但他又掙脫了，此時我見現場只有陳良，而第三堡方向進一衛兵，我於是喊住他，一齊向第二堡橘子園後逃逸，在籬笆旁撿到 1 支 M1 半自動步槍 1 支。

問：鄭金河曾否拿 1 把刀予陳良？

答：沒有，我未看見。

問：你是否與鄭金河一同抵現場？

答：是的。

問：當你到達現場後搶衛兵之槍以前，你曾否聽到鄭金河對陳良說什麼話？

答：沒有。

問：陳良曾提過什麼話？

答：沒有。

問：你說鄭金河於行動時告訴你們大家蜂擁而上，搶衛兵之槍，而詹天增供述鄭金河宣布由他殺班長，而你們一齊上去搶槍，為何兩人供詞不同？

答：我距鄭金河較遠，大概聽不見之關係。

問：據詹天增說，你們之計畫第一步是殺班長再搶槍枝，而你只把搶槍枝為第一步，而未講殺班長亦是計畫之一，何故？

答：我們原先是未計畫殺班長的。

問：你在橘子園內遇詹天增時，手上拿著之槍究係檢來或是搶來的？

答：是撿到的。

問：搶槍是你們計畫之一，你當時又上前去搶衛兵之槍，逃出橘子園時你又對詹天增說槍是向衛兵搶來的，你何故說撿來的？

答：實際上是撿來的。

問：據詹天增說你們集結於行動地點時，鄭金河曾宣布任務，此事完成後由鄭等人率領警衛連之一部分去開監房，由你率領另一部分去抓副監獄長及主任，你對上述怎麼供述？

答：沒有聽到此事，我並不知道。

問：據詹天增供你們的計畫除剛才你說的外，尚有開放監房抓副監獄長及主任，到臺東後要改占憲兵隊、警察局，並利用外國神父牧師之電臺向國外宣布臺灣獨立，並分兩隊，一頭攻花蓮，一頭攻

屏東？

答：我當時只決定壓制警衛連來臺東或再依實際○○，未計劃那麼多。

問：你為首還等別人，怎麼詹天增知道計畫你反而不知道？

答：是否鄭金河告訴他的我不知道。

問：當時搶到多少槍彈是誰搶到手的？

答：我不知道。

問：當場殺害那些人？

答：我不知道。

問：你難道只聽見有人被殺發聲慘叫？

答：我未聽到，只聽到其多叫喊幾聲。

問：搶槍後有無依原定計畫衝警衛連？

答：沒有。

問：為何未依原定計畫進行？

答：看起來沒有用，故未依計畫進行。

問：班長已被殺，槍枝搶到手，第一步計畫已成功，為何說沒有用？

答：我見現場無人，大家都慌張逃走了。

問：在你們計畫中，對泰源監獄內之監犯做何運用？

答：我無想到運用監犯。

問：在你們計畫中對泰源監獄內之執法官兵如何處理？

答：未考慮及此。只準備以最快速度從警衛部隊開往臺東。

問：你們對此次暴動事成或失敗有何打算？

答：事成則依原定計畫而為，事敗即○○後衛兵挌斃。

問：你何以次暴動之動機為何？

答：我受有○○之徒刑，甚為悲哀，如果脫逃，到坐牢更長，內心更痛苦，於是想了不好的與政府一拚，成則恢復自由可以回家，死

　　則一死了之，故○較亂○念。

問：你們此次暴動之目的何在？

答：推翻政府達成臺灣獨立。

問：你們之手段是以暴動方式嗎？

答：是的，搶衛兵之槍○逃算是暴動。

問：你對政府有何不滿？

答：我覺得坐 10 年牢，不太甘願。

問：你對泰源監獄有何不滿。

答：在警備總部軍法處看守所代監執行的生活較舒服，在此設備不好。

問：是否因對泰源監獄不滿而遷恨政府？

答：不是。

問：你認識鄭正成嗎？

答：認識的。

問：此次行動事先有否與鄭正成聯絡？行動時其曾否參加？

答：我未與其連絡，鄭金河有無與之聯絡我不知道，行動時他未在場。

問：你與陳良聯絡還沒有？

答：沒有。

問：你與陳良是一起逃跑的。你曾否問他如何參加的？

答：在逃期間陳良只告訴我鄭金河叫他來的，其他未談及。

問：警衛連有一名叫賴在者你認識嗎？

答：不認識。

問：在你們行動前你曾與賴在聯絡嗎？他曾答應支援或參加你們的行
　　動嗎？

答：我不認識他，當然不會與之聯絡。

問：既然你不認識且未連絡賴在，未何你在聚集地點告訴詹天增說警

　　衛連的賴在也會來，賴在會對衛兵說要衛兵不要阻攔？

答：我未對詹天增說過此話。

問：你在泰源監獄執刑期間有否外籍牧師或神父來監傳教？

答：沒有。

問：你們搶奪槍枝時衛兵有無抵抗？

答：只有掙扎，沒有抵抗。

問：附近崗樓上之衛兵有無對你們之行動加以阻止？

答：我們行動位置崗樓上之衛兵看不到。

問：警衛部隊官兵有○你與之認識？

答：沒有認識。

問：你行動時該換班之衛兵你認識嗎？

答：未認識。

問：據詹天增供那班衛兵中有你們的內線？

答：沒有。

問：你們開始搶衛兵之槍迄逃離泰源監獄期間曾否聽見槍響？

答：在我逃往山中時始聽見槍聲響一聲。

問：是否你們放槍狙擊追緝人質？

答：那時我們三人手上均無槍，不是我們放的。

問：此次行動鄭金河事先有無與警衛連部隊聯絡？

答：我不知道。

問：在逃期間有無外界對你們接濟或援助？

答：沒有。

問：在逃期間你們如何商議與鄭金河聯繫？

答：我們不知鄭金河之去向，未曾商議聯繫。

問：在逃期間你們有過何種行動？

答：二月十日晚上我們在河谷裏走路時，見有燈光向我們照射於慌亂
　　中我與他們二人走散。

問：你因叛亂案判刑，服刑期間不知悔改，為何又萌叛亂犯意？

答：因臺灣獨立判刑 10 年，心有不甘。

問：鄭金河分配你們之刀子是自己製造或買來的？你所持刀子下落為
　　何？

答：我不知道。在行動未開始前，我因恐帶刀傷人故留在籠笆内○○
　　地方。

問：午覺你們可以外出購買東西嗎？

答：不可以。

問：泰源監獄附近有商店嗎？

答：只監獄本身之福利社，無商店。

問：親友接見你們時或送物，託人購物時是否需經登記？

答：要經檢查或申請購物的，我到泰源監獄後尚未有人來看我，別人
　　親友來探監時，要經監方核准。

問：你們使用之刀子是否監外人送來的？

答：我不知道。

問：警衛連之輔導長是誰？階級為何？

答：只知其為少尉，姓名不知，他來送洗衣服時講國語，不知其○哪
　　裡人。

問：你們事先有無將你們之行動計畫向警衛連之輔導長報告過？

答：沒有。

問：據詹天增說鄭金河曾告訴他已與輔導長談過，但未表示意見，難
　　道鄭金河不會告訴你嗎？你是此次行動主要份子之一。

答：實際上他未告訴我。

問：你對本案有何其他意見需要陳述？

答：沒有。

問：你講話實在嗎？

答：實在的。

問：你將行動時之現場繪圖、附卷。

答：好的。

　　右筆錄經當庭交被告閱後承認無誤並簽名於後

被告：江炳興

庭議如點名單

中華民國五十九年二月十七日

書記官：李壯源

檢察官：藍啟然

江炳興補充筆錄〔1970-2-22〕

問：姓名年籍等項？

答：江炳興，男，卅二歲，臺中縣人，陸軍官校卅三期肄業，籍設臺
　　中縣大甲鄉塗城村十七號，現在臺東泰源監獄服刑中。

問：（出示「臺灣獨立宣言書」油印一份）這篇「臺灣獨立宣言書」
　　是不是你所寫的？

答：是我寫的。

問：你除了這份「臺灣獨立宣言書」，還寫了其他什麼東西？

答：我除了這份「臺灣獨立宣言書」外，據我記憶還寫了其他三篇文
　　章，但那三篇文章都沒有標題，其中兩篇是寫給臺省同胞的，另
　　一篇是寫給全世界人士的。

問：這篇「臺灣獨立宣言書」署名「臺灣獨立革命軍軍部發行」，你
　　們是否有「臺灣獨立革命軍軍部」這個組織？

答：這個「臺灣獨立革命軍軍部」是我預先編造的，實際上並沒有這
　　個組織。

問：這篇「臺灣獨立宣言書」及其他三篇文章都是何時在何處所寫的？

答：這四篇文章是從元月中旬至元月底這段期間，利用休息的時間在
　　獄內福利社附近小溪旁邊所寫的。

問：你寫這幾篇文章作何用途？

答：我寫這幾篇文章準備將來占領臺東後油印散發給民眾做為「臺灣
　　獨立」的號召文件。

問：這幾篇東西，你跟誰商量以後寫的？

答：我沒有跟任何人商量，是我自己想起來寫的。

問：你寫好後曾交給誰看？

答：這四篇文章我每次寫好後就交給鄭金河。

問：你為什麼要交給鄭金河？

答：因為我在福利社洗衣部工作，來往的人很多，恐怕被人發現，不安全，所以每寫好一篇即交給鄭金河代為保管，但我於 2 月 1 日前幾天因想到以前交給他的四篇文章寫得很亂，所以向他一起要回來重新抄寫乾淨了，再於 2 月 1 日那天將抄好的四篇文章一起交給鄭金河代保管。

問：你原先寫好的草稿呢？

答：我重新抄好了交給鄭金河以後，就將原來的草稿燒掉了。

問：你們這次 2 月 8 日的行動，除了你本人及鄭金河、鄭正成、陳良、詹天增、謝東榮事先商談過及參加行動外，在警衛連當中尚有那些人事先曾經吸收過及邀他參加行動的？

答：據鄭金河於元月底某日跟我談話時，他告訴我警衛連中有一位叫「賴在」的臺籍戰士已經跟他講好了，他願意幫助我們的行動，除此之外沒有聽說還有別的人被我們吸收。

問：你有沒有親自跟賴在談過請他幫助你們行動的事情？

答：我於二月三四日的某一天中，當賴在站衛兵時，我過去跟他談話，同賴在說：「鄭金河有沒有跟你談過要你參加行動的事情？」他說：「他已經跟我談過了。」我說：「我們只有這一次機會，假如我們行動成功了，我也不必在這裡坐牢，你也不必在這裡當兵，我們將來都有前途，否則我們永遠要做奴隸了。」所以我邀請他參加 2 月 8 日的行動，他就點頭答應了，我又說：「希望你在連中再吸收一些要好的朋友參加。」他說：「每個人一條心，不知道他們願不願意參加。」隨即搖搖頭表示很難的樣子。到了 2 月 8 日上午，鄭金河又來找我，並說我剛剛跟賴在談過要他參加我們中午的行動，他已經答應參加了，並要求我再去和賴在講

一次比較放心，我隨即和鄭金河到賴在站衛兵的地方找他談，他當時正在站 8－10 點的衛兵，我見到賴在問他：「你今天中午一定要來和我們參加行動，你怕不怕？」他說：「不怕。」我們就走了，但是到行動時賴在並沒有來參加。

問：你們要賴在參加你們的行動，究竟要他做什麼事情？

答：我們要賴在來參加的目的，是希望賴在以臺籍充員兵的身分說服那 6 名警衛，好叫他們一起響應我們「臺灣獨立」的行動。

問：賴在 2 月 8 日行動時為什麼沒有來，你知道嗎？

答：我不知道他為什麼沒有來參加。

問：你們除了在警衛連中吸收賴在一個人外，還有沒有吸收其他的人參加你們的行動？

答：除了賴在以外沒有再吸收別人。

問：警衛連的官長你們有無吸收？

答：沒有吸收官長。

問：賴在與鄭金河如何相識，他們如何談起參加行動這個問題的？

答：他們二人如何相識及如何談起這件事，我都不知道。

問：你以上所說都實在嗎？

答：都實在。

右筆錄經答話人親閱確認無訛乃簽名捺印於後

答話人：江炳興

訊問人：

中華民國五十九年二月廿二日

江炳興補充筆錄〔1970-2-23〕

臺灣警備總司令部軍法處補充筆錄

問：姓名年籍等項？

答：江炳興，男，卅二歲，臺中縣人，陸軍官校廿三期肄業，籍設臺中縣大甲鄉塗城村十七號，現在臺東泰源監獄服刑中。

問：你們決定第一次行動的日期及計劃內容以及經過情形如何？

答：59 年 2 月 1 日以前的一星期左右（可能是一月廿五、廿六日），該日下午我和鄭金河在福利社附近散步時，決定 2 月 1 日中午利用大家午睡時間發動搶奪站在河邊位置的衛兵之槍，然後劫持該衛兵前往警衛連部，以槍威脅警衛連充員兵，並集合他們以「臺灣獨立」為號召予以說服他們，說服他們後迅速將他們開往臺東予以占領。由鄭金河搶奪大門衛兵的槍再劫持連長及輔導長押往連部。這次計劃參與的人有鄭金河、詹天增、謝東榮、鄭正成及我五人。2 月 1 日實際行動情形是，該日我吃過午飯去菜寮茅屋找到鄭金河並同時在茅屋會到詹天增及謝東榮，當我與鄭金河等商量後，詹、謝及我則到福利社察看情勢，鄭金河則去找鄭正成，當我看到鄭金河走向河邊目標時，我則自福利社跟上去，此時鄭正成亦來到福利社，結果我與鄭金河在河邊找尋衛兵未果，然後返回，則與詹、謝及鄭正成在小樹叢附近相會合，我們五人會合後看見四週警衛連人員很多，卻沒有如想象中他們業已睡午覺，故這次行動只好作罷，然後大家分頭回去。

問：2 月 1 日這次行動鄭金河有沒有分刀給你們？

答：這次行動鄭金河沒有分刀給我，有無分給別人我不知道。

問：2 月 1 日這次行動賴在有無參加？

答：這次我沒有看到賴在，致於這次鄭金河有無給賴在談過此事我不知道。

問：2 月 1 日這次事件，事後你們有無檢討，其檢討結果如何？

答：二月三日下午鄭金河找我去花生園散步，兩人則檢討前日之事，認為 2 月 1 日人力沒有集中，如果今後再行動的話，人力必需要集中起來，其他沒有談什麼。

問：你們何時決定第二次行動時間？

答：二月七日上午，鄭金河、詹天增、謝東榮、鄭正成及我五人在菜寮茅屋喝酒時決定 2 月 8 日中午 11 點 40 分，乘衛兵換班時發動第二次行動。（鄭正成來了沒多久即自行離開，離去原因不知道）

問：你們為何決定 2 月 8 日行動？

答：因為 2 月 8 日是農曆正月初三，又是星期日，想必警衛一定鬆懈，故決定此日行動。

問：以上你所說都實在嗎？

答：都實在。

右筆錄經被談話人親閱確認無訛乃簽印於後

被談話人：江炳興

訊問人：

中華民國五十九年二月廿三日

江炳興補充筆錄〔1970-2-26〕

臺灣警備總司令部軍法處補充筆錄

問：姓名年籍等項

答：江炳興，男，卅二歲，臺中縣人。

問：你們這次行動的事，在警衛連中除了賴在之外還有誰知道？

答：這次行動前我曾親自跟賴在談過，但除了賴在外，鄭金河還談過其中四個人，不過這次行動的事他們知不知道，我不知道。

問：鄭金河跟你談起的四個人是誰？

答：是警衛連中的臺籍充員戰士黃鴻祺、彭文燦、卓大麗、張金隆。

問：鄭金河與你如何談起這四個人？

答：春節前幾天，鄭金河對我說：「我在豬舍那邊碰到黃鴻祺等數名充員兵，黃向我說：『你們是怎麼來坐牢的？』我說是為臺灣獨立來坐牢的，這些充員兵才知道這回事，我當時對他們宣說為什麼要臺灣獨立，臺灣獨立後有什麼好處。」關於彭文燦我不記得是賴在還是鄭金河曾同我說：「彭文燦已經贊成臺灣獨立這件事情，等我們行動發起後他一定會響應的。」但他是否知道我們2月8日行動的事我不知道。卓大麗是2月1日我們準備第一次行動時，看到卓大麗要去河邊崗哨站衛兵，鄭金河說：「卓大麗去站這班衛兵就好辦了。」照這個意思好像鄭金河已經跟他談過行動的事了。關於張金隆他是站中門的衛兵，大概在一月廿日左右，鄭金河對我說，他曾經跟張金隆談過臺灣獨立的問題，張很表示贊同，又說張是個膽小鬼，又快退役了，不保險，不過假如我們行動的時候，他一定會起來響應的，至於鄭金河有沒有跟他談起這次行動的事答：我不知道。

問：以上這四個人你曾跟他們直接談過臺獨的問題及要他們參加行動
　　沒有？
答：沒有談過。
問：以上所說都實在嗎？
答：都實在。
右筆錄經答訊人親閱確認無訛乃簽名捺印於後
答訊人：江炳興
訊問人：
中華民國五十九年二月廿六日

備註：因歷史資料年代久遠無法辨識，故部分文字以○○○代替。

【鄭金河】

爭點＼日期	彭明敏出逃知情	彭明敏出逃影響	2月1日第一次發動	鄭正成參加	陳良案發時臨時參加	施明德知情	陳三興知情	賴在知情	張金隆李加生與林清銓知情	輔導長參與	警衛連參與士兵數十人
590220	△	△	△	△	△	△	△	△	△	△	△
590222	△	△	○	△	△	△	△	○	△	△	○
590223	○	△	○	○	○	△	△	○	△	△	×
590223	○	×	○	○	○	○	○	○	△	×	×
590226	△	△	○	○	△	△	○	○	△	△	△
590227	△	△	△	△	△	△	△	○	○	△	×

符號說明：○承認

　　　　　△不知情、未表示、未回答、未詢問

　　　　　×否認

鄭金河偵訊（訊問）筆錄 59 年 2 月 20 日

臺灣警備總司令部軍法處偵訊（訊問）筆錄

被告　鄭金河

右開被告因民國五十九年度偵特字第 47 號叛亂嫌疑一案於民國
　五十九年二月二十日下午五時在本處第二偵查庭偵訊出席職員如左

軍事檢察官　藍啟然

書記官　李壯源

點呼　鄭金河　入庭

問姓名年籍等項

答：鄭金河，32 歲，民國二十七年二月十二日生，臺灣雲林縣人，住
　　雲林縣北港劉厝里 36 號，業商，因案泰源監獄服刑中。

問：你今日為何被押送到部？

答：因臺東 2 月 8 日我與江炳興等人在泰源監獄搶劫衛兵槍枝逃獄而
　　後被捕的送到案。

問：你們此次暴動的目的在？

答：達成臺灣獨立。

問：何時何地你被逮捕？

答：二月十八日下午在臺東關山附近山中被捕的。

問：同時被捕的有誰？

答：有謝東榮及我。

問：你講話實在嗎？

答：實在的。

右筆錄經○○交被告閱後承認無訛並簽名於後

被告：鄭金河

庭議如點名簿

中華民國 59 年 2 月 20 日

書記官：李壯源

檢察官：藍啟然

鄭金河偵訊筆錄〔1970-2-22〕

問：姓名年籍等項？

答：鄭金河，男，卅三歲（27.2.12），臺灣雲林人，北港鎮劉厝里卅六號。

問：學經歷？

答：北港北辰國小畢業，曾販賣豬肉。

問：家庭狀況？

答：父鄭路漢，業菜販。母已歿。胞弟鄭二郎，卅歲，國校畢業，現況不詳。妻黃節，已於去（五八）年初離婚，遺一子，年十三歲，現由我父扶養。

問：前科？

答：民國五十年因參加蘇東啟叛亂案，被判有期徒刑十五年。

問：什麼時候到泰源監獄？

答：民國五十三年四月到泰源監獄，同（五三）年十一月調服勞役，初在樵木隊工作，五十五年底調福利社豬舍養豬。

問：你這一次為什麼要結夥暴動？

答：約二年前，我母親去世後，妻一再吵鬧要求離婚，迫我答應，且家中接濟中斷，親友失聯，使我精神十分苦悶，因此想拼一次命再說。

問：你這一次暴動的事，都跟誰談過，如何計劃？

答：去（五八）年十二月間，有一天心情很亂與江炳興閒聊，江主張拼一次，我很贊同，於是兩人就計劃搶奪衛兵槍枝，然後以「臺灣獨立」來號召臺籍充員響應，先控制警衛連，打開牢房一起帶到臺東，再號召老百姓起來響應，甚至北上花蓮。不過當時江炳興說警衛連沒有內應，要想辦法聯絡，我說警衛連我來拉人參

加。

問：你有什麼辦法向警衛連拉人，拉到人又如何去做？

答：因為我服外役很久，常有機會上福利社打彈子，我以為可以找機
會向警衛連臺籍戰士聯絡，江炳興來泰源服刑不久，所以我決定
自己來拉，但後來發覺警衛連好像有規定，戰士不可以與囚犯談
話，所以很少有機會接近他們，直到今（五九）年元月間，才在
往工地的路上碰到警衛連戰士賴在由閒聊而認識。

問：你認識賴在如何對他談起你計劃暴動的事？

答：記得元月中旬某日（約農曆年前廿日左右）我從福利社往斜坡蕃
薯園下去時，賴在由斜坡上來，因他常在福利社打彈子，有些面
熟，乃藉機搭訕，我問他做兵有多久，他說還有九個多月，接著
他反問我判幾年刑，我說：十五年，賴又接著說他有個哥哥也在
綠島坐牢，我又問賴那裡人，他說嘉義梅山人，我故意說我也是
嘉義人（實為雲林人），當時我發現他上衣口袋邊有塊名牌，才
知道他叫賴在，後來又見面談了幾次，並請他設法向警衛連拉幾
個同伴參加我們的「行動」。

問：賴在是衛兵，你是囚犯，怎麼敢跟他談起你們的陰謀，甚至還要
求他幫你拉人參加，你不怕他檢舉嗎？

答：第一次認識賴在時，並沒向他談起我們的行動計劃，後來我想賴
的哥哥也是政治犯，跟他談談大概沒有關係，所以在第二次見面
時（約第一次見面之後一週，時間仍在農曆年前），我開始先試
探說：「非洲許多小國家都能獨立，臺灣也可以獨立的。」發現
他沒有不好的反應，我接著就說：「目前外面（指監獄外）有許
多人都在搞『臺灣獨立』你知道嗎，我也是搞『臺灣獨立』的，
你可以幫忙嗎？」賴起初沒有表示什麼，我說：「你是不是害

　　怕？」賴答：「我不是害怕。」我說：「如果能衝出臺東，一定
　　有很多老百姓起來響應的，你不必害怕。」賴說：「我絕不怕死。」
　　我聽了賴這句話，我就說：「那麼你來參加我們的行動，同時希
　　望你向警衛連拉幾人來幫忙，好不好？」賴說：「可以的。」

問：你們這一次暴動的計畫是否都對賴在說過？

答：開始時沒有詳細的說，一直到決定行動時，才告訴他。

問：賴在參加行動的事，你們之中都有那些人知道？

答：起初只告訴江炳興，記得後來對詹天增、謝東榮也說過，但時間
　　記不清楚。

問：你向江炳興、詹天增他們怎麼說的？

答：我對江說：「警衛連有賴在答應做內應，而且答應替我們拉人。」
　　但對詹、謝兩人只說：「警衛連有很多人答應參加我們的行動。」
　　這是我故意誇大，目的是要詹、謝對我有信心，後來江炳興也向
　　他們說警衛連有人參加，他們才相信答應參加。

問：2 月 1 日你與江炳興等人曾準備暴動，這事賴在知道嗎？

答：我記得當天上午，我告訴賴說中午要動，請他不要午睡，在警衛
　　連響應，賴答應好，但到時賴在午睡，所以沒有行動。

問：你當時要賴在如何響應？

答：我對賴在說，我們到連部時，要他打開槍架上的鎖鍊，他答應說：
　　「可以的。」（記得是 2 月 1 日上午在典獄長辦公室後面談的）
　　但是後來他黃牛了。

問：你後來對賴在有沒有提過這件事？

答：記得到農曆年初一，我在斜坡下溪邊見到賴在，我說那天（2 月
　　1 日）怎麼搞的，賴說他在連裡等我們沒有來，才去午睡，接著
　　我問賴，向連裡聯絡情形，賴說他已向連部好友「東川」、「加

生」兩人說過（姓什麼沒有說）但他們都不同意，我說：「沒關係，我們大概這個禮拜內要動，請你盡量幫忙。」賴說：「好的。」

問：你跟賴在談過這些事，都有誰在場，或告訴那些人？

答：沒別人在場，但我事後曾告訴過江炳興。

問：2月8日，你第二次行動是否也找過賴在？

答：2月8日，賴在是八至十的衛兵，站在典獄長辦公室後面的哨位。將近九點時，與江炳興一起去看他，我對賴說：「我們決定今午行動，希望你想辦法跟別人調換上第二堡的衛兵（即靠河溪邊有衛兵值崗之第二堡）。」賴說：「這不可能。」我說：「那麼你到時候從馬路那邊向第三堡方向過來，萬一我們控制不了衛兵時，請你出來講話，爭取他們。」賴說：「可以。」於是我與江炳興即離開，到工具寮喝酒去了。

問：你們這次暴動計劃，到底有沒有向賴在談過，如何談的？

答：2月1日，當我告訴賴在，要他在連裡響應時，我將我們的計畫約略告訴了賴在，我說：「我們如能以『臺灣獨立』來號召充員響應，控制警衛連衝出臺東，老百姓一定會起來響應。」賴在也表示很贊同。

問：你們暴動，目的是搞「臺灣獨立」的，賴在知道嗎？

答：我告訴過賴在，我們是要搞「臺灣獨立」的。

問：警衛連與監獄其他官兵，還有誰知道你們要暴動的事？

答：我沒有告訴過其他的人，我想他們不會知道的。

問：賴在的哥哥叫什麼名字，因為什麼案子在綠島坐牢？

答：賴在沒告訴我他哥哥的名字，我僅知他哥哥也是政治犯。

問：你身上帶的「臺灣獨立宣言」文字是那裡來的？

答：是江炳興拿給我的。

問：這些文件是誰寫的，作什麼用的？

答：江炳興說是他寫的，準備我們占領臺東時向老百姓宣傳用的。

問：江炳興說是他寫的，你是怎麼相信的，為什麼要交給你保管？

答：江炳興說是他自己寫的，我想他不會騙我。江曾說福利社人多危險，放在我身上較沒有人會注意我，比較安全。

問：江炳興是否對你說過這些文件是別人給他抄的？

答：他沒有這樣對我說過。

問：這些文件何時給你的？

答：農曆年前，江炳興分幾次拿給我，後來他又拿回去重抄，到了我們行動前，又說他沒口袋放，仍交我保管。

問：你曾將這些文件拿給何人看過？

答：我沒有拿給別人看過。

問：江炳興有沒有拿這文件給別人看？

答：他沒有跟我說過曾拿給別人看過。

問：你以上所說實在嗎？

答：都是實在的。

右筆錄經當場朗讀，被訊人認明無訛後，始簽名捺印如後：

被訊人：鄭金河

中華民國五十九年二月廿二日

鄭金河偵訊（訊問）筆錄 59 年 2 月 23 日

臺灣警備總司令部軍法處偵訊（訊問）筆錄

被告　鄭金河

右開被告因民國五十九年度偵特字第 47 號叛亂嫌疑一案於民國
　　五十九年二月二十三日下午三時在本處第 偵查庭偵訊出席職員如
　　左

軍事檢察官　藍啟然

書記官　李壯源

點呼　鄭金河　入庭

問：姓名年籍等項

答：鄭金河，32 歲，民國 27 年 2 月 12 日生，臺灣雲林縣人，住雲林
　　縣北港劉厝里 36 號，業商，因案在泰源監獄受刑中。

問：教育程度？

答：國校畢業。

問：你因何案在泰源監獄受刑？

答：民國五十年 9 月因參加蘇東啟叛亂案被臺灣警備總部判刑十五年，
　　於民國 53 年四月移送泰源監獄執行。

問：家庭狀況？

答：父親及第一名妻已離婚，有一子○年十二歲。

問：服過兵役沒有？何階級？何時入伍何時退役？

答：四十八年一月入伍，灣東陸戰隊上等兵。案發時尚未退役。

問：此次你因何事於何時何地被何軍隊逮捕？

答：民國五十九年二月十八日下午三時在關山附近山中被山胞逮捕，
　　因我自泰源監獄逃走。

問：你何時自泰源監獄逃走？

答：2 月 8 日中午。

問：你因何事逃獄？

答：為搶衛兵之槍而脫逃。

問：有多少人共同搶衛兵之槍？

答：共五人，即陳良、詹天增、謝東榮、江炳興及我。

問：為何要搶奪衛兵之武器？

答：想以臺灣獨立為號召，搶奪警衛之武器去攻占臺東。

問：你們搶多少之槍？子彈多少？

答：我只知我及謝東榮各搶到 1 支槍，我還有搶到子彈袋一條，裏面子彈多少發我未計算。

問：此次事件是由誰發起的？如何計劃、商議、聯絡與籌備？

答：五十八年十二月間江炳興調服外役，他與我均在福利社服役，因此認識，認識一週後，在一條小河邊，江在看書，我上前去與之交談，他問我是否蘇東啟案子的，我說是，他說他亦因搞「臺獨活動」而被判刑的，以後彼此即經常接觸，他告訴我非洲許多小國家均已獨立，臺灣亦可獨立，他又說監獄內有四百多名人犯，警衛連內大都均為充員，槍彈亦很多，若能搶到衛兵之槍，並集合這些人犯，即可衝到臺東，並且攻打花蓮，我對他的意見亦表贊同，所以談此次事件是由江炳興發起的。此後江炳興對我說，若要行動，需有警衛連之人為內應，要我去拉攏他們，我於五十九年元月中旬自福利社往斜坡蕃薯園下去時，警衛連之賴在正由斜坡上來，我原不知其姓名，因為打彈子尚熟，乃藉機與他交談，我問他當兵還有多久才退役，他說還有九個多月，他問我刑期幾年，我答十五年，他告訴我他有個哥哥在綠島坐牢，我猜

綠島是關政治犯的，他哥哥必也是政治犯，我問他是那裏人，他說是嘉義人，我說那麼我們是老鄉，當時我發現他衣服上的名牌為賴在，方曉其姓名，過了幾天，我仍在原處附近遇見賴在，我即以江炳興告訴我的話來煽動他，我說：「非洲許多小國家均能獨立，臺灣亦能獨立」，我看他並無不好之反應，又繼續說：「目前外面『亦指監外』有許多人搞臺灣獨立，你知道嗎，我也是搞臺灣獨立的」我請他無論如何在此次要幫我們的忙為內應，並說：「若能衝到臺東，一定有許多老百姓起來響應，你別害怕」，他說：「好的，我不害怕」。至於監犯中，有詹天增、陳良、鄭正成三人與我都是蘇東啟案犯，平時無話不談，我於是分頭去聯絡他們，又謝東榮也是調外役時認識，他與詹天增很好，我是一齊找他們二人的，我們除了二月七日上午約九時許在工具寮內喝酒時共同商議外，其餘均是各別接觸，我是在與江炳興決定此事後開始準備了 4 把短刀，均是我自行在汽車保養場內，利用外役午睡時，自己製造的，材料是由養豬場之舊有鋸子銼子改製的。

問：你在何時何地如何跟詹天增說此事的，談些什麼？

答：關於時間地點我已記不清，因我與他是同在仁監，有一次在散步時，我對他說現在我們準備搶衛兵之槍衝入臺東攻占花蓮，但他說不可行，因為我們沒有人，我就騙他警衛連內我們有許多人，攻到臺東，臺東至今有許多老百姓會起來響應，他問我是否騙他，我說不是騙的，於是他答應參加。

問：你有否對詹天增說明你之詳細計劃？

答：沒有。

問：在之前你們是否有一組織？

答：沒有。

問：據詹天增說，元月中旬某一個晚上在操場遇見你，你主動說要他
　　參加你們的組織，此組織是準備殺班長搶衛兵之槍枝，將監房門
　　打開讓人犯逃出一同攻占臺東○○隊及警察局利用外國牧師及神
　　父之電臺向國外廣播臺灣已獨立，然後分兩邊一邊打花蓮，一邊
　　打屏東。如果你未告訴他詳細計劃，他怎會知道？

答：我未告訴他攻占○○隊及警察局，也未說牧師及神父，且未說打
　　屏東，我只說殺班長，搶警衛連槍枝打開押房一同攻占臺東，利
　　用外國教會電臺向國外廣播，然後再打花蓮。

問：你移送泰源監獄服刑期間與外國教會有接觸嗎？教會有無利用監
　　獄傳教？

答：我未與外國教會接觸，教會到監獄內傳教時，我因不信教，故未
　　參加，我告訴詹天增利用外國教會電臺向國外廣播是騙他的。

問：你們的組織名稱是否叫臺灣獨立革命軍？

答：沒有組織。

問：你被逮捕時身上有無被搜出什麼文件？

答：有一份獨立宣言是江炳興寫的。

問：「臺灣獨立宣言」有「臺灣獨立革命軍軍部發行」字樣，這不是
　　你們的組織名稱嗎？

答：我不知道有此名稱，該獨立宣言是江炳興寫好後，因福利社人多，
　　江炳興恐怕讓人發覺不安全，故寫好後叫我代為保管，但我未見
　　其內容。

問：你何時知道彭明敏偷渡出境之消息？

答：是江炳興告訴我以後，我告訴詹天增的，時間我已記不清了。

問：你當時怎麼告訴詹天增的？

答：我說彭明敏偷渡出境了。

問：據詹天增說你告訴他有很多國家支持彭明敏，彭是搞臺灣獨立的，我們此在決定在 2 月 8 日行動響應彭明敏。

答：我沒說那麼多。

問：你有無叫江炳興去找詹天增？

答：我記得沒有。

問：你於何時何地與謝東榮聯繫的？

答：時間地點已忘了，我記得對他說過一次或兩次，內容是這樣，我們要搶衛兵之槍，衝臺東、花蓮，警衛連內有許多人響應，我們決定開押房放出人犯，他比詹天增單純，沒有什麼意見即表示願意參加行動。

問：你如何與陳良聯繫的？

答：2 月 1 日陳良自福利社買煙下來，我恰巧上去，我告訴他我們決定今日搶衛兵之槍，他卻表示「那怎麼可以」就開車試車離開了，至 2 月 8 日晨，我又去拉攏他，對他說今天中午要搶衛兵之槍，他起初不答應，我告訴他人數不夠不參加不行，最後他說：「好嘛，跟你們去嘛」。到該日中午午飯前我去找他，說要請他喝酒，他心裏知道但仍即跟我到福利社，我即叫他到圍牆後面去集合。

問：在集合點你有對陳良說過什麼話嗎？

答：沒有。

問：有無給陳良 1 把刀？

答：因為只有 4 把刀，不夠分配，而且他膽子較小，所以未給他。

問：你於何時在何地與鄭正成聯繫的，如何聯繫的？

答：2 月 1 日早上，我臨時爭取他參加我們的行動的。我在菜圃找到他對他決定今天中午要搶警衛連槍，他不肯參加，我就說我們只有幾個人，你若不參加怎麼行，我說你還能活嗎？他最後說：「既

然如此,那就去嘛」當時我就給他 1 把刀,要他磨利後收藏起來,到中午飯後,我又去找他,告訴他的任務是殺連長,然後他由福利社經過警衛連由河邊又轉至水塔邊,我與江炳興在水塔等候他。

問:他為何未殺連長?

答:因為警衛連之人很多未睡午覺,故不殺下手。

問:你何在小塔準備有何行動?

答:因小塔下有一衛兵〇帶有槍,我們準備去搶,但當時衛兵不在。

問:那天謝東榮及詹天增有無參加行動?

答:有的,他們在福利社準備接應,我們原擬一邊殺連長一邊搶衛兵之槍,得手後一同搶警衛連。

問:2 月 8 日你們在工具寮喝酒時有誰在場,談些什麼?

答:有江炳興、鄭正成、詹天增、謝東榮及我,談到今天中午要搶衛兵之槍開始行動,鄭正成聽到後先行離開表示不去,若強要做,他即要跑,此後我們四人都無異議,所以在吃飯前我就去找陳良。

問:2 月 1 日之行動,鄭正成表示願意參加且接受你的任務,為何在 2 月 8 日他又不願參加?

答:其原因我不知道。

問:2 月 8 日之行動是誰領導的?

答:我們均是領導人。

問:是否由你領導?

答:行動是我分配的,人員亦是我通知到場的,但還不能說我是領導人。

問:行動時有無暗語或信號?

答：沒有。

問：行動之時間是誰決定的？

答：是我決定的。

問：你決定在 2 月 8 日農曆年初三星期日休假，又中午衛兵交班時，
有何理由？

答：換衛兵時因槍多人多，至於選定 2 月 8 日是碰巧的，因 2 月 1 日
即已要行動了。

問：行動前你如何分配個人任務？

答：江炳興要我負責殺班長，我要他們四人搶衛兵之槍。

問：你把 2 月 8 日行動那天的情形說一下。

答：2 月 8 日 11 時 45 分，我叫五人分別前往約定地點，詹天增、謝
東榮、陳良先到達，我與江炳興隨後亦到，當一列衛兵走來我們
躲藏地點時，我看見班長也在倒數第三名，我站在最左邊，依次
是詹天增等人，江炳興站最右邊，當班長走到轉哨處時，我即以
左手抱住班長之頸部，用力刺其腹部 1 刀，班長當時尚未倒下，
我看見他往橘子園跑下，我即將刀丟掉去追後面的兩名衛兵，搶
來 1 支槍及子彈袋，然後我與謝東榮一齊壓著三名衛兵往警衛連
方向走，那時聽見桔子園內班長吶喊救命，我到堡壘時 (馬路之
轉角處) 見另一班長及輔導長帶了二十幾名戰士趕來，我即叫他
們不要動，我向天鳴了兩槍，謝東榮鳴了一槍，以後我就被監獄
內之陳少校命戰士包圍我們，我於是與謝東榮拿了槍往桔子園跑
了。

問：你們行動時江炳興、詹天增、陳良三人如何搶奪衛兵槍支？

答：我未注意及此。

問：你搶衛兵之槍時對衛兵如何說？

答：我說我們都是臺灣人，並說若你的槍不給我，我要把你殺掉，他即未抵抗，將槍給我，並上前將其腰圍之子彈袋解下。

問：你有無拿到刀及鋼盔？

答：沒有。

問：你與謝東榮被捕時，你們身上可有帶什麼？

答：我帶有 1 把剪刀及獨立宣言，謝東榮身上有什麼我不知道。

問：你搶來的槍放於何處？

答：均在 2 月 8 日晚上藏於山中一個石洞裏，連子彈一齊藏著。

答：你有看見謝東榮有子彈袋？

問：沒有。

答：槍同子彈有否取回？

問：於 2 月 20 日早上由警衛連押同我到山上將槍及子彈均取回。

答：你交給謝東榮之刀放於何處？

答：我不知道。

問：你殺害的班長叫何名字？

答：我不知道過去未認識他。

問：當你與謝東榮押衛兵往衛兵連走時為何未依原定計畫行事？

答：因看見警衛連來人甚多，只我們兩人不足應付就跑了。

問：在你計畫中還準備對副監獄長及主任有一行動嗎？

答：沒有。

問：你有否同江炳興談起擬爭取詹天增等人之經過？

答：沒有。

問：你不是要江炳興對詹天增等再說一次以增強其信心嗎？

答：忘了。

問：賴在是警衛連兵，你是監犯，你怎敢同他談及你們陰謀暴動之事？

答：因賴在之兄是政治犯，我又以同鄉關係，故大膽與他談及此事。

問：你有無要求賴在為你在警衛連部隊內○○幾人？

答：有的。他答應我去聯絡，以後他告訴我他聯絡了兩名，一叫東川，一名加生。但他兩人均表示不願意參加我們之行動。

問：除你與賴在外，你們當中還有無人與警衛連之人聯絡過？

答：沒有。

問：2月1日你們第一次決定行動前有無要賴在起來響應？

答：有的，我要求他當我們到連部時，他將連上槍架上，鎖鏈打開，他說好的，當時是在2月1日上午，於監獄長辦公室後，他站衛兵處與他談的。

問：你們決定2月8日行動時，事先有否告訴賴在？

答：於2月8日我告訴他該日中午準備行動，希望他設法與人換上第二堡壘衛兵，但賴在說此事不可能，於是我又讓他到時候○○河那邊經過第二堡方向來，萬一我們搶不了衛兵時，當他的面向衛兵說服。

問：你去找賴在時是單獨一人去或與人一齊去？

答：2月8日晨與江炳興一起去，其餘時間由我一人單獨去。

問：你們行動時崗樓上之哨兵及衛兵均未鳴槍抵抗是否你們是先已有聯絡？

答：沒有，他們為何未開槍我不知道。

問：你不是對詹天增說在警衛連內已聯絡了四十多名嗎？

答：那是我騙他的，但我未告訴他多少人，只說很多人。

問：你對江炳興、詹天增、謝東榮、陳良、鄭正成五人曾說過要殺他們其中某人的話嗎？

答：沒有。

問：2月1日行動時你除拿1把刀予鄭正成後還有交刀予他人嗎？

答：還給詹天增、謝東榮各人 1 把刀，我自己 1 把刀。

問：對於此次暴動的成或敗你有何打算？

答：我未想到這麼多。

問：你對政府有那些地方不滿？

答：沒有，只是意氣用事而已。

問：你因叛亂犯判刑尚在執行中，不知悔改又萌叛亂犯意，且策劃叛
　　亂活動？

答：我在泰源監獄 5 年餘之外役期間一直很好，直至五十六年我母親
　　死後我妻又離婚，在泰源監獄內我的經濟無人接濟，親友又沒聯
　　絡，內心痛苦打算自殺，但後來遇見江炳興，意氣相投，遂有此
　　事之發生。

答：你此次暴動之目的何在？

問：達成臺灣獨立之目的。

答：你在逃期間有無監外人士對你精神或物質上之支援？

問：沒有。

答：你講的實在嗎？

答：實在的。

問：你對本案尚有何意見？有何資料需要調查的？

答：我殺人應抵命無意見，但我亦尚有老父幼兒，希望在我將來得到
　　○○制裁後，政府能照顧我父及我兒。

右筆錄經當庭朗讀後確認無誤並簽名於後

被告：鄭金河

庭議如點名單

中華民國五十九年二月二十三日

書記官：李壯源

檢察官：藍啟然

鄭金河偵訊筆錄（第二次）〔1970-2-23〕

臺灣警備總司令部軍法處偵訊筆錄

問：姓名等？

答：鄭金河 年籍在卷

問：你與江炳興何時如何相識？

答：在五十八年冬江炳興由監內調到福利社洗衣部工作後我才與他相
　　識，當時我在福利社養豬。

問：你在何時如何與江談起劫獄問題？

答：在何時談起來已記不得了，先是彼此相識以後，江炳興問我是否
　　蘇東啟案來的，我說是的，他就說我也是這個案子裡的，以後他
　　經常同我談起國際局勢，他說非洲許多小國家都能獨立，我們臺
　　灣人口這樣多，也可以獨立，當時我只是聽他說沒有什麼表示。

問：以後他還同你談什麼？

答：以後他就對我說監獄內關有四百多人，警衛連武器又很充足，我
　　們可以設法衝出去，當時我表同意，他就要我設法拉攏警衛連的
　　人。

問：你們在何時如何商定劫獄計劃？

答：詳細日子忘記了，當時江炳興對我說，我們聯絡警衛連臺籍士兵
　　做內應控制警衛連放出監獄囚犯，乘監獄三輛卡車開往臺東，並
　　在沿途攔截老百姓車輛到臺東後，先解決警衛連，煽動老百姓，
　　衝到花蓮，以後就沒有說了。

問：你們衝到臺東解決那個警衛連？對當地憲兵警察如何對付？

答：他都沒有說，我也沒有詳細問他。

問：你以後在警衛連拉攏60幾個衛士兵是些什麼人？

答：我只拉了賴在一個。

問：那你怎麼對詹天增說過拉了 60 餘人？

答：因詹天增不信任我，所以我故意說已拉了警衛連很多人，但沒有說 60 多個。

問：你與詹天增、謝東榮、陳良、鄭正成等如何談起劫獄的事？

答：詹天增、陳良、鄭正成與我同案，謝東榮與詹天增很要好，在本年元旦以後有一天，詳細日子記不得，詹、謝兩人在工寮休息時，我就向他們說警衛連有很多士兵支持我們外面也有很多人支持，我們可以衝出去搞臺灣獨立，他們都說有人支持可以辦。

問：你又如何同陳良、鄭正成談起上事的呢？

答：2 月 1 日早上我在福利社路上碰到陳良，就同他說預備今天搶衛兵的槍衝出去叫他預備車輛，他先表反對，我說我們已經決定了你不幹亦不行，結果他就同意了，我接著又去菜圃找鄭正成談，他也答應了。

問：詹天增等都在監外服役嗎？

答：是的。

問：2 月 1 日那天你們準備如何幹？

答：原計劃先解決河邊衛兵再到連部搶槍，後來因為那天衛兵不在而連部門口人也很多，不敢動手。

問：那天你們如何集合？有無帶刀子等武器？

答：那天早上我分給詹天增、鄭正成、謝東榮每人 1 把尖刀，我也拿了 1 把，由我與他們約定中午江炳興在福利社等，謝東榮、詹天增先去，我與鄭正成再去會合。約定中午動手，想利用午睡空隙時間。

問：你如何拉攏賴在的？

答：我對拉攏賴在經過已在第一次筆錄中詳述沒有什麼補充了。

問：2月1日那次你是否邀賴在做內應？

答：那天賴站十至十二時的衛兵（他都在河邊站衛兵），我就去對他說，準備在中午動手，希望他回連去把槍櫃的鎖打開，他答應去辦。

問：事後賴在有無問起這天你們並未行動的原因？

答：他沒問我也沒有告訴他。

問：你們的刀究竟何處來的？

答：是我自己製的。

問：你如何製作的，共製幾把？

答：我把鐵鋸子的廢鐵用手搖金剛石磨磨成刀後再去養豬寮在磨刀石上磨亮，刀柄有三把是鐵管做的，鐵管是在保養場拿來用鋼鋸鋸斷，1把是塑膠管做的，膠管是豬寮的接水管，其中有1把是在保養場電銲的，另三把刀柄是灌上水泥做成的。

問：在保養場製刀沒有被人發覺嗎？

答：我是利用中午別人午睡時間去保養場做的，所以無人看到，只有一次在豬寮磨刀時，被外調服役監犯黃少君看到，我諉稱削木瓜用的。

問：你製刀共花了多少時間？

答：約花了3個中午時間，數把刀磨二十餘分鐘就成功了，製成後藏在豬寮屋頂草蓬裡。

問：監獄裡囚犯你拉攏過那些人？

答：在今年農曆未過年前同監監犯陳三興調監外臨時公差時，在放風場（仁監）碰到他，我對他說準備搶槍後衝出去，當時他說絕對不能幹，不要胡思亂想，說完就被班長叫進去了。另在年初一（農

曆）那天上午義監監犯施明德在放風時，我也偷偷地與他談過，他說沒有把握不能幹，當時，就有看守人員來干涉，我們就分開了，此外，我沒有對其他監犯談過。

問：你拉攏監獄工作人員是些什麼人？

答：沒有。

問：你究竟拉攏監獄工作人員及監內囚犯多少人要老實說？

答：實在沒有。

問：監獄外面老百姓與你們勾結者是誰？

答：沒有。

問：那你何以對詹天增說臺東有很多老百姓支持你們？

答：是我騙他的，主要是想爭取他合作。

問：你在臺東教會方面不是有來往嗎？

答：我也是騙詹天增的，實在沒有往來。

問：那你何以知道教會有發報機呢？

答：那是我亂說的。

問：你要賴在爭取警衛連士兵，他共爭取多少人？

答：在 2 月 1 日以後八日以前，不知道那一天的早上，我曾問過賴在爭取了多少人，他說曾和叫東川的和叫加生的談過，他們都不答應參加，此外再無與別人談過。

問：東川、加生姓什麼？

答：他沒告訴我。

問：你與囚犯陳三興、施明德說要搶槍衝出去的目的是為什麼？

答：因他們都是臺獨案判刑的，所以我想爭取他們作內應，但當時時間不許可說明很清楚，要他們心裡有數。

問：2 月 8 日那次行動你們如何商量的？

答：當天早上我去福利社後面小河上找江炳興（江常在那裡看書）江
　　就對我說今天過年後第一個星期日，警衛比較鬆懈，決定今天動
　　手，先搶衛兵的槍，再脅迫衛兵去連部搶槍，再從監獄釋放囚犯，
　　然後乘車去臺東，我就說在牆角上搶換班衛兵的槍比較安全，接
　　著我們就同去河邊找賴在（當時賴在是站八至十的衛兵），要他
　　屆時來說服衛兵，賴在答應了，我們又到福利社買了瓶紹興酒，
　　在工寮找詹天增他們，商定由我對付班長，他們搶衛兵的槍。

問：當時詹天增等如何表示？

答：當時除了鄭正成聽後獨自離去外其餘均表同意，我就將刀分給謝
　　東榮、詹天增、江炳興各 1 把，我自己拿了電鋸的 1 把。約定在
　　同日中午 11 時半在牆角上碰頭。

問：你將這次行動經過一說？

答：當日（2 月 8 日）11 時半我和江炳興去牆角上時陳良、詹天增、
　　謝東榮已在那裡，只有鄭正成沒有來，當時我們約等十幾分鐘衛
　　兵過來了，我從班長背後用左手勒住他的頸子，右手將刀刺進他
　　的右腹，這時背面兩個衛兵轉身就跑，我就來不及移動刀子就去
　　追衛兵，同時聽到班長喊了三聲救命。當時我已把衛兵的槍繳
　　下，謝東榮也繳了另一個衛兵的槍，我們押著衛兵向連部走去，
　　首先碰到一個徒手的班長，我就叫他退後，這時輔導長帶了二、
　　三十個衛兵走來，其中看到有 3 個士兵手中拿著槍，我叫他們不
　　要過來，輔導長就說有話好好講，我說再過來就開槍，當時後面
　　陳少校就叫他們包圍我們，我一聽就向天放了二槍，謝東榮放了
　　一槍示威後轉身就向山上跑了。

問：當時詹天增、陳良、江炳興在何處？

答：我沒有看到他們，不知道在何處。

問：當時碉堡上及過來拿著槍的衛兵有否向你開槍？

答：沒有。

問：你們在逃亡期間曾去何處與誰接觸過？

答：都在山裡沒有與人接觸過。

問：你們擬逃赴何處？

答：預備爬山到嘉義，但到嘉義後到何處去沒有打算過。

問：你與監獄附近居民有來往嗎？

答：沒有，可以調查。

問：你如何知道彭明敏逃往國外？

答：是江炳興從報上看到告訴我的。

問：他告訴你彭明敏是誰？

答：他只說彭是大學教授，何以要逃往國外沒有告訴過我。

問：你們此次行動不是有人要支持你們嗎？

答：沒有。

問：以上是實在話？

答：實在。

右筆錄經當場朗讀被訊人認為無訛後簽押

被訊人：鄭金河

訊問人：

中華民國五十九年二月廿三日

鄭金河偵訊筆錄〔1970-2-26〕

臺灣警備總司令部軍法處偵訊筆錄

問：姓名？年籍？

答：鄭金河，卅三歲（廿七年生），雲林縣人。

問：你們這次在泰源發起暴動所使用的刀是何時製造，一共有幾把？

答：是五十九年元旦放假以後製的（詳細日期又忘了）分三天製成，一共製了 4 把。

問：材料那裡來的？

答：刀身是在豬寮拿的，刀柄是在汽車修理庫拿的。

問：製刀是誰的意見，要刀子何用？

答：製刀是我自己的意思，目的是起事時當武器用。

問：為何要自製，刀到處可以買？

答：我們不能外出無法購買，自製方便而且機密。

問：你製刀之前及製好以後曾對誰說過或研究過？

答：事前我並未對任何人說過或研究過，事後我曾告訴江炳興，我說：「我做了 4 把刀子，準備將來起事時做武器。」

問：江炳興如何表示？

答：他只說「那很好」，沒有其他的表示。

問：第一次準備發動是在什麼時？刀分給誰使用？

答：第一次是 2 月 1 日上午我自己 1 把，交給詹天增、謝東榮、鄭正成各乙把。

問：第二次呢？

答：第二次是 2 月 8 日上午，刀子我自留乙把，其他三把我交給詹天增，其中乙把是給詹天增自己用的，另兩把叫他先代保管，等謝

東榮來時給謝東榮乙把，但當我到達起事現場時，詹天增又將另
1 把刀交給陳良，當時陳良向我表示他不敢拿刀，所以我將陳良
手中接過來交給江炳興。

問：陳三興、施明德、林振賢等人何時認識的，平時交情如何？

答：陳三興和施明德是早在警備總部軍法處看守所就認識了，林振賢
是在泰源去年他調外役才認識，我與陳三興、施明德認識較早，
但很少有機會接近，談不上有什麼交情，但陳三興我知道他也是
為臺灣獨立的案件被判無期徒刑，故而內心起了一種尊敬而已，
至於林振賢是因他調外役（醫務所）較有機會散步在一齊談談，
但沒有特殊的交情。

問：陳三興、施明德、林振賢等三人的思想言論及現實的反應情形如
何？

答：陳三興、施明德二人以我的想法，他們的思想是和我一樣的，所
以我才敢將我們想做的事告訴他們，至於他們的言論及對現實反
應我不得而知，林振賢思想狀況我不清楚，至於對現實方面，我
未曾聽他有何表示不滿。

問：你何時在何地對陳三興、施明德談要暴動的事，他們的反應如何？

答：陳三興是在農曆年前調臨時外役補仁愛堂對面的路時，我告訴他，
我們準備發起暴動，搶衛兵的槍，衝出去臺東，他表示說：「我
反對你們這樣倉促的做法，絕對不要這樣做。」這時班長叫他就
去了。施明德是農曆年正月初一早上在散步場隔乙條路我偷偷的
告訴他，我們準備搶衛兵，他說：「沒有把握不要隨便做。」這
時管理人員即在叫我回去，就沒有再談下去。

問：林振賢為何送褲子給你？

答：正月初一晚，林振賢在說他現在醫務所服役，草綠色褲子不適合

穿，我即告訴他送給我做工作褲，所以他送給我。

問：何時送去給你？江炳興知道嗎？

答：是正月初二早上送來的，江炳興不知道。

問：褲子現放何處？

答：現存放豬寮我放衣服的地方。

問：賴在參與暴動事曾否告訴陳三興和施明德？

答：沒有。

問：你平時他用的錢是那裡來的？

答：我很少花錢，最近買酒的錢是向鄭正成借單子來開的。

問：以上所說都實在嗎？

答：都實在的。

右記筆錄經誦與被訊認為無訛

被訊人：鄭金河

中華民國五十九年二月廿六日

鄭金河補充筆錄〔1970-2-27〕

臺灣警備總司令部軍法處補充筆錄

問：姓名？年籍？

答：鄭金河卅三歲（民廿七年生），雲林縣人。

問：你這一次與江炳興等計劃談起暴動在警衛連方面共連絡那些人做內應？

答：由我直接接頭的有張金隆、李加生、林清銓及賴在等人，其中賴在是主要的一個。

問：你與張金隆、李加生、林清銓是何時在何地與他們談臺獨運動的事？他們的反應如何？

答：（一）張金隆－我和張金隆談臺獨事是在賴在之前，張金隆站衛兵時我去訪他，告訴他我是搞臺灣獨立的，我準備爭取他，他雖然沒有反對，但談話中知道他再兩個月就要退役了，而且發現他的膽子很小，本來我與他早在撞球間因撞球就認識，自我向他說臺灣獨立事之後，他就不敢再和我撞球，因此我沒有再進一步爭取他。

（二）李加生－我和李加生亦是早在撞球間認識，過年前李加生站衛兵時我去找他，告訴他我是臺灣獨立的，問他如果有一天我們發起暴動你的槍向誰，李加生說：「手臂彎入不彎出，自然槍口向他們（指政府）。」表示站在我們（指鄭）這邊。

（三）林清銓－農曆年前林清銓在豬寮附近站衛兵，我找他說我是臺灣獨立的，希望他參加，但他沒有表示，所以我將他交給賴在去爭取，2 月 1 日以後賴在曾告訴林清銓不同意，因為 2 月 1 日前我曾叫賴在連絡林清銓。

問：賴在共替你爭取了多少人？

答：賴在沒有告訴我有多少人，但 2 月 8 日我們準備起事的那天上午，我叫他連絡人，事後賴在告訴我李加生，和陳東川兩個人不同意，但未告訴我其他的人。

問：警衛連的林調環你曾否與他談過？

答：約於我爭取賴在的不久，林調環亦在溪邊附近站衛兵，我去找他想爭取他，但與他談到臺灣獨立，他說他不懂，我問他廖文毅知道嗎？他也不懂，而怕得臉色都變了，所以我沒有再爭取他。

問：卓大麗你曾否爭取過他？

答：卓大麗我只知他姓卓不知他名字，他平時很少講話，我沒有爭取過他，他是與賴在同班而且同在溪邊站衛兵的。

問：卓大麗你既未爭取為什麼你曾說，如果你們起事時卓大麗站二堡衛兵那就好了，是什麼意思？

答：我曾要求賴在設法調換到二堡站衛兵，賴在告訴我沒有辦法調換，我並曾問江炳興說：如果我們起事時是賴在站二堡的衛兵那就好了，並不是指卓大麗。

問：為什麼要賴在站二堡衛兵才好呢？

答：賴在是被我們爭取的人，二堡人家看不見，而我們決定在那裡發動，所以希望賴在站二堡好幫忙。

問：彭文燦與你什麼關係？你曾否爭取過他？

答：彭文燦和我是打撞球認識的，他膽子很小，凡是有他們班長或我的班長在場就不敢和我打球，甚至招呼都不敢打，所以我沒有爭取他。

問：那你為什麼對人說彭文燦絕對支持你呢？

答：我的心目中認為凡事臺籍充員到事情發動後都會站在我們這邊支

持我們，所以「絕對支持」我可能說過，但絕對不是指彭文燦一
個人，而是指所有的臺籍充員。

問：吳朝全你見過面沒有？

答：我不認識吳朝全亦不知道有吳朝全其人。

問：2 月 8 日早上你曾說賴在今天情緒很不好，發動起來最好，這是
什麼意思？

答：八日早上我和賴在連絡決定當天中午起事時，賴在告訴我，他和
李加生及另一充員，昨晚（七日晚）同至泰源街上嫖妓，嫖到一
個監獄班長的太太，回去時連長知道了，給連長打了幾記耳光，
所以很氣憤，情緒不好，因此我告訴江炳興說這對我們發動是有
利的。

問：你曾否向充員們集體的公開宣傳臺灣獨立的事？

答：過年前警衛連有一個叫阿旗的，人稱他的外號叫「烏旗」（是在
打球時認識的），他及另外有二、三名充員（均不認識）在小廚
房近處劈柴火，曾向我借用銼子，我即乘機接近他們，準備向他
們挑撥宣傳臺獨的事，其中有一人問我因何案來的時，我即直告
我是做臺灣獨立運動，我準備進一步的說下去，但有一著白色內
衣的充員，攔著說你們（指充員）問那麼多，知道那麼多幹什麼，
把我想說的話打斷，使我沒有機會再談下去，除此之外，再沒有
當眾談過這個事。

問：2 月 1 日你們想發動沒有成功的原因為何？

答：原計劃要鄭正成去殺警衛連長，我和江炳興去溪邊先奪衛兵的槍，
再去連部，沒有想到鄭正成是在應付我們，沒有存心要幹，他去
了一環回來說沒有機會下手，實際我已看出來他是應付，另一方
面溪邊的衛兵不知道到那裡去了，找不到，沒有槍，無法下手，

只好作罷。

問：2 月 1 日起事未成，你與詹天增要回工寮時指連部附近的幾個充員怎麼說？

答：當時我看到連部附近站了五、六個充員，我指給詹天增看，並吹說那些人是我們的人在等我們，當我們由工寮再上來，他們還站在那裡，我又對詹天增說：他們還在等，我們今天沒有幹起來真可惜，其實那幾個並不是我們的人。

問：不是你的人為什麼要那樣說，而他們為什麼站在那裡？

答：我以前說過，我怕詹天增對我沒有信心，故意向他吹的，以後我們去福利社打球我曾問在打球的充員，為什麼連部附近站了好幾個人，站了那麼久，據充員說是因犯過錯被連長處罰的。

問：警衛連及監獄以外，你有那些朋友？

答：泰源街上有衣服店的老闆名叫清輝（姓不明）是雲林人，我曾由班長帶去買過幾次東西認識的，另外機車修理店的老闆（姓名不詳）因送車去修理認識但談不上是朋友。

問：街上以外，監獄附近有認識的人嗎？

答：有，姓黃的（名不詳）嘉義人，種田的，住監獄對面山上，是勞役外出經過認識，另一姓廖的（名不詳）雲林人，種田的，亦是經過休息認識的，此外另有北源村的石某（名不詳）60 餘歲及另一黃某（名不詳）均因送醬油認識的。

問：這些人知道你的身分嗎？你曾否告訴他們？

答：他們只知我是人犯，不知我是臺獨犯，我也沒有機會告訴他們，因出門時都有班長跟著，沒有談話機會。

問：你所說都實在嗎？

答：都實在的。

右記筆錄經誦與被訊人認為無訛

被訊問人：鄭金河

中華民國五十九年二月廿七日

....

詹天增調查筆錄 59 年 2 月 15 日

臺灣警備總司令部軍法處調查筆錄

問：姓名年籍等項？

答：詹天增，卅三歲，臺北縣人，國校畢業，籍設臺北縣瑞芳鎮石山
　　里五號路一一三號，現在臺東泰源監獄服刑中。

問：學經歷及兵役經過？

答：小學畢業後曾做雜工，四十八年四月應召在海軍陸戰隊服役。

問：家庭概況？

答：父施式鏡於日治時代來臺，與母詹氏結婚，當時係入贅，故我出
　　生後隨母姓，父於四十九年去世，我為獨子，母現在幫忙做零工
　　維生。

問：你因何案於何時被判刑，刑期多久，現已服完多久刑期？

答：我因參加蘇東啟叛亂案於五十年九月被捕，五十二年被判處有期
　　徒刑十二年，五十三年四月移送泰源監獄服刑迄今。

問：你到泰源監獄服刑後何時開始服外役都做何工作？

答：我於五十三年八月開始服外役，初時到山上撿柴，做雜工，
　　五十六年以後開始擔任農耕工作，種蕃薯、桔子、花生。

問：你在外服外役工作時間如何，由何人帶班？

答：我服外役每天早晨六點半出去，下午五點半回監所，星期天休息，
　　我們出外工作由監所班長帶我們出去，工作時由每兩位班長看管
　　十名人犯工作。

問：你與鄭金河、鄭正成、陳良、江炳興、謝東榮等人犯如何結識，
　　在監獄內接觸情形如何？

答：鄭金河於海軍陸戰隊服役時在一起，乃相識，他在泰源監獄亦服

外役，負責養豬工作，在監獄內不常接觸，鄭正成亦是服兵役時認識的，他在泰源監獄服外役負責種菜，與他亦很少接觸，陳良於五十年時與我同時被捕乃相識，他現在監獄汽車保養場負責修車工作，平時很少見面，江炳興於本（五十九）年元月份才認識，因他在福利社洗衣部工作，我有時送衣服去洗，有時到福利社撞球場打撞球，經常見面乃相識，但並不常交談，只是點頭之交，謝東榮是五十七年四月回到農耕隊服外役時認識的，交往較熟稔，但並不常在一起談話。

問：你這次逃亡事先究與何人商量，如何計劃，為何要逃亡？

答：本（五十九）年元月十七八日某晚在監獄操場上遇見鄭金河，鄭金河對我說準備殺警衛連班長，把他的槍搶來，將監房的門打開讓人犯逃出一起占領臺東，要我與他一起做這件事。

問：鄭金河與你談這件事時究竟如何計劃？

答：他說他已經與江炳興商量好了，警衛連裡有很多臺籍充員兵也已經講好了，他們都贊成這樣做，到時他們一定會幫助我們的，並且又說監房內也有很多人犯是「臺獨」案犯，到時候他們也一定會響應的。

問：他這樣做的目的是什麼？

答：是利用臺籍充員兵及「臺獨」案犯眾人的力量占領臺東，以進行「臺灣獨立」的工作。

問：他當時對這件事的作法及人員工作的安排如何？

答：他說除了江炳興與我商討過外，其他如鄭正成、陳良、謝東榮等，我也與他們講過了，他們亦表示贊同，當時他的安排是鄭金河本人負責殺警衛班長與連長，帶著警衛去開監房的門，讓人犯跑出來，我與謝東榮站在衛兵室大門口負責接應，江炳興與陳良負責

帶警衛捉副監獄長和主任,然後大家帶同警衛連裡的臺籍充員兵和人犯到臺東占領警衛營、憲兵隊和警察局,而控制整個臺東縣,並高呼「臺灣獨立」的口號,號召老百姓一起響應。

問:鄭金河跟你談起這件事後你有何反應?

答:當時我聽後我覺得這根本是不可能的事情所以叫他不要這樣做。

問:鄭金河一共跟你談過幾次?

答:元月十七、八日第一次談過後約三、四天他又找我談了一次,我仍然沒有答應,元月底又找我談了一次,二月二日鄭金河又遇見我跟我說報紙上刊載彭明敏已經逃到國外去了,他也是攪「臺灣獨立」的,他能逃到國外去,我們也可以逃,好讓他知道我們在國內也響應「臺灣獨立」。

問:這件事除了鄭金河與你談過外,有無其他人跟你談過?

答:元月底某日在農場工作時,江炳興看到我,問我有無遇見鄭金河,我說沒有,他又問:「那個事情鄭金河跟你談過沒有?」我說:「談過了。」問我意見如何,我說這件事情不可能做成,他說警衛連四十六人當中,已經有四十人贊同我的意見,並且還有監房裡的人犯到時也會協助我們的,又說警衛連裡有一個叫賴在的臺籍充員兵也贊同我的意見。

問:除了鄭金河與江炳興與你談過此事外,有無別人跟你談過?

答:沒有。

問:你有無將他們二人談的話告訴別人?

答:沒有。

問:鄭金河與江炳興跟你談這件事有無計劃在那一天進行?

答:鄭金河於二月二日遇見我時跟我說準備在年初三(2月8日)進行,因那天還是春節期間,又是禮拜天,監獄內有人會乘交通車出去

玩，內部監管一定較鬆懈，且已知道 2 月 8 日那班衛兵負責警衛，且在那裡衛兵六人當中已經有四人事先已連絡好，到時他們不會阻止我們的。

問：賴在這個人你認識嗎，鄭金河有無與你談起過他？

答：鄭金河曾經在談話中告訴我說，賴在有一個哥哥曾經是政治犯，以前在綠島關了十五年現已刑滿，賴在本人亦有「臺獨」思想，所以曾叫賴在負責號召警衛連裡的臺籍充員兵起來響應，但賴在這個人我並不認識，有一次在打撞球時鄭金河曾指著賴在告訴我說「這個人就是賴在」。

問：2 月 8 日那天的事情發生的經過如何？

答：2 月 8 日中午我在農地吃過午飯，在水龍頭洗手時，鄭金河來找我，他拿 1 把刀給我說：「現在就去，你去不去？」我當時沒有講話，接著我就跟他向國旗臺那邊走，到國旗臺○近時。鄭金河他說他要到福利社去，叫我到桔子園旁的圍牆旁邊等他，我沒走幾步就看到江炳興、陳良相繼向圍牆旁走去，當我走到圍牆旁邊時已經看到江炳興、陳良、謝東榮、鄭金河已經等在那裡了，鄭金河看到我們都已到齊就叫我、陳良、謝東榮三人並排站在那裡，叫江炳興站在前面，他自己則躲在圍牆轉角處，鄭並說衛兵來時你們不要殺他們，其中有四人已經講好了，江炳興也說等下賴在也要來說服他們，不一會衛兵從圍牆轉角處一排走過來，班長走在最後，當班長剛從圍牆轉角處走過來，鄭金河即跳出從後面扼住班長的頸子，並用刀刺入他的身體，當時聽到班長一聲慘叫，並看到江炳興搶奪第一名衛兵的步槍，並聽他說：「我們都是臺灣人，我不會傷害你。」其他的衛兵都沒有什麼反應，我隨即向圍牆外側桔子園中逃跑，當時聽到衛兵之中有零亂的腳步聲，但我只顧

向前跑，並未回頭看，跑沒有多久，陳良、江炳興即先後跑過來，江的手中並握有 1 支步槍，我說：「你拿 1 支槍幹什麼？」江說：「我跟衛兵搶槍，衛兵就把槍讓我搶過來了。」接著他就把槍扔掉，向著桔子園內跑。

問：你跑的時候有無看到江炳興和鄭金河向那方面跑？

答：我跑了以後就沒有再看到他們了。

問：你們在圍牆邊上時一直到事情發生逃跑為止有無看到賴在來到圍牆邊？

答：沒有看到賴在。

問：鄭金河拿刀給你時，你看他一共帶了幾把刀，這些刀是那裡來的？

答：鄭金河當時從衣服裡面抽出 1 把刀給我，還有沒有刀藏在衣服內我沒有看到，至於這個刀是那裡來的我不知道，可能他平常殺豬時用的刀。

問：鄭金河除了拿刀給你外，有無拿刀給其他的人？

答：我不知道。

問：你們 2 月 8 日做這件事情時鄭正成有沒有到那裡？

答：我們那天沒有看到鄭正成參加，不過鄭金河以前找我談話時曾說找鄭正成談過，鄭正成並未表示意見，那天也未來參加。

問：鄭金河事先除與你、江炳興等人談過這件事外，有無與他人談過？

答：據鄭金河第二次，還是第三次曾跟我談起他曾找警衛連的輔導官談過，但他並未表示意見，另據鄭金河說站在值日室旁邊大門的一個高個子黑黑的警衛也是我們的人。

問：鄭金河、陳良、鄭正成、謝東榮、江炳興等何時起調外役工作？

答：鄭金河於五十三年秋開始調服外役，陳良五十四年春調服外役，鄭正成與鄭金河大約同時調服外役，謝東榮五十七年四月調服外

役，江炳興五十八年底調服外役。

問：他們這些人中誰係外宿，自何時開始？

答：只有陳良外宿，住飯廳旁邊一間外宿房子，大約去（58）年夏天開始外宿。

問：你與鄭金河、江炳興等人有何人親友居住泰源村？

答：據我所知都沒有。

問：你們之中何人親友常來會晤？

答：只有鄭金河的姐姐、姐夫常來看他，因他姐夫住在關山。

問：你們當初商量此事時，計劃事情如沒做成功，如何逃亡，逃亡後如何連絡？

答：我們事先並沒有計劃如何逃亡，僅鄭金河曾跟我說過這次事情如沒有做成功他就準備自殺，其他幾個人事先都沒有與我計劃要逃亡的事情。

問：鄭金河以前跟你談到事情成功後要帶領警衛連臺籍充員兵及人犯占領臺東，並稱臺東自然有人會響應，以及請外籍牧師或神父協助發電報告知彭明敏，究竟在臺東有何人會響應，以及請那些牧師或神父發電報告知彭明敏？

答：關於臺東究竟有那些人到時會響應，鄭金河沒有說過，他曾說過臺東占領後找教會的外籍牧師或神父，因為他們之中有人暗地裡從事間諜工作，也有發報機，到時可以請他們協助發電報告知彭明敏，至於究竟有那些牧師或神父從事間諜工作，並有發報機鄭金河沒有說，我也不知道。

問：據陳良說是在圍牆邊時由鄭金河拿出三把刀分別拿給謝東榮、江炳興、詹天增，而你說在水龍頭旁洗手時，鄭金河來找你，並拿1把刀給你，究竟是何時拿刀給你，以及如何遞刀給其他的人，

你有無看見鄭金河交刀子給陳良？

答：鄭金河確是在水龍頭旁邊拿刀子給我的，至於有無拿刀交給別人，我沒有看見，也沒有看見鄭金河拿刀子給陳良。

問：被殺的班長身體前後各 1 刀，據你說班長帶衛兵通過圍牆時鄭金河從班長身後扼頸用刀從前刺殺，究竟另外 1 刀是誰殺的？

答：鄭金河扼住班長的頸子刺殺時並沒有別人協助他，我聽到班長哀叫後，身體就向前俯倒，我想另外 1 刀一定也是鄭金河所殺。

問：2 月 8 日刺殺班長後共被奪去步槍三枝，除江炳興丟落一枝外，其餘二枝是誰自衛兵手中搶去？

答：當時我只看到江炳興搶衛兵的槍，沒有看見別人搶衛兵的槍，至於另外兩枝槍是誰搶的我不知道。

問：你以上所說都實在嗎？

答：都實在。

右筆錄經朗讀與答話人聽後確認無訛乃簽名捺印於後

答話人：詹天增

訊問人：

中華民國五十九年二月十五日

詹天增補充筆錄 59 年 2 月 26 日

臺灣警備總司令部軍法處補充筆錄

問：姓名年籍等項？

答：詹天增（餘如存卷）。

問：2 月 8 日，你與鄭金河等人暴動時，什麼人刺殺帶班之長的？

答：是鄭金河和我將班長刺殺的。

問：你們如何刺殺班長的，誰先殺的？

答：當班長去過圍牆拐角時，鄭金河首先走近班長，由班長背後用左手將班長頸子勒住，這時我也走上前去，並且舉刀準備當鄭金河無法殺死班長時，再補上 1 刀，當鄭金河用右手所握的刀子向班長腹部刺殺時，班長微微彎腰，我就拿刀向班長刺去。

問：你與鄭金河及班長三人，當時站的位置如何？

答：班長在當中，鄭金河在班長背後，我面對班長。

問：你舉刀向班長刺去，到底刺在班長何部位？

答：我是面對著班長，當我舉刀要刺時，班長正彎腰，到底刺在班長何部位，我記不起來。

問：你與鄭金河，誰先離開班長？

答：鄭金河向班長刺 1 刀後，就放開手去追衛兵，他比我先離開班長。

問：班長被你們刺殺時有無喊叫？

答：鄭金河殺班長，他沒發出聲音喊叫，可是當我刺下去後，班長喊：「殺人啊！救命呦！」喊了幾聲。

問：你殺了班長後，還做了什麼事？

答：我離開班長去追在班長前面第二兵（按即第三兵），向他搶槍，衛兵說：「槍不能給你，否則我會被殺頭。」兩人糾纏了一下，

被他脫開，我就跑回拐角處，這時沒看到班長或其他人，我就跳
入桔子園逃逸。

問：你與鄭金河追衛兵的方向如何？

答：鄭金河向班長後面的衛兵追，我追的是班長前面的衛兵，兩人方
　　向相反。

問：你知道還有什麼人刺殺班長嗎？

答：不知道。只有我和鄭金河殺班長，其他人距離遠。

問：你確實刺殺了班長嗎？

答：我確實殺了班長 1 刀。

問：你還有什麼補充嗎？

答：沒有。

問：你以上所說實在嗎？

答：都是實在。

右筆錄經被訊人親閱，認明無訛，始簽捺為證

被訊人：詹天增

中華民國五十九年二月廿六日

∙∙

謝東榮偵訊筆錄 59 年 2 月 23 日

臺灣警備總司令部軍法處偵訊筆錄

問：姓名年籍等項？

答：謝東榮，男，廿七歲（32.10.16），臺灣嘉義人，嘉義市長榮街七十二號。

問：學歷、經歷？

答：臺北私立東方中學初二肄業，無。

問：家庭狀況？

答：父謝車，五十九歲，業商。母李氏，家管。胞兄東隆，卅一歲，高中畢業，中泰賓館職員。姊一，弟二，妹四，家庭小康。

問：前科？

答：五十五年三月因書寫反動文字被捕，判有期徒刑七年。

問：什麼時候到泰源監獄？

答：五十六年九月。

問：什麼時候調服勞役？

答：五十七年四月調農耕隊工作，曾一度因與班長吵架停服勞役，直到五十八年七月一日才又調農耕隊。

問：你們這次暴動，開始是怎麼談起的？

答：自五十八年七月，我再度調服外役後約一個多月，鄭金河開始常跟我聊天，他起初說些他的案情及社會關係，看看有無我的朋友與他相識，後來他開始談臺灣獨立問題，金河說：「我們這一代的青年，應該為臺灣獨立而努力，如果我們這一代的青年不起來努力，要靠下一代是不可能，我們應該自己來管理自己，不能讓外地人來管我們。」類似此種話題，鄭金河先後跟我談過約有十

次，直到快過年時（即十二月中）鄭才說：「我們可以搞臺灣獨立，只要先搶到槍，控制警衛連，把囚犯放出來，就可利用保養場汽車，衝出臺東，號召老百姓起來獨立。」經鄭再三誘說，我才答應參加他的暴動。

問：你還跟誰談過暴動的事？

答：五十九年元月中旬，詹天增找我問金河跟我談的事（指暴動）如何，我說是不是有把握，不一定靠得住，詹也有這種看法，不久鄭金河又找我與詹一起談話，鄭有一次還說一定可以成功，有警衛連的人支持，以後江炳興也找過我，一再表示這件事一定可以做成，江炳興還說鄭金河跟警衛連的很合得來，有聯絡的有十來個衛兵支持我們，我經過江的鼓勵，更加死心地跟他們一起幹。

問：鄭金河怎樣向你說，這次暴動跟警衛連事先有什麼聯絡？

答：上個月，鄭金河在跟我談話時，就一再表示警衛連有人支持我們，鄭說願意跟我們合作的警衛，有十來個，有類似「臺獨」意識者，可能有廿多人，只要我們一動，他們就會響應。

問：這些支持你們暴動的人是誰？

答：我不清楚到底是那些人，鄭金河通常是含糊地說有幾個人而已，不過有一個叫賴財（譯音即賴在）的衛兵金河常提到他。

問：鄭金河怎麼樣提賴財（譯音即賴在）的事？

答：鄭金河說賴財（譯音即賴在）很支持我們，賴有1支手鎗，願意拿給我們去幹。這些話都是在元月中向我說的。

問：你們第一次計劃暴動是在什麼時候？

答：2月1日。

問：要怎樣做法？

答：2月1日前數日，鄭金河就說禮拜天（2月1日）要行動，當日上

午，鄭說我跟詹天增去破壞總機，鄭正成去破壞電臺（發報機），而他與江炳興到連部去號召充員兵起來響應，控制武器，然後打開牢房，由陳良開保養場的汽車載我們到臺東去（當天陳良外出試車，未到場），到了中午，鄭跟江到溪邊哨崗找賴財（譯音即賴在）拿手鎗，結果賴不在，衛兵也不在（原擬一起將衛兵槍搶奪過來）後來鄭正成說：「這件事做不成，算了。」金河也就叫大家散了。

問：以後有沒有提這件事？

答：二月三日上午，鄭金河來農耕隊找詹和我，鄭說他預備改向碉堡的衛兵搶槍，然後再回頭來控制警衛連，再照原計劃去幹。以後鄭又向我們說了幾次，還是這個新計劃，到了八日，第二次行動方式，也就是金河所說的。

問：2 月 8 日你們如何行動？

答：2 月 8 日上午，鄭金河邀我們五人（鄭、江、陳、詹及我）到工寮喝酒，鄭說中午決定行動，要我們中午一起到柑子園，他對付班長，我們搶衛兵的槍，然後我跟詹到營房大門把守，鄭金河去打開牢房，江炳興則以「臺灣獨立」來號召警衛連臺籍戰士起來響應，而陳良則去把卡車開來。當鄭金河說這些話時，鄭正成走開了，後來我問正成到底怎樣，他說他不幹，他要先走。11 時許，我們五人（鄭正成除外）到了柑子園埋伏起來，當衛兵來換班時，金河首先上前突襲班長，我們跟著也上去搶槍，當時在班長後面有兩衛兵，一見班長被殺拔腿就向後跑，我與詹同時上前，詹先接近班長，我隨著越過，在拐角處，第五兵跌倒，我將槍奪過來，跳進柑子園，這時我聽到班長喊救命，不久我從柑子園出來，看見金河在前面押了 3 個衛兵，金河叫我將子彈上膛，一起押到第

三堡，這時有一班長及輔導長已從馬路這邊過來，輔導長說：「有話好好說。」這時陳少校跟許多戰士也抵達三堡，有人喊包圍，金河即開一槍，叫我也開槍，我打一槍，金河又開一槍，我們兩人即從柑子園逃走。

問：鄭金河怎樣刺殺班長的？

答：我只見金河用左手掐住班長頸子，右手用刀刺下去，至於刺殺位置我沒注意看，殺了幾刀我也不清楚，我是在詹天增走近班長時，越過他們的，可能詹看得較清楚。

問：你們在行動時，誰說過什麼話？

答：在柑子園埋伏時，我聽到江炳興對鄭金河說：「賴財怎麼還不來。」在我走向三堡時，金河曾喊「臺灣獨立了。」至於其他有無別人再說什麼，我沒有聽到。

問：你們共有幾把刀，誰持用，刀的來源如何？

答：刀子是鄭金河拿給我們的，他說是自製，共有 4 把，金河 1 把，給我 1 把，給詹 1 把，江的 1 把係由陳良在柑子園給他的（金河叫陳良給江）。

問：賴在在這次暴動中，擔任什麼任務？

答：我不清楚。

問：尚有何人參加你們的暴動？

答：除我們五人外，我不知道還有什麼人也參加。

問：你們搞「臺灣獨立」有什麼宣傳文件？

答：沒有。

問：你所持刀子，放在何處？

答：就在我搶到衛兵槍枝時掉在那裡，因已有槍，所以沒去找回。

問：有那些囚犯參加你們的計劃？

答：我不清楚是否還有別的囚犯參加。

問：什麼人主使你們這樣做？

答：就是鄭金河一個人要我們做的。

問：你以上所說都是實話嗎？

答：都是實話。

以上筆錄經被訊人親閱，認明無訛，始簽名捺印為證

被訊人：謝東榮

中華民國五十九年二月廿三日

臺灣警備總司令部軍法處調查筆錄

問：姓名年籍等項？

答：陳良，卅三歲，雲林縣人，籍設雲林縣虎尾鎮東順里七十二號，現在臺東泰源監獄服刑中。

問：學經歷及兵役情形？

答：國校畢業後在家耕田，四十八年二月應召入海軍陸戰隊服役。

問：何時因何案被捕，判刑多久，何時到泰源監獄服刑？

答：五十年九月因參加蘇東啟叛亂案被捕，判處有期徒刑十二年，五十三年四月移送泰源監獄服刑迄今。

問：你於何時服外役，擔任何工作？

答：五十四年春調福利社小吃部任雜役，五十八年調汽車保養場任修車工迄今。

問：家庭概況？

答：父歿，母黃氏，七十五歲，現在虎尾家鄉，二兄，七姐，一弟。

問：此次你為何逃獄？

答：因本年 2 月 8 日中午與鄭金河、詹天增、江炳興、謝東榮等在監獄圍牆邊，劫殺衛兵時，因懼怕被捕，乃逃獄。

問：2 月 8 日劫殺衛兵一事，動機如何，事先曾與何人商量，如何計劃？

答：一月中旬某日，我去福利社時遇見鄭金河，他對我說，我準備殺衛兵，搶衛兵的槍，要我也參加，我聽後心裡很害怕，立刻加以拒絕，還急步離開他。

問：鄭金河告訴你要殺衛兵，搶衛兵的槍，究係何目的？

答：我當時聽他說要搶殺衛兵後，因心裡很害怕，所以沒有問他目的，

他也沒有告訴我搶衛兵的槍作何用途。

問：鄭金河談此事後，有無他人再找你談過？

答：沒有別人再跟我談過。

問：鄭金河一共跟你談了幾次？

答：只有這一次。

問：你聽到鄭金河談過此事後，有無再向他人談起過？

答：沒有。

問：2 月 8 日那天搶殺衛兵的事，經過如何？

答：2 月 8 日中午午餐時，飯很久都沒有開出來，鄭金河從他吃飯的
　　地方走過來對我說：「飯還沒有開出來，不要吃了，我請你到福
　　利社喝酒去。」我乃跟他走，到國旗臺旁邊時，他說他要到福利
　　社買酒，叫我到桔子園監獄圍牆邊去等他，我走到圍牆邊時，謝
　　東榮、江炳興、詹天增已經在那裡了，沒多久，鄭金河也來了，
　　他從口袋裡掏出三把刀，分給謝東榮、江炳興、詹天增每人 1 支，
　　但沒分給我，他並對我說你現在不要怕，也不要走，否則我先宰
　　了你，他並叫我站在邊上不要走，他自己則跑到圍牆轉角處躲在
　　那裡，不多一會，換班的衛兵從牆角處轉進來，隨即聽到班長一
　　聲哀叫，其他的衛兵則驚慌奔逃，我聽到哀叫聲後亦向桔子園內
　　逃跑，跑到小河邊時看到江炳興和詹天增也向那邊逃跑，但謝東
　　榮與鄭金河究向那邊逃跑則沒有看見。

問：鄭金河在圍牆邊上分刀子時，究竟有無分給你？

答：鄭金河曾拿 1 把刀遞給我，但我害怕沒敢拿，他就又分給其他的
　　人了。

問：2 月 8 日這件事情除你們五個人外，尚有何人參加？

答：只有我們五個人，沒有看到別人參加。

問：你有無看到鄭正成當時也在場？

答：沒有。

問：鄭金河告訴你叫你到桔子園圍牆邊等他喝酒時，你當時知不知道
　　是要殺班長？

答：我去到那裡的時候還不知道是要殺班長，直到鄭金河過來分刀子
　　時，我心裡才感覺到要殺班長。

問：鄭金河跟你談起要殺班長時，你是否知道他有無跟別人談過？

答：他沒有告訴我是否有跟別人談過，我也沒有問他。

問：這次鄭金河殺班長的目的究竟如何？

答：鄭金河殺班長的目的是為了搶槍，但搶槍做什麼用，他並沒有告
　　訴我，我也沒有問他。

問：江炳興事先有無告訴你叫你參加搶殺班長？

答：沒有。

問：你與鄭金河、江炳興如何結識，在監獄平時交往如何？

答：鄭金河是我同時在海軍陸戰隊服役時認識的，他在獄中時因服外
　　役負責養豬，我負責汽車修護，所以平常很少接觸，江炳興因他
　　在洗衣部工作，我到福利社洗衣部送洗衣服時認識的，但只是到
　　那裡時打打招呼而已，並無交往。

問：你們這次逃獄前計劃向何處逃亡，將來如何連絡？

答：我們這次逃獄前並無計劃向何處逃亡，亦未商量將來逃往何處，
　　如何連絡。

問：一月中旬某日你在福利社遇見鄭金河，他與你談要殺班長搶槍的
　　事時，當時有問：無他人在場聽見？

答：當時我還沒有走到福利社，鄭金河就遇見我，所以他與我談話時
　　旁邊沒有別人在場。

問：你們到達監獄圍牆邊準備殺班長前，鄭金河究竟帶了幾把刀，他
　　究竟有無遞刀子給你？

答：當時我看到他一共拿出三把刀，他要給我 1 把，我沒有要，他就
　　又拿給謝東榮、江炳興、詹天增。

問：2 月 8 日班長被殺後，你、江炳興、詹天增皆向桔子園中逃跑，
　　江手中拿了 1 支步槍，詹天增問江：「你的槍是那裡來的？」江答：
　　「是向衛兵搶來的。」你當時有沒有聽見江炳興說過這句話？

答：當時我急著向桔子園跑，並沒有聽到江炳興說這句話。

問：鄭金河要劫殺班長的事情，事先與別人都說得很詳細，而且不只
　　說過一次，為何不詳細告訴你，而且只與你談了一次？

答：鄭金河跟別人說了幾次，如何說的我不知道，但他確實只與我談
　　了一次，因為我當時表示不贊成也沒有追問他，所以他也沒有仔
　　細的告訴我。

問：你在監獄內與誰較要好？

答：我與馬達房工作的李景軒及謝發忠較要好。

問：你與江炳興、詹天增逃亡時曾經講過那些話，準備向何處逃亡？

答：我與江炳興、詹天增逃亡時準備在山上暫時躲一個時期，以後再
　　想辦法，當我們在關山附近沿鐵路走時，因在晚間看到有人照手
　　電筒，故我、詹天增與江炳興分開逃，以後詹說準備到西部礦區
　　去做工，在與江沒有分開前，我曾埋怨這次的事情都是鄭金河害
　　我們的，我問江炳興這次搶槍究竟是作什麼用，江說槍搶到後準
　　備衝向臺東，現在事情沒有成功，所以你也不要問了。

問：你以上所說都實在嗎？

答：都實在。

右筆錄經朗讀與答話人聽後確認無訛乃簽名捺印於後

答話人：陳良

訊問人：

中華民國五十九年二月十五日

鄭正成偵訊筆錄 59 年 2 月 17 日

臺灣警備總司令部軍法處偵訊筆錄

問：姓名年籍等項？

答：鄭正成，男，卅三歲（27.9.11 生），臺灣臺北縣人，家住林口鄉
　　東林村 60 號。

問：教育程度？

答：國校畢業。

問：經歷？

答：務農。

問：家庭情形？

答：父鄭查某，五十二歲，不識字，務農。母張氏，家管。胞弟
　　○○，廿七歲，初中畢業，已婚，現做何工作不詳。二弟○○，
　　廿歲，小學，業農。有妹五人，大二三妹均已嫁人。有伯父三位，
　　堂兄弟多人，亦均以農為業。

問：你因何案於何時被抓關在泰源監獄？

答：五十年九月因參與蘇東啟等叛亂案被抓，於五十二年四月十七日
　　開始在泰源監獄服刑。

問：你被判多久刑期？

答：有期徒刑十二年。

問：你於何時開始調服勞役？

答：約五十三年十一月間調該獄樵木隊工作，以後又調農墾隊、廚房、
　　豬舍等單位服勞役，現在該獄園藝隊工作。

問：你在泰源監獄服刑中友和親友來探視你？

答：約 3 年半前（五十五年間）因生病，我大弟○○曾來看過我一次，

除外未有他人來過。

問：你在獄中對外通信情形？

答：通常係向家中要錢才有通信，除家信外，沒有其他方面的信件往來。

問：你在獄中與那些人來往較密切？

答：沒有特殊關係的朋友。

問：與你同案被關在泰源監獄者有那些人，何人與你來往較密？

答：鄭金河、鄭清田、詹天增、陳良、沈坤、陳庚申、張茂鐘，及我等人均係同案，我與他們也沒特殊往來。

問：你與鄭金河在獄中有何不可告人之勾當？

答：約二年多前，鄭金河自其母親去世後，再加上其妻與他離異，同時家中也斷了經濟接濟，因此鄭在言行生活上顯得不很正常，喜發牢騷，並有不軌之企圖。

問：鄭金河在言行生活上有何不正常，曾發過那些牢騷，有何不軌企圖？

答：我發覺鄭金河時常因細故而對他人懷有仇視心理，好像無法在獄中生活下去，曾罵打小報告的人，並且有意在獄中製造暴動的企圖。

問：你何以知道鄭金河有意在獄中製造暴動？

答：以前我僅發覺鄭金河在情緒上很不穩定，直到今年農曆年前約二週，在鋪設獄中總門路面時，因人手不夠，調了「有期」、「無期」囚犯約三、四十人一起打洋灰，當時鄭在休息閒談中（我與鄭並未參加鋪路工作）曾向我說：「有這麼多人在外工作，如想做一場，很方便。」當時我瞭解他所謂「做一場」是指製造一場暴動，所以我說鄭有意製造暴動。

問：鄭金河何以要向你說上述那句話，你們是在思想上早有勾結？

答：我跟鄭金河並無任何不法勾結，當時他所以會向我說這句話，大概是我們同案的關係，認為無所謂，才向我說的。

問：你聽了這句話後如何與鄭金河交談，曾作何措施？

答：我聽了鄭金河的話後，當即勸他不要亂來，他也沒再說什麼，除此未作其他措施，也沒向獄中管理人員報告。

問：此後你與鄭金河還做了那些不法的事？

答：本（五九年）元月卅一日，鄭金河曾在其豬舍旁拿 1 把刀給我，要我磨磨，當時他僅說磨好收藏起來，並未說其他話，但我瞭解他拿這把刀，必然是要幹的意思。

問：鄭金河拿刀給你，真實用意是什麼？

答：元月卅一日，當鄭拿刀子給我時，見我雙手微抖，曾說：「我還想叫你去殺人呢！你拿了刀子就發抖。」當時我發呆了一下，他說完話就走了，我僅將刀子插在豬舍旁樹根洞內，第二天（即 2 月 1 日，星期日）中午，我在園藝隊寢室午睡（我並未外宿），鄭前來叫我，問我刀子在何處，我說仍在豬舍旁，他即叫我去拿來，並叫我插在腰際，隨即又說：「我今天決定要動（意指暴動），你上去殺警衛連長。」我沒說什麼話，到連長門口轉了一圈，在福利社門口碰到謝東榮，我對謝說：「你去勸勸金河，不要這樣亂來，我也一起去勸他。」謝即跟我一起走，在水塔下，碰到金河、詹天增及姓江的，謝即拉金河到一旁，我也跟去，謝說：「過年到了，不要這樣亂幹。」我也接口說：「這樣做幹什麼，過年了，大家過個好年不好嗎？」金河即表示：「那就算了，大家回去好了。」我們即分開各自回去，我從小溪回園藝隊，金河由福利社下來，在豬舍旁將刀子要回去。

問：鄭金河何以要你去殺警衛連長？

答：金河僅說這天要動，分給我這個任務，而沒說其他的話。

問：鄭金河事先如何向你說好了？

答：事先並沒說什麼。

問：那麼鄭金河為什麼會突然要你做這件事？

答：鄭金河在獄中向來是一副氣勢凌人的姿態，好像在獄中顯得很有辦法的樣子，而且身體又結實，經常是說幹就幹的人，所以他要我去殺警衛連長，我不能正面拒絕，只好去轉一圈敷衍一下，然後再勸他。

問：你何以在碰到謝東榮時，敢請他向鄭金河勸說，而不怕謝發覺你們的秘密勾當？

答：因謝東榮常與鄭金河在一起，看他們的表情就可感覺他們是一夥的，同時他當時在福利社門前，樣子就像是在等候我行動的消息，所以我才敢請他向金河勸說。

問：你與謝東榮向鄭金河勸說時，詹天增及姓江的有何反應？

答：他們聽不到我們的談話。

問：你知道鄭金河與謝、詹、江等人有何不法企圖？

答：當時的確不知道他們有何不軌計劃。

問：鄭金河何時又跟你談要暴動的事？

答：2 月 8 日星期日，上午約九、十點鐘，我到福利社打彈子，見金河、詹等正在彈子房，金河說讓你們打吧！我即跟吳班長一起打，不久，金河拿了一瓶紹興酒叫我一起到○○廚房旁工具寮去喝酒，金河先走，我隨後也跟著去，到了工具寮，見金河、詹、江三人在場，喝了一陣後，金河說：「我決定今天發動，先搶警衛的槍，如能控制警衛連，則一起到臺東加以占領。」當時詹正在旁邊洗

澡，我聽了金河的話，站起來離開工具寮，表示不聽金河的鬼話，
我在小溪轉了二圈，回到寢室時，金河又來問我：「中午要不要
去？」我說：「我不去，免談。」鄭又說：「好！好！你去睡覺，
去睡覺好了。」意思好像認為我沒種怕事，表示很不滿的樣子。

問：這個時候你怎麼辦？

答：當時我心中很慌，也害怕被殺，我知道金河今天一定會幹起來，
　　但我又不願參與他們的事，因此我決定自己先走，在山上看他們
　　的動靜，如他們一動了，我即趁機溜走，否則我再回來，那我就
　　不會被牽連到這件事。

問：你何以會想到趁機溜走？

答：因為金河如果真幹成了，免不了會認為我沒種而一起殺掉，所以
　　我會如何想法。

問：你們在喝酒時，鄭金河還說過什麼話？

答：金河說，如果無法前去控制臺東，則可將獄中討厭的人（指打小
　　報告及他不滿的人）幹掉。

問：你如何自己先脫逃，經過情形如何？

答：當我決定先溜時，回寢室（園藝隊）收拾一些菜種、字典及拿了
　　二件衣服，這時謝東榮及陳良來了，我拿了煙請他們二人，我說：
　　「你們要考慮，再考慮，不能亂來，後果不可設想。」謝說：「我
　　也勸過金河，但他堅持要在今午幹。」又說：「你現在就要走
　　了？」我說：「你們真決定幹，那我一定自己先走。」說完我拿
　　了東西就走了（即菜種等物）。

問：你何時脫逃的，經過情形？

答：吃午飯時，我發覺謝東榮及詹天增沒來吃飯，心中已明白他們是
　　幹定了，因此匆忙喝了兩碗米粉湯即回寢室拿衣物，在飯廳前被

蔡寬裕看到，我沒理會仍繼續走，在小溪旁邊碰到高忠義正在洗澡，高有否看到我，不清楚，當我溜到山上時，聽到二聲槍聲，我知道金河他們幹上了，回頭看看獄中只見衛兵跑來跑去，且哨音大作，我趕緊跑向山溝，無目的地向山上跑，以後就在山中躲藏，至於金河他們的下落直到十五日上午在山中向一老者（平地人）打聽，不知道金河他們已有 3 個人被捉，因在山中實在熬不住，且認為自己與金河這次暴動無關，所以決定下山投案，昨（十六）日下午在走向泰源途中被捕。

問：你在逃亡期間，與何人一起同逃？

答：沒有與別人同逃。

問：據報你曾與另二人在山中向某住家要錢討東西，到底跟那二人在一起，他們現在何處？

答：沒有這回事。

問：你既不願跟鄭金河等人一起幹，何以不向獄中管理人員檢舉反而藉機脫逃？

答：2 月 8 日那天，當我拒絕金河的邀約時，他說你去睡覺這句話時，我已體會他可能反而對我採取不利手段，甚至向我開刀，同時我以前檢舉過囚犯陳三興有不軌行為時，因被囚犯知道，所以推想到一旦檢舉金河的陰謀，萬一被他們知道，則將來更不好在獄中呆下去，甚至被殺，所以不敢檢舉而一去了之。

問：你以上所說實在？

答：實在。

右筆錄經被訊人當場親閱，認明無訛後，始簽名捺印如後：

被訊人：鄭正成

中華民國五十九年二月十七日

鄭正成詢問 (偵訊) 筆錄 59 年 2 月 18 日

臺灣警備總司令部軍法處偵訊 (訊問) 筆錄

被告　鄭正成

右開被告因民國五十九年度偵特字第 47 號叛亂嫌疑一案於民國
　　五十九年二月十八日上午九時在臺東團管區司令部偵訊出席職員如
　　左

軍事檢察官　藍啟然

書記官　李壯源

點呼　鄭正成　入庭

問：姓名年籍等項

答：鄭正成，男，32 歲，民國 27 年 9 月 11 日生，臺灣省臺北縣人，
　　住臺北縣林口鄉東林村 60 號，業農，另案在泰源監獄服刑中。

問：教育程度？

答：國校畢業。

問：有無前科？

答：五十年九月因參加蘇東啟叛亂被判有期徒刑十二年，於五十二年
　　四月十七日移送泰源監獄服刑。

問：家庭狀況？

答：父母，二弟五妹未婚。

問：服過兵役，何時退役？階級為何？

答：民國五十八年十月入伍從軍陸戰隊部上等兵，被捕時尚未退
　　役。

問：你此次因何事及何時何地被何等逮捕？

答：2 月 8 日因泰源監獄一監犯鄭金河、詹天增、謝東榮、陳良及一

姓江者，他們預備搶劫衛兵之槍，而鄭金河要我參加我不願意，若留在監獄內，恐其對我不利，故在其行動前先自監獄脫逃於同月十六日下午二時約十五分準備向泰源警方投案時，在距泰源警局五至十公尺處投械。

問：你將鄭金河要你參加行動的經過情形說一說？

答：兩年前鄭金河回家遭變故，其父死亡，其妻離婚，故心萌叛意，○○年農曆年前之二星期，鄭金河始對我表示確定之叛亂陰謀，因在該期間之某日夜裡於押區內散步時，他單獨對我表示，調去很多人本舖小○○，點火很方便。我對他說：「何必呢？刑期已過一大半。」舊曆年前一過，即五十九年元月三十一日，星期六，我在養豬場附近散步，遇見鄭金河，他負責養豬，他交給我 1 把刀，要我磨利後收藏起來，我接過刀子後很害怕，手在發抖，他說我真沒有用，拿刀子都發抖，怎麼叫我去殺人？我把刀子收藏在養豬場後處一顆○樹的樹○處。翌日，即 2 月 1 日中午我們在○○（在園藝隊）鄭金河來叫我，問我刀子在哪邊，我於是到藏刀之處將之取出予鄭金河看，他要我藏在口袋裡，我當時對○○○○。他說「今天中午我們定要行動，我分配給你的任務就是殺警衛連連長，其他人有其他人之任務，你不要管，你在此你一個人先上去。」我瞭解鄭金河之為人，當時不敢與之多說話，且那邊人多，為了敷衍他，於是離開，他經監獄大門到達福利社，在福利社與警衛連之後面遇見謝東榮，我要謝東榮勸勸鄭金河，於是我與謝東榮一起走去水塔，在水塔旁見江某及詹天增、鄭金河三人，謝東榮將鄭金河拉去離水塔六、七十公尺處，我亦跟著上去，謝對鄭說：「算了吧，不要亂搞了」。我又接著對鄭說：「快過年了，你硬要弄出不對的事，將來讓大家過個好年不好嗎」

　　當時鄭金河考慮了一下說：「那就算了吧，解散回去好了。」於是大家走了，當我們回到豬舍時，鄭金河對我說：「刀子還給我好了」。我即將刀交還他。

問：2月1日行動，在之前，你們有過何種謀議？

答：沒有。

問：既無謀議怎會有集體行動？

答：五十五、六年間監獄陳三興(判無期徒刑)曾經教唆我找個地方痛痛快快的幹一下，陰謀暴動，我曾向仁監之獄方官員上尉告密，但不久監獄內已傳遍，我有告密情事。所以鄭金河之行動前謀議均不告訴我，因我同時曾是蘇東啟同案人犯，所以臨時拉我。

問：2月1日暴動未果，以後又如何策劃進行？

答：2月8日上午九時許我到彈子房打彈子，在該處看見鄭金河和監獄班長姓吳的在打彈子，我到時鄭金河卻讓我與吳班長打，好像旁邊還有一個謝東榮，十時許，鄭金河到彈子房來叫我下去暗指回園藝隊，於是我跟隨到工具寮見面，詹天增與江某已在那裏，於是四人開始喝酒，謝東榮有無在座已記不清。在喝酒中，鄭金河對我說今天決定要行動，首先要奪警衛連的槍，○警衛連帶去臺東，○到臺東，若失敗，則把討厭的人通通殺掉，他談話時，詹天增已離開工寮○○後洗澡。就在他講完此話後，我起立離開。

問：鄭金河說決定今日行動是跟你計劃？

答：沒有，直至我離開工具寮到外邊繞了一圈後回到園藝隊等候開飯時，又遇見鄭金河，他問我「中午你去不去」意指參與行動，我回答：「我不去，免談」。鄭說那麼你中午就好好睡覺好了。

問：以後鄭金河等人還找過你沒有？

答：沒有。但是我心裏想，假如他決定要行動的話，我就決定先○逃亡，我去到工具寮打算拿農藥預備在逃亡中，無法謀生時自殺，我進入工具寮後，謝東榮及陳良先後進入工具寮，我於是假裝取菜仔，並對他們兩人說，如你們決定行動，我要逃亡，但你們需再三考慮，謝東榮說，他已勸過鄭金河，但鄭不聽，陳良沒有說話站在一旁。

問：2 月 1 日行動與 2 月 8 日上午在工寮飲酒談論要動手之計畫都無陳良在場，陳良進入工寮去時，你如何知道陳良亦是你們之同夥○○？

答：因陳良亦是蘇東啟案內的人，我想鄭金河亦會拉他，且鄭金河決定中午行動後未○，陳良及謝東榮到工具寮來找我。

問：你怎知謝東榮及陳良是到工具寮找你，而不是找工具的？

答：因陳良在修車廠工作，工具寮與他無關。

問：你們三人怎樣離開工具寮的？

答：我從口袋內掏出香煙請他們倆人抽，然後說這隻煙也許是最後 1 支，我們告別的香煙，說完後我即回園藝隊去吃飯，在飯廳我未看到謝東榮及詹天增來吃飯，我心想他們已經在集合準備出發了，我即匆匆吃兩碗米粉，帶了日常用品，往河溝底下逃亡，逃到山頂時，聽見兩聲槍響，回頭見圍牆的警衛亂跑，警衛連哨聲很急，知道已經發生事情，即繼續往監獄山上方向山溝逃跑。

問：此次暴動你雖未參與 2 月 8 日中午之行動，但你事前已參加謀議，你們之動機及目的仍在，以何為號召？

答：此事是鄭金河發起的，我因與他同案監犯被牽入○○，他的目的是什麼、以何為號召都未告訴我，我想他是對政府暴動。

問：事先你們有無成立組織？你們不是以臺灣獨立為號召嗎？

答：沒有。不知道以何為號召。

問：江炳興（即你說的江某）有無同你聯絡過？

答：沒有。

問：詹天增、謝東榮、陳良有無與你聯繫過？

答：只在工具寮內謝東榮及陳良找過我，過去未聯繫。

問：除了搶警衛連槍枝，攻占臺東外，鄭金河有無告訴你其他計畫？

答：沒有。

問：除你們幾人外，其他受刑人、警衛部隊之官兵，泰源監獄之執行官兵參與謀議或事先知情？

答：我不知道。

問：監外之人有無與你們聯繫過？

答：我不知道。

問：鄭金河交給你之刀是何形狀？其來源為何？

答：刀身約 4 寸長，刀把約三寸長，刀寬約五分，一面鋒利，大概是鄭金河自己製造的。

問：鄭金河共有幾把刀，怎能自己製造？

答：我知其存有多把刀，究竟如何製造我亦不知，因刀本身不精巧，故我判斷是自己製造的，而非買來的。

問：你過去因叛亂案服刑，為何執行中未知悔改，且萌叛亂起意。

答：我沒有犯叛亂案，表面上斷斷續續我似乎參加他們的行動，但實際上我是一再的勸阻他，想轉變鄭金河的思想。

問：你從農曆年前監獄鋪小泥沙時，就知鄭金河有叛亂計劃，此後又多次商議，如果你不能參加仍可拒絕，為何不拒絕，且未向有關人員檢舉？

答：2 月 8 日行動我表明拒絕，至於沒有檢舉，乃因上次檢舉陳三興
　　○○監人犯仇視，故不敢檢舉，而改以說服方法。

問：你自泰源監獄脫逃時有無勸旁人與你一起逃？

答：沒有。

問：你脫逃時有無攜帶公家東西？

答：沒有。

問：鄭金河選定在 2 月 8 日年初一星期日之理由何在？

答：我不知道，他也未告訴我。

問：你在逃期間有無遇見鄭金河、詹天增、謝東榮、陳良及江炳興？

答：沒有，我在山上曾聽老百姓說已抓到 3 個人。

問：你講的實在嗎？

答：實在的。

問：你對本案還有何意見？

答：沒有。

右筆錄經○○交被告閱後承認無誤並簽名於後

　　　　　　　　　　　　被告：鄭正成

庭議如點名簿

被告請求補充：

一、在工具寮內，謝東榮問我是否現在就走，我說我在山上看如果你
　　們行動我就走，如果你們不行動我就回來。

二、2 月 8 日上午十時許，我與鄭金河在工具寮喝酒時，他講如果奪
　　警衛連之槍，將警衛連帶至臺東，○○臺東，我立即不高興的起
　　來走了。

中華民國五十九年二月十八日

　　　　　　　　　　　　書記官：李壯源

　　　　　　　　　　　　檢察官：藍啟然

賴在偵訊筆錄 59 年 2 月 24 日

臺灣警備總司令部軍法處偵訊筆錄

問：姓名等？

答：賴在年二三歲嘉義縣大林人充陸軍第十九師五十五旅步兵一營一連一等兵迫砲。

問：何時入伍？

答：五十七年十月應召入伍。

問：家有何人作何職業？

答：父早病故現有母親及兩哥，大哥賴○二哥賴○均在家種田有一姊賴○已出嫁。

問：家住何處？

答：住嘉義大林中坑田寮路一號。

問：何時隨部隊去泰源監獄駐防？

答：五十八年十二月底去的。

問：你認識這個人（出示鄭金河相片）嗎？

答：認識，但叫何姓名不知道。

問：你如何與他（指鄭）相識？

答：他是泰源監獄外調服役的監犯，我與他在打彈子時相識。

問：他（指鄭）曾要你幫他造反嗎？

答：是的。

問：他（指鄭）當時如何與你講要造反的話你詳細說？

答：在去年農曆年前，詳細日子忘了，有一天我交了衛兵由河邊從斜坡上來碰到他，他就叫我姓名，我問他有什麼事，他說想在休息時間時找我談談，接著他就說臺灣被他們管得太嚴了，我們要獨

立，問我願不願意參加，我說讓我考慮一下，他又說你這種人就是這個樣子，叫你參加又要考慮，我終於答應他了。

問：後來他（指鄭）又如何對你說？

答：第二次也是在農曆年前有一天上午，我在交衛兵後上山坡回連部去，又在路上碰到他，他先對我說非洲有許多小國家都獨立了，我們臺灣也可以獨立，接著就問我連上有何要好朋友，我說要好朋友有張金隆、李加生、林清鑫（筆錄記載錯誤應為林清銓）、彭文昌（筆錄記載錯誤應為彭文燦）、吳朝全，他託我去拉他們參加，我說好的。

問：你不是還拉陳東川參加嗎？

答：我沒有與他談過。

問：以上張金隆等五個人你如何拉他們參加的？

答：當日我在寢室見到林清鑫（筆錄記載錯誤應為林清銓）是單獨同他談的，後來吳朝全與彭文昌（筆錄記載錯誤應為彭文燦）也在寢室我同他們一起談話，其他李加生張金隆等兩人，我是以後在找他們的，當時找到問他們（指李加生、張金隆）時都說犯人（指鄭）已去找過他們了，不要我再講了。

問：你怎樣拉攏林清鑫（筆錄記載錯誤應為林清銓）彭文昌（筆錄記載錯誤應為彭文燦）吳朝全的呢？

答：我開始對他們說班長常在背後說我們，我最近又被班長冤枉挨打，現在犯人要造反，你們參不參加，他們問造什麼反，我說臺灣獨立，他們先還猶豫後來終於答應了。

問：當時你看到李加生、張金隆等有否問過他們已否答應犯人（指鄭）參加造反？

答：我曾問過他們都說已參加了。

問：2 月 1 日那天鄭金河曾對你談些什麼？

答：那天我在站上午 8 至 10 點衛兵，他（指鄭）來找我，對我說中午要開始行動，叫我通知林清鑫（筆錄記載錯誤應為林清銓）彭文昌（筆錄記載錯誤應為彭文燦）吳朝全等三人屆時都帶武器到監獄後面集合，我也曾經通知林清鑫（筆錄記載錯誤應為林清銓）等他們都說好，結果那天中午值星班長謝火財帶我們去做花圈，所以沒有時間去了。

問：你當時何未通知李加生張金隆兩人？

答：因他們與犯人（指鄭）比較接近同時他（指鄭）也沒有叫我通知。

問：當時他（指鄭）不是告訴過你行動計畫嗎？

答：他當時對我說先要繳衛兵的槍然後把監獄犯人都放出來，再去繳連部的槍殺死官長以後，就到臺東花蓮將兩○的○截斷，飛機大砲就無法過來了。

問：你知道他們（指鄭金河等）要造反曾有些什麼武器？

答：不知道。

問：你知道監獄工作人員及監犯還有何人參加？

答：我不知道也沒聽說。

問：這人（指江炳興相片出示）在 2 月 8 日曾來找過你嗎？

答：是的。

問：他（指江）叫何姓名，何時何處見面的？

答：他的姓名我不知道，在 2 月 8 日上午我在河邊站八至十衛兵時他來找我。

問：他（指江）是否與他（指鄭）同來？

答：他（指江）來找我前他（指鄭）先來找我。

問：當時他（指鄭）對你怎麼說？

答：他當時對我說今天中午要動手，叫我通知林清鑫（筆錄記載錯誤
　　應為林清銓）他們屆時帶槍到監獄後面集合，又說李加生、張金
　　隆已由他自己通知了。

問：後來他（指江）又如何來對你說的？

答：他當時只問我剛才有人來找過你否，我答來找我過，他又問同你
　　說過沒有，我答已說過，他說那就好，就走了。

問：你當時曾否通知林清鑫（筆錄記載錯誤應為林清銓）等過？

答：我在將吃中飯前曾在飯所通知林清鑫（筆錄記載錯誤應為林清銓）
　　他們，當時彭文昌（筆錄記載錯誤應為彭文燦）說不要去，林清
　　鑫（筆錄記載錯誤應為林清銓）也就說不去就不去，所以吃過飯
　　我們都睡午覺了。

問：犯人叫你們拿武器你們預備如何拿法？

答：連部規定武器是要鎖在櫃內的，但是我們站衛兵下來，雖然將武
　　器放入槍架，經常都很遲才鎖，我們拿武器就是拿站衛兵的武
　　器。

問：站衛兵規定帶多少顆子彈？

答：四十八發。

問：2 月 8 日案子發生後你們何時才知道的？

答：值日官劉正武叫我們集合才知道。

問：這些犯人（指鄭金河等六人照片）是與監獄附近老百姓有往來嗎？

答：據他們說有幾個老百姓認識但姓名沒有告訴我。

問：你曾因何事被班長打過？

答：在年前連上部份弟兄在河邊賭錢，我在河邊附近玩，並不知道他
　　們賭錢，但班長還以為我在把風，就在肩膀上打了我幾拳，所以
　　我心裡很氣，曾對犯人（指鄭）談過。

問：你曾對他（指鄭金河）說有兩個哥哥因政治問題送綠島判刑過嗎？

答：我曾聽大哥說過以前被日本人送去綠島過但不知是什麼事，我只是這樣對他（指鄭）說過。

問：你與他說這話是什麼意思？

答：因他（指鄭）說關在監獄裡很苦，我就說我哥哥也曾到綠島去過。

問：以上是實在話？

答：實在。

問：還有什麼話？

答：我年幼無知受人欺騙請原諒我。

右筆錄經受訊人聽誦無訛簽押

被訊人：賴在

中華民國五十九年二月廿四日

賴在偵訊筆錄（第二次）

臺灣警備總司令部軍法處偵訊筆錄

問：姓名等？

答：賴在，年籍在卷。

問：同連士兵林清鑫（筆錄記載錯誤應為林清銓）彭文昌（筆錄記載錯誤應為彭文燦）吳朝全與調役犯鄭金河（出示照片）認識嗎？

答：他們原早同在打彈子時認識，他（指鄭）都知道他們（指林等）姓名。

問：你已否把林清鑫（筆錄記載錯誤應為林清銓）等答應參加造反的事告訴鄭金河過？

答：在農曆年前有一天我下衛兵後返連上去在山坡路上碰到鄭金河，就告訴他們（指林等）答應參加的事，他當時沒有說什麼就分手了。

問：2 月 1 日鄭金河對你說要在中午行動，他究竟要你做些什麼？

答：他要我通知林清鑫（筆錄記載錯誤應為林清銓）等帶武器到監獄後面去等他。

問：他（指鄭）究竟還說些什麼你再回憶一下？

答：他還說過叫我在中午把鎖槍的鎖打開。

問：你曾否與鄭金河說過「東川」「加生」不願參加造反的話？

答：我從未爭取過他們也未同鄭犯說過這些話。

問：你知道鄭犯（指鄭金河）認識「東川」「加生」否？

答：他們常在撞球場撞球當然認識。

問：你在 2 月 1 日是否站 10 － 12 的衛兵？

答：我分配每天都站 8 － 10 的衛兵從未站過 10 － 12 的衛兵。

問：2 月 1 日鄭金河叫你打開槍鎖你後來打開否？

答：那天中午因我去修花圍去了也沒有辦法打開。

問：2 月 8 日上午究竟鄭金河與江炳興一起來看你抑分別來看你？

答：是分別來看我的，姓鄭的先來，姓江的後來，那是我在河邊站衛兵時來的。

問：姓鄭的犯人當時對你談些什麼？

答：當時他對我說決定今午行動叫我們不要怕，要我通知聯絡的 3 個人（沒說姓名）帶武器去監獄後面等。

問：他（指鄭金河）當時還對你說過調換衛兵的事嗎？

答：當時沒有說，等我交了衛兵上坡來時他又來找我，要我在中午快到十二點時去第三哨（即第三堡）等他，又要我最好能調換第五哨（即第五堡）12 － 14 的衛兵，我尚未表示意見，看到軍械士來，我們就分開了。

問：你後來有無與別人換衛兵呢？

答：沒有。

問：連部不是規定警衛士兵不准與犯人談話的嗎？

答：有此規定但我們與犯人與監獄人員打彈子時，犯人常插嘴跟我們講話，鄭犯與我講話均是利用沒人時講的，起初我不同他講但他坐在地下不走。

問：姓鄭的犯人（指鄭金河）還與那些士兵交往？

答：除我們幾個人以外沒有了。

右筆錄經受訊人聆讀無訛後簽押

被訊人：賴在

中華民國五十九年二月廿五日

賴在偵訊筆錄（第三次）

臺灣警備總司令部軍法處偵訊筆錄

問：姓名等？

答：賴在，年籍在卷。

問：你前供林清銓、彭文燦、吳朝全、李加生、張金隆等答應參加鄭
　　金河臺獨組織，經查並不實在，究竟怎麼回事？

答：（考慮有頃）這是我亂說的。

問：我以前問你並無威脅利誘，你何以要亂說呢？

答：當時我感到如只說我一個人參加有點怕，所以多說了幾個人。

問：那你以前所供是否全是假的？

答：只是對林清銓他們部份是假的，其餘都是真的。

問：現在對你與鄭金河的事，重新再問你一遍，你要說實在話？

答：好的。

問：鄭金河（即殺豬的人）在何時何地如何對你說要造反的事？

答：在去年農曆年前，詳細日子忘了，有一天我交了衛兵由河邊從斜
　　坡上來碰到他，他就叫我的姓名，我問他有什麼事，他說想在休
　　息時間找我談談，接著他說臺灣被他們管得太嚴了，我們要獨
　　立，問我願不願意參加，我說讓我考慮一下，他又說你這種人就
　　是這個樣子，叫你參加又要考慮，我終於答應他了。

問：後來他又如何對你說呢？

答：第二次也是在農曆年前有一天上午，我在交衛兵後上山坡回連部
　　去，又在路上碰到他，他先對我說非洲有許多小國家都獨立，我
　　們臺灣也可以獨立，接著就問我連上有何要好朋友，我說要好朋
　　友有張金隆、李加生、林清銓、彭文燦、吳朝全，他託我去拉他

們參加，我說好的，但我回到連部以後，在午睡時間曾問林清銓說：「殺豬的（指鄭金河）要我告訴你，叫你下去與你講話，問你造反參不參加？」他「說不要」，我們就午睡了，其餘的人我都沒有對他們談過。

問：後來鄭金河有否問過你關於拉人的事？

答：他曾問過他拉了多少人，我說拉了二、三個人，實際上我只同林清銓談過，他沒答應。

問：你既沒有替鄭金河拉過人，何以要對他說拉了二、三個人呢？

答：我不好意思對他說沒有拉人，所以這樣騙他的。

問：你對鄭金河說已拉了二、三個人，他沒有問你姓名嗎？

答：沒有。

問：你同林清銓在寢室裡談話的時候不怕被別人聽到嗎？

答：別人當時都已睡著了。

問：你沒替鄭金河拉人既感到不好意思那你為何不去替他拉呢？

答：我不敢對他們說。

問：鄭金河以後還與你講過什麼話？

答：在上次談話後約三四天，我在河邊站八至十衛兵，鄭金河又來看我，看我坐在地上，要我下衛兵時同他去玩玩，我說沒有時間，他接著又說李加生與張金隆都參加了，你的朋友可不可以參加，我說好，談完後下了衛兵我就回去了，實際上我沒有向他們談過。

問：你後來有否問過李加生、張金隆究竟有否參加？

答：我沒有問過。

問：你與他們（指李、張）是好朋友怎麼不去問他們？

答：我不敢去問。

問：2 月 1 日那天鄭金河曾對你談什麼？

答：那天我站上午八至十衛兵，他來找我對我說中午要開始行動，叫我通知他們屆時帶著武器到監獄後面集合，但我沒有對他們說過。

問：2 月 1 日鄭金河等要行動的事你是否問過李加生、張金隆？

答：沒有。

問：那天你何以未如約攜帶武器去監獄後等鄭金河呢？

答：因為只有我一個人，所以不敢去就去午睡了。

問：你前供 2 月 1 日中午因值星班長謝火財帶你們去修花圃不能去，現在怎麼說因一個人不敢去呢？

答：確因我一個人不敢去，我現在想起修花圃是在過春節前二日（按係二月四日）而不是 2 月 1 日。

問：鄭金河有無告訴過你如何暴動的計畫？

答：他曾告訴過我，先繳衛兵的槍，然後把監獄的犯人全部放出來，再去繳連部的槍，殺死官長以後，就到花蓮臺東將兩○的○截斷，飛機大砲就無法過來了。

問：你知道他們（指鄭金河等）要造反曾有什麼武器？

答：我不知道。

問：你知道監獄工作人員及監犯中有誰參加？

答：我不知道也沒聽說。

問：江炳興（出示照片）曾來找過你嗎？

答：2 月 8 日來找過我。

問：你知道江炳興的姓名否？

答：我不知道他的姓名，只記得在 2 月 8 日上午我在河邊站八至十衛兵時他來找過我。

問：他是否與鄭金河同來？

答：鄭先來他後來。

問：江炳興當時對你如何說？

答：他當時只問我剛才有人來找過你嗎，我答來找我過，他又問同你說過沒有，我答已說過，他說那就好就走了。

問：你前供 2 月 1 日要暴動曾經通知林清銓他們過？

答：那是亂說的。

問：2 月 8 日暴動的事，鄭金河曾否告訴過你？

答：那天上午我在河邊值八至十衛兵，他來找我對我說今天中午要動手了，叫我屆時帶武器到監獄後面集合，後來因為只有我一個人不敢去。

問：鄭金河叫你拿槍去集合，你預備如何拿法？

答：連部規定武器要鎖在櫃內的，但是我們站衛兵下來，雖然將武器放入槍架，經常都很遲才鎖，我們就拿武器就是拿站衛兵的武器。

問：鄭金河等六人（出示鄭金河等六犯相片）是與監獄附近老百姓有往來嗎？

答：據他們說有幾個老百姓認識但沒有告訴我姓名。

問：你確被班長打過嗎？

答：確被打過，前兩次所說沒有錯。

問：你哥哥究因何案被送綠島？

答：我只聽大哥說過以前被日本人送去綠島過，究為何案我未聽說，因當時鄭金河對我說起關在監獄裡很苦，我就說我哥哥也曾去過綠島。

問：2 月 8 日鄭金河要你通知林清銓等帶武器去監獄後面集合你究竟

通知過否？

答：確實沒有，以前是亂供的。

問：鄭金河認識林清銓、彭文燦、吳朝全否？

答：他們原早同在打彈子時認識，鄭金河都知道他們姓名。

問：鄭金河當時要你在中午時把鎖槍的鎖打開是嗎？

答：有的，是在 2 月 1 日那天對我說的，但是我無法打開，實際上也沒有打過。

問：2 月 8 日鄭金河曾要你調換衛兵有嗎？

答：那天我是站八至十衛兵，等交了班上坡回連部時，在路上碰到，他要我在快到十二點時去第三哨（即第三堡）等他，又要我最好能調換第五哨（即第五堡）十二－十四的衛兵，當時尚未表示意見，看到軍械士來，我們就分手了。

問：你後來有無與別人換衛兵呢？

答：沒有。

問：2 月 8 日案發後究竟誰來叫你的？

答：現在我記起是排長陳光村來叫我們集合的。

問：當天鄭金河還說過李加生、張金隆已經由他自己通知了，這句話是實在的嗎（鄭金河通知 2 月 8 日中午要行動的事）？

答：確實對我說過的。

問：鄭金河既說已通知李加生、張金隆過，足見 2 月 8 日行動時不只你一個人，你何以說一個人不敢去呢？

答：後來我沒有看到他們去，所以我也不敢去。

問：鄭金河對你說李加生、張金隆已由他通知了，這句話在何時何地如何對你說的？

答：2 月 8 日我在站八至十的衛兵，他來對我說今天中午要動手，叫

　　我通知我的朋友帶槍到監獄後面集合，接著就說李加生張金隆已由他自己通知了。

問：二月廿四日中午十二時你是否與張金隆在寢室擦槍？

答：我與張金隆、鍾正寶在一起擦槍。

問：你當時曾自言自語的說：「暴動的時間我早就知道了。」對嗎？

答：我沒有說過，可以問鍾正寶的。

問：當時你說這些話，張金隆曾經聽到過，你怎麼說？

答：那我不知道了。

問：你不是還對鄭金河說過彭文燦贊成獨立的？

答：我是說過，但亂說的。

問：彭文燦一定對你說過這句話，你才會對鄭金河去說？

答：他沒有對我說過。

問：那你對鄭金河說這話是何意思？

答：因鄭金河要我多拉幾個人，我就對他亂說的。

問：以上是實在話嗎？

答：都是實在話。

問：鄭金河他們搞臺灣獨立及暴動的事，連上官長有誰知道？

答：連上官長都不知道的。

問：你為何知道連上官長都不知道。

答：鄭金河他們沒有對我說過，我也從未聽說過。

問：你今天何以要對我說實在話呢？

答：因為不說真話，你們就調查不完了。

右筆錄經受訊人聽讀無訛後簽押

賴在

中華民國五十九年二月廿七日

賴在調查筆錄 59 年 3 月 3 日

臺灣警備總司令部軍法處調查筆錄

問：姓名年籍等項？

答：賴在，廿三歲，嘉義縣人，籍設嘉義縣大林中坑田寮路一號，現在陸軍第十九師五十五旅一營第一連一等迫砲兵。

問：學經歷？

答：小學畢業後在家幫忙種田迄至入伍。

問：你何時入伍？

答：五十七年十月應召入伍。

問：何時隨部隊去泰源監獄駐防？

答：五十八年十二月底去的。

問：你認識這個人（出示鄭金河相片）嗎？

答：認識，他是在豬舍餵豬的人犯，但不知他的名字。

問：你與這個餵豬的（指鄭金河）何時如何相識？

答：他（指鄭）是泰源監獄外調服役的監犯，我跟他是本年初在福利社撞球場打撞球時認識的。

問：他（指鄭）曾要你幫忙殺衛兵逃獄攪臺灣獨立的事嗎？

答：他曾跟我講過。

問：他（指鄭）什麼時候跟你說的，如何說的？

答：今（五十九）年元月間，詳細日子忘記了，有一天我交了衛兵由河邊從斜坡上來碰到他，他就叫我，我問他有什麼事，他說想在休息時找我談談，接著他又說我們臺灣人被他們（意指大陸人）管得太嚴了，我們臺灣應該獨立，問我願不願意參加，當時我說讓我考慮一下，他說你這個人怎麼這個樣子，要你參加何必要考

慮，我不好意思就答應他了，後來又有一次，我在路上遇到他，他又對我說非洲有許多小國家都獨立了，我們臺灣也可以獨立，接著問我連上有何要好朋友，並要我吸收他們參加，我說連上的朋友有張金隆、李加生、林清銓、彭文燦、吳朝全，我回連部以後在午睡時間曾同林清銓說：「殺豬的（指鄭金河）要我告訴你，叫你下去談話，問你要不要參加他們攪臺灣獨立。」他說：「不要。」接著我們就午睡了，其他的人我都沒有跟他們談過。

問：後來殺豬的（指鄭）有無再問過你找了多少人參加？

答：他曾問我拉了幾個朋友參加，我說拉了二、三個人。

問：你究竟拉了幾個人？

答：我只拉林清銓一個人，但他沒答應，我不好意思告訴他，所以騙他說拉了二、三個人。

問：他有沒有問你究竟拉了些誰？

答：沒有。

問：你為何只向林清銓一人說呢，而不找其他人說呢？

答：我很害怕，不敢跟他們說。

問：鄭金河有無同你講還有那些人答應參加呢？

答：他有一次跟我說李加生和張金隆都參加了，你去問問你的朋友還有沒有願意參加的。

問：你回去後有無跟李加生和張金隆談過，或跟其他的人談過呢？

答：回去以後我沒有問過他們，也沒有跟其他的人談過。

問：2 月 1 日那天鄭金河有無跟你談過什麼話？

答：2 月 1 日早晨我站 8 － 10 的衛兵，他來找我對我說中午要開始行動，叫我通知他們到時候帶著武器到監獄後面集合。

問：你回去以後有無對他們說，你中午有無攜帶武器前往呢？

答：我回去以後沒有對任何人說，中午也沒有攜帶武器前往。

問：你為何沒有應約攜帶武器前往呢？

答：因為只有我一個人，所以不敢去，就午睡了。

問：鄭金河如何告訴你暴動的計劃呢？

答：他曾告訴我說要殺死班長，搶衛兵的槍，然後把監獄裡的人犯放出來，再去繳衛兵的槍，然後占領臺東。

問：鄭金河準備跟誰一起攪暴動呢？

答：我不知道。

問：你知道警衛連中或人犯中還有那些人參加呢？

答：我不知道。

問：這個人（出示江炳興照片）你認識嗎？

答：我認識，但我不知他的姓名，他是在福利社洗衣部工作的人犯。

問：他（指江炳興）曾否來找過你跟你談過這次暴動的事？

答：2 月 8 日上午我在河邊站 8 − 10 時衛兵時，他來找我問我說：「那個事情，他（指鄭金河）跟你講過沒有？我說：「講過了。」他要我中午一定要去，我點頭答應他。

問：2 月 8 日暴動的事，鄭金河事先怎麼跟你講的？

答：那天上午我站衛兵時，鄭金河跟我說今天中午要動手了，叫我吃過午飯後帶武器到監獄後面圍牆邊集合。

問：你們幾點鐘吃午飯？

答：11 點多。

問：你吃過飯後去了沒有？

答：沒有去。

問：為何沒有去？

答：因為只有我一個人，我不敢去。

問：鄭金河 2 月 8 日叫你中午到監獄後面圍牆邊集合，你有無告訴別人，或叫別人去參加？

答：我因為很害怕，所以沒有告訴別人，更不敢叫別人參加。

問：鄭金河曾否要你事先把警衛連鎖槍的鎖打開？

答：他在 2 月 1 日那天確曾對我講過，但我並沒有去打開。

問：鄭金河不是已經告訴你李加生、張金隆都已答應參加了嗎，你 2 月 8 日中午為何不找他二人一起去呢？

答：我確實沒有跟李加生、張金隆他們二人談過，那天中午也沒有看到他二人有所行動，所以我就不敢去了。

問：你是否有個哥哥以前因案被送往綠島管訓？

答：我曾聽大哥說過以前被日本人送去綠島管訓，但究竟因何案被管訓多久，我不清楚。

問：以上你所說都實在嗎？

答：都實在。

右筆錄經朗讀與答話人親聆確認無訛乃簽名捺印於後

答話人：賴在

訊問人：

中華民國五十九年三月三日

張金隆談話筆錄 59 年 2 月 26 日

臺灣警備總司令部軍法處談話筆錄

問：姓名、年齡、籍貫、單位、級職、駐地？

答：張金隆，民國三十七年二月十日生，現年廿二歲，彰化縣埔心鄉
瓦南村三角巷八號，現服役十九師五十五旅第一營第一連三排七
班上兵，駐在高雄大樹。

問：家庭狀況？

答：家無恆產，父張○○五十六年元月八日逝世，母張○○，五十四
歲，現在家，姊一張○，卅二歲，已嫁，弟一張○○，十五歲，
現就讀埔心國中一年級，妹張○○，二十歲，未嫁，在員林輪胎
工廠做工，家庭生活可以維生。

問：學經歷？

答：我七歲在員林國校讀書，於十四歲（四十九年）畢業，小學畢業
後，在員林電器行做雜工，未幾到臺北和平東路四川飯館做雜
工，大概做了一年多，於十七歲時又在臺北和平東路學賣豬肉一
年多，我姐夫林○○，卅四歲，豬肉商，叫我到永安市場去幫忙
賣豬肉，做到入伍。我是在五十七年三月廿四日在嘉義崎頂第六
訓練中心入伍，訓練兩個月又到第七中心兩個月，撥到十七師
五十團二營四連三排九班當步槍兵，幹了兩個多月，因光華演習
結束，又撥到十九師五十五旅一營一連三排任步兵。

問：你們連共有多少士兵？

答：大概有 60 幾個。

問：你在連上同志之間，最要好的士兵有那幾個？

答：陳水龍，新竹人，與我很要好，還有今年元月卅日退伍的謝新賢

（宜蘭人）也很好，其他都很平常。

問：你們連上那裡的士兵最多？

答：我們連上臺中兵最多，其次都是雲林、彰化、高雄、嘉義的兵。

問：大陸籍的士兵有多少？

答：大陸籍的兵只有廿餘名士官。

問：平常大陸籍與臺灣籍士兵相處得情形如何？

答：相處得情形不錯，他們都很照顧我們。

問：你們第七班有多少士兵，都是那幾個人，相處如何？

答：連班長五個人，班長張秉湘（大陸籍），弟兄卓大麗（臺中縣），黃傳考（臺中市），賴謀深（臺中市）和我相處都很好，現賴謀深已因泰源監獄逃亡案，他下衛兵時槍被逃犯搶走了（不知姓名），現關在旅部。

問：你平常喜愛看何種報刊雜誌？

答：平常喜愛看文藝小說和成功修養一類的書，王君在何處、怎樣成功你的事業、社交與口才等書籍。

問：清溪泰源監獄是你們連內負責守衛的嗎，何時起至何時止？

答：是我們連上二排和三排負責看守的，我們是去年（58）年十二月十日開始接的任務，到今（五十九）年二月十三日，因泰源監獄殺人逃亡案，離開清溪至東城駐了四天，又進駐大樹。

問：泰源監獄逃亡人犯共幾人，如何發生的？

答：共逃了六個人，我所知道的有思想犯鄭金河（嘉義人），福利社江炳興（臺中人），其餘的名字我忘記了，發生的時間是 2 月 8 日 11 時 40 分，我們才吃過午飯，我去站十二至二內監門的衛兵時，大概是十二時許，我聽到牆外面有三聲槍響，我就端起槍，壓上子彈，關起保險，注意大門和內監內，以防止犯人衝監而出，

當時我以為是崗哨開槍，我即向國防部裡面的帶班班長報告（名字忘記），他說：「你不要怕，不要緊張，你防範別讓監犯衝出來。」我即把大門關起來，監內也鎖起來，我並向帶班班長講：「趕快電話通知把外役犯人帶回來，以免逃亡。」結果外役人員回來時少了六人，當時還不知是那六個人，經監獄官（一個少校）察對照片，才知道是那六個人了，我在下午二時下衛兵後，才聽連上的人講，犯人殺了班長跑掉了。

問：六位逃犯你為什麼只記得鄭金河與江炳興兩人呢？

答：江炳興是在洗衣部服務，有一次我在理髮部理髮時，江也在理髮部玩，有人（忘記是誰）問他為什麼關起來的，江曾講：「是在軍校當學生時，曾搞過叛國組織而被判刑 10 年的。」江為人很和藹，有禮貌，大家都對他不錯，所以我也認識他了。關於鄭金河室調出來餵豬的，當我每天升降旗時，他都挑飯經過升旗臺去豬欄餵豬，每次他都向我點頭，有時我因整理分配的菜地時，也曾向他借農具，這樣就比較熟悉些。

問：你是否常跟犯人們談話？

答：我不常跟他們談話。

問：你是否曾問過他們犯過什麼罪？

答：我沒問過他們，不過他們曾對我講過，江炳興是他自己在理髮店裡講過，鄭金河是在他餵豬的地方向我講過。

問：你常到他餵豬的地方去嗎？

答：我分菜地就在他（鄭金河）的豬欄旁邊，我每當種菜時就會看見他的。

問：你們見面時都談些什麼話？

答：普通話，沒有什麼。

問：張金隆，我實在告訴你，鄭金河把他和你說的話全都講出來了，
　　我希你有改過洗心的精神，也把和他所說的話坦白出來？
答：他也沒有講什麼，第一次（時間忘記）在豬欄旁，只我兩個人，
　　是我向他借工具，他曾問過我的家世和問我在那裡做事，我就告
　　訴他說：我在臺北賣豬肉，他即說，他以前是在臺北殺豬的，我
　　曾問他因何判刑，他說：他是因二二八事件鬧臺灣獨立事被捕的。
問：鄭金河今年多大年紀？
答：逃犯公告上寫他是卅二歲。
問：二二八事件是那一年你知道嗎？
答：我不知道。
問：二二八事件時他不滿十歲怎能被捕呢？
答：這事我不知道，他確實是這樣講的。
問：他還講了些什麼話？
答：沒講什麼話。
問：據我所知，他曾向你談了不少的話，希你迷途知返，坦白講出來，
　　政府可能會原諒你年幼無知的。
答：（低頭不語）。
問：（開導）
答：（流淚、駭怕、閉眼）。
問：（開導）
答：他還有一次（時間忘記）也是在豬欄旁談到臺灣獨立的好處，我
　　知道他是在煽動我，我就應付他說得對。
問：你恐怕是被他說服了吧？
答：（流淚、緊閉眼）我很怕。
問：你不要怕，你這次有否參加他們行動？

答：沒有，他並沒有向我講他們要殺人逃亡。

問：那麼你怕什麼？

答：我怕我被牽扯進去，因為我和鄭金河天天都會見面。

問：你對鄭金河曾有過承諾嗎？

答：沒有，他沒向我講逃亡事，我根本就不知道他會逃亡。

問：據我所知，鄭金河曾向你談過什麼問題？

答：沒有，我不知道。

問：（開導）

答：（害怕、哭）。

問：（開導）

答：他有一次，日期也記不清了，中午起床時，我在豬欄旁上監視哨時，他站在上面小路上向我講，讓我到元月十三日中午到餵豬場去和他見面，我即點了點頭，但那天（十三日）正好旅部來裝備檢查，我就沒有去見他。

問：還有一次他向你講過什麼話？

答：還有一次是元月，日期記不清了，大概快過農曆年了，一個下午三時左右，仍舊在豬欄又遇上了，鄭金河對我說：臺灣以後獨立了，我們就不要大陸人管了，從前二二八事件時，臺北高玉樹也參加了，他（指高）當時是這樣（豎大拇指）的人物，那時如果成功的話，現在的總統可能是高玉樹當了……又說：高玉樹當時被捕後，是由美國人把他保出來的，如果沒有美國人保，他們統統都是判死刑了，我鄭金河是因為沒有地位，才被關到現在，你不要看我現在是關到這裡，我現在這餵豬的差使，還是我家裡用拾萬元的舖保，才保出來餵豬的，我聽了就怕了。

問：你怕什麼？高玉樹被美國人保出來，和鄭金河被十萬元舖保保出

　　來餵豬，會值得你駭怕嗎？

答：他（指鄭金河）說的什麼話我是記不清了，但是他所講的話，意
　　思是指他搞臺灣獨立時，讓我幫他一個忙，所以我聽了很駭怕。

問：鄭金河是否向你談過，他搞臺灣獨立的計畫？

答：他的計畫我不知道，他沒有向我談起過。

問：還有別人向你談過搞臺灣獨立的事情嗎？

答：除了鄭金河再沒有第二人向我談過。

問：你對鄭金和所談的搞臺灣獨立的事的想法如何？

答：我不相信他能搞臺灣獨立的，他是吹牛，使我怕，如果他被人發
　　覺了，牽涉到我。

問：鄭金河搞臺灣獨立都是連絡那些人？

答：鄭金河沒有向我講過有那些人，他只連絡我一個人。我也不知道
　　有那些人，不過他曾讓我再找幾個要好的朋友參加，我當時答應
　　說好，但我並沒有找。

問：江炳興向你談過要搞臺灣獨立的事嗎？

答：他（指江）沒有向我談過。

問：賴在向你談過要搞臺灣獨立的事嗎？

答：賴在當 2 月 8 日事發以前，他也沒向我談過，但賴在於前天上午
　　（二月廿四日）在大樹駐地之寢室擦槍時，曾偶然對我說：泰源
　　監獄犯人殺人逃亡的事，我是事先曉得的。其實 2 月 8 日事發後
　　的第二、三天（記不清了）彭文燦於下午（記不清了）對我講：
　　「殺人逃獄的事件，賴在於今天曾告訴我，說他事先早就曉得了，
　　這事要被上面知道了，就了不得。」當時我們大家心裡都很急躁，
　　也不想問賴在是怎樣知道的。

問：賴在是否和鄭金河有共謀之嫌？

答：賴在沒向我談過，我也沒聽別人談過。

問：鄭金河要搞臺灣獨立的問題，你又向別人談過沒有？

答：沒有，我雖答應他再找幾個人參加，但我本身就怕得很，我怎麼再敢連累我的朋友呢。

問：你既然心裡駭怕，你為什麼要答應鄭金河要幫他的忙，和代他再找幾個好朋友參加呢？

答：我確實是怕鄭金河會對我不利，我惹不起他，所以只好表面應付他。

問：你既然怕，為何不向上級檢舉鄭金河的陰謀呢？

答：我不敢，我那時心亂得很，一句話都不敢講，怕他那兇相，我見了就駭怕，但是鄭金河和江炳興二人比較起來，還是江炳興和藹可親，但江炳興從未向我提起要搞臺灣獨立的問題。

問：鄭金河所搞的臺灣獨立到底是怎樣一個組織？

答：我也不知道，每次見面只聽他一個人說，我只答應從來也沒敢問他。

問：你現在還有什麼話要講的？

答：我現在沒有什麼話要講了，只是我年輕無知，我做錯了事，希望上級寬恕我。

問：你以上講的話都是實在嗎？

答：我以上講的都是實在話。

本筆錄經當事人閱讀認為無訛捺左拇指印

被約談人：張金隆

約談人：趙常春

筆錄人：錢振基

中華民國五十九年二月二十六日

張金隆調查筆錄 59年3月3日

臺灣警備總司令部軍法處調查筆錄

問：姓名年籍等項？

答：張金隆，廿二歲（37.2.10 生）彰化縣人，籍設彰化縣埔心鄉瓦南村三角巷八號，現服役十九師五十五旅第一營第一連三排七班上兵，駐在高雄大樹。

問：學經歷？

答：四十九年員林國校畢業後，曾充雜工及肉販迄至入伍。

問：你何時入伍？

答：我是五十七年三月廿日入伍，現充上兵。

問：家庭概況？

答：父歿，母陳○，家務，姐張○卅二歲，已嫁，弟張○○，十五歲，現就讀埔心國中一年級，妹張○○廿歲，在員林輪胎工廠做工，生活清苦。

問：你於何時隨部隊到臺東泰源監獄擔任警衛工作的？

答：我於去（58）年十二月十日奉命隨連部進駐泰源監獄擔任警衛工作的，至本（五十九）年二月十三日因泰源監獄人犯殺人逃亡案，乃隨連部離開臺東泰源監獄進駐高雄大樹。

問：泰源監獄殺人逃亡是那幾個人犯，何時發生的，當時你在何處？

答：這次一共逃了六個人犯，據我事後所知有餵豬的犯人鄭金河，福利社洗衣部的犯人江炳興，其餘四名犯人的名字我記不清楚了，發生的時間是 2 月 8 日上午 11 時 40 分，那時我們剛吃過午飯，我去站十二至二內監門的衛兵時，大約十二時許，我聽到監獄圍牆外面有三聲槍響，我就端起槍，裝上子彈，關上保險，注意警

戒，當時我以為是崗哨衛兵開的槍，我即向帶班的班長報告（班長名已忘記），班長即電話通知把外役的人犯帶回來以免逃亡，結果人犯回來後清點少了六人，後經監獄官核對才知道是鄭金河等六人，直到下午二時下衛兵後，才聽連上的人講犯人殺了班長逃跑了。

問：鄭金河與江炳興二犯你以前認識嗎？

答：鄭金河是調服外役擔任餵豬工作的，我每天擔任升降旗時，他都挑豬食經過升旗臺去豬欄餵豬，每次他都與我點頭打招呼，有一次我在豬欄附近擔任警衛時他曾過來跟我談話，我也曾向他借過農具，因此結識。江炳興是在福利社洗衣部工作的，有一次我去福利社理髮部理髮，江也在場，當時有人問他為何事被判刑，江講是在軍校讀書時曾參加判亂組織而被判刑的，江平時對人很有禮貌，大家都對他印象不錯，因此我認識他，但我與他從沒有交談過。

問：鄭金河在豬欄附近時曾跟你講過什麼話，什麼時候講的？

答：我記得是在元月十一日，我在鄭金河餵豬的豬欄附近站衛兵，鄭金河過來跟我談話，他問我那裡人，還多久退伍，我說：「我是彰化縣人，還有兩個多月退伍。」我問他過去犯什麼案，判刑多久，他說過去參加臺灣獨立組織，被判刑十五年，還有六年多出去，他並向我鼓吹說：「臺灣若是能獨立，臺灣人就可以自己管理自己了。」並要我幫他找幾個要好的朋友幫他做臺灣獨立，我當時點點頭表示同意，他並約我元月十三日再到他那裡談話，但那天因為連上裝備檢查，結果沒有去。

問：鄭金河要你找人幫他攪臺灣獨立，他有沒有告訴你他準備怎麼做？

答：他當時講話很含糊，並沒有說要怎樣做，我當時聽了也沒有很重視這件事，所以也沒有問他。

問：鄭金河當時有沒有表示要你參加他攪臺灣獨立？

答：他當時沒有明白的告訴我要我參加，但他好像有這個意思。

問：你為什麼要點頭答應他幫他找人攪臺灣獨立呢？

答：他當時給我講，我不好意思拒絕他，於是點頭表示答應，其實只是表面上敷衍而已。

問：你們談過以後，你究竟有無找人談起這件事呢？

答：我跟鄭金河談過這件事以後，並沒有很重視這件事，因此也沒有找別人去講。

問：鄭金河究竟有無告訴你他們要殺班長奪槍逃亡呢？

答：鄭金河確實沒有跟我講，我事先一點也不知道。

問：鄭金河除了跟你談過要攪臺灣獨立的事外，還跟誰談過你知道嗎？

答：他有沒有跟別人談過我不知道。

問：除了鄭金河跟你談過以外，江炳興或是其他的人有跟你談過這件事嗎？

答：沒有。

問：你聽鄭金河告訴你要攪臺灣獨立的事後，為什麼不向長官報告呢？

答：當時鄭金河沒有跟我說的很詳細，我也沒有重視他，所以沒有向長官報告，現在想起來當時假如向官長報告就好了。

問：2月8日的事情，事先究有何人知道？

答：二月廿四日上午在大樹駐地寢室擦槍時，我們連上的賴在曾對我說泰源監獄犯人殺人逃亡的事，他事先就曉得了，至於是否還有

別人知道，我就不曉得了。

問：賴在以前有無跟你談過這件事情？

答：沒有。

問：你以上所說都實在嗎？

答：都實在。

右筆錄經朗讀與答話人親聆確認無訛乃簽名捺印於後

答話人：張金隆

中華民國五十九年三月三日

....

李加生偵訊筆錄 59 年 3 月 3 日

臺灣警備總司令部軍法處偵訊筆錄

問：姓名年籍等項？

答：李加生，（男）廿二歲（37.10.11 生）臺灣省嘉義縣人，住東石鄉塭港村七十二號。

問：學經歷？

答：國校畢業，曾充磚工。

問：家庭狀況？

答：父李再○，五十七歲，不識字，養○為業。母蔡氏，五十三歲，家管。胞兄夜○，廿五歲，國校畢業，現為臺北益昌化工廠工人。胞弟培○，十六歲，國校畢業，現在臺北泰山某紡織廠工人。兩胞姊均已出嫁。

問：前科？

答：無。

問：你什麼時候入伍？

答：五十七年十月卅日應召入第六訓練中心受訓八週，後八週則改入第七中心受訓，結訓後分發十九師五十五旅一營一連服役迄今。

問：你什麼時候隨部隊調到臺東泰源？

答：五十八年十二月十日自楊梅調至泰源。

問：這次泰源發生暴動之囚犯中，你認識那些人？

答：參加暴動的五個囚犯我都面熟，但叫不出名字。

問：你跟這五個囚犯的來往情形如何？

答：除鄭金河曾跟我談過一次話外，其他四人沒交談過。

問：你如何知道鄭金河的名字？

答：在高雄時，問案的人拿照片讓我指認，我才知道。

問：鄭金河跟你談些什麼，如何談的？

答：記得在泰源監獄鋪修中門路面時，曾調不少囚犯到溪邊撿石頭，當時連上也加派衛兵在溪邊站崗，有一天早上，我在養豬場附近站崗時，鄭金河前來搭訕，他說：「你站衛兵！」我說：「是的，站衛兵。」他說：「你是那裡人？」我說：「嘉義人。」他說：「住嘉義那裡？」我說：「住在東石。」他又問：「當兵多久了？」我答：「一年多了，還有九個多月。」他說：「我跟你少見面，你可能不太認識我，你們連上張金隆跟我較熟，以前他也是在臺北殺豬的。」我說：「噢！」他和我正談話時，連長來到養豬場，金河就走開了。

問：鄭金河還跟你談過什麼話？

答：沒有其他的話。

問：據鄭金河說，當時你曾問他是幾年的還請他抽了一根烟，有沒有這回事？

答：我沒請鄭金河抽烟，也沒問他刑期多久。

問：據鄭金河說當時你們談話中還提到如犯人逃跑你怎麼辦的話題？

答：沒有談過這些話。

問：據鄭金河說，他曾問你「如有犯人逃獄或發生更壞情事時，你槍口對誰？」你回答他說：「當然向他們。」你回答這話是什麼意思？

答：鄭金河沒跟我說這些話，我也沒回答什麼問題。

問：鄭金河向你說過：「手肘彎入不彎出」這句話嗎？

答：沒有。

問：你以上所說實在？

答：都是實話。

右筆錄經被訊人親閱認明無訛簽捺為證

被訊人：李加生

中華民國五十九年三月三日

．．

林清銓偵訊筆錄 59 年 2 月 26 日

臺灣警備總司令部軍法處偵訊筆錄

問：姓名年籍等項？

答：林清銓，廿三歲，臺中縣神岡鄉人，家住神岡鄉三角村大豐路 20 號，現在陸軍十九師五五旅步兵第一營一連一兵。

問：何時入伍？

答：五十七年十一月應召入伍。

問：家有何人做何職業？

答：有祖母，父母，姊姊已出嫁，還有 3 個弟弟，四個妹妹，家中以種田為業。

問：未入前在何處讀書？

答：在神岡鄉岸裡國校六年畢業。

問：你何時隨部隊去泰源監獄駐防？

答：五十八年十二月隨部隊去的。

問：泰源監獄的勞役犯你認識有幾人？

答：在撞球場打撞球，時常與鄭金河見面。

問：你在連裡有最好的朋友嗎？

答：大家都很好，沒有最好的朋友。

問：你在撞球場與監犯鄭金河認識後，是否經常交往？

答：沒有，在二月某日（詳細日期記不清）我輪到加班衛兵看守犯人在河邊撿石頭的時候，監犯鄭金河由養豬的地方走來，他主動問我還有多久退伍，我說沒有多久了，當時我就向河邊走去，鄭金河也離開了。

問：除這一次外，還有與鄭金河見面談談的事嗎？

答：在撞球場打撞球時，經常見面，有時都談打球的事。

問：賴在你認識嗎？

答：我認識他，他與我同連不同班。

問：賴在有否時常在一起聊天閒談？

答：沒有，有時見面談休假的事。

問：你回憶一下，2 月 1 日賴在曾否來寢室找你？

答：有一次，大概在二月某日（詳細日期忘記）賴在在寢室對我說：「有個犯人叫你去。」我說：「那個犯人？」賴說：「就是在撞球場時常與你說話的那個犯人。」我說：「他找我幹什麼？」賴說：「我不知道。」我當即說：「我不去。」賴在就走了。

問：2 月 1 日賴在是否又來找你？

答：沒有。

問：2 月 1 日中午飯後，你們曾否集合整修花圃？

答：沒有，我們整理花圃是在二月四日，是連長帶去的。

問：2 月 8 日你在何處？

答：2 月 8 日上午我是八－十的衛兵，站在監獄第一哨，下衛兵後就擦槍。

問：2 月 8 日（農曆初三）中午你在何處，賴在曾否來找你？

答：2 月 8 日上午我下衛兵就在寢室擦槍，11 點廿分開飯，開飯後就休息，賴在根本未來找我。

問：2 月 8 日上午賴在曾否來寢室找彭文燦、吳朝全和你三人？

答：當日彭文燦是 12-2 的衛兵，吳朝全是 10-12 的衛兵，他們都上衛兵去了，賴在怎能找到他們。

問：2 月 8 日午後犯人殺班長，是何人集合你們去追捕的？

答：是排長陳光村集合我們去追捕的。

問：我聽說是值日官劉正武集合你們的對嗎？

答：不是劉正武，這可以調查的。

問：你與賴在是否同住一個寢室？

答：是的。

問：賴在曾否告訴你犯人要造反，要你參加？

答：這根本沒有這個事。

問：據說 2 月 8 日上午賴在來寢室找你和彭文燦、吳朝全，要你們吃飯後到監獄後集合，有此事嗎？

答：沒有，根本沒有這回事，是賴在亂講的。

問：你與彭文燦、吳朝全相處情感如何？

答：都是同連同事，普通朋友。

問：你曾否聽說賴在與彭文燦、吳朝全談論人犯要造反的事？

答：沒有，吳朝全是由國防部調來的，平日很少外出，我叫他出來玩他都不出來，恐怕他還不認識賴在，彭文燦認識賴在，但從來未聽到談及犯人要造反的事。

問：據賴在說，確實曾經和你說過犯人要造反的事，你不必隱瞞，希望很誠實坦白的說一說。

答：春節前不久，有一次中午我和賴在在寢室下棋的時候，他向我說犯人叫我去，我就問他是那個犯人，他說常常在撞球場那個犯人，我問他叫我幹什麼？他（賴在）就說不知道，我當時說一聲我不去，我如果去被連長知道，又會被他罵，後來他有說一句犯人要造反，我就說不知道的事情，請你不要亂講，後來事情發生了，才知道他說的是真的。

問：賴在和你說犯人要造反時，還有什麼人在旁邊？

答：有謝班長在旁邊，可是他已經睡覺了。

問：為什麼在前面你一再的說根本沒有這回事？

答：怕賴在受處分。

問：賴在和你講犯人要造反的事，你為什麼不向連長和輔導長報告？

答：我以為不會實在，如果我知道會有事情發生早就報告連長了。

問：你曾經把賴在和你講犯人要造反的事向連上什麼人談過？

答：犯人殺龍班長事情發生後，我在泰源附近隧道口曾對彭文燦說過。

問：你是怎樣說的？

答：我說賴在有對我說過一次犯人要造反，果然已經造反了。

問：賴在有沒有和你談過連上有什麼人已答應犯人參加造反？

答：沒有談起過。

問：除了賴在以外，連上還有什麼人曾經和你談過犯人要造反的事？

答：沒有其他人和我談起過。

問：鄭金河有沒有和你直接說到要造反的事？

答：自從上一次在河邊站衛兵和鄭金河談話被連長知道受責備後，再沒有和鄭金河交談什麼話。

問：事情發生到現在，你們輔導長和你講過什麼話？

答：沒有講什麼話。

問：以上所說都實在嗎？

答：都實在。

問：除了以上所說的以外，你還有什麼補充意見？

答：再沒有什麼補充意見。

以上筆錄經向被偵訊人讀誦認為無訛後簽押

被偵訊人：林清銓

偵訊人：陳增壽

中華民國五十九年二月廿六日

林清銓偵訊筆錄 59 年 2 月 27 日

臺灣警備總司令部軍法處偵訊筆錄

問：姓名年籍地址等項？

答：林清銓，（男），廿三歲，臺中縣人，住神岡鄉三角村大豐路廿號。

問：教育程度？

答：小學畢業。

問：家庭狀況？

答：家有祖母，父，母，姊姊已出嫁，3 個弟弟，四個妹妹，家中以種田為業。

問：何時入伍及入伍經過如何？

答：五十七年十一月應召入伍陸軍十九師五十五團團部連一等兵，至五十八年十一月廿一日因改編撥補五十五旅第一連，同（五十八）年十二月八日隨連調臺東泰源監獄擔任警衛勤務。

問：你入伍前做何職業？

答：幫忙家中種田。

問：你在連內與那些人感情比較好？

答：因我到第一連不久，沒有特別好的朋友，大家都差不多。

問：你在泰源監獄擔任衛兵的崗哨與時間是否有固定？

答：崗哨有固定，時間沒有固定，我是在第一崗哨站衛兵。

問：泰源監獄的勞役犯你認識那幾人？

答：我認識兩個調服勞役的囚犯，一個是養豬的，因為常常一起在福利社打彈子因而相識，一個是調在福利社洗衣部洗衣服的。

問：你所認識的兩位調服勞役犯都叫什麼姓名？

答：一個是鄭金河（經出示照片指認無訛），一個是江炳興（在福利

社洗衣服）。

問：鄭金河、江炳興兩人的名字你是怎麼知道的？

答：本（五十九）年2月8日監犯劫械逃亡後，監方公布逃犯姓名時，均貼有逃犯照片，因此才知道他兩人的姓名。

問：你與鄭金河、江炳興兩犯交往如何？

答：經常見面打招呼而矣，無其他交往。

問：鄭金河單獨找你談話共有幾次及談話內容如何？

答：約元月間（詳細日期已忘）我輪值臨時加班衛兵看守監犯在河邊撿石頭時，鄭金河由養豬舍過來，他問我還有多久退伍，我說沒有多久了，此時被帶隊的副連長看見，我即向河邊走，鄭犯亦離開，返連後副連長將上情報告連長，連長曾警告我以後不准再與人犯談話，從此即未再與鄭金河談過話。

問：監犯江炳興曾否找你談過話？

答：沒有。

問：賴在你認識嗎？

答：認識，他與我同連不同班。

問：賴在曾否與你談過有關鄭金河的事？

答：約在農曆年前約一週某日（詳細日期已忘）中午十二點多鐘，我與賴在在宿舍下象棋時，賴說：「人犯叫你出去。」我問是那一個人犯，賴說：「常常到福利社打彈子的那個犯人。」我問：「叫我去幹什麼？」賴說：「我不知道。」我說：「我不去，我以前因同他講話曾被連長警告過。」賴又說：「人犯要造反。」我說：「這種事情你不知道就不要亂說。」

問：賴在明明知道人犯要造反才告訴你的，你何以反而警告賴在不要亂說呢？

答：我當時以為賴在是亂說的，因為這種事情不能亂開玩笑，所以我警告他不要亂說。

問：你何以不向賴在問清楚再向連長報告呢？

答：我以為賴在開玩笑，也不相信會有這種事，所以沒有再問，也沒有向連長報告。

問：賴在曾否邀你參加監犯鄭金河他們造反的事？

答：絕對沒有。

問：賴在向你說犯人要造反的話，當時有無其他的人在場或聽見？

答：當時是午睡時間，謝班長在旁邊已經睡著了，也沒有其他的人聽見。

問：2 月 8 日監犯劫械逃亡時你在何處？

答：當天我是站 8 至 10 點的衛兵，午飯後我正在午睡，忽聽陳排長說犯人與我們班長打架，叫緊急集合，我就跟在士官長後面跑出去。

問：鄭金河等劫械逃亡後你在做什麼事？

答：案發後，輔導長派我及彭文燦、蔡長洲與另兩位班長去守隧道，檢查人車，兩位班長分在兩端隧道口，我與彭文燦站的比較近。

問：你當時曾否對彭文燦說過什麼話？

答：因為我當時回憶以前賴在曾對我說過人犯要造反的話，我即招手叫彭文燦過來，我說：這次會發生這種事情，以前聽賴在說過人犯要造反。

問：案發後你曾否將賴在以前對你說的「人犯要造反」的話向連上官長報告或向其他的人說過？

答：除向彭文燦說過外，未向其他任何人說過，亦未向連上官長報告過。

問：案發後賴在曾否找你談過此事？

答：沒有，我亦未找過他。

問：2 月 8 日上午賴在曾否到寢室找你和彭文燦、吳朝全，要你們三
　　人午飯後到監獄後面集合？

答：絕對沒有這回事，當天我和賴在同是站 8-10，吳朝全是 10-12，
　　彭文燦是 12-2 的衛兵，賴在怎能找到我們。

問：據你所知，此次人犯劫械逃亡的事，除賴在知情外，還有其他的
　　人事先知道嗎？

答：我不知道。

問：你以上所說都實在嗎？

答：完全實在。

右筆錄經向被訊人當面誦讀無訛

被訊人：林清銓

中華民國五十九年二月廿七日

林清銓談話補充筆錄　59 年 2 月 27 日

臺灣警備總司令部軍法處談話筆錄

問：姓名年令籍貫服務單位？

答：林清銓，廿三歲，臺中縣神岡鄉三角村人，現服役十九師五十五旅一營一連三排九班一兵。

問：你與鄭金河是怎樣認識的？

答：我們的連接了泰源監獄防後我常到彈子房去打彈子，鄭金河也常去打彈子所以認識了，鄭金河那時對我很好，他對我好像是他的弟弟一樣。

問：你知道鄭金河是為什麼關在那裡嗎？

答：有一次，大概是今年元月份的一個下午（未過舊曆年日期忘記），陳副連長帶黃源忠、蔡慶霖、郭天來、林榮祥和我五個人到獄後河邊去看守廿餘名犯人在河邊撿石頭，我的監視哨位是在路旁竹子下面，鄭金河走了過來看見我就問說：「你還有多久？」我說：「沒有多久了。」我即問鄭金河：「你還有多久？」鄭說：「我還有六年。」接著他說：「你到路上來走走好啦，竹子下蚊子那樣多。」我沒有動，接著鄭說：「你知道我是為甚麼判的刑嗎？」我說：「不知道。」鄭說：「我是因為廖文毅用暴動時被抓進來的，那時我是幹海軍的。」又說：「大陸人來到臺灣把我們的房子都占了，把我們臺灣人都趕了出來，所以廖文毅起來暴動要把大陸人都趕出臺灣去。」這時陳副連長走了過來，鄭說：「副連長來了，他看見我們說話會處分你嗎？」我說：「會的。」鄭接著就走開了，副連長過來說我以後不要和犯人講話，再講話就要報告連長。所以我知道鄭金河是為廖文毅暴動的事被抓的。

問：鄭金河以後再向你談過這類話嗎？

答：以後再沒有談過，只是有一天（大概離春節還有一個禮拜）中午我和賴在在寢室裡下象棋，賴在忽然間告訴我：「犯人在找你叫你去一趟。」我問：「是那一個犯人？」他說：「是殺豬的叫你去。」我說：「叫我去幹甚麼？」賴小聲說：「他們要造反。」我說：「我不去。」龍班長在對面舖上說：「你們晚上要上衛兵還在下棋，趕快睡覺。」班長說完後，我和賴在也躺在床上睡了。

問：殺豬的叫你去，你到底去了沒有？

答：我沒有去。

問：以後直到 2 月 8 日你是否見過殺豬的？

答：見是見過都沒有講話。

問：鄭金河找賴在叫你去見他是為了甚麼事情？

答：我不知道。

問：鄭叫你去談話是否要爭取你？

答：這個我就不知道了。

問：鄭金河向你所講的廖文毅暴動事你為何上次問你時沒有講出來。

答：我可能忘記講了。

問：以上所談是否句句屬實？

答：都是實在的。

問：2 月 8 日泰源監獄越獄殺人案發生後你有何感想？

答：沒有

右筆錄經林清銓親自閱讀認為無訛捺左拇指印為證

答話人：林清銓

問話人：趙常春

筆錄：郝基官

....

卓大麗談話筆錄　59 年 2 月 26 日

臺灣警備總司令部軍法處談話筆錄

民國五十九年二月廿六日

問：姓名年籍住址等項？

答：卓大麗，（男）廿三歲，臺中縣人，住臺中大安鄉海墘村 136 號。

問：教育程度？

答：海墘國校畢業。

問：家庭狀況？

答：父卓富，已歿，母陳氏，兄萬○，現在臺北三重埔印染廠工作，次兄松○駕駛小行砂石車維生，兩個姊姊已嫁，我最小，家貧。

問：你何時入伍，現在何部隊服役？

答：我於五十七年六月五日入伍，現在國軍十九師五十五旅第一營第一連服役，現階上等兵。

問：你入伍前做什麼職業？

答：入伍前在家幫忙二哥開車。

問：你的部隊是什麼時候調往臺東泰源監獄服勤？

答：我是於五十八年十一月廿一日由兵器連到第一連去的，約於十二月八日調往臺東泰源監獄去擔任警衛勤務的。

問：你在連上平日與那些人交往較密切？

答：我因到第一連不久，知己同事很少，平日與蔡慶霖、黃源忠比較要好。

問：你平常都看些什麼書？

答：我平常沒有看書，也不喜歡看書。

問：你平常作何消遣？

答：在部隊裡有時打打彈子，但打不好。

問：你在泰源監獄服役時，曾否與調服勞役之囚犯打過彈子？

答：我沒同囚犯打過彈子。

問：調服勞役囚犯鄭金河（出示照片）你認識嗎？

答：這個人（指鄭金河）我很熟，但在 2 月 8 日他們劫械逃亡後監獄
　　公布逃犯相片姓名後我才知到他叫鄭金河。

問：調福利社洗衣部洗衣的囚犯江炳興你認識嗎？

答：平常都有見面，亦是於 2 月 8 日他們劫械逃亡後經公布才知道他
　　的姓名。

問：你在泰源監獄的衛兵勤務是否有固定的時間與崗位？

答：崗位有固定，時間沒有固定，有時因臨時公差或調訓，人數增減
　　不定，故無法固定。

問：你固定的崗哨位置是第幾哨？

答：我是固定在靠河邊的第七哨。

問：鄭金河與你見面談話一共有幾次？

答：除平常見面打招呼不算外，鄭金河有兩次找我談話。

問：鄭金河每次找你談話的時間、地點、談話內容及你對鄭談話之表
　　示態度如何？

答：第一次是在農曆年前約半個月我在第七哨站 8 至 10 點的衛兵時，
　　鄭金河曾自動前來與我談話，問我是那裡人？還有多久退伍等，
　　我均照實以告，接著我問他是為什麼事到這裡來的，還有多久可
　　以出去？鄭說：「我原來是陸軍少尉，因為造反被政府逮捕的，
　　同案一共有三百多人被捕，我的首領很大，（沒說姓名）現在已
　　坐牢一半多了，當時這件事鬧的很大，報紙都登出來，你（指卓）
　　怎麼沒有看見報紙嗎？」我說：「當時我年紀還小，沒有注意，

你（指鄭）已然過了一半多了，將來出去還是很年輕。」鄭說：「是的。」談約六七分鐘後離去。

第二次是在農曆年前約一週，我到第七哨接 8 至 10 點的衛兵時，在下坡處與鄭相遇，鄭說：「你們很辛苦啊！一早就在踢正步。」我說：「是的。」鄭又說：「你們一天要站幾班衛兵？」我答：「二三班不一定。」因我要接衛兵，故未予多談。

問：江炳興與你見面談過幾次話？

答：江炳興沒有找我談過話，平常見面僅是點頭招呼而矣，有一次我送衣服去洗，剛好福利社的人正在食飯，江炳興即搶著幫忙登記，問我叫什麼名，其他的話沒有說過。

問：江炳興、鄭金河等於 2 月 8 日劫械逃亡的事，你事先知道嗎？

答：不知道，當時我是站十至十二點的衛兵，交班後返抵連部時始聽說囚犯與班長打架，我問後亦跑到外面去看。

問：2 月 1 日你是站幾點到幾點的衛兵還記得嗎？

答：記不清楚了。

問：你平常站衛兵時有無偷懶或擅離崗位過？

答：第七哨沒有固定位置，平常在監視範圍內游動，不算擅離崗位，有一次（時間已忘）我因精神不好，又在中午時分，我曾在河溝石頭上坐下休息。

問：囚犯江炳興、鄭金河等搶奪逃亡前，曾否向你煽動過，或要求你到時幫忙他們逃亡？

答：根本沒有。

問：據你所知，江炳興、鄭金河等奪槍逃亡的事，在事前你連上有那些人知情？

答：我不知道。

問：你連上的賴在與你交情如何？

答：平常我與賴在沒有來往。

問：據你所知，你連上的張金隆、黃鴻旗、李加生、彭文燦、吳朝全、
　　林清銓等人平日與鄭金河、江炳興之接觸如何？

答：他們幾人經常與鄭金河一起打彈子，其他的我不清楚。

問：你們連是否規定你們不准與犯人談話？

答：有規定，但是調服勞役的大家經常見面，有時他們主動來找你談
　　話，我們亦未做拒絕。

問：你以上所說都實在嗎？

答：完全實在。

右筆錄經被談話人親自閱讀無訛

被談話人：卓大麗

彭文燦談話筆錄 59 年 2 月 17 日

臺灣警備總司令部軍法處談話筆錄

一問：姓名、年齡、籍貫？

答：彭文燦，廿二歲（三十七年三月一日生）臺灣新竹縣新豐鄉新豐
　　村 132 號。

二問：現服役單位，及級職？

答：步兵第十九師五十五旅第一營第一連第二排第六班，一等步槍兵。

三問：家庭狀況？

答：父彭○○，母姜○，生有五男一女，我居長。

　　父以捕魚為業（近海）自己無船，係幫別人做，母僅家中做瑣務，
　　家中日常生活尚可溫飽。

四問：學、經歷？

答：民國四十九年，十三歲時，畢業於本鄉新豐國校。以後即去臺北
　　市學做西點麵包，入伍前即在臺北市信義路四段二八九號泰興西
　　點麵包廠工作。五十七年十月二日應召入伍，為 660 梯次，在新
　　竹陸訓第一中心受訓。五十八年元月十八日撥補十九師五十五團
　　團部連二等兵。同年七月一日升一等兵。十一月十六日調第一連
　　服務迄今。

　　五十八年十二月十日，隨部隊移防，自桃園進駐臺東縣泰源監
　　獄，擔任警衛任務。

五問：你擔任衛兵時，均是在什麼位置？

答：自到泰源後，我固定擔任連長室外面之衛兵，負責對進出人員之
　　管制與檢查。

六問：在第一連你和那些戰士比較常在一起玩？

答：黃鴻旗、黃聰勝、廖學足、黃源忠等四員。

七問：其他營、連裡你有無好朋友。

答：無。

八問：奪你們衛兵槍的六位監犯當中，你都認識嗎？

答：因他們常在監外服務，常常經過我站衛兵的位置，故認識，江炳
　　興，另一位不知何名。但與鄭金河較熟識，見面時均點頭招呼，
　　且在監獄的福利社裡撞過一次臺球。

九問：江炳興或鄭金河在從前有無單獨和你談過什麼話？

答：絕對沒有。

十問：賴在同你感情如何，是否常在一起玩？

答：我與賴在感情普通，也不常在一起玩。

十一問：在事情發生以前，賴在有無與你談過什麼話？

答：我和賴在沒有單獨談過話，但有一次在操場上很多人（大概五六
　　人）在一起談論時，賴在曾說過：「最近班長常找我麻煩，等我
　　退伍時要揍他一拳！」

十二問：在 2 月 8 日以前，有否聽說過，監犯要暴動的事？

答：絕對沒有！

十三問：2 月 1 日以前，及 2 月 8 日上午，賴在與你談過什麼話，或
　　　要你做什麼事？

答：都絕對沒有！

十四問：2 月 8 日中午，當事情發生時，你在何處？做什麼？

答：2 月 8 日 11 時 40 分鐘左右，我即接換固定位置－大門口的衛兵。
　　我接班不久，見一兵王義跑回報告，才知監犯奪我們衛兵械彈的
　　事。王義報告說：「監獄的犯人打班長！」

十五問：事情發生之後，你做什麼？何時、何地、何事？

答：十二時半輔導長要我們（一共六人，兩位班長，四位戰士，分為兩組）乘監獄的四分之三車，到隧道口，擔任出入人員及車輛的檢查與封鎖任務。我與林清銓在一組，擔任隧道口裡之檢查。我負責檢查，林清銓則端槍在旁警衛。班長亦在旁監視與檢查。

十六問：那時你與林清銓相距多遠？有沒有行人、車輛經過時，他與你說過什麼話？

答：林與我相距僅四、五步，班長距我們十公尺左右，大概十三時許林清銓叫我過去，並對我說：（係小聲用臺語）「殺豬的（指鄭金河）曾叫賴在，去叫我到他那裡！我說：我不去！聽說是要暴動！」聽後我就反問他：你知道這件事情，為何不報告連長、班長？林回稱：賴在不讓我告訴別人！我現在告訴你，你也別向別人講？我說：「事情已經發生了，說已沒用，你趕快去上你的哨吧！」

十七問：林清銓對你所說的鄭金河叫賴在拉攏林清銓參加暴動的事，你有否向上級報告？

答：沒有。

十八問：你為何不向上級報告？

答：「大家都很忙，沒有時間，同時我以為事情已經過去了，報告也沒有用！」

十九問：還有什麼人與你談過，事先知道這件事（暴動）嗎？

答：沒有了！

二十問：林清銓對你說的話，你是否又向別人講過？何時地？

答：大概是第二天的下午，在寢室外草地上坐著有黃鴻旗、蔡長洲、張金隆等四五人談論：「吳朝全最不應該，看見犯人搶槍，不會開槍！」我即說：「賴在更不應該，事先知道此事，而不向上級報告，如果向上級報告，就不會發生這件事情了！」

廿一問：他們有否問你：「你怎麼知道的？」

答：有。我說是林清銓告訴我的，但誰問我已記不清楚了。

廿二問：6 名監犯是犯何罪被判刑？你知道嗎？

答：不知道！

廿三問：這件事發生之後，你們連上是否有人談論過？內容如何？

答：有，連上的人都覺得這件事，事前沒想到會發生。連長也說過，我們的衛兵也沒用，沒有敵對觀念，有事也不知如何對付。

廿四問：泰源事件發生後，一般官兵情緒及反應如何？

答：情緒稍顯不安，並覺得龍組長被犯人殺害，實在可惜。

廿五問：對這件事情，你有何感想與意見？

答：感到衛兵訓練不夠，有待加強，且警覺也欠缺。

廿六問：你尚有何補充說明？

答：沒有。

廿七問：以上你所說的都是實話嗎？

答：是實話。

右筆錄係複寫三份，均經被談話人－彭文燦閱讀後，認為無訛，始蓋指紋。

談話人：梁懺

被談話人：彭文燦 （右手拇指紋）

筆錄人：劉○○

中華民國五十九年二月廿七日

吳朝全談話筆錄 59 年 2 月 28 日

臺灣警備總司令部軍法處談話筆錄

問：姓名年籍等？

答：吳朝全，廿三歲，臺灣臺中縣人，住大肚鄉中和村東榮路一號。

問：你家裡都有什麼人？

答：母親，一個弟弟，3 個妹妹，弟弟十三歲，讀國民中學，一個妹妹在紡織廠做工，一個妹妹幫忙家務，一個妹妹讀國民小學。

問：你何時撥到十九師，何時調到五五旅一營一連？

答：五十七年十二月以後第一中心撥到十九師五五團團部連服務，○○擴建時調到五五旅一營一連任一等兵。

問：你讀過什麼學校？

答：追分國校 3 年級肄業。

問：當兵前做什麼事？

答：在臺中市鐵工餐廳廠做工。

問：你在連上和什麼人比較要好？

答：和楊東西比較要好。

問：你是不是好打撞球？

答：我不會打撞球。

問：你是不是常到撞球場看其他人打撞球？

答：我不到撞球場人家打球，除非是到那裡去叫人才去。

問：你和彭文燦是否常常在一起？

答：不常，很少在一起。

問：你是不是和賴在常常在一起談天或者散步？

答：沒有一起散步也很少談天。

問：春節前賴在是否曾經對你說過犯人要造反的事？

答：沒有。

問：為什麼賴在要說他曾經講過這種話？

答：我的確沒有聽他向我講過這種話。

問：你平時是否聽到連上其他人講到犯人要造反的事？

答：也沒有。

問：餵豬的那個犯人有沒有和你講過話？

答：沒有講過話。

問：你平日除了工作外都做些什麼消遣？

答：有時候寫寫信和看看小說。

問：以上所說的都實在嗎？

答：都實在。

上列筆錄經向被約談人讀誦認為無訛後簽押

被約談人：吳朝全

約談人：

中華民國五十九年二月廿八日

陳三興談話筆錄 59 年 3 月 4 日

臺灣警備總司令部軍法處談話筆錄

五十九年三月四日

於泰源監獄仁監

問：姓名、年籍等。

答：陳三興、高雄市人，因臺獨案判無期徒刑。

問：何時來監？

答：53 年。

問：家庭狀況？

答：父、母、兄、弟，自己未婚，家中有經商及在工廠中做工。

問：與哪些人平常接觸？

答：與蘇鎮和等。

問：與鄭金河有無來往？

答：無來往，亦無認識，交情沒有。

問：鄭金河與你很熟悉，此事與你多少有點牽連。

答：我與他沒有交情，怎麼會有什麼牽連。

問：你們彼此案情明白嗎？

答：彼此都不明白，我沒有調服外役。

問：春節前鄭與你見面過。

答：沒有接觸。

問：你在過年前，調服臨時外役有無看到鄭金河？

答：是 (修築那條路) 調服臨時役，但沒看到鄭金河，也沒講過話。

問：你是哪個學校？

答：省立雄中高二肄業，以平民身分判刑入獄，當時因年幼 (十七歲)

不明真相。

問：你對同監之受刑人都相互了解了吧！

答：我只知道人名，但不知每人心。

問：你平常看哪些書？

答：除了感訓之類外另就是讀英文。

問：是實話嗎？

答：是。

上列筆錄經被談話人自行閱讀認為無訛後簽押

被談話人：陳三興

談話人

中華民國五十九年三月四日

陳三興查證筆錄 59 年 3 月 6 日

臺灣警備總司令部軍法處查證筆錄

五十九年三月六日

問：姓名、年籍？

答：陳三興、高雄市、二十九歲。

問：鄭金河你何時在何處認識的？

答：鄭金河的名字，我早在警備總部軍法處看守所就聽到了，但沒有見面，五十三年四月調泰源獄，五十四年一月我當選伙食委員，可以在外散步，在散步場有人指給我看才認識的。

問：平時交情如何？

答：見面時只點頭打招呼而已，沒有詳談過。

問：九月間你調臨時公差時曾見過鄭金河嗎？

答：曾有一日我看見他走經過中門。

問：鄭金河曾告訴你他將要搶衛兵的槍衝出去臺東是嗎？

答：他沒有告訴我這些話。

問：但他說他告訴你而你反對這樣做。

答：他如果真對我說我是會反對，但他沒有告訴我。

問：沒有告訴你這些話，有沒有說別的話？

答：沒有。

問：你所說都實在的嗎？

答：都實在的。

右記筆錄經被查證人閱後認為無訛

被查證人：陳三興

中華民國五十九年三月六日

施明德談話筆錄 59 年 3 月 4 日

臺灣警備總司令部軍法處談話筆錄

於泰源監獄義監政戰宜密

問：姓名、年籍等。

答：施明德、高雄市人，卅歲，家庭中庸 (父母亡後亦未開旅社)

問：因何案入獄？何時入獄？

答：年輕時犯案不談了。五十四年元月中警備總部移來，平常不能與
　　仁監在一起。

問：與鄭金河是否經常在一起？

答：沒有在一起，只知道鄭其人。

問：在農曆年前後有無與鄭晤面？

答：在農曆年前後無見面，亦未曾說過話，也無來往。

問：你與哪些人在一起？

答：因為上級特別注意我，不允許我與任何人在一起，我內心也很生
　　氣，我的一舉一動都受到注意。

問：鄭金河是否在逃獄前說過？

答：沒有對我說過，不信可以問別人。

問：是實話嗎？

答：是。

上列筆錄經被談話人自閱後認為無訛後簽押

被談話人：施明德

談話人

中華民國五十九年三月四日

施明德查證筆錄 59 年 3 月 6 日

臺灣警備總司令部軍法處查證筆錄

五十九年三月六日

問：姓名、年籍？

答：施明德、高雄市人、卅歲。

問：你何時認識鄭金河的？

答：我在警備總部軍法處看守所就看到過他判決書知道他的名字，沒有見過面，但只是人家指給我看，來泰源後，雖常遠遠的看到或近一點各點頭招呼但從未接談過。

問：農曆正月初一日是否見過面？

答：遠遠的看到他了，但無法招呼的，監房不同，我們散步場所不同，相距有五十公尺以上。

問：你所談都實在嗎？

答：都實在的。

右記筆錄經被查證人閱後認為無訛

被查證人　施明德

中華民國務五十九年三月六日

林振賢談話筆錄 59 年 3 月 4 日

臺灣警備總司令部軍法處談話筆錄

59 年 3 月 4 日 於泰源監獄仁監

問：姓名、年籍等？

答：林振賢，高雄林園 34 歲。

問：何事入獄？時間多少？

答：犯叛亂罪判 12 年已過 5 年多。

問：原家住是哪裡？什麼學校？

答：空軍通信，高職畢業後多服役軍中配屬桃園。

問：住此生活為何？

答：可以。

問：家裡狀況？

答：母、兄均經商，自己未婚。

問：入獄後是否即認識鄭金河？

答：前年九月份於醫務所服外後認識鄭金河。

問：你是否經常與鄭來往？

答：很少來往，白天太忙晚上偶然打過招呼。

問：談些什麼？

答：很少談話，鄭金河與陳東川不合，懷疑我挑撥。

問：鄭與你案情是否相同？

答：不同。

問：鄭有無與你談起過案情？

答：我曾聽說過。

問：鄭有無問你的案情？

答：個別中沒有，只有人傳知。

問：春節以前鄭有無談過，有無與別人談過及什麼要求？

答：沒有。

問：過年時鄭說你有送褲子一條給他有無此事？

答：有送褲子一條給他穿，是草綠色卡其布，舊的褲子，洗燙過且曾穿過的長褲。

問：此褲是哪裡來的？

答：此褲是到期服刑釋放後的人送我的。

問：你看鄭金河是屬哪種類型？

答：屬流氓型，性格暴戾態度舉止粗野。

問：就你判斷鄭對此事發前受人指使？

答：我沒有考慮過，也不知道。

問：信什麼宗教？

答：信仰基督教，我的家庭中是信佛教。

問：你與江炳興有無來往？

答：不熟悉此人。

以上筆錄泰源被談話人自行閱讀認為無訛後簽押

被談話人　林振賢

談話人

中華民國五十九年三月四日

林振賢查證筆錄 59 年 3 月 6 日

臺灣警備總司令部軍法處查證筆錄

五十九年三月六日

問：姓名、年籍？

答：林振賢，高雄縣人 34 歲。

問：鄭金河你何時在何地認識的？

答：五十七年我調外役時才認識

問：交情如何？

答：沒有什麼深交情，只是見面打個招呼。

問：你為什麼送一條褲子給鄭金河？

答：二月七日晚他到我房間談話中表示缺乏褲子，而我說有條草綠色
　　人字軍褲，不適我在醫務所穿，叫我送他做工作褲，因而我於八
　　日上午約六時送去豬寮給他。

問：鄭金河可曾與你談些事情或有關政治上的事？

答：鄭金河與陳東川 (同服豬寮外役) 情感不好，而我與陳東川私交
　　較好，故鄭對我可能暗中有誤會，因此我們表面雖不錯實際上很
　　少來往或細談，談話中都一般普通的話，未曾談過其他問題或政
　　治上問題。

問：你所說都實在嗎？

答：都實在的。

右記筆錄經被查證人閱後認為無訛

被查證人　林振賢

中華民國五十九年三月六日

黃少君談話筆錄 59 年 3 月 4 日

臺灣警備總司令部軍法處談話筆錄

59 年 3 月 4 日

於泰源監獄義監政戰宜密

問：姓名、年籍等？

答：黃少君、廣東新會人、現年四十五歲。

問：到本監幾年？犯什麼案子？

答：來監六年多，因本人常與部隊中發牢騷被判刑九年。

問：有什麼專長？

答：駕駛。

問：平時對本監感想如何？

答：很好，我擔任外役餵豬工作。

問：是常與鄭金河在一起嗎？

答：因工作都是餵豬，故常在一起。

問：在監外睡了多少時間？

答：四年多。

問：鄭金河屬哪類型？

答：屬太保型，因我不懂臺語。

問：鄭行為如何？

答：鄭金河脾氣暴躁，鄭力氣很大，工作很好。

問：你是否看見鄭金河在豬舍旁磨刀？

答：只見到過鄭在廚房中用的刀磨過（參圖）。

問：像你所畫的刀你有否見鄭磨刀？

答：有見過。

問：鄭金河是否對你說過此刀的用途？

答：鄭告訴我大約在農曆年前磨刀用來切木瓜（見鄭磨的刀沒有豬舍用的刀長，也不是鐮刀）

問：有無見到鄭金河用別樣的刀在磨？

答：沒有。

問：刀是鄭做的嗎？

答：大概是的。

問：以上的都是實話嗎？

答：是的。

上列筆錄經向約談人誦讀認為無訛後簽押

被談話人 黃少君

談話人

中華民國五十九年三月四日

江鴻春談話筆錄 59 年 3 月 4 日

臺灣警備總司令部軍法處談話筆錄

59 年 3 月 4 日

於泰源監獄義監政戰宜密

問：姓名、年籍？

答：江鴻春、宜蘭人 (現年 26 歲，淡江文理學院化學系)

問：犯什麼罪入獄？

答：寫反動標語。

問：什麼時間到監？判刑多久？

答：去 (五十八) 年三月間來判刑 3 年半。

問：家庭現況為何？

答：家裡常有往來，妹就讀淡江文理學院，父母原籍海南。

問：你與那些人比較接近呢？

答：經常沒有與人接觸，都是一樣的。

問：你是否經常與江炳興接觸？

答：與江炳興接觸是偶然的，我在福利社擔任會計工作。

問：有無與江談談案情？

答：散步時與江談家常，相互談談案情。

問：就你散步時觀看江的反應為何？

答：我曾告訴過江炳興，說的為臺灣獨立亦不能自治，仍須大陸來的
　　人來治理才不會變為次殖民地。

問：發生此情時江在早上與你散步說過什麼沒有？

答：過去沒有臺獨，與江散步，與鄭金河過去沒有交往。

問：你對江的看法怎樣？

答：江比較憂悶，經常一談就是很久。

問：以上都是實話嗎？

答：是。

上列筆錄經向談話人親自閱讀認為無訛後簽押

被談話人　江鴻春

談話人

中華民國五十九年三月四日

林哲夫談話筆錄 59 年 3 月 6 日

成功分局泰源派出所談話筆錄

59 年 3 月 6 日 16 時

於成功分局泰源派出所

談話人：鄭登祥、王郡

記錄人：王昌中

被談話人：林哲夫

性別：男

年齡：民國卅四年十月四日生

籍貫：臺灣省臺中縣

職業：修理機車

問：你是什麼學校畢業？

答：縣立龍港初中畢業。

問：泰源監獄刑犯你有認識的嗎？為何認識？

答：只認識陳良，因陳良曾數次與戴眼鏡者，來我開設之輪源車行借
　　修車工具，本來不知借工具者之姓名，只知他們是監獄犯人，但
　　自他們逃亡後，看查緝相片，才知其為陳良。

問：另一戴眼鏡者你知他叫何名嗎？經常穿何種類型的衣服？

答：不知叫何姓名，其來店借工具，有時是穿囚犯衣服，有時是穿工
　　作服，聽口音是外省人。

問：你有否認識鄭金河？

答：不認識。

問：陳良他們來你店借工具時，與你有否交談？你為何肯借工具？借
　　與你平日無來往的陌生人？

答：陳良他們來借工具，第一次是由監獄的士官帶來的，所以我才相信，以後則是陳良與另一戴眼鏡者來借，來店時除說明借何種工具外，很少談其他的話。

問：他們逃亡前有否來你店，或商借其他物品與金錢？

答：他們在逃亡前約三月均未來借工具，亦未商借其他物品與金錢。

問：你以上所談的都是實在的嗎？

答：都實在。

本筆錄經接受談話人親自閱讀認為無訛後簽名為証。

受談話人：林哲夫

張朝進談話筆錄 59 年 3 月 6 日

成功分局泰源派出所談話筆錄

59 年 3 月 6 日 19 時

於成功分局泰源派出所

談話人：鄭登祥、王郡

記錄人：王昌中

被談話人：張朝進

性別：男

年齡：民國卅五年十二月一日生

籍貫：臺灣臺東

職業：理髮師

問：你是什麼學校畢業？

答：國校肄業。

問：你理髮是自己開店？還是在哪個福利社做？

答：在泰源村開設亞洲理髮店，亦包辦泰源監獄福利社理髮部生意。

問：你在泰源監獄理髮部，如何計算工資？

答：官兵理一次髮，是收四元理髮票一張，每一官兵○○各發理髮票
　　三張，犯人處理髮一次，照官兵定價四元收支票一張，但擦油另
　　計，在同 1 支票計列數目後，向福利官憑犯人所開支票領款。

問：泰源監獄理髮部是設在何處？

答：設在監獄外，靠馬路邊，但自逃犯六人逃亡後，現理髮部遷設在
　　官兵宿舍內。

問：理髮部設在監獄外，監內犯人為何理髮？

答：犯人理髮是自行出來，但理髮部有一班長負責看管。

問：犯人到福利社買東西，都是自由行動嗎？

答：除做工的時間外，均可自由上福利社。

問：福利社有些什麼部門？

答：有百貨、理髮、撞球、小說、洗衣、醫療等部。

問：你在監獄理髮部做了多久？

答：至今八個多月。

問：你在監獄理髮將近一年，犯人必認識很多。

答：差不多都認識，但不知姓名。

問：他們在理髮時有否相互交談？內容為何？

答：談話是有，但多是談好笑的或聊天。

問：他們逃亡前有否向你談到逃亡的事？有否向你借錢？

答：沒有。

問：他們逃亡那天的情形是否知道？

答：因為春節放假不知道。

問：你以上所談的都實在的嗎？

答：都實在。

本筆錄經朗讀受談話人認為無訛後簽名蓋章為証。

受談話人：張朝進

廖盛發談話筆錄 59 年 3 月 6 日

成功分局泰源派出所談話筆錄

59 年 3 月 6 日

於成功分局泰源派出所

談話人：鄭登祥、王郡

記錄人：王昌中

被談話人：廖盛發

性別：男

年齡：民國廿四年十二月廿一日生

籍貫：臺灣臺東

職業：農

問：你是什麼學校畢業？

答：泰源國校畢業。

問：你是住在泰源監獄附近嗎？

答：是的。

問：泰源監獄的犯人天天在外，你有認識的嗎？為何認識？

答：看是看過很多，認識的只有一人，雖然他常來向我買豬菜，但不知姓名，看了查緝的相片，才知是叫鄭金河。

問：鄭金河除夕向你買豬菜時，由班長帶來的，有否單獨找你談話？

答：沒有，也沒有談過話。

問：你們買豬菜是為何進行的？

答：是上山在番薯地買，除有一次用秤過磅外，其餘均是論行計算，約一行臺幣式拾元左右。

問：鄭金河等逃亡前，有否與你交談逃亡的情形？

答：我約半年前，即未見到鄭某，不知他們有逃亡的情形。

問：泰源監獄共向你買了多少時間的番薯葉？何時停止交易？

答：共向我買了兩年多的番薯葉，但兩年前始停止交易。

問：你以上所談的都實在嗎？

答：都實在的。

本筆錄經朗讀受談話人認為無訛後簽名捺指紋為証。

受談話人：廖盛發

石淵泉談話筆錄 59 年 3 月 6 日

成功分局泰源派出所談話筆錄

59 年 3 月 6 日 17 時

於北源村 14 鄰花固 4 號

談話人：鄭登祥、王郡

記錄人：陳中楷

被談話人：石淵泉

性別：男

年齡：64 歲

籍貫：臺東縣

職業：農

問：你什麼時候認識鄭金河？怎樣認識的？

答：58 年約七、八月間鄭金河到山上拿豬菜路過他 (石淵泉) 門前拜
　　託他 (鄭金河) 拿醬油才認識鄭金河的。

問：鄭金河每次上山找豬菜，是他一人上山的，還是有人陪他去的？

答：鄭金河每次上山找豬菜有兩犯，一位是鄭金河另一位犯人名字，
　　我不知道，另外有一位班長帶，並帶一輛二輪車一犯人推，另一
　　犯人拉。

問：鄭金河來過你家有幾次？

答：從未沒有來過。

問：你在路上有沒有遇碰見鄭金河？

答：常常碰見鄭金河。

問：你每次碰到鄭金河時，是他一人走還有其他人同他一起走？

答：每次都有班長帶班。

問：你在路上碰見鄭金河，有沒有同他談過話？

答：每次碰到互相打一招呼從來沒有談過話。

問：鄭金河有沒有同你講過話，你要實實在在講，如果現在不講，將來對質起來，如果有同你講話，你就有罪了。

答：鄭金河實在從來沒有同我講過話。

問：你以上講話都是實在的話嗎？

答：是實在的話。

右列筆錄經當場朗讀後被談話人認為無訛始簽名蓋章

被談話人：石淵泉

．．．

張清輝談話筆錄 59 年 3 月 6 日

成功分局泰源派出所談話筆錄

59 年 3 月 6 日 15 時

於泰源派出所

談話人：鄭登祥、王郡

記錄人：王昌中

被談話人：張清輝

性別：男

年齡：64 歲

職業：具泰布店店東

問：你曾受過何等教育？

答：國民學校畢業。

問：你是民國幾年由何地遷臺東縣。

答：民國五十年由雲林縣斗六鎮遷來。

問：你遷來臺東時是做何職業？為何要遷來臺東？

答：遷臺東後，即是做布生意與賣衣服，因我岳父前一年遷來臺東，所以我才遷來。

問：你在泰源做賣布賣衣服生意多年，你有否認識泰源監獄的犯人，為何認識？

答：約一年左右泰源監獄有一班長帶一犯人來我店內買了一條黃色卡其褲，價款是由班長付的，看查緝相片為鄭金河。

問：你現在是否認識鄭金河？

答：不認識。

問：你既不認識鄭金河，何以鄭某僅在你的店內購買一條褲子即知你

　　是「清輝」呢？

答：我實在不認識鄭金河，因我是生意人，泰源村內外人均知我「清
　　輝」的名。

問：鄭金河買褲以後，有否再來你店內，一人以抑或數人？

答：有，是因褲腰大小來換一條，沒有其他人及再來過。

問：鄭金河向你買褲時，有否試穿？

答：沒有試穿，但曾言明不能穿可以來換。

問：鄭金河平日有否來你店或談話？

答：鄭某除來店買褲與換褲外，平日沒有來我店，也沒有談什麼。

問：你是否認識其他的犯人？

答：不認識。

問：你以上所談的都實在的嗎？

答：都實在的。

本筆錄經受談話人親閱及由紀錄人誦讀認為無訛後簽名捺指後為証。

受談話人：張清輝

李文輝談話筆錄 59 年 3 月 6 日

成功分局泰源派出所談話筆錄

59 年 3 月 6 日 18 時

於成功分局泰源派出所

談話人：鄭登祥

記錄人：王郡

被談話人：李文輝

性別：男

年齡：37 歲

籍貫：臺灣臺東

職業：車行店東

問：你全家何時遷住泰源現址？教育程度？

答：約於民國五十一年從東河遷住現址迄今。國初中。

問：你現做何生意？做多久？

答：泰源車電行。約七年即遷住現址就做此生意。

問：你與泰源監獄官兵及此人交往如何？認識幾個人？

答：泰源監獄內凡有與我生意交往之官兵我大多認識，約廿名，至於
　　犯人我認識有一姓朱（管理發電機及水電）名不詳已期滿返鄉，
　　臺北人，另有一高瘦戴眼鏡之駕駛車輛犯人及陳良。其他有僅見
　　過面而未談過話。

問：你何以認識泰源監獄那麼多官兵與犯人呢？

答：因監獄內之衛生設備電氣、水管損毀，叫我進去修理四、五次，
　　故認識不少人。

問：到你店裡修理車子的有哪些人？談些什麼話（指犯人）？

答：二年前較多，但姓名均不詳，但這二年來因增設三家車店，故犯人方面之生意就較前差。因此這二年來有陳良及三、四個犯人到我店裡借過電鑽頭，我未借給他，時間約春節前三、四天。又58年五、六月間有養豬班長帶二個犯人拖手拉車至我店裡修理過二次車胎及鋼絲、拼接車臺。未談什麼話。

問：除陳良之外，鄭金河曾說過認識你及至你店修過車子，何以你說不認識他呢？

答：我是生意人，他們出來修車子都有班長跟著，也許他真的到過我店，但我確實不認識鄭金河及其他逃犯。

問：就你所認識之官兵及犯人有否談及政治方面之問題？

答：未聽說過。

問：你以上所說的話都是實話嗎？

答：均為實話。

右筆錄經被訊問人閱讀後認為無訛始行簽名蓋章。

被訊問人：李文輝

…………………………………………………………………………

黃睿謙談話筆錄 59 年 3 月 6 日

成功分局泰源派出所談話筆錄

59 年 3 月 6 日 17 時

於成功分局泰源派出所

談話人：鄭登祥

記錄人：王郡

被談話人：李文輝

性別：男

年齡：18 歲

籍貫：臺灣桃園

職業：機車修理技工

問：你全家何時遷住泰源村現址？做何職業？教育程度如何？

答：於 57 年 4 月 2 日全戶遷入現址，做機車、腳踏車修配生意，店名向山輪車行。國民學校畢業。

問：你遷住現址後生意如何？有否泰源監獄官兵或犯人到你家修配過車子？

答：生意普通，約有二、三十名顧客。泰源監獄有二位上尉軍官常至我店修理車輛（腳踏車）。至於犯人，有一戴眼鏡及陳良曾至我店裡買零件及借工具共四次。

問：犯人二人買什麼零件及借什麼工具？四次是否均為該二犯人？

答：第一次約為 58 年六、七月間，買腳踏車外胎約為一百元。第二次與第一次次時間差不多買腳架一隻約廿二元。第三次時間仍為 58 年八月間買檔銅一個約為十元。第四次借電鑽頭，因剛借用損壞無法借給他。四次均駕中型吉普車到我店，且均為陳良及一不

明姓名之戴眼鏡犯人。

問：這二個犯人，你是如何認識？交情如何？

答：因他二人向我買、借東西故稍有認識，與一般顧客一樣交情普通。

問：這二人到你店裡大多待多少時間？談些什麼話？

答：每次僅3、5分鐘，大多談所買零件功能問題，最後一次我問他春節有否休假，他二人答稱，休息仍需在監獄裡。

問：鄭金河及這次其他逃犯，是否到過你家（店）？

答：除陳良外，鄭金河等五逃犯均未至我店（家）？

問：鄭金河自稱曾到你店修理車輛，你怎麼說沒有呢？

答：我不認識鄭金河其人。

問：你以上所說的都是實在嗎？

答：均為實在。

右筆錄經誦讀給被訊問人聽後認為無訛始行捺指紋。

被訊問人：黃睿謙

59 年 3 月 6 日

成功分局泰源派出所談話筆錄

59 年 3 月 6 日 22 時

於成功分局泰源派出所

談話人：鄭登祥

記錄人：王郡

被談話人：黃茂盛

性別：男

年齡：55 歲

籍貫：臺灣嘉義

職業：農

問：你的教育程度？

答：初農畢業。

問：你家除耕農外，有否做生意？

答：家除水果樹約一甲、地瓜一分餘，另二甲種香茅菜、淮生，有時
　　自產柑橘挑至福利社售賣。

問：泰源監獄之犯人你認識那些人？

答：在福利社經常看到犯人，面孔均有點熟，但不知其名。另在我家
　　前之馬路上常常看到三、二人用手拉車之犯人拉木材，又有一體
　　格很高大的犯人 (經以相片指認為鄭金河) 曾至其家買一頭毛豬，
　　時間約 58 年農曆十月間，每斤十一元五角共參佰餘斤。

問：鄭金河至你家買毛豬共去幾次？

答：到我家買毛豬大概去二次，並且其經常至山丘撿木材在途中亦碰
　　到三、四次。

問：你與鄭金河有那麼多碰面機會，他告訴你什麼話？

答：我問他怎麼那麼勤奮，他說我們監獄有養豬及撿柴回去燒飯。

問：他有沒有講我們政府如何如何好或壞？

答：從未提出這些話。

問：你以上所說的話都是實話嗎？

答：均為實話。

右筆錄經誦讀給被訊問人聽後認為無訛始行簽名捺指紋。

被訊問人：黃茂盛

附錄 K、【1970 年泰源事件江炳興等 6 人之遺書】

江炳興給父母的遺書

親愛的爸爸、媽媽：　爸爸、媽媽養育兒長大，兒非但沒有報養育之恩，及留給爸爸、媽媽悲傷，死前就是此點使兒流淚不已。然爸爸、媽媽生兒並非沒有可安慰的地方，兒從小自知努力，家雖窮，卻因此更求上進，長大更立志希求人們都能快樂過著日子。兒因此信基督，進軍校，又走入致死的道路。死使兒心甚悲悽。但甚坦然，概至死以天下為己任者，即以此為安慰。男兒當頂天立地，繼往開來，死而後已。爸爸媽媽若知兒用心時，對兒之死當不致苛責，亦不深痛。爸爸媽媽可常念「我兒心地善良，懷著理想，深知努力，最後乃以路途走得過遠身死」，想爸爸、媽媽以此念兒時，當可減少幾分悲痛而稍得安慰。而甚想念爸爸、媽媽，但願真有來生，以求報答。死前千言萬語，不知從何說起，爸爸媽媽保重身體。兒祈求主，就是耶和華上帝祝福爸爸媽媽。僅此數語作為留念。

　祝
平安
兒　炳興敬上
一九七〇（五九）年四月五日晚遺書

江炳興給弟弟妹妹的遺書

親愛的小弟小妹們，非常想念你們，沒想到這次寫信，卻成了最後訣別，心裡難過極了，小弟小妹們自小大哥都抱過，回憶你們小時，天真可愛，大哥內心亦常有甜甜滋味。小弟小妹小時多病，一病時爸爸

媽媽著急擔心的情形，大哥都參與其中，這使得大哥深明父母親養育我們的不易，大哥死時跪地請求小弟小妹們要孝順父母親，這可使大哥之靈稍安。不要以為大哥含怨而死，相反的，乃抱基督的愛心而死，「舊怨只能以愛心來彌補，寬容才能使人們和好相處」，大哥以此贈言，你們依此而行時，才是符合大哥死的本意。不要深以大哥為念，大哥生既不孝父母親，又不忠基督教訓，死亦不算烈士，徒留不悲傷與你們而已。大哥不因你們而流淚，反倒因你們而高興，要作個堂堂正正的人，在安定中求進步，要友愛相處，如大哥友愛你們一樣，快快樂樂的過日子，不要為大哥悲傷。大哥篤信基督，日日祈求主赦罪，相信死後必能進入天堂，故亦不必為大哥擔心。現世無緣與你們作伴，但願天堂有緣再相會。保重身體。大哥祈求主就是耶和華上帝祝福小弟小妹們！

僅此作為別離留念。

　祝

平安

大哥　炳興敬上

一九七○（五九）年四月五日晚遺書

鄭金河給父親的遺書

父親大人：

　　一個人有生，也必有死，只是遲早而已，但是現在的我，已經先走了，永遠的走了。請大人千萬個的原諒我吧！

　　我也明明知道，父母養育子女長大成人，恩重如山，雖然我時時刻刻想要報答你們，可是，事與願違，而今，反而增加您老人家的負擔和痛苦，真是罪該萬死。

　　在我的一生中，我不時體會到您老人家的偉大，我也常常想到，生為您的兒女是多麼多麼的驕傲，可是在這最後有限度的時刻裡，儘管我有再多的話要說，也是無法一一訴說，因為我現在的心情太亂了。

　　建國年幼無知，懇請父親大人多加照顧，使他成為一個有用的人，假使兒有靈在天，一定會時時刻刻和你們同在，保佑你們。

　　有關兒之屍體，請我的姊夫天送領回後 (住在臺北) 火化後，並用上木裝成盒子，上面寫著兒生死年、月、日，埋在我母親墳墓旁邊，因為兒在世不能孝順母親，死後一定要好好侍奉她，故請父親大人勿使我失望。

　　為防止損壞，請用水泥，紅磚糊妥。謝謝。

　　領回之衣服請繼續使用，我會保佑你們的。

　　最後祝您老人家身體健康，萬歲！萬萬歲！

不肖兒

金河叩上

一九七〇年四月六日晚上絕筆

鄭金河給兒子的遺書

親愛的建國兒：

　　自你三歲我就離家在外，未克心願，回家看顧，實在內心真苦悶。望能原諒。今有以下幾點，請善於自己勉勵自己。

一、　保重身體，早睡早起。

二、　做事須有恆心，絕不半途而廢。

三、　說出的話，要做到，做不到的事，絕不開口。

四、　遇困難要堅心忍苦，終必克服。

五、　待人要忠誠、信用。

六、　一定要用功讀書，最少要學到一樣專門技術，立業興家。

七、　每天早晨起來的時候，要下這樣的決心：「每天要做令人贊美的事，使祖父歡喜的事，要做使朋友、老師和伯、叔、姑們都愛你的事情。」這樣才能夠引起他們更加疼愛你。別人的過失，要原諒他們，要以平靜的心境，去思索你每天所做的事，是否也有錯誤，假如有說出失禮的話，或做錯了的事，要馬上向人家道歉！

　　建國兒，聽說你懶惰不用功，假如你真的不用功，那你每天的生活是多麼沒趣，多麼寂寞啊！我敢肯定地說：遊嬉玩耍雖然好，但是長久也一樣會生厭的。如果你像爸爸這樣的年紀，你想要拱著手懇求到學校裡去，那就難了。你要想一想！有些盲啞的人，他們也仍舊在學習哩，何況你是個健全的人？所以我希望你忘掉一切的玩耍，應把精神放在書本上，這是爸所歡喜的。

　　建國兒，在這世界上，你不能再見到你父親。這次一件最悲痛的事，生離死別之苦，誰也無法避免。但是在悲痛中要克制神聖的眼淚，把痛苦吞進去，吐出微笑來，要有「苦在心裡，甜在心頭」的勇敢，才是現代的青年，你了解這意思嗎？因為在悲哀的這一面，它不僅不

能改善你的精神，卻反使你陷入柔弱卑怯的境界。所以這種悲哀，應用克制的決心來戰勝它。悲哀的另一面，它卻使你的精神趨向高貴而偉大的途徑。這成分你要永遠保持，千萬不要放棄。世界上頂可愛的人，就是父母親，世界所給與的，不論煩惱或愉快，你總不會忘記你父母親吧！因此，你對於父親，也有比從前更加重大的責任在身上了。所以說，為了愛父親就要更加改善自己，才可以安慰父親的靈魂。此後，無論做什麼事，你必須常常反省，這是爸所喜歡的。雖然父親死了，僅僅給你留下幾個保護你的人，此後，你不論做什麼事，都要跟他們商量。要剛強！要勇敢！跟失望和憂愁鬥爭！在苦惱的境遇中，保持精神的寧靜！這正是爸爸所喜歡的。

　　建國兒，這封遺信，你永遠要留著，不能擲掉它，要你時時刻刻記得爸爸的遺言。　建國兒，以後希望你聽從祖父，堂伯父，叔父，大姑、二姑他們就是你的保護人，你要聽從他們的勸告和教導。好好做一位爸爸頂歡喜的男兒。　建國兒，爸爸在很遠的地方送給你幾千萬個的「吻」……。

　　建國兒，爸爸和你永遠離別了。建國兒，爸走了！不見了！

　　最後爸爸祝你

學業成功！

一九七〇年四月六日

愚父　金河絕筆

◎注意：爸爸要去另外一個極樂的世裡，要你替爸爸孝順和侍奉你的阿公呀！

這一點你要記得，你千萬不要忘記爸爸所交代的話呀！

鄭金河給姊姊、姊夫的遺書

天送姊夫、仙伎姐姐、盛阿姊夫、美雲姐姐：如晤：

別了！別了！在我們還不能再見面之前，我就要和你們永遠的離別了，我內心裡的歉意，是我無法用筆墨形容的，只好請你們原諒我吧！

我不怨生、我也不怨死，我只是埋怨著，父母和姐姐們養育之恩未報，孩子還沒有長大成人，我竟會那麼短命就要走了。呀！呀！姐姐，我實在太對不起你們了。

父親年老，母親已逝，家庭充滿一片淒涼、苦悶，希望你們能夠替我盡到人子之情，安慰他老人家。

欲要家庭圓滿、唯一的，就是要言語和順，互相忍讓、體貼，一句甜蜜的話，可以興家，反之，可以蕩產。我認為這一句話可資參考。

二郎，涉世未深，言行有時過份些，但願你們能寬諒他，並且找機會好好的勉勵他，勸導他，使他能夠成為更有用的人，終能擔起我們「鄭家」的責任來。

侄兒建國要怎樣長大成人，我已經放棄全部責任，此後，全〇姐姐們的恩惠了，我想，妳們不會使我失望吧！姐姐！

這是我最後的一封信，也是我的唯一遺言，請好好保存它，待建國懂事時，才拿給他看，這樣我就安心了。 最後祝妳們
萬事如意！
身心愉快！
一九七〇年四月六日
愚弟 金河絕筆
◎注意：請天送姊夫領回我屍體以及判決書、起訴書與遺物和遺書等，領回後，請交給父親，是幸。

鄭金河給弟弟的遺書

二郎弟弟：當你接到這一封信時，我已經在人生旅途上告一段落，前往另一個極樂的世界去了。我一旦走了，我們鄭家的責任全部依靠你一個人，如果你是一個不聽話的人，那麼我們鄭家永遠是無面見人……。父親年紀大了，建國又是那麼幼小。因此，我希望你能以長子的身分來奉侍他老人家，來養育他—可憐的建國。

　　在我有記憶以來，你就和姐姐口角，難道姐姐真會得罪你嗎？儘管姐姐怎麼得罪你，但是你也不該那麼固執！那麼不講理？面對姐姐說出那麼無理的話！你知道那時的姐姐是多麼難過！二郎，你雖然惡待了姐姐；可是，如果一有不幸的事情，落到家裡來；姐姐便成了母親，像自己兒子樣地愛護你了！你不曾想過罷，當你碰到不幸時，誰會來安慰你。除了姐姐之外，是沒有別人了！二郎，你無論怎樣給她的痛苦！你總是她的弟弟！無論何時，她總是張開兩手等著你！她已經表示歉意數次了！希望你原恕她吧！記著，兄弟姊妹之間沒有永遠不能解的仇恨。 母親死了，姐姐都嫁了，哥哥也死了，現在還有年老的父親以及幼小的建國正在家裡等著你呢！以及，我所希望你能奉侍年老的父親，並且培養幼少的建國吧。 二郎，年輕人對於待人接物應多加學習，人與人之間言行要溫和、誠懇，更要記得：「一滴蜜能捉的蒼蠅比一滴毒汁能捉的蒼蠅為多。」我希望你能做一個有用的男子漢—是我心目中最羨慕的男子漢。我想你不會使我太失望吧！假使我有靈性我一定會時時刻刻和你們同在，保佑你們，幫助你們立業興家。 最後我還要勸告你早日「成家」，才能「立業」。建立一個美滿的家庭，給鄭家傳宗接代。這是我最大的希望。 並祝
身體健康！

萬事成功！

一九九○年四月六日晚上

愚兄　金河絕筆

鄭金河給堂兄的遺書

老長堂兄：

別了！別了！堂兄：願你們身體健康。事業順利，生活愉快。為了家父年紀已大。我無法隨側服侍，真是痛心之至。請給予精神上的安慰吧！

又，吾兒建國，年幼無知，無人照顧，請給予物質上的幫助，培養成人，如果有上進心，就讓他盡量求學，乃至高中、大學，即使功課不好，就指導他學習專門技術，以求維生。這是我最大的希望，也是我最後拜託你的了，堂兄……祝你健康快樂！

一九七○年四月六日晚上

堂弟　金河絕筆

詹天增給母親的遺書

阿母：

　　兒有六、七年未見到妳，玉體安康、生活如意嗎？非常思念。

　　自妳養育兒長大以來，一直未盡到兒人子之情，隨側服侍，想來真不該，但願原諒兒一切的過失。

　　兒未克心願，見妳一面，就告別了，實在有很多的話要提。數言也難盡，請勿見怪。

　　兒相信人去逝，一定有靈性。兒決心每日來到妳身邊，與妳相處。看妳安眼。見妳吃三餐。遇到心苦病痛，會安慰妳。請妳日日快樂。

　　兒的屍體火化後，用木盒裝訂好，寄託在基隆市天橋過去的大覺寺內。那邊風景優美，兒很嚮往。　謝謝。

　　最後　祝妳　身心愉快

　　　　　　　　　　　　　　　　　　不肖兒　天增叩上

謝東榮給全家人的遺書

親愛的爸爸、媽媽、二媽及兄弟妹妹：你們好。

人生如雲，一下子就消失了。兒感恩妳們養育長大。已嘗到甜的苦的，和酸的。非常歡喜，真多謝。

最使我失望的是兒有心報答養育之情。奈何天不從人願。死前只有這點給我淚流不盡，但是爸爸媽媽生我沒有可安慰的地方。長大更立志希求人們都能快樂過日子。今且有很多話要說也不能數言說盡。請不要見怪。今有四點心事敬請代勞。感恩不盡。

1、兒懇請妳們幫忙，東隆兄、東雄弟各別過繼一男的一女的，有兩人傳祠。兒已心滿意足了。

2、屍體請不要火化，領回嘉義後用棺材裝訂好，埋在祖父墳旁，註明生與死的年、月、日期，敬請答應好嗎？

3、兒去逝後，會回到故鄉，常常見到妳們。希望不用悲傷，善自保重。

4、祖母年紀已大請不要讓她老人家知道。到年老時再提吧！以免傷到她的心。

另者：以後如果有分產業的話，請爸爸分一份給我的兒女，好讓她們以後不用為學費而擔憂。還有我的相片請留幾張起來做紀念。

最後望神明保佑全家平安身體健康，事業興旺，兒在天之靈也會保妳們平安。

順祝

合家平安，事業興旺，身體健康

不肖兒 東榮叩上

遺書

59 年 5 月 7 日寫

陳良給母親的遺書

阿母：

　　兒自幼小由您千辛萬苦哺育長大，恩重如山。兒時時刻刻銘記在心，屢欲找機會報答，奈力不從心。不但未能隨側服侍，反而增加您的負擔，無法達到您的期待。內心實在真難過。請原諒。

　　兒在受刑期間，深深體會阿母您的偉大，養兒的辛苦。雖然兒未做到任何的事業。但了解能做您的孩兒萬分的驕傲。兒雖未接受較高等的教育，又有很多的話欲提。也無法一一傾訴，只是兒真歡喜先走了這條路。減免了兒心內的苦悶。

　　事至今日也無言再提，千言萬語請您不用傷心，要歡歡喜喜才是。該為時代犧牲的孩兒而驕傲。

　　最後　祝您萬事如意，身心愉快！

不肖兒　阿良 叩上

一九七〇年四月六日

陳良給哥哥的遺書

阿兄：

　　近來如意否？甚為關心。

　　弟受刑期間，處處受你幫忙，內心感恩不盡。本來期待早日獲釋返鄉，奮志事業。奈何天降下來不測的風雲，引我走了這條絕路。也是弟的命運。請寬心。免悲傷。因這條路時時都有降臨在每個人身上的可能。

　　最期待的是請兄事業順利進行，孩兒好好培養。弟有靈性必定返鄉保佑陳家，助業發展。

　　最後有三點，請代勞非常歡喜！

一、請過繼一位男兒，給弟傳祠，傳香。領回行李衣物請繼續使用，我會保佑。(註：在我受刑中的衣物)

二、兄弟之間互相協力，幫助。千萬不要給阿母知道弟的消息。不妨日後再提。而且兄弟對阿母一定達到人子之情，給她安享年老。

三、屍體火化後，用木盒裝訂好，埋在父親墳旁。為防止損壞，請以水泥、紅磚糊妥。真多謝。

弟　阿良　敬啟

一九七〇年四月六日寫

△行李所有物件、相片，請由家人領回。

陳良給弟弟的遺書

定：

　　真久未見面，身體健康吧！甚為掛念。做你阿兄的我，應該在家，互相勉勵。奈何力不從人願，請你不用見怪。

　　本來期待早日獲釋，返鄉盡我本份答謝你的厚意。但人生的命運，不容易推測。有時也會發生意外的事變。無法償付我的心債，請你原諒。

　　最後望你把握人生，好好奮志。為事業為期待勞苦。最要緊的也是兄弟需要協力、互助。如有靈性，我一定時時在你們身邊幫忙、解難。

　　祝　萬事順調成功　身心愉快！

兄　阿良　遺言

一九七〇、四月六日

附錄 L、【1970 年泰源事件臺灣獨立宣言書】

臺灣獨立宣言書

臺灣獨立革命軍軍部發行

　　深信壓迫與奴隸存在時，為自由奮鬥是應該的，迫害與恐懼跟著時，為爭取幸福是一種權利，在今天，為此努力實只是克盡天職與恢復人類的尊嚴而已。四百多年來，我們祖先流血流汗，一再的呼求對人類應享的權利給于尊重，但呼求只得到殘殺，悲慘命運不曾離過我們，我們只有繼祖先遺志，繼續奮鬥。

　　國民黨統治臺灣從始即不懷善意，臺灣在久受日本壓迫之後，極思有一平等誠意之政府待我民眾，然國民黨的壓迫，更甚於日本，二二八事變的大屠殺照彰於世，以後的繼續追殺監禁，無有寧日，我們不斷的請求緩和其殘暴，但請求只更增加殘暴，我們祈望國際間的援助，但國際間的正義感如此遲頓我們曾耐心的等待，期望內外或終有所改善，但等待只更接近死亡，強權總是被歌頌，祈求總是被譏笑。

　　反共抗俄戰爭，是世界和平的威脅，臺灣民眾繼續受迫害的原因，和平將來臨時，是國民黨在躭憂著和平的，人權受尊重時，國民黨在躭憂民志的覺醒，故它鼓勵盟國與共產國際對抗，嘲笑談判的價值，對內加緊施用其二十多年的戰時戒嚴令，奴化民眾，它沿用歷史獨裁者的公例，深信唯有戰爭能得到和平，奴化民眾得到安寧。

　　臺灣是屬於所有臺灣人的臺灣，我們決心不再受壓迫，我們決心不再被奴隸，我們決心不再使它重演被出賣的歷史醜運，這是臺灣所有居民的願望，很顯然的，這島上乃是愛好和平與自由的人，停留的地方，亦是人們相率遷徙來此的原因，臺灣在殘暴、貪污、無能的情形下，已經獨立二十多年，使我們充滿信心，只要我們具有建國的決

心，則建國必成，只要我們具有保衛國家的決心，則國家必永久常存。

我們深信唯有臺灣獨立，人民的自由與幸福，能得到保障，唯有臺灣獨立亞洲能得到安寧，世界能得到和平，我們的奮鬥是有意義的，我們的犧牲是有代價的，相信我們的呼求必得到響應，我們的行動必得到正義支持，我們祈求苦難的人們，早日得著安息？世界早日進入和平。

四百多年前，我們祖先為免受壓迫與飢餓，冒九死一生，脫離故鄉，飄洋過海到達臺灣，企求在此重建家園，自由自在生活，上天沒有辜負祖先的苦心，但是祖先慶幸的好景不長，首先荷蘭人發現，稱為美麗之島，即行強占，繼以滿清的巧詐，後有日本人的殖民，我們祖先倍受侵掠、徒殺、壓迫與奴隸，二次大戰中，祖先們為不失解放良機，乃組織臺灣民眾黨、文化協會等，參加抗日，以求獨立，然國際間不顧臺灣民眾的意願，竟將臺灣出賣與中國，蔣介石一面欺騙說：「我們是同胞。」一面出兵占領，殘殺民眾，實行恐怖統治，為臺灣史上所未有，臺灣人才恍然大悟，不是同胞，乃是更殘暴的統治者，二十多年來，國民黨追殺，監禁臺灣志士，臺灣人不得不以更大的決心起來爭取獨立、自由與幸福。

「我們不能使祖先的血白流，我們不能使子孫再蒙羞」，在深思熟慮之後，我們斷然採取行動，舉起正義的旗子，一面報告世人，一面勉勵我們苦難的國人。

年輕的兄弟姐妹們，你們應該滿有活力，富有正義，作著社會國家的主人，但在獨裁奴化的統治下卻充滿恐懼，意氣消沉，現在我要你們拿起勇氣，堅強毅力，負起責任，創造新國家新社會，世界各地的人們正譏笑我們沉睡時，我們要清醒，這時代是屬於年輕人的時代，唯有奮鬥，才稱得起是時代的青年。

　　父老們，你們是經歷大戰與大屠殺過來的人們，你們曾經歷最黑暗與最悲慘的日子，提起往日總使你們觸目驚心，你們應該是年輕一代的導師，領導青年反抗到底，什麼原因使你們急急放棄責任，安於現狀呢？什麼原因使你們之中由於敵人故施小惠，即替敵人搖旗吶喊，無視骨肉悲慘呼救呢？公職候選先生們，你們本是人們能尊敬，能期待的社會中堅強份子，你們本有能力解救同胞的痛苦，你們明知敵人宣傳的民主，乃是欺騙的詭計，卻禁不住利誘與虛榮，群起往爭，你們成了敵人的傀儡，壓迫民意的工具，猶不覺羞愧，更替敵人講話，使敵人的殘酷變成了仁愛，殘殺變成了追求和平，貪汙變成了為解決同胞的痛苦，欺壓是為了治安，你們這群利益薰心的父老們，現在就覺醒過來，你們的名望仍受尊敬，你們的能力仍是同胞的依靠，若是你們不肯為同胞效勞時亦請你們離開敵人的陣營，讓年輕的一代去努力。

　　從事工農的父老們，你們的勤勞是世界上最受尊敬了，但是你們苦苦工作仍悲嘆得不到舒適，因為統治者出賣了你們的勞力，暗中剝奪了你們的利益以供貪汙、享樂與維持政權，你們被欺壓最深而在維持欺壓你的政權上又出力最多，統治者甜言蜜語向你們說「親愛的同胞」實際卻譏笑你們說「再沒有比這更傻的工奴農奴了」。你們憤憤不平，卻無處伸冤，親愛的父老們，你們應該為自己伸冤，作自己的主宰，你們故意放棄自己的權力任由別人擺佈，你們的不幸，是無可奈何的。

　　三軍將士們，你們忠心耿耿，奉獻一生，追隨領袖保衛國家，維護民族，你們的忠心實可配天地，義行與日月長存，但是你們的忠心是否被記念，義行是否被尊敬，領袖口口聲聲說愛這國家愛這同胞，但他將錢財存放於國外，巴西有著大農場，馬來西亞有著大煉鋼廠、

橡樹園，這些錢、農場、大煉鋼廠、橡樹園，很可能使年老將士們有安身之所，以免棲身於開發總隊或管訓所的勞工營，領袖以下的大官們唯恐落後，群起效法更將孩子們送往國外寄居，未戰而先作逃亡準備，我懷疑領袖反共的決心，而你們的忠義是否已被愚弄了。

　　警察與特務先生們，二十多年來蔣政權建築在人民的血淚上，而靠你們這批爪牙去驅使，你們在欺壓同胞，迫害仁人志士上，已顯盡了能手，你們耀武揚威已出盡了風頭，你們喪心病狂，以虐待為喜悅以殘殺為樂事，你們終不信有報應存在，任意妄為，但在你們之中，一批接著一批被整肅，仍顯明報應的存在，你們這虧損人的，我們雖不追究，但你們要悔改，相信你們亦是人，由於這政權的存在，利誘你們進入陷阱，你們乃受一隻更恐怖的手在驅使終日活在恐懼懷疑鬥爭中，這應該不是你們原來的意願，現在你們若立下決心，即可脫離苦海，你們迫害人的原亦受著迫害，最終是那在上的微笑，以下的痛哭。

　　蔣先生與以下的同僚們，你們被棄絕，逃亡臺灣，本應該深自反省，乃照行故技殘殺民眾迫害志士，我們曾一再請求施行仁政愛護百姓，但你們根本不知何為仁政，視百姓如牛馬，你們被咒罵為土匪是不錯的，你們以人民血汗、賺得的錢購買代表權。你們國會代表寡廉鮮恥，終身任職與蔣狼狽為奸，世界上沒有那一個國家軍警特務占五分之一的人口，世界上沒有執政黨在選舉可得百分之九十五以上的支持，除了蘇聯、中共和中華民國，這一個政權不是一個合法的政權，是以暴力控制著是非常顯然的，我們要請蔣與其同僚們深深反省，為了苦難的同胞設想。

　　在臺灣的外省同胞們，你們受共匪迫害，拋離家鄉，逃亡臺灣，你們的情景與臺灣早期的祖先是同樣的，我們同病相憐，本應該情同

手足，同舟共濟，乃因蔣政權在我們之間創下仇恨，又有不肖之徒從中作穢，使我們之間有著隔膜，而蔣政權巧妙的，在這中間得著利益，事隔二十多年，似乎已應該來作一次檢討，我們之間並沒有仇恨，蔣應負這責任，但是我們並不追究過去，只期待將來，四百多年來，臺灣歷史有一顯明的事實，即後來的人壓迫奴隸先來的人，先來的人又不斷的起來反抗，這歷史就這樣由血淚交織而成，臺灣從不曾出現過誠意與正義的政權，現在我們都應該有所覺悟，二十多年來我們生活在一起，已使我們更接近了一些，我們的命運已同屬一條，先來的同胞們，不要心裡難過，也許我們亦虧欠更先來的祖先，後來的同胞們，不要驕傲，也許那正是這座島山歷史一再重演的原因，同心協力，可使我們建造自由幸福的樂土，爭吵不幸定是難免，舊怨只有以愛來彌補，寬容可慰民族的傷。

親愛的父老弟兄姊妹們，我們從事於光榮歷史過程中，要顯得有理智，滿有愛心，寬懷大量，以我們的苦痛來抱○民族的創傷，饒恕仇敵，顯明我們是高尚的國民，「舊怨只能以愛來彌補」，「寬容能使我們和好相處」，我們不能陷入敵人的故技中，只以仇恨欺騙、殘殺為手段的陷入泥淖之中，凡住在臺灣島上的人，都是父母、兄弟姊妹，情同手足。

臺灣仍然是美麗的寶島，我們要努力使它名符其實，實在，臺灣島上的人們，命運以同屬一條，他們有著共同的需要，共同追求的理想，「和平、自由與幸福」，團結一致，爭取獨立，建立臺灣共和國，比美西方瑞士，我們理想可立即實現。有著恐怖政府，相互猜忌，橫著隔膜，懷著仇恨，我們終將一無所有，而歷史的前例，將永不終止，讓我們靜心檢討，讓我們提起勇氣，讓我們立下決心，為臺灣這新興的民族奮鬥，為臺灣共和國奮鬥，為世界和平奮鬥。

　　起來，起來，親愛的同胞們！
我們要為臺灣獨立而奮鬥，
我們要為民眾自由幸福而犧牲，
四百多年來，先烈為我們流血、流汗，夢寐以求的理想，
現正掌握在我們的手上，
唯有臺灣獨立，自由與幸福才能得到保障，
唯有臺灣獨立，亞洲紛爭才能平靜，世界才能和平。
　　起來，起來，親愛的同胞們，
我們要掙脫奴隸的枷鎖，
我們要解除被壓迫的痛苦，
四百多年來，先烈為我們流血、流汗，夢寐以求的理想，
現正掌握在我們的手上，
唯有臺灣獨立，我們可免在被奴隸與壓迫，
唯有臺灣獨立，可恢復我們的尊嚴，人權得以伸張，
　　起來，起來，親愛的同胞們！
我們要重整被奴掠的家園，
我們要收拾被污穢的河山，
我們要戰鬥！我們要攻擊！
先烈已為我們留下美好的榜樣，
我們不可使先烈的血白流，
我們不可使子孫再蒙羞，
一切都掌握在我們的手上，
我們要努力！我們要奮鬥！

　　經過二十多年的等待，我們發見，等待唯有死亡，祈求和平，唯有被侮辱，低聲下氣懇求諒解，唯有被譏笑，盼望正義援助，唯有誤解我們甘願被奴隸，國際間並沒有正義存在，相反的，強權正被歌頌，我們在一切希望都消失時，只好正告國際人士，我們並不是缺乏勇氣，我們並不是貪生怕死，我們現正遵從你們歌頌的方法，追求我們臺灣的完整獨立，追求我們臺灣民眾的自由與幸福，相信對我們所採取行動，你們不會感到驚呀！若有，只是指責你們正義感的遲鈍，無視我們於悲慘時的呼救有以致之，實在我們為採取行動感到遺憾，「必須愛你的仇敵」，我們深明這大意，但是我們亦要愛我們的同胞，我們曾為所可能發生的慘痛流淚、忍耐、等待，但是國民黨所加給我們的慘痛不願停止，流淚、忍耐被視為軟弱，現在我們已沒有眼淚可留，我們已沒有耐心可忍，剩下的唯有鮮血，這是多年來我們所珍藏的，現在我們亦把它獻給敵人，獻給世人，我們並不準備讓你們歌頌，但求苦難的同胞，不再被壓迫與奴隸，求世人對我們苦難的同胞，賜給他們獨立、自由與幸福，我們深信壓迫與奴隸存在時，自由與幸福等於空談，唯有壓迫與奴隸消失時，自由與幸福得以保障，人權得以伸張，世界能夠和平，對這真理，我們以身勵行，祈求上天，使地上苦難急急過去，和平早日來臨。

國家圖書館出版品預行編目 (CIP) 資料

```
1970 後山風雲：未竟的泰源革命 / 監察院編著.
-- 初版. -- 臺北市：監察院, 民 108.11
496 面；14.8 x 21 公分
ISBN 978-986-5431-29-7( 平裝 )
1. 獄政 2. 臺灣
589.8                                    108019901
GPN：1010802155
```

1970 後山風雲 —— 未竟的泰源革命

編著者：監察院
發行人：張博雅
出版者：監察院
地　　址：臺北市忠孝東路一段二號
電　　話：(02) 2341-3183
網　　址：www.cy.gov.tw
監察院檢舉專用信箱：臺北郵政 8-168 號信箱
傳　　真：(02) 2341-0324
監察院政風室檢舉：
專線電話：(02) 2341-3183 轉 539　　(02) 2356-6598
傳　　真：(02) 2357-9670
展 售 處：五南文化廣場　　　臺中市中山路 6 號　　　(04) 2226-0330
　　　　　國家書店松江門市　臺北市松江路 209 號一樓　　(02) 2518-0207
　　　　　國家網路書店　　　http://www.govbooks.com.tw
印刷者：勁達印刷廠
地　　址：新北市中和區錦和路 140 號
電　　話：02-2221-6341
中華民國 108 年 12 月初版
定　　價：新臺幣 550 元

ISBN: 978-986-5431-29-7
GPN: 1010802155